Buch

Konstanze Vogelsang, Mutter zweier erwachsener Kinder, angesehene Bürgerin von Bad Babelsburg, attraktiv, gebildet und gerühmt als Gastgeberin, hat sich im Witwenleben stilvoll eingerichtet: Haus, Garten, Familie, Gesellschaften und die Arbeit im Antiquitätenhaus Kranz und Botte füllen ihr Leben aus. Aber Erdbeben kommen immer unerwartet. Um Weihnachten, man feiert Konstanzes fünfzigsten Geburtstag, meldet sich Christian Lennert, ein alter Jugendfreund. Und obwohl es eigentlich gegen ihre Prinzipien verstößt, läßt Konstanze sich zu einem Rendezvous herab, in dessen Verlauf sie sich Hals über Kopf verliebt. Peinlicherweise aber nicht in Christian, sondern in dessen Sohn Per.

Sie, die bei jeglicher Verletzung der Etikette die Brauen bis an den Haaransatz hinauf zu heben versteht, liebt einen jungen Mann und fühlt sich der Lächerlichkeit ausgesetzt – sehr zur Freude von Hanna Vonstein, mit der es eine alte Rechnung zu begleichen gibt, und zur Verwunderung der Babelsburger Damen, deren Spottlust Konstanze mehr als alles andere fürchtet. In ihrer Not bittet sie Per um Bedenkzeit, atmet tief durch und rettet sich auf vertrautes Terrain: das Babelsburger Gesellschaftsleben. Aber ihre Welt hat sich verändert. Kaffeeklatsch und Job füllen ihr Leben nicht mehr aus, und Babelsburg scheint ihre »Rückkehr« gar nicht recht wahrzunehmen. Schließlich hat sogar Konstanzes Mutter Louise (86!) ein Geheimnis …

Autorin

Mit ihren charmant-boshaften Romanen hat sich Claudia Keller, Trägerin mehrerer Literaturpreise, in die Herzen von Lesern und Buchhändlern geschrieben. Ihre Bücher erobern regelmäßig die Bestsellerlisten, wurden in mehrere Sprachen übersetzt und erreichen eine Gesamtauflage in Millionenhöhe.

Die Verfilmung ihres Romans »Ich schenk dir meinen Mann!« wurde 1999 mit riesigem Erfolg im ZDF ausgestrahlt. Auch die Verfilmung von »Unter Damen« wird demnächst im ZDF zu sehen sein.

CLAUDIA KELLER

Unter Damen

Roman

BLANVALET

Umwelthinweis:
Alle bedruckten Materialien dieses Taschenbuches
sind chlorfrei und umweltschonend.
Das Papier enthält Recycling-Anteile.

Blanvalet Taschenbücher erscheinen im Goldmann Verlag,
einem Unternehmen der Verlagsgruppe Bertelsmann.

Taschenbuchausgabe November 2000
© 1999 by Blanvalet Verlag, München,
in der Verlagsgruppe Bertelsmann GmbH
Umschlaggestaltung: Design Team München
Umschlagfoto: Photonica/Shimanchi
Druck: Elsnerdruck, Berlin
Verlagsnummer: 35373
Lektorat: Silvia Kuttny
Herstellung: Heidrun Nawrot
Made in Germany
ISBN 3-442-35373-4
www.blanvalet-verlag.de

1 3 5 7 9 10 8 6 4 2

Schlimm,
so ein Generationskonflikt im Bett.
Konstanze

Auf die Frage, was sie sich zu ihrem fünfzigsten Geburtstag wünsche, hatte Konstanze Vogelsang geantwortet: »Frieden für die Welt und Gesundheit für die Familie«, eine Antwort, von deren Richtigkeit sie zutiefst überzeugt war.

Konstanzes Geburtstag fiel auf den Heiligen Abend, was allein schon eine Menge Streß bedeutet. Aber wie groß wäre die Belastung erst gewesen, wenn ihr jemand prophezeit hätte, daß sie sich im Grunde ihres Herzens weniger den »Frieden für die Welt« als einen jungen Liebhaber wünsche und daß ihr dieser Wunsch im neuen Lebensjahr endlich erfüllt werde. Konstanze hätte den Kopf zurückgeworfen und das typische Konstanze-Lachen ertönen lassen.

»Auf daß der Himmel mich damit verschone…«

Sie hatte inzwischen ein Alter erreicht, in dem Generationskonflikte unvermeidlich werden, und wünschte sich, wie sie mit feiner Ironie bemerkte, besagten Konflikt nicht bis ins Bett hinein. Allein zu schlafen, das betrachtete sie seit dem Tod ihres Mannes als kostbares Privileg.

Seitdem sie Witwe war, war das Wohnen zu ihrer Lieblingsbeschäftigung geworden. Sie liebte das behagliche Walmdachhaus, in dem sie seit dreißig Jahren lebte, wie einen nahen Verwandten.

Ja, sie liebte es sogar mehr als die meisten ihrer Verwandten, da es sich im Gegensatz zu diesen ganz nach Belieben dekorieren und umgestalten ließ. Es ließ sich auch hervorragend vorführen, und es war nicht zu befürchten, daß es sie jemals blamieren würde.

Der Beifall ihrer Gäste war ihr sicher.

Weder mit ihrem Mann noch mit ihren Kindern hatte sie auf so dezente Weise angeben können.

Konstanze ging in die Küche hinüber und warf einen Blick in das angrenzende Eßzimmer mit seinen handgewebten Teppichen und dem großen Tisch, an dem Gerald und sie so viele Abende im Kreise ihrer Freunde verbracht hatten.

»Konstanzes Tisch« war immer eine feste Größe im Babelsburger Gesellschaftsleben gewesen, und sie war dankbar, daß der Freundeskreis nach Geralds Tod nicht auseinandergefallen war.

Die Babelsburger Gattinnen brauchten keine Angst zu haben, daß die attraktive Witwe ein Auge auf ihre Männer werfen und deren Herzen in Unruhe versetzen könnte. Konstanze war sich selbst genug, was ein wenig arrogant und ungemein beruhigend war.

Sie polierte die schwere Silberplatte, die sie von ihrer Großmutter geerbt hatte, noch einmal nach und freute sich, daß sie auch nach Jahrzehnten nichts von ihrem Glanz eingebüßt hatte. Konstanze besaß Sinn für Stil und Tradition, und es stimmte sie traurig, daß ihre Schwiegertochter Verena nicht so ganz zur Familie paßte. Konstanze verbot es sich, negativ über Verena zu denken, denn wenn sie eine Rolle ablehnte, so war es die der Schwiegermutter, die alles besser wußte, auch wenn es in ihrem Fall durchaus zutraf. Aber insgeheim träumte sie davon, die alte Familienrunde wieder einmal ganz »intern« genießen zu können, ohne fremde Elemente wie eine Schwiegertochter und ein zahnendes Baby. Es würde lange dauern, bis Vito alt genug war, den Familienton zu beherrschen: ironisch, bildhaft und voller Andeutungen.

Natürlich behielt Konstanze diese Gedanken für sich, denn sie paßten nicht zum Bild einer rund um die Uhr liebenden Großmutter.

Um sechzehn Uhr hatte Konstanze ihre Vorbereitungen beendet. Wie stets war der Tisch festlich in Weiß und Silber gedeckt, der Baum in den traditionellen Farben Rot und Gold geschmückt. Der Karpfen lag fertig gespickt auf dem Rost, Silberschalen mit Gebäck und Nüssen standen auf den Beistelltischen bereit.

Nach alter Tradition waren die Geschenke auf dem niedrigen Kamintisch arrangiert. Konstanze hatte die schwere Brokatdecke mit Hilfe von Goldschnüren gerafft und die Geschenke passend zu den Farben der Decke verpackt: mattglänzendes Grün, tiefes Rot und schillerndes Gold.

So ungern sie sich in der Vorweihnachtszeit durch die Stadt quälte, so leidenschaftlich gab sie sich der Verpackungslust hin. Die Geschenke gerieten auf diese Weise zu Kunstwerken, die man am besten zunächst einmal unausgepackt ließ, zumal sie meist genau das enthielten, was man sich gewünscht hatte. Konstanze war stets der Meinung gewesen, daß man einen Wunsch lieber erfüllen sollte, als auf den Moment der Überraschung zu vertrauen. Überraschungen, das hatte sie allzuoft erleben müssen, fielen meist unangenehm aus.

Eigentlich, dachte sie und lachte ein wenig in sich hinein, deckte sie den Gabentisch in erster Linie aus dem Grund, weil er ein so hervorragendes Stilelement in dem weihnachtlich geschmückten Zimmer ergab.

Konstanze ließ den Blick über die üppige Dekoration schweifen und trat ans Fenster. Auch der winterliche Garten spielte in ihrem Weihnachtsmärchen eine wichtige Rolle. Der Rauhreif hatte die Tannen verzaubert, und die Steinputten wirkten wie Figuren aus einer anderen Welt.

Diesmal war alles genau so gelungen, wie sie es sich erträumt hatte und wie es leider nur selten geschah. Meist klatschte am Weihnachtstag der Regen gegen die Scheiben, oder die Sonne schien ins Zimmer und stahl der Dekoration den Glanz.

Dunkel und kalt sollte Weihnachten sein.

Still und starr...

Um siebzehn Uhr stieg sie in die Badewanne und streckte sich wohlig im heißen Wasser aus. Nach Geralds Tod hatte sie das Bad umgestalten lassen. Aus der gekachelten Naßzelle war ein gemütlicher Salon geworden, mit einer samtbezogenen Récamiere, Kübelpflanzen und wandhohen Spiegeln. Als die Spiegel montiert wurden, hatte Konstanze sich gefragt, wie lange sie es wohl noch genießen könnte, sich nach dem Bad von allen Seiten zu betrachten, aber als sie sich jetzt abfrottierte, dachte sie zufrieden, daß es noch eine Weile dauern würde, bis sie die Beleuchtung des Bades auf die kleinen Lampen über dem Waschtisch reduzieren mußte, um ihre gute Laune zu behalten. Sie war immer noch schlank und hielt sich gerade und hatte nicht mit überflüssigen Pfunden zu kämpfen wie die meisten Frauen ihres Alters. Ein Verdienst von Haus und Garten, dachte sie. Eine bewegliche Treppauf-Treppab-Figur.

Gut gelaunt schlüpfte sie in die Samtjeans und stopfte die rosafarbene Seidenbluse in den Bund. Der schmale Perlengürtel, den sie bereits seit zwanzig Jahren besaß und der jedes ihrer Weihnachtsfeste begleitet hatte, war noch immer auf demselben Loch zu schließen wie damals, nur daß sie ihn nach dem Essen heimlich ein wenig lockern würde. Konstanze nahm die Wickler aus den Haaren, drehte sie zu einer dicken Rolle zusammen und steckte die Haarspitzen unter dem Ansatz fest. Ihr dichtes Haar war von einem matten Blond, so daß die wenigen Silberfäden kaum auffielen. Sie betrachtete sich von allen Seiten, stellte fest, daß sie einen guten

Tag hatte, und zwinkerte sich im Spiegel zufrieden zu. Dann klemmte sie sich die Perlenclips an die Ohren.

In der Küche krempelte sie die Ärmel hoch, putzte den Salat und goß die vorbereitete Marinade über den Karpfen. Sowohl Mathilda als auch Verena hatten sie eingeladen, Weihnachten einmal bei ihnen zu feiern, um ihr die Arbeit zu ersparen. Konstanze hatte sich herzlich für die gute Idee bedankt, aber dann hatte sie allerlei Gründe angeführt, die erleichtert aufgenommen worden waren. Bei ihr war Platz genug, man konnte bequem übernachten, und es entsprach doch auch der Tradition.

Aber die Wahrheit war, daß sie sich bei ihren Kindern immer ein wenig fremd fühlte. Seitdem ihre Tochter Mathilda einen Job beim Funk hatte, bewohnte sie ein Studio in der Stadt, eine Art riesigen Allraum mit gefliestem Boden und Designermöbeln. Sie würde bei einem Szene-Italiener einen Tisch bestellen, die Karte herumgehen lassen und zuletzt ihre Scheckkarte zücken. Verena und Till, die fünfzig Kilometer von Babelsburg entfernt ein Bauernhaus gekauft hatten, hätten Platz genug für eine Familienfeier, aber Konstanze graute bei dem Gedanken, an Verenas Küchentisch Weihnachten feiern zu müssen.

Da sie wie üblich gut geplant hatte und nicht in Zeitnot geraten war, konnte sie sich vor der Ankunft der Gäste noch eine Entspannungszigarette und einen Sherry gönnen. Sie hatte das Glas gerade eingeschenkt, als das Telefon läutete.

Hoffentlich keine einsame Freundin, die die Geburtstagsgratulation zum Anlaß nimmt, langatmig von ihrer Winterreise zu erzählen, dachte sie, während sie den Hörer abnahm.

Es meldete sich aber keine der vertrauten weiblichen Stimmen.

Es meldete sich ein Mann.

»Guten Abend, hier ist Christian!«

9

Seit Geralds Tod waren Männerstimmen in Konstanzes Leben so gut wie verstummt, wenn man von der Stimme des Schornsteinfegers und des Briefträgers einmal absah. Konstanze war ein wenig irritiert.

»Wer bitte?«

»Christian Lennert, wir waren einmal so gut wie verlobt!«

Er klingt noch genauso wie früher, dachte Konstanze, ein Gedanke, dem sofort eine Warnung folgte: Nur nicht auf ein langes Erinnerungsgespräch einlassen. Heute ist Heilig Abend, da ruft man nicht zur Zeit der Bescherung an.

Sie gab ihrer Stimme einen ironisch-distanzierten Klang:

»Das ist mir entfallen.« Sie probierte ein Lachen. »Wir haben uns lange nicht gesehen!«

»Zweiunddreißig Jahre«, sagte Christian. »Wie geht es dir?«

Konstanze dachte, daß es höchste Zeit war, den Backofen vorzuheizen. Der Karpfen brauchte fünfundvierzig Minuten, und sie wollte ihn in den Ofen schieben, sobald das Klingelzeichen der Kinder ertönte, und das konnte jeden Moment der Fall sein.

»Gut«, erwiderte sie. »Und dir?«

»Im Moment wunderbar. Du klingst noch genauso wie früher!«

»Ich erwarte gerade Gäste«, sagte sie ein wenig hilflos. »Vielleicht hast du es vergessen, aber wir haben Heilig Abend.«

Diesen Hinweis überging er.

»Ich rufe nicht zu Weihnachten an, sondern um dir zum Geburtstag zu gratulieren. Herzlichen Glückwunsch.«

»Danke!«

»Siehst du noch immer so gut aus?«

»Noch besser«, sagte Konstanze und hätte die Worte am liebsten wieder zurückgenommen. Sie schmeckten ein wenig nach Koketterie, und ein Mann wie Christian würde falsche

Schlüsse daraus ziehen. Da kam es schon: »Dürfte ich so unverschämt sein, mich einfach zum Festmenü einzuladen?«

Eine Sekunde lang fand Konstanze die Idee, ihren fünfzigsten Geburtstag mit einem alten Jugendfreund zu feiern, recht verlockend, aber sie verwarf die Idee ebenso schnell, wie sie gekommen war. Christian würde ein Fremdkörper in der Runde sein, er würde das Gespräch an sich reißen, und wie sollte sie ihn ihren Kindern erklären? Konstanze liebte keine Überraschungen, und sie mutete sie auch anderen nicht gerne zu.

»Sei nicht böse, wir feiern im engsten Familienkreis, aber ein anderes Mal wird sich sicher eine Gelegenheit ergeben.«

Plötzlich durchfuhr sie ein Schreck, Christians Stimme klang so nah, möglicherweise war er ja schon in Babelsburg.

»Von wo rufst du denn an?« fragte sie mißtrauisch.

»Von zu Hause!«

»Und wo ist das?«

»Etwas außerhalb von Marbach.«

»Na«, sie lachte erleichtert auf, »dann werden wir uns ja sicher einmal sehen.«

»Wann? Morgen?«

Widerwillig mußte Konstanze lachen. Was hatte Christian studieren wollen? Richtig, Zahnmedizin. Er war mit einem Bohrer in der Hand zur Welt gekommen.

»Sagen wir, irgendwann im Frühjahr«, antwortete sie ausweichend.

»Am Valentinstag?«

Um ihn loszuwerden, stimmte sie zu. Vielleicht war es ja wirklich ganz erheiternd, in alten Jugenderinnerungen zu kramen, vielleicht sogar recht interessant, sich nach dreijähriger Witwenschaft wieder einmal mit einem Mann zu treffen.

»Meine Frau hat mich verlassen«, erklärte er unvermittelt, als ob er auf die Dringlichkeit des Treffens noch einmal hinweisen müsse.

»Ich bin auch allein«, erwiderte Konstanze und hätte sich

am liebsten auf die Zunge gebissen. Dieser Satz klang ja fast schon wie ein Angebot. Christian schien das auch so zu sehen.

»Geschieden?« fragte er lauernd.

»Verwitwet.«

»Das tut mir leid.«

»Mir auch!«

»Ist es schon länger her?«

»Die Narbe schmerzt noch«, erklärte Konstanze trocken.

»Ich wünsche dir, daß es irgendwann nachläßt«, sagte er.

»Das hoffe ich nicht«, erwiderte sie.

»Ich melde mich dann noch mal«, sagte Christian, »was hatten wir noch gesagt? Silvester?«

Wieder mußte sie lachen. Die Hartnäckigkeit seiner Jugendzeit hatte er sich bewahrt. Sie war der Schlüssel seines Erfolges.

»Valentinstag«, erwiderte sie. »Vierzehnter Februar. Vergiß die Blumen nicht.«

Sie dachte daran, daß Christian schon in jungen Jahren nicht zu jenen romantischen Freiern gehört hatte, die ihre Angebetete mit Rosenbouquets verwöhnten. Als Zahnarzt war er es gewöhnt, daß auch kleinste Mengen eine große Wirkung haben konnten.

»Ja, dann wünsche ich dir fröhliche Weihnachten im Kreise deiner Lieben«, sagte er nun doch ein wenig verunsichert. »Ich feiere übrigens allein«, fügte er etwas hastig hinzu. »Mein Sohn hat es vorgezogen, das Fest bei seiner abtrünnigen Mutter zu verleben.«

Konstanze hatte das dringende Bedürfnis, das Gespräch endgültig zu beenden. Scheidungsgeschichten interessierten sie nicht. Sie fühlte sich beim Austausch von Intimitäten immer ein wenig unwohl.

»Sicher hängt er sehr an ihr«, sagte sie abschließend.

»Sie kocht besser als ich«, erwiderte Christian. »Und außerdem war er schon immer ein Muttersöhnchen.«

Verdammte Plage, die Verwandten.
Aber sie machen einen so verdammt achtbar.
Oscar Wilde

Am Heiligen Abend gegen achtzehn Uhr versuchte Till seine Mutter anzurufen, um ihr zu sagen, daß sie sich leider etwas verspäten würden, aber die Leitung war besetzt. Er war irritiert. Wer konnte Konstanzes Anschluß um diese Zeit so ausdauernd blockieren? Großmutter Louise würde um diese Zeit sicher nicht anrufen. Man würde sich in diesem Jahr ausnahmsweise erst nach dem Fest treffen, wenn Louise zu ihrem traditionellen »Tee zwischen den Jahren« bat, und auch sonst fiel ihm niemand ein, der so taktlos war, Konstanze am Heiligen Abend telefonisch zu belästigen. Konstanze wurde geschätzt, aber auch ein wenig gefürchtet. Ihrer gesellschaftlichen Sicherheit und der kühlen Distanz wegen, die ihr angeboren war.

Während er zum wiederholten Mal die vertraute Nummer wählte, ließ er seinen Blick über die alten Fliesen gleiten, mit denen der Korridor belegt war. Sie bildeten ein hübsches Muster mit einem Blumendekor am Rand, aber die meisten waren gesprungen, und unter der Tür zum Hof zog es eiskalt ins Innere des Hauses. Er hätte die Tür längst abdichten müssen, aber er war einfach nicht dazu gekommen.

Verena und er hatten das alte Bauernhaus mit Stall und Scheune kurz nach der Hochzeit gekauft; es handelte sich um eine sogenannte Hofreite, die zur Straße hin von einem haushohen Holztor verschlossen war. Vor allem Verena war ganz entzückt von der Idee gewesen, das Anwesen zu renovieren und den Stall zu einem Gästehaus auszubauen, den Innenhof zu begrünen und auf dem Stück Land hinter der Scheune eigenes Gemüse anzubauen, biologisch einwandfrei und für den Eigenbedarf. Aber dann war das bis dahin gut florierende Geschäft für Computerdesign zurückgegangen, und er hatte erst den ersten und dann den zweiten Mitarbeiter entlassen müssen. Die Freude, mit der er sich anfangs der Hausrenovierung hingegeben hatte, war einer mühsamen Pflichterfüllung gewichen. Seit einiger Zeit lebte er in dem Gefühl ständiger Überforderung, und seit Vitos Geburt war eine lähmende Müdigkeit hinzugekommen. Das nächtliche Geschrei zerrte an seinen Nerven, und manchmal fragte er sich, wie er den täglichen Anforderungen gewachsen sein sollte, wenn er, anstatt zu schlafen, in der Küche stand und Breifläschchen wärmte.

Noch ließ er nichts von seinem Unmut merken und hoffte, daß Verena von selbst merken würde, was los war, aber sie war der Meinung, daß sie sich ja den ganzen Tag um das Baby kümmere und es einfach unerläßlich für ihn sei, diesen Part am Abend zu übernehmen.

Oder wollte er, daß ihm Vito so fern blieb, wie sein Vater für ihn gewesen war? Vater-Sohn-Spiele hatte es in seiner Jugend ausschließlich in den Ferien gegeben, aber hatte er sie in der übrigen Zeit eigentlich vermißt?

Heimlich zweifelte Till daran, daß es für die Entwicklung des Babys wirklich notwendig war, daß Verena ihm ihre gesamte Zeit widmete und darüber den Haushalt gänzlich vernachlässigte.

Till verabscheute die Unordnung, die im Hause herrschte, und registrierte unmutig den Schmutz auf den Fliesen und die Fingerabdrücke auf den Türen. Aber er äußerte sich nicht dazu, denn er wollte kein Macho sein, der seine Frau bevormundete.

Halb sechs.

Er legte den Hörer auf die Gabel und trieb Verena zur Eile an.

Sie hatte sich noch nicht umgezogen, sondern die Zeit damit verbracht, Vito in einen neuen Krabbelanzug zu stecken und mit einem Schirmmützchen herauszuputzen.

Verena warf ihm einen verunsicherten Blick zu und begann planlos, irgendwelches Zeug in eine große Plastiktasche zu stopfen und auf der Suche nach einer Wagendecke hektisch im Haus herumzulaufen.

Vor dem Dielenspiegel fuhr sie sich rasch mit dem Kamm durch die Haare und griff nach ihrem Mantel. Till stellte mißmutig fest, daß sie beschlossen hatte, den Heiligen Abend in ihrer grauen Cordhose und dem selbstgestrickten Pulli zu verbringen, der, nachdem sie ihn zu heiß gewaschen hatte, wie ein zu enges Mausefell aussah.

Es war ihm unerklärlich, wie Verena es fertigbrachte, sich in dieser Aufmachung Konstanze zu präsentieren, aber Verena hatte es längst aufgegeben, mit ihrer Schwiegermutter zu konkurrieren.

Der perfekten Einheit von Haus und Garten, Tisch und Gastgeberin, die Konstanze immer demonstriert hatte, war nichts entgegenzusetzen. Im Gegensatz zu ihrer eigenen Mutter, die weich und mollig wie ein Sofakissen im Haus herumwirtschaftete, ein Enkelkind auf den Armen und einen vergessenen Lockenwickler im Haar, war ihr Konstanze immer wie ein Wesen aus »Vogue« erschienen.

Das irritierendste aber war, daß sie einen Fasan zerlegen und Mousse au chocolat anrühren konnte, ohne daß die Küche oder sie selbst den geringsten Schaden nahmen. Es war ihr durchaus zuzutrauen, sich im Abendkleid an einer Hasenjagd oder mit Perlen in den Ohren an einer Hausrenovierung zu beteiligen und gleich anschließend einen Ball zu besuchen.

Den Sohn einer so perfekten Dame hättest du niemals heiraten dürfen, waren sich ihre Mutter und die drei Schwestern nach der Hochzeit einig gewesen, und in letzter Zeit dachte Verena immer öfter, daß sie recht behalten könnten. Sie hatte die Wehmut in Tills Augen gesehen, wenn sie neben Konstanze auf dem Sofa saß und er nicht umhinkam, Vergleiche anzustellen. Dabei lebte es sich nicht einmal schlecht mit Verena, vorausgesetzt, sie blieben in der Nähe ihrer Hofreite.

Auch Mathilda hatte vergeblich versucht, ihre Mutter anzurufen.

Zwar handelte es sich bei ihr nicht um eine Verspätung, aber sie hatte es sich zur Gewohnheit gemacht, Konstanze anzurufen, ehe sie sich auf den Weg zu ihr machte. Sie wußte, wie sehr ihre Mutter es schätzte, wenn man auf die Minute pünktlich eintraf.

Sicher blockiert Till wieder die Leitung, weil Verena nicht fertig geworden ist, dachte sie und betrachtete sich noch einmal kritisch im Spiegel.

Die getigerten Leggings mit dem langen Seidenpulli entsprachen zwar der Mode, aber Mathilda hatte schon öfter die Erfahrung gemacht, daß das, was in ihrer eigenen Umgebung ganz normal wirkte, in ihrem Elternhaus grotesk und billig aussah. Konstanze würde nichts sagen, aber sie würde ihre großen grauen Augen unter den gewölbten Brauen fragend auf sie richten.

Mathilda zog die Leggings wieder aus und schlüpfte statt dessen in das enge, lange Wollkleid. Sie schlang das teure Seidentuch um den Hals, das Konstanze ihr zum Geburtstag geschenkt hatte, und betrachtete sich noch einmal. Schon besser.

Wie ihre Mutter kniff sie zufrieden ein Auge zu, puderte sich noch einmal die Nase und fuhr mit der Bürste durch die Haare, bis sie ihr knisternd auf die Schultern fielen.

Ehe sie das Studio verließ, wählte sie rasch Harrys Nummer. Sie sprach ihm ein paar weihnachtliche Grüße auf Band und stellte ein Wochenende zwischen den Jahren in Aussicht.

Nicht ganz zufrieden mit ihrer Tat, legte sie den Hörer auf die Gabel. Harry war auch ein Problem, das sie im neuen Jahr lösen mußte. Sie waren schon längere Zeit zusammen, aber sie hatte es einfach nicht fertiggebracht, ihn Konstanze vorzustellen. Harry war Kameramann beim Fernsehen, und sie hatten sich anläßlich einer Reportage über Gentechnik kennengelernt, bei der sie die Interviews gemacht hatte.

Mathilda störte es nicht weiter, daß Harry sein gesamtes Leben in der speckigen Lederjacke zu meistern schien, die er bei ihrem ersten Treffen angehabt hatte, aber in der Atmosphäre ihres Elternhauses konnte sie ihn sich nicht vorstellen. Es war schon schlimm genug, daß Till einen Trampel wie Verena geheiratet hatte, deren größte Leistung es war, ein Baby in die Welt gesetzt zu haben, so wie Millionen von Müttern vor ihr. Man mußte die Tischrunde nicht durch Harry noch zusätzlich belasten.

Hoffentlich bringen sie das Minimonster nicht mit, dachte sie, als sie wenig später ihren Wagen über die A 5 lenkte. Aber sie ahnte bereits, daß Verena genau dies tun würde. Sie brauchte etwas, woran sie sich festhalten konnte…

Auch Till lenkte den Wagen über die A 5.

Er dachte über das vergangene Geschäftsjahr nach; es war schlecht gewesen. Er hätte das Büro in einer etwas weniger teuren Gegend mieten oder auf den Kauf der Hofreite verzichten sollen. Wer, dachte er verbittert, sollte denn überhaupt in der Gästescheune wohnen, falls sie jemals fertig würde? Aber das stand ohnehin nicht zur Debatte, denn wie es aussah, würden sie nicht einmal genügend Kapital haben, um das Hauptgebäude in Schuß bringen zu lassen. Verena schien sich der Lage, in der sie sich befanden, nicht bewußt zu sein. Sie entwarf unverdrossen Pläne zum Ausbau des Anwesens und träumte von einem zweiten Baby.

Schweigend fuhren sie dahin. Verena blickte müßig zum

Fenster hinaus, Vito schlief. Aber als ob er auf ein Signal gewartet hätte, begann er zu schreien, als Till in die Pappelallee einbog und wenig später vor dem Haus seiner Mutter hielt.

Im Grunde, dachte Till, wäre es besser, wenn jeder den Heiligen Abend in der angestammten Familie verbrächte. Verena könnte sich mit einem Glas Bier vor dem Fernseher fläzen, und er hätte endlich einmal wieder einen ruhigen Abend…

Mathildas kleiner Sportwagen stand bereits in der Garageneinfahrt. Er parkte den alten Kombi, in dem sich neben dem zusammengelegten Buggy auch die Sommerreifen, ein Picknickkorb, allerlei Müll von vergangenen Ausflügen und ein Sack für die Kleidersammlung befanden, ein Stück vom Haus entfernt. Konstanze schätzte keine Müllkutschen direkt vor dem Eingang.

Während er sich dem Haus näherte, ließ er den Blick über die Fassade gleiten. Warm fiel das Licht aus der Küche in den Vorgarten heraus. Rechts neben dem Eingang stand ein Tontopf mit einem Gesteck aus Tanne und Buchsbaum. Alles atmete Ruhe und Gediegenheit. Wie hatte sein Vater immer gesagt? Es ist wieder einmal alles so richtig »konstanzig«.

Sogar das blankgeputzte Messingschild mit dem Namenszug der Familie erinnerte Till an gute Zeiten. Während Verena mit dem Baby, der Reisetasche und ihrem Mantel kämpfte, drückte er den Klingelknopf. Im gleichen Augenblick öffnete sich die Eichentür, und das Licht aus der Diele flutete ihm entgegen. Gleich darauf ertönte das Lachen seiner Mutter.

Gegen elf servierte Konstanze den Nachtisch, natürlich nicht irgendeine Cremespeise, sondern eine Amaretto-Zabaione, die zu warmem Birnenstrudel gegessen wurde.

Auch dieses Gericht bot wieder Anlaß zu einer Anekdote, so wie schon der ganze Abend von Erinnerungen an gemeinsame Urlaubsfreuden getragen worden war.

Mathilda öffnete eine Flasche von dem süßen italienischen

Dessertwein: »Wißt ihr noch, wie wir damals alle zusammen mit Papa in Rom …«

Verenas Hand schob sich heimlich unter den Pullover und öffnete den obersten Knopf ihrer Cordjeans. Sie war nie in Rom gewesen und reagierte auf den Italienkult der Familie mit Eifersucht. Inmitten des erinnerungsträchtigen Gelächters fühlte sie sich als Außenseiterin.

Sie bat um ein weiteres Stück Birnenstrudel. Das köstliche Dessert war eine Belohnung dafür, daß sie die Krabben-Lauchsuppe und den Karpfen anstandslos hinuntergewürgt hatte. Sie verabscheute Fisch und empfand den Stellenwert, den Essen und Konversation im Hause ihrer Schwiegermutter einnahmen, als grotesk übertrieben. Konstanze hatte anfangs versucht, Verena ins Gespräch mit einzubeziehen, aber schließlich war sie an der Einsilbigkeit der Schwiegertochter gescheitert.

Seitdem das Baby an den Mahlzeiten teilnahm, fühlte sich Verena jedoch der Situation nicht mehr ganz so hilflos ausgeliefert wie früher. Sie besaß jetzt etwas, an dem sie sich festhalten konnte, und überdies ein feines Instrument der Macht. Sie bemerkte sehr wohl, daß Konstanze es gern gesehen hätte, wenn sie das Kind nach dem Abendfläschchen schlafen gelegt hätte, aber Verena dachte gar nicht daran, diese Rücksicht zu nehmen. Als Vito vor Übermüdung zu greinen begann, erbost die stets im Einsatz befindliche Fenchelteeflasche verweigerte und verzweifelt gegen Verenas Bauch trat, drückte sie ihn energisch in Tills Arme, eine Geste, mit der sie Konstanze zu verstehen gab: Till ist in erster Linie mein Mann und der Vater dieses Kindes. Wir drei sind eine Einheit, und wenn dein Mann sich früher geweigert hat, sich einen ganzen Abend lang seinem Baby zu widmen, bloß weil ein paar Gäste dawaren, so hast du ihn schlecht erzogen. Mein Kind wird nicht irgendwo abgelegt, und mein Mann wird sich der väterlichen Verpflichtung nicht entziehen.

Till nahm das Baby auf den Schoß und versuchte es zu beruhigen, während das lebhafte Gespräch verstummte. Verena und Vito hatten gesiegt. Konstanze zeigte sich als faire Verliererin und begann den Tisch abzuräumen, während Mathilda sich eine Zigarette anzündete und den Bruder stumm musterte.

Verena, die endlich beide Hände frei hatte, schaufelte sich ein drittes Stück Birnenstrudel auf den Teller und kratzte den letzten Rest Zabaione aus der Schüssel.

Warum habe ich sie nur geheiratet, dachte Till.

Verena war ihm frisch und unkompliziert vorgekommen, und viel zu spät hatte er gemerkt, daß sie weder das eine noch das andere war.

»Mach bitte die Zigarette aus«, sagte sie kauend zu Mathilda.

»Schließlich ist ein Baby im Raum, und ich esse noch!«

Mathilda drückte die Zigarette aus und erhob sich. Sie stapelte die geleerten Dessertschälchen aufeinander, warf ihrem Bruder einen ironischen Blick zu und meinte: »Man kann nicht vorsichtig genug sein in der Wahl seiner Feinde!«

Till grinste, als er in dem Spruch Konstanzes Lieblingsautor erkannte.

»Im Eheleben kommt die Liebe, wenn die Leute einander gründlich mißfallen«, konterte er, denselben Autor zitierend.

»Na, dann stehen die Chancen ja gut!« sagte Mathilda.

Vito schrie.

Eine Witwe wird manchmal beneidet.
Eine Geschiedene nie.

Volksweisheit

Am zweiten Feiertag, gegen fünfzehn Uhr, hatte Konstanze die Küche aufgeräumt und die letzten Spuren der Gäste beseitigt. Das Haus strahlte wieder so makellos wie stets. Sie zog sich mit einer Tasse Tee in die Kaminecke zurück und fühlte sich auf eine etwas erschöpfte Weise zufrieden, wie immer, wenn ein Besuch erfolgreich verlaufen war.

Zwischen Mathilda und Till, die sich immer gut verstanden hatten, schien es allerdings in letzter Zeit zu Differenzen gekommen zu sein; der Ton war schärfer, und die Ironie kippte zuweilen zum Sarkasmus um. Mathilda mochte den Familienpapa nicht, zu dem Till geworden war, und von Anfang an war sie gegen Verena gewesen.

Aber schließlich dauerte es immer eine Weile, bis sich ein neues Glied in die Familienkette eingefügt hatte. Man mußte Geduld haben und durfte nicht zuviel erwarten.

Auch Vito würde viel Verständnis für seine Großmutter aufbringen müssen. Konstanze hatte die Babybegeisterung anderer Frauen nie verstehen können und brachte für Kleinkinder erst Interesse auf, wenn sie groß genug waren, um etwas mit ihnen anfangen zu können.

Gerald hatte ihre diesbezüglichen Gefühle geteilt: »Man ist in der Unterhaltung mit einem Baby rhetorisch immer ein wenig unterfordert!«

Konstanze räumte die leere Tasse in die Spülmaschine und ging in die Diele hinaus. Sie zog die Stiefel an und schlüpfte in ihren fellgefütterten Kapuzenmantel. Dann öffnete sie die Tür zur Kellertreppe und griff nach dem bereitliegenden Blumengesteck. Wenig später war sie auf dem Weg zum Friedhof.

Gerald war nun seit drei Jahren tot. Im Gegensatz zu anderen Witwen hatte Konstanze nicht das Bedürfnis, die Kinder zu nötigen, sie zum Friedhof zu begleiten. Till und Mathilda mochten das Grab ihres Vaters besuchen, wenn sie selbst das Bedürfnis dazu verspürten. Sie selbst ging ohnehin am liebsten allein.

Konstanze, die es gewöhnt war, die Dinge nüchtern zu betrachten, fragte sich, während sie durch die stillen Straßen von Bad Babelsburg ging, wie sich ihr Leben als Witwe eigentlich angelassen hatte.

Zweifellos gut!

Gerald hatte sie bestens versorgt, der Lebensstandard konnte gehalten werden, und auch gesellschaftlich waren keine Einbußen zu vermelden. Blieb als einziges das Problem mit dem Urlaub. Konstanze haßte es, allein zu verreisen, und diesbezügliche, sanfte Andeutungen bei Till und Mathilda waren ebenso sanft abgebogen worden: Man würde sehen, später einmal gern, nur in diesem Jahr paßte es gerade nicht...

Nun, man mußte die jungen Leute verstehen. In der Tiefe ihrer Manteltaschen ballte Konstanze die Hände zu Fäusten und kehrte in ihren Gedanken zu Gerald zurück.

Vermißte sie ihn eigentlich sehr?

Wenn sie es recht bedachte, so war er ihr während der letzten Jahre ihres Ehelebens ferner gewesen als heute.

Gerald hatte auf der Karriereleiter ein paar Stufen zu hastig genommen, was zur Folge gehabt hatte, daß er häufig überreizt und geistig abwesend gewesen war. Der junge Gerald, der, den sie geheiratet hatte, war in den letzten Jahren immer seltener zum Vorschein gekommen, und wenn Konstanze heute an ihn dachte, so bemächtigte sich ihrer ein Gefühl von Warten und Hoffen. Warten, daß er abends nach Hause kam, hoffen, daß wenigstens der nächste Urlaub ein wenig Entspannung bringen möge. Dennoch war sein plötzlicher Tod natürlich ein Schock gewesen. Er war eines Morgens auf dem Weg zur Garage tot zusammengebrochen.

Sie stieß das schmiedeeiserne Friedhofstor auf und ging langsam den Hauptweg entlang, während sie die Augen über die Gräber schweifen ließ.

Die meisten waren festlich geschmückt. Bad Babelsburg hielt auch den Toten die Treue und war sich darüber hinaus stets der prüfenden Blicke anderer Friedhofsbesucher bewußt.

Es konnte durchaus vorkommen, daß an einem Morgen das Telefon klingelte und sich die Stimme einer Nachbarin meldete: »Ich war gestern auf dem Friedhof und sah, daß Ihre Grabstätte ein wenig vernachlässigt war. Es ist doch hoffentlich niemand krank?«

In Höhe des alten Brunnens bog Konstanze vom Hauptweg ab.

Gerald war in der Familiengruft beigesetzt, in der bereits seine Eltern und ein früh verstorbener Bruder ruhten. Der freie Platz war für sie selbst reserviert.

Sie legte das Gesteck nieder und richtete ihre Augen auf die Marmorplatte mit den eingravierten Namen.

»Die Kinder waren da«, teilte sie Gerald mit. »Alles ist friedlich verlaufen. Unser Enkel muß noch ein wenig lernen, aber er macht sich.«

Sie hörte Gerald leise lachen.

»Tills Geschäfte gehen gut.«

»Na, hoffentlich erzählt er dir die Wahrheit.«

»Ach sicher«, wehrte Konstanze Geralds Mißtrauen ab. »Verena und er werden ihre Hofreite im nächsten Jahr umbauen, es wird ein richtiger Familienbesitz werden. Sie wünschen sich noch weitere Kinder, Till und sie sind sehr glücklich miteinander.«

Hier hielt Konstanze inne, weil ihre Worte nicht ganz der Wahrheit entsprachen. Aber auch früher hatte sie die Realität gern ein wenig geschönt. Wozu über Dinge reden, die sich nicht ändern ließen?

Zur Ablenkung polierte sie an der Grabplatte herum.

»Mathilda war wieder allein da«, fuhr sie fort. »Sie scheint noch immer keinen festen Freund zu haben.«

»Oder sie will ihn nicht vorführen«, gab Gerald zu bedenken.

»Vielleicht hat er einen kleinen Defekt, und sie fürchtet deinen strengen Blick.«

»Das glaube ich nicht«, ereiferte sich Konstanze, »warum sollte sie Angst vor mir haben?«

Da sich Gerald jeder weiteren Meinungsäußerung enthielt, fuhr sie freundlicher fort: »Ich war in den letzten Tagen wieder sehr froh, daß ich das Haus behalten habe, obwohl es natürlich viel Arbeit macht und mich manchmal das Gewissen drückt, soviel Luxus ganz allein zu bewohnen.«

Sie atmete einmal tief durch. »Aber wo sollte ich sonst wohnen? Das Haus war schließlich unser Leben.«

»Dein Leben«, berichtigte Gerald.

Konstanze hatte nichts gehört. Sie legte eine Schweigeminute ein und schloß den Dialog mit den Worten: »Ich danke dir, daß du uns so gut abgesichert hast und daß ich sorgenfrei leben kann.«

Sie wandte sich um und ging langsam den Hauptweg zurück.

Wie stets fühlte sie sich gut, wenn sie Gerald besucht und ihre Gedanken geordnet hatte. Es war fast wie früher, wenn sie an den Samstagabenden die Wochenbilanz zogen: Was war? Was wird? Was ist zu tun? – eine Angewohnheit, die sich bewährt hatte und auf die sie nicht verzichten wollte.

Als Konstanze wenig später das Gartentörchen aufstieß, stolperte sie über einen Blumenstrauß, den jemand an die innere Türklinke gehängt hatte und der bei ihrem Eintritt zu Boden gefallen war.

Ein wenig erstaunt hob Konstanze das Gebinde auf: Blumenhaus Müller, Fleurop.

Noch im Gehen las sie die Karte: Warum bis zum Valentinstag warten? Hier schon einmal ein paar blumige Vorboten. Christian.

Die Vorboten waren sieben rosafarbene Nelken mit ein bißchen Grün dazwischen. Weder die Blumen noch das Grün wirkten besonders frisch. Sträuße dieser Art beleidigten Konstanzes Sinn für Ästhetik. Auch hatte sie Nelken nie leiden können. Beherzt kürzte sie die Stengel um zwei Drittel und steckte die Blüten in das Tannengesteck, das auf dem Dielentischchen stand.

Ein wenig unmutig betrat sie das Wohnzimmer und zog die Vorhänge zu. Sie würde sich bei Christian mit einigen kühlen Worten bedanken. Christian Lennert war die Frau durch die Binsen gegangen und er suchte eine neue. Aber sie suchte keinen neuen Mann, und außerdem bereiteten ihr Verhältnisse wie dieses tiefstes Unbehagen. Das Ganze hatte etwas Abgegriffenes: Secondhand. Es war wichtig, dies gleich zu Beginn und ganz eindeutig klarzustellen.

Sie legte ein paar Holzscheite auf den Kaminrost und streckte sich wohlig auf dem Sofa aus. Dann griff sie nach der Weihnachtspost, um sie endlich in Ruhe zu lesen. Eine Karte von Peter, Geralds Bruder, der sie, verbunden mit weihnachtlichen Grüßen, zu einem Besuch einlud: Hetti und ich würden uns freuen …

Ein paar Grüße von Babelsburger Familien.

Dann die vorgedruckten Karten der Herren Weinhändler, Öllieferant und Feinkost: Wir danken für das erwiesene Vertrauen …

Und ein Brief: Hanna Vonstein, Marktgasse 14, Marbach. Verblüfft starrte Konstanze auf den Absender.

Hanna Vonstein, eine Bad Babelsburger Professorengattin, hatte vor einigen Jahren für einen Skandal gesorgt, etwas sehr Seltenes im skandalarmen Bad Babelsburg.

Gerald und sie waren mit den Vonsteins locker befreundet gewesen: Man lud sich alle Jahre einmal gegenseitig zum Essen ein.

Die Herren hatten die Unterhaltung allein bestritten, und Hanna Vonstein war nervös wie jemand, der seiner Aufgabe nicht recht gewachsen ist, zwischen Küche und Salon hin und her gelaufen. Mit Schaudern erinnerte sich Konstanze an die fischfarbenen Seidenblusen, die Hanna Vonstein zu diesen Anlässen trug, und an die blauroten Flecken in ihrem Gesicht.

Die eigentliche Hausherrin war ihre Schwiegermutter Fita gewesen, eine geistreiche Dame, über deren Witz sich Konstanze immer amüsiert hatte. Ihr war es zuweilen sogar gelungen, den Selbstdarstellungstrieb der Herren zu unterbrechen, indem sie sich unvermutet ins Gespräch mischte, ihre hellen Augen auf Gerald richtete und zum Beispiel sagte: »Sagen Sie, Doktor, was verdient man in Ihrer Branche eigentlich?«

Konstanze hatte sich mit der alten Dame gut verstanden, wogegen ihr Hanna Vonstein mit ihrem hektischen Hin und Herrennen entsetzlich auf die Nerven gefallen war. Wie brachte diese Frau es fertig, mit soviel Aufwand so wenig zustande zu bringen?

Ein Mann wie Arthur Vonstein, darüber war Babelsburg sich einig, hätte so ein Gänschen niemals heiraten dürfen: eine Krankenschwester aus einfachsten Verhältnissen…

Dank ihrer Heirat war sie Herrin über das stattlichste Haus der Stadt geworden, eine Jugendstilvilla mit Erkern, Türmchen und Freitreppe. Aber das Innere des Hauses war muffig und schlecht gepflegt, schmuddelig und abgenutzt.

Das prachtvolle Haus war einfach in die falschen Hände geraten, und Konstanze dachte zuweilen wehmütig, was sie selbst daraus gemacht hätte. Sie hatte das elterliche Antiquitätengeschäft nach der Heirat aufgegeben und statt dessen eine Karriere als Gastgeberin angestrebt. Gerald war auf ihre diesbezüglichen Fähigkeiten immer sehr stolz gewesen.

Wie gut hätten sie beide sich auf der Vonsteinschen Freitreppe gemacht, Gäste empfangend …

Dann war eines Tages das Gerücht aufgetaucht, daß Professor Vonstein seit Jahren eine sehr viel jüngere Geliebte habe und von Hanna Vonstein kurzerhand gezwungen worden sei, diese Frau zu heiraten.

Wohl oder übel hatte er in die Scheidung einwilligen müssen, und Hanna war in die komfortable Eigentumswohnung der Geliebten gezogen. Angeblich hatte sie vor ihrem Auszug das Innere der Villa durch unsinnige Umbauten total verschandelt, um der Nachfolgerin »das Feld zu bestellen«. Auch von einem Schlafzimmer wurde gemunkelt, das die alte Ehefrau der neuen »spendiert« hatte: ein Schlafzimmer aus schwarzpoliertem Ebenholz und mit einer grünlich beleuchteten Vitrine bestückt, die wie ein Schneewittchensarg aussah.

Das alles gab natürlich Anlaß zu allerlei Spekulation.

Niemand konnte sich einen so raffinierten Deal von der schlichten Frau Professor vorstellen. Wie sollte eine Frau, die nicht einmal die Gemüseschüssel herumreichen konnte, ohne vor Aufregung zitternde Hände zu bekommen, zu all diesen Taten fähig sein und einen Mann wie Arthur Vonstein zu einer Heirat zwingen? Und wie war die Frau beschaffen, die sich ihrerseits solcherart verkuppeln ließ?

Die Babelsburger Gesellschaft gierte danach, eingeladen zu werden und alles in Augenschein zu nehmen. Das hätte Gesprächsstoff für mindestens drei Jahre gegeben, aber nichts geschah.

Man entschuldigte sich mit dringenden Renovierungsarbeiten und stellte ein großes Fest in Aussicht, wenn diese abgeschlossen seien.

Dabei war es geblieben. Die Babelsburger Gesellschaft wartete noch heute auf die Einladung, die den Reigen der Gegeneinladungen endlich in Gang setzen würde. Man war zutiefst enttäuscht. Das Haus Vonstein war nie eines der geselligsten gewesen, aber daß eine solche Totenstille einkehren würde, hatte niemand erwartet.

Natürlich war man der jungen Frau ein paarmal in der Stadt begegnet, aber sie hatte keinen Anlaß zu Spekulationen gegeben.

Ein wenig blaß und unscheinbar, das Haar – ähnlich wie Hanna – im Nacken lose zusammengehalten, schlicht gekleidet.

Das teure »Modehaus am Markt« führte die neue Frau Vonstein ebensowenig in seiner Kartei wie die alte.

Auch Konstanze hatte sie nur ein einziges Mal gesehen, als sie in Begleitung ihres Mannes durch die Fußgängerzone ging.

Arthur hatte Konstanze knapp gegrüßt und war weitergegangen, ohne ihr die neue Frau Gemahlin vorzustellen, und Konstanze hatte sich gefragt, was die junge Frau dazu bewogen haben mochte, einen soviel älteren Mann zu heiraten und gemeinsam mit einer fast neunzigjährigen Schwiegermutter ein einsames Leben in einem Gespensterhaus zu führen.

Von Hanna, die angeblich in eine Wohnung in der Marbacher City gezogen war, hatte man nie wieder etwas gehört.

Konstanze riß den Umschlag auf und nahm die Karte heraus.

Marbach, den 23.12.

Liebe Konstanze,

(Hier hob Konstanze unmutig die Brauen: Hanna und sie

28

hatten sich niemals beim Vornamen genannt, Hanna über-
schritt bereits in der Anrede eine Schicklichkeitsgrenze.)

… vor zehn Jahren haben wir Ihren vierzigsten Geburtstag
gefeiert, und heute habe ich das Bedürfnis, Ihnen zu Ihrem
50. zu gratulieren und Ihnen für Ihre Zukunft alles er-
denklich Gute zu wünschen.
Ich feiere am Dreikönigstag mein fünfjähriges Bestehen als
Single und würde Sie gerne dazu einladen. Würden Sie mir
die Freude machen, zu kommen? Ich hörte, daß Sie inzwischen verwitwet sind, und es würde ein Abend, an dem wir
uns einmal ganz in Ruhe miteinander unterhalten könnten,
was bei früheren Einladungen ja leider niemals möglich
war. Die Konversation wurde, wie Sie sich erinnern werden, stets von unseren Männern bestritten…
Konstanze steckte sich eine Zigarette in Brand und inhalierte tief. Wie kam Hanna Vonstein dazu, von »unseren
Männern« zu sprechen? Ihr Mann war gestorben und hatte
stets einen makellosen Ruf gehabt, Arthur Vonstein aber
war ein Filou, über den sich die ganze Stadt das Maul zer-
riß.
… meine Jahre in Bad Babelsburg waren begleitet von her-
ablassenden Blicken, in denen stets dieselbe Frage zu lesen
war: Wie hat er dieses Gänschen nur heiraten können?
Sie, liebe Konstanze, waren die einzige, die diese Frage
nicht stellte und deren Augen nicht mit schmerzlicher
Wehmut durch die Räume wanderten: Was hätte ich aus
diesem Hause gemacht!
Sie hatten mit dem Stachel des Neides nie zu kämpfen, und
dafür habe ich Sie immer geachtet…
An dieser Stelle überfiel Konstanze das Bedürfnis, ihre
Brille zu putzen. Dann las sie weiter:
Heute bewohne ich mit großer Freude die Wohnung mei-
ner Nachfolgerin Julie Fischbach, und wenn ich an einem

sonnigen Sommermorgen auf meiner kleinen Dachterrasse frühstücke, denke ich manchmal, ob Arthur den Verlust dieser entzückenden Wohnung wert gewesen ist...
Wenn ich darf, erwarte ich Sie am 6.1. gegen 16 Uhr.
Rufen Sie mich vorher kurz an?
Sehr herzlich, Ihre Hanna Vonstein.
P.S. Grüßen Sie bitte Ihre Mutter von mir. Ich hoffe, daß sie sich noch immer bester Gesundheit erfreut.

Konstanze las den Brief mit gemischten Gefühlen. Wie alle Babelsburger Damen hatte sie zu Hanna Vonstein keinen persönlichen Kontakt gehabt. In der Villa Vonstein bat man weder zum Damentee noch zum Kaffeekränzchen, kein Kaminabend ohne Herren, kein vertrauliches Telefonieren. Es wäre undenkbar gewesen, Hanna Vonstein nach einem gesellschaftlichen Ereignis anzurufen, um ein wenig mit ihr zu klatschen oder sie um ihre Meinung zu fragen. Man traute ihr keine Meinung zu, anders ausgedrückt: Sie hatte keine Meinung zu haben.

Aber warum hatte sie sich jetzt, noch dazu so unangenehm vertraulich, gemeldet?

War sie einsam und suchte Kontakt? Wollte sie zeigen, daß sie es zu etwas gebracht hatte? Aber was sollte das schon sein? Frauen, die sich in der Mitte des Lebens scheiden ließen, brachten es nur selten zu etwas, das höchste der Gefühle war ein neuer Ehemann, meist um einige Klassen schlechter, als der alte es gewesen war. Diejenigen, die allein blieben (auf der Strecke blieben – dachte Konstanze und putzte erneut ihre Brille), hatten meist Mühe, ihre Bedürftigkeit zu vertuschen. Es waren blasse Wesen, die am Rande der Gesellschaft lebten, wie vehement die Gesellschaft dies auch leugnen mochte. Alte, Arbeitslose und Geschiedene hatten nur theoretisch etwas zu melden, bis sie dann den Mut aufbrachten, die Probe aufs Exempel zu machen. Andererseits hatte ihr Hanna Vonstein persönlich nie etwas getan, und die Art und Weise, wie sie das Problem des Ehebruchs geregelt hatte, nötigte Respekt ab. Auch Gerald hatte einmal Anlaß zu Besorgnis gegeben, und Konstanze hatte weniger Mut bewiesen. Sie hatte die Zähne zusammengebissen und gehofft, daß sich die Sache von selbst lösen und nichts an die Öffentlichkeit dringen möge.

»Erst wenn man über eine Sache redet, ist sie auch geschehen.«

Der Grundsatz hatte sich bewährt. Eines Tages war der Spuk vergangen, und Gerald hatte sich nach dieser Affäre als ein umso liebevollerer Ehemann bewiesen.

Ein kleiner Schatten war allerdings zurückgeblieben, ein Alptraum, der immer wiederkehrte und in dem eine tiefschwarz verschleierte Dame am Grab auftauchte und eine Rose niederlegte.

Konstanze kehrte zu Hanna Vonstein zurück und horchte nach innen, wie immer, wenn sie in einer Angelegenheit unschlüssig war.

Hatte sie Interesse an einem näheren Kontakt? Eher nein.

Sie waren nie befreundet gewesen, warum sollten sie jetzt damit anfangen? Es würde unweigerlich zu Klatsch über Babelsburg kommen, und plötzlich hatte sie in Hanna Vonstein eine Vertraute, die sie weder gesucht noch benötigt hatte. Außerdem lag Konstanze nichts am Kontakt zu geschiedenen Frauen. Sie gehörten einer fremden Kaste an und schlugen sich mit anderen Problemen herum.

Geschiedene Frauen waren meist wirtschaftlich bedürftig, unterhielten Kontakte zu männlichen Zufallsbekanntschaften, die sie einem möglicherweise ins Haus schleppten, und sprachen von sich und den Witwen per »wir«, als ob es da eine Parallele gäbe.

Es gab keine Gemeinsamkeit, sondern einen sehr gravierenden Unterschied: Die Witwe wurde oft beneidet, die Geschiedene so gut wie nie.

Um sich die Entscheidung zu erleichtern, griff Konstanze zum Telefon und rief ihre Mutter Louise an.

»Louise mit ou« (Louise versäumte es niemals, auf diese kleine Besonderheit hinzuweisen) bewohnte trotz ihrer fünfundachtzig Jahre die große Altbauetage am Alleenring allein. Zweimal im Monat kam eine junge Frau, die ihr die schweren Arbeiten wie Fensterputzen und das Reinigen der Böden abnahm, aber alles andere meisterte Louise in eigener Regie. Den Vormittag verbrachte sie meist in Begleitung eines kleinen Federwisches, wie ihn die Kammerkätzchen in Salonstücken benützen, mit dem sie anmutig über die antiken Tischchen und die darauf zur Schau gestellten Porzellanfiguren wedelte. Meißener Porzellan war schon zu Zeiten ihres Antiquitätenhandels Louises Spezialgebiet gewesen und ihre große Liebe geblieben; sehr zum Ärger von Max, ihrem Ehemann, der all die springenden Pferde und Drachentöter zutiefst verabscheute. Aber nachdem die erste Figur, ein Adler mit furchterregenden Schwingen, erst einmal Einzug gehalten hatte, war Louise von einem Sammeltrieb befallen worden, der nicht mehr zu bremsen war.

Konstanze hatte sich als Kind vor den Figuren geängstigt, vor allem wenn sie sich nachts, fahl vom Mondlicht beleuchtet, auf sie zu stürzen schienen.

Am wohlsten hatte sie sich immer in Max' Arbeitszimmer gefühlt, in dem es schlichte Eichenmöbel, Bücherregale und keine einzige Plastik gab, aber heute war sie der Meißener Manufaktur dankbar, daß sie dem Lebensabend ihrer Mutter soviel Sinn verlieh. Konstanze war sicher, daß die zähe Louise dem Tod nur deshalb so oft ein Schnippchen geschlagen hatte, weil sie sich um ihre Lieblinge sorgte.

Zu den angenehmen Eigenschaften Louises gehörten eine gewisse Selbstgenügsamkeit (die Konstanze von ihr geerbt hatte) und ein nur wenig ausgeprägter Familiensinn. Sie gehörte nicht zu jenen Müttern, die einem einen schönen

Abend verdarben, weil man sie in Gedanken mit verbitterter Miene am Telefon sitzen sah.

Auch jetzt meldete sie sich eher eilig und ein wenig erstaunt.

»Konstanze, Liebling, wir sehen uns doch morgen, ist etwas passiert?«

»Fröhliche Weihnachten«, sagte Konstanze trocken. »Hast du alles gut überstanden?«

Zu den kleinen Mutter-Tochter-Ritualen gehörte es, daß Konstanze stets so tat, als ob die Mutter noch immer voll im Leben stünde.

Louise lachte.

»Aber sicher, Kind, es war wieder sehr gemütlich. Das Weihnachtsmenü ist mir diesmal hervorragend gelungen!«

»Das gelingt dir doch immer. Was gab's denn?«

»Ente mit Honigkruste. Ein Gedicht, sage ich dir. Ein wenig zu fett vielleicht, aber eine unruhige Nacht war es allemal wert. Wie war's denn bei euch?«

»Ach, sehr gemütlich. Der Kleine wird immer goldiger.«

»Ja, in dem Alter sind sie zum Fressen«, sagte Louise, die sich kaum noch daran erinnerte, wie Till und Mathilda als Baby gewesen waren, »da kommt sicher bald das zweite.«

»Vielleicht«, sagte Konstanze eilig, denn das Thema langweilte sie. »Ich rufe dich an, weil ich deinen Rat brauche. Ich habe heute Post bekommen. Hanna Vonstein hat mich zu sich nach Marbach eingeladen. Wie findest du das?«

»Wie soll ich das finden?« fragte Louise. »Das Schicksal hat schon vorgewarnt. Am Tag vor Weihnachten habe ich nach langer Zeit Fita Vonstein getroffen. Ich habe sie ganz spontan zum Tee zwischen den Jahren eingeladen. Es ist dir doch hoffentlich recht?«

»Macht sie denn immer noch Besuche?« wunderte sich Konstanze. »In ihrem Alter…«

»Was soll denn das heißen?« fiel ihr Louise ins Wort.

»Sie ist noch keine neunzig, mir erschien sie frischer als vor zehn Jahren. Aber jetzt zu Hanna Vonsteins Einladung, also wenn ich ganz spontan etwas sagen soll: Nein!«

»Warum nicht?«

»Ach, wozu sollte es gut sein? Sie lädt dich ein, du mußt sie zurückeinladen. Ihr tratscht über Babelsburg, weil ihr kein anderes Thema habt. Du erzählst Dinge, die du eigentlich für dich behalten wolltest, und ärgerst dich später. Und dann…«

»Ja?«

»Sie wird, nach anfänglicher Dankbarkeit, neidisch werden. Und du hast plötzlich eine Feindin.«

»Wieso sollte sie neidisch werden?«

»Das werden sie alle!«

Louise hatte als Geschäftsfrau mit regem gesellschaftlichem Kontakt so ihre Erfahrungen sammeln können. Vor allem die wirtschaftliche Not der meisten Geschiedenen mißfiel ihr.

Ihre Schulfreundin Magda, die sie nach vollzogener Scheidung weiterhin eingeladen hatte, war eines Tages unangenehm aus der Rolle gefallen. Sie hatte ihre Blicke herablassend über die Meißener Kostbarkeiten schweifen lassen und unverblümt gefragt, was dieser gräßliche Kitschkram eigentlich wert sei.

»Auf jeden Fall mehr, als du in deiner Hertie-Strumpfabteilung verdienst«, hatte Louise geantwortet und war somit ihrerseits aus der Rolle gefallen. Die Babelsburger Damen hatten ihr Schauspiel gehabt, und Magda war nie wieder eingeladen worden.

»Es hat keinen Zweck«, sagte Louise abschließend. »Außerdem können wir alles, was es an Neuigkeiten gibt, morgen von Fita erfahren!«

»Ich freu mich«, sagte Konstanze.

»Ich auch«, erwiderte Louise.

*Nur das Gift feiner und kluger Gehässigkeit
weckt und belebt die zwischenmenschliche
Szene.*

Horst Krüger

Konstanze lief die Marmorstufen zur Haustür hinauf und klingelte. Während sie darauf wartete, daß der Summer ertönte, wanderten ihre Augen an der Hausfassade entlang. Das Haus stammte aus den Gründerjahren, zeigte jedoch eine schlichte Architektur, ohne den damals üblichen Pomp. Den einzigen Schmuck bildeten die schön geschwungenen Fenster und die zierlichen, schmiedeeisernen Balkone.

Der Vorgarten sah wie ein winziger Schloßpark aus, mit kleinen kiesbestreuten Wegen, Zwergkoniferen und einem Rondell in der Mitte. Diese Miniaturwelt hatte Konstanze schon in ihrer Kindheit gefallen: Sie war lebendig und phantasieanregend, aber, von niedrigen Buchsbaumhecken umfriedet, gleichzeitig überschaubar und geschützt.

Jedesmal wenn sie ihre Mutter besuchte, fühlte sie einen leichten Stolz, in einem der gepflegtesten und bekanntesten Babelsburger Häuser aufgewachsen zu sein.

Der Summer ertönte, und Konstanze lief die Treppe hinauf.

Wie stets erwartete Louise sie in der geöffneten Etagentür stehend. Sie hatte sich ihre gute Haltung bewahrt, eine Haltung, »die mit dem Hochrecken des Kinns beginnt« und trug eines ihrer hellschimmernden, weichfließenden Kleider. Der Hals war mit einer doppelten Perlenkette geschmückt. Louise besaß diese Ketten in allen Varianten, von kurz bis bauchnabellang.

»Ich bin ein Typ für Perlen«, hatte sie ihrem Mann Max schon vor der Hochzeit mitgeteilt, damit er nicht etwa auf die Idee käme, sie mit Edelsteinen zu beleidigen. Frauen, die sich Rubine in die Ohren steckten oder gar mit Modeschmuck behängten, fand Louise »gnadenlos geschmacklos«.

Sie hatte die Lippen mit einem perlmuttfarbenen Stift nachgezogen und lächelte.

»Komm rein, Kind.«

Konstanze betrat die Diele, deren harmonische Symmetrie von einem Porzellanadler gestört wurde, der sich flügelschlagend auf den Gast zu stürzen schien. Sie versuchte, das gräßliche Vieh zu übersehen, hängte den Mantel an die Garderobe und betrat das Wohnzimmer. Es bestand aus zwei ineinandergehenden Räumen mit einem Rundbogen und großen Fenstern, durch die das kahle Geäst der Bäume schimmerte. In der heißen Jahreszeit verlieh das dichte Blattgrün der Wohnung etwas Kühles und gleichzeitig Sommerlich-Heitereres; heute wirkten die kahlen Äste vor dem grauen Himmel wie ein Kunstwerk.

Der Tisch war bereits gedeckt, und Louise schenkte den Tee ein. Konstanze ließ die Augen durch den vertrauten Raum wandern.

Zufrieden registrierte sie, daß der Christbaum wie gewohnt im Erker stand. Im Gegensatz zu der Hausherrin, die, wie sie stets betonte, noch keinen Zentimeter an Größe eingebüßt hatte, war er von Jahr zu Jahr kleiner geworden und steckte jetzt in einer großen, antiken Bodenvase. Aber er war wieder mit dem vertrauten Schmuck behängt, und Konstanze betrachtete gerührt die Kugeln und Zapfen. Auch das Hähnchen mit dem etwas schütter gewordenen, silbernen Schwänzchen hatte wieder seinen Stammplatz auf einem der oberen Zweige eingenommen.

Der Rundbogen war wie stets mit den Weihnachtskarten geschmückt, die Zeugnis davon ablegten, daß Louise noch immer über einen großen Freundeskreis verfügte, auch wenn Konstanze den Verdacht hatte, daß sie entstandene Lücken mit Hilfe von Karten aus den vergangenen Jahren aufzufüllen pflegte.

»Schön, daß du ein bißchen früher da bist«, sagte Louise, wobei sie ihre Tochter kritisch musterte. Aber das einfache, beigefarbene Wollkleid mit dem Seidentuch als einzigem Schmuck fand ihren Beifall. Sie erwartete alte Freundinnen und wollte ihre Tochter mit Stolz vorführen.

»Ja, da haben wir noch ein wenig Zeit für uns.«

Konstanze versuchte, dem balzenden Auerhahn, der sich direkt gegenüber vom Rand des Vertikos zu stürzen schien, nicht ins Auge zu blicken, und lächelte die Mutter freundlich an.

»Erzähl ein bißchen von Fita Vonstein, wie war sie denn so?«

Louise lachte. »Na, typisch Fita Vonstein eben. Ein wenig mokant, sehr gepflegt und immer auf dem Weg zu einer guten Tat. Wie geht es den Kindern?«

Mit diesem Sammelbegriff meinte Louise Mathilda, Till, Verena und den Urenkel.

»Ich weiß nicht. Mathilda läßt sich ja nicht in die Karten schauen. Ob sie zum Beispiel im Beruf erfolgreich ist…«

»Wenn du zweifelst, hat sie weder im Beruf noch im Liebesleben Erfolg«, wurde sie von Louise kategorisch unterbrochen.

»Mißerfolg läßt sich mit einiger Mühe verbergen. Erfolg nicht. Er leuchtet den Menschen aus den Augen.«

Konstanzes Blick ruhte auf einer Rokokogruppe, die sich mit Masken vor dem Gesicht im Tanz drehten.

»Aber Mathilda war immer schon ein wenig matt«, spann Louise den Faden weiter. »Sie kommt nach Geralds Familie.«

Alles, was Louise an den Enkeln mißfiel, schob sie lässig Gerald Vogelsang in die Schuhe, gegen dessen negative Gene sich das edle Blut der eigenen Familie einfach nicht hatte durchsetzen können.

»Und sonst, gab's etwas Interessantes unter den Weihnachtsgrüßen?«

Zu Zeiten von Handy, Telefax und E-Mail war Louises liebstes Kommunikationsmittel noch immer der Briefkasten, den sie allmorgendlich mit derselben gespannten Erwartung öffnete.

»Das Übliche. Und ein Anruf von Christian Lennert, erinnerst du dich noch an den…«

»Natürlich, das war doch dieser nette junge Mann aus bestem Hause mit den höflichen Manieren. Was wollte er noch werden, warte… Chirurg?«

»Zahnarzt!«

»Auch nicht schlecht. Den hättest du nehmen sollen, einen Arzt«, sie warf ihrer Tochter einen vielsagenden Blick zu.

»Warum hat er angerufen?«

»Ich denke, weil er einsam ist. Seine Frau hat ihn verlassen.«

In Louises Augen leuchtete ein Flämmchen auf.

»Hat er auch Kinder?«

Konstanze wurde ärgerlich. Louise übertrat allzuleicht die Grenze, dann mußte man sie zurückpfeifen.

»Einen Sohn, glaube ich, aber was interessiert uns das. Laß uns von etwas anderem sprechen!«

Geschickt verlagerte Louise den Unmut, in den Konstanzes Zurückweisung sie versetzt hatte, auf ein anderes Thema.

»Gern, was macht Till? Ist er immer noch mit diesem Trampel verheiratet?«

»Aber Mutter… natürlich sind sie noch zusammen. Sie planen ein zweites Kind und wollen ihren Hof ausbauen.«

»Welchen Hof? Ach, du meinst diesen Wanzenpalast. Ich frage mich, was die jungen Leute an diesen feuchten Gemäuern so anziehend finden. Und dann die Kosten. Armer Till. Hat Verena eigentlich einen Beruf erlernt?«

»Natürlich, sie war doch Lehrerin.«

»Ach ja, und ihr Vater?«

»Das hast du mich schon öfter gefragt. Er war Architekt.« Louise lachte. »Es ist eine Fangfrage. Ich bin jedesmal aufs neue auf deine Antwort gespannt. Maurer ist er, stimmt's?«

Konstanzes Blick fixierte ein sich aufbäumendes Pferd, das sich offenbar in größter Raserei befand, wie der irre Blick und die dick am Hals hervortretenden Adern vermuten ließen.

»Jedenfalls hat er seine Tochter schlecht erzogen«, sagte Louise.

»Aber das ist ja heutzutage gang und gäbe. Man muß froh sein, wenn sie den Gebrauch von Messer und Gabel kennen. Ich frage mich, ob ich sie zu meinem Geburtstag einladen soll.«

»Aber Mutter…«

»Sie ist mir schlicht zu langweilig«, sagte Louise. »Was soll ich mit ihr reden?«

Es klingelte.

Mausi Hochstätter und Evi Meirhöfer betraten die Szene. Ein wenig kurzatmig ließen sie sich auf das Chenillesofa fallen.

»Ach, es ist schön, wieder einmal hier zu sein«, sagte Mausi und versorgte sich mit Tee und Gebäck.

»Konstanze, wie geht es dir? Was machen die Kinder?«

Während Konstanze erzählte, daß Tills Geschäfte ganz ausgezeichnet gingen, Mathilda eine große Karriere beim Funk anstrebe und auch der kleine Vito weit über sein Alter hinaus munter und gewitzt sei – schon heute könne man sehen, daß einmal ein echter Vogelsang aus ihm werde – und die Damen ihrerseits mit den Taten ihrer Kinder aufwarteten (Mausi Hochstätter wartete sogar mit einem eigenen Helikopter auf, mit dessen Hilfe ihr Sohn das Zweithaus in der Schweiz ein wenig bequemer erreichen konnte), wunderte sich Konstanze wieder einmal darüber, daß sie sich im Kreise der älteren Generation soviel wohler fühlte als im Kreise ihrer Kinder. Wahrscheinlich war es die Liebe zum Ritual, das Geordnete, Vorhersehbare, das ihr das Gefühl wohliger Zugehörigkeit vermittelte. Daß die Damen immer ein wenig angaben und tapfer bemüht waren, mit Hilfe der Erfolge ihrer Nachkommen das Fehlen eigener Erfolge erträglicher zu gestalten, nahm sie ihnen nicht übel. Das bißchen Angeben gehörte dazu, es schadete niemandem und hob die Stimmung.

Louise reichte das Porzellankörbchen mit dem durchbrochenen Rand herum, das Konstanze von Kindheit an vertraut war, und Evi nutzte die kleine Gesprächspause, um endlich anzubringen, daß ihr Enkel Florian nicht nur das Kinderskirennen in Davos gewonnen hatte, sondern darüber hinaus auch noch Klassensprecher geworden war.

»Der ist ein heller Kopf«, sagte sie und lehnte sich aufatmend zurück. »Ein echter Meirhöfer!«

Mausi wollte gerade erwidern, daß ihre Enkelin auf sportlichem Gebiet noch keine hervorragenden Leistungen zeige, dafür aber am Klavier ganz eindeutig geniale Minuten habe, als es klingelte. Die Damen zuckten erschrocken zusammen. Im Wettstreit der Erfolgsmeldungen hatten sie Fita Vonstein vollkommen vergessen.

Sie gehörte eigentlich nicht zu dieser eingeschworenen Runde, die sich seit Ewigkeiten kannte, war nicht einmal eine echte Babelsburgerin, sondern erst vor vierzig Jahren zugezogen, und Louise hatte sie ausschließlich aus dem Grund eingeladen, weil sie endlich erfahren wollte, was aus Hanna Vonstein geworden war. Auf diese Weise hoffte man, das Nötigste zu erfahren, ohne daß Konstanze den Schützengraben verlassen und direkten Kontakt aufnehmen mußte.

Fita Vonstein hatte etwas von der Würde der ehemaligen Pfarrfrau bewahrt. Ebenso wie Louise, hielt sie sich sehr aufrecht, trug das Haar aufgesteckt und hatte ein hellseidenes Jackenkleid angelegt. Ihre Haltung strahlte die Würde jener

Menschen aus, die täglich eine gute Tat begehen und in der ruhigen Gewißheit leben, daß dies »oben« auch registriert werde.

Sie hatte sich ein wenig verspätet, nicht etwa, weil sie zuviel Zeit mit dem Ankleiden vergeudet hatte wie andere Leute, sondern weil sie unterwegs bei einer kranken Nachbarin geklingelt und ihr ein wenig Obst gebracht hatte.

Dann hatte sie ihr eine Weile die Hand gehalten und das Kissen aufgeschüttelt. Fita Vonstein begann nun mit der Aufzählung all jener Dinge, die sie während der drei Wochen andauernden Krankheit ihrer Nachbarin erledigt hatte. Sie tat dies akzentuiert und mit erhobener Stimme, damit es »oben« auch bestimmt gehört werde, und wurde schließlich von Louise ein wenig ungeduldig unterbrochen:

»Und zu Hause ist alles in Ordnung? Wie geht es Ihrem Sohn?«

Fita zuckte ein wenig zusammen, aber sie bekam lässig die Kurve.

»O gut, danke! Im Herbst eine leichte Gastritis. Nichts Ernstes, glücklicherweise, Doktor Grevenstein ist ja ein hervorragender Arzt…«

»Und Ihre Schwiegertochter, ich meine… Wie hieß sie noch?«

Fita lächelte. »Juliane? Oh, sie ist etwas sehr Liebes. Natürlich tat sie sich anfangs ein wenig schwer, das große Haus, die gesellschaftlichen Verpflichtungen…«

»Ach ja?« Louise hob gekonnt die Brauen, um anzudeuten, daß es mit den gesellschaftlichen Verpflichtungen doch wohl so weit nicht her war. »Und Hanna?«

Um etwaigen Beschönigungen vorzubeugen, fuhr sie fort: »Wir haben zu Weihnachten Post von ihr bekommen. Sie hat meine Tochter eingeladen.«

Es war interessant zu sehen, wie Fitas Gesicht bei dieser überraschenden Botschaft von einer leichten Röte überzogen wurde.

Aber sie war immer eine beherzte Frau gewesen, die es gewöhnt war, unangenehme Dinge unerschrocken anzugehen: »Hanna geht es gut. Sie hat kürzlich ein Restaurant eröffnet.«

Lüstern beugten sich die Damen vor. »Ein – Lokal?«

Wie interessant. Niemand hatte zu hoffen gewagt, daß die ehemalige Frau Professor in einer Kneipe gelandet war. Es entstand ein Schweigen, in dem sich jede der Damen angenehmen Bildern überließ.

Konstanze sah Hanna mit einer rot-weiß-karierten Schürze in einem Schmuddellokal mit Wienerwaldbestuhlung umherlaufen, die Flecken auf dem Gesicht passend zu den Stuhlkissen.

Louise sah sie in der fischfarbenen Bluse in der Küche Berge von Kartoffeln schälen.

Mausi und Evi, die Hanna nicht gekannt hatten, sahen nur eine Kneipe. Dennoch teilten sie die Freude der anderen und lehnten sich wohlig zurück.

Louise holte die Flasche mit dem Cognac. Man trank und entspannte sich. Das Scheitern der Mutigen rechtfertigte wieder einmal das Verharren der Feiglinge.

»Ist sie eigentlich allein geblieben?« fragte schließlich Louise.

»Ja, nach dem gescheiterten Versuch mit einem Ornithologen.«

»Einem was?«

»Einem Ornithologen.«

Fita genoß es sichtlich, das schwierige Wort lässig über die Lippen rollen zu lassen.

»Hanna wollte doch selbst« – hier verlieh sie ihrer Stimme einen süffisanten Ton – »Ornithologie studieren.«

»Das ist Vogelkunde«, klärte Louise ihre Freundinnen Evi und Mausi auf.

»Und das kann man studieren?«

Mausi trank einen zweiten Cognac und kicherte.

»Wie pflege ich meinen Nymphensittich.«

Auch Evi hielt es nicht länger: »Wie lasse ich meinen Vogel pfeifen?«

Fitas Blick ließ das Geplänkel augenblicklich verstummen. Sie legte die weißen Hände mit den blauen Adern andächtig zusammen und starrte eine Weile darüber hinweg.

»Wir wollen doch die arme Hanna in Frieden lassen«, sagte sie dann. »Sie hat ihr Schicksal tapfer getragen, und ob sie nun in einem Restaurant oder irgendwo anders ihren ... Lohn verdient, sollte niemanden kümmern. Arbeit schändet nicht«, fügte sie hinzu.

Das sahen die Damen auch so und nickten allesamt bestätigend.

Aber Evi hatte noch etwas auf dem Herzen.

»Hätte sie da nicht besser diesen Oron ... diesen Vogelhändler geheiratet?«

Fita seufzte und schenkte ihnen noch eine Zugabe:

»Leider unmöglich. Er war ja sehr viel jünger als sie.«

Die Damen rissen die Augen auf. Eine Professorengattin, Schwiegertochter einer Pfarrwitwe, verläßt nach dreißig Jahren ihren Mann und bandelt mit einem jungen Mann an? Wie war das möglich?

Im Gedankenlesen geübt, zauberte Fita ein nachsichtiges Lächeln auf ihre Lippen. »Sie stammt eben aus sehr einfachen Verhältnissen!«

Das war natürlich eine plausible Erklärung.

»Wie viele Jahre waren's denn?« preschte Mausi schließlich vor. Ihr gewaltiger Busen mit der Granatbrosche hob und senkte sich vor Erregung.

Fita formte die Lippen zu einem tonlosen Geständnis:

»Sechs Jahre!«

Sechs Jahre! Und dann war sie in einer Kneipe gelandet.

Eine direkte Folge all dieser Taten. Und irgendwie ja wohl auch verdient.

»Wir wollen hier niemanden verurteilen«, sagte Fita. »Trinken wir lieber auf ihr Wohl!«

Die Damen füllten die Gläser ein drittes Mal.

Natürlich nur ausnahmsweise und zur Feier des Tages.

Weil man endlich wieder einmal so nett beisammensaß.

Und weil Weihnachten war.

»Auf das neue Jahr…«

»Und die Gesundheit…«

»Daß Hanna ihren Weg finden möge«, sagte Fita schlicht.

Am Abend setzte sich Konstanze an ihren kleinen Sekretär, nahm eine Briefkarte und bedankte sich bei Hanna Vonstein für die freundliche Einladung.

Leider könne sie sie, mannigfaltiger gesellschaftlicher und familiärer Verpflichtungen wegen, nicht annehmen.

Vielleicht ergäbe sich, später einmal, eine Gelegenheit zu einem Treffen. Aber es wäre doch naheliegender, wenn dieses dann in einem größeren Kreis stattfinde.

Einstweilen wünsche sie ihr alles Gute für die Zukunft.

Mit diesen Zeilen hatte Konstanze eine Menge gesagt, und sie hoffte, daß Hanna die Botschaft verstünde.

Da sie einmal in Schwung war, schrieb sie gleich noch ein paar Zeilen an Christian Lennert. Im Grunde bedauerte sie es bereits, dem Treffen am Valentinstag zugestimmt zu haben. Sie spürte ein starkes Verlangen, ihre kleine Welt zu schützen, und gleichzeitig die Gefahr, die sie heraufbeschwor, wenn die Deiche, die sie errichtet hatte, an einer Stelle brachen. Dann konnten Sturzfluten über sie hereinbrechen, die sich nicht mehr bezähmen ließen.

So dankte sie Christian Lennert mit betont zurückhaltenden Worten für »die rosa Blumen«, womit sie ihm auf feine Weise zu verstehen gab, daß diese den Namen »Nelken« kaum noch verdienten, versicherte sodann, daß dies nicht nötig gewesen sei, und ließ durchblicken, daß das Treffen am Valentinstag höchstwahrscheinlich an einer notwendigen Hausrenovierung scheitern werde.

Zufrieden schraubte Konstanze den Federhalter zu. Sie fühlte sich entspannt wie immer, wenn sie sich auf bekanntem Terrain bewegte. Ein auseinandergefallenes, an allen Ecken ausfransendes Leben, wie diese Vonsteins es führten, hätte ihr das Gefühl vermittelt, im Leben versagt zu haben.

Ihr fiel ein, daß sie über der Sensation, daß Hanna in einer Kneipe bediente, ganz vergessen hatte, Fita Vonstein nach ihren Enkelinnen Elisabeth und Sophia zu fragen. Sie hatte gehört, daß Sophia geschieden sei und Elisabeth noch immer an irgend etwas herumstudiere. Nun, diesbezüglich konnte sie ja einmal bei Vonsteins anrufen oder, besser, Louise bei Hanna anrufen lassen. Als ehemalige Geschäftsfrau war sie im diskreten Einholen von Informationen geschickter als sie.

Als Konstanze wenig später, beide Briefe in der Hand, zu ihrem Abendspaziergang aufbrach und in die Nähe des Kurparks kam, ließ sie den Blick den Hang hinaufschweifen, an dem die Villa Vonstein lag. In der Dämmerung, vor dem Hintergrund des aufsteigenden Waldes, wirkte das riesige Haus schwer zugänglich wie ein Adlerhorst. Das goldene Licht rechts oben leuchtete eindeutig aus Fitas Gemächern, und das vergitterte Fenster hinter der kahlen Blutbuche mußte zum Küchentrakt gehören.

Alle anderen Fenster waren dunkel.

Langsam ging Konstanze den Hang hinauf und die Heinrich-Heine-Allee entlang, an der die Villa lag.

Die Straßenseite des Hauses war gänzlich unbeleuchtet.

Der Vorgarten wirkte ein wenig verwahrlost, und die Freitreppe war nicht, wie zu Hannas Zeiten, mit Kübeltannen geschmückt.

Ein wenig schäbig flankierten die Mülltonnen den Eingang zur Garage. Selbige war leer, die Botschaft eindeutig: Der Hausherr war nicht zu Hause.

Man muß immer mit Leuten rechnen,
auf die man nicht zählen kann.

H. H. Kersten

Das neue Jahr begann für Christian Lennert und Hanna Vonstein mit einer Niederlage: Beide erhielten Konstanzes Absage.

Christian Lennert, der beschlossen hatte, die Praxis im kommenden Jahr aufzugeben, und der die wenigen Sprechstunden nur noch nach Vereinbarung abhielt, ordnete am Dreikönigstag die Unterlagen seiner Steuererklärung. Die Tätigkeit versetzte ihn in üble Laune, da er wie stets das Gefühl hatte, nahezu umsonst gearbeitet zu haben. Er schob die Papiere zur Seite und nahm noch einmal Konstanzes Schreiben zur Hand.

Sie teilte ihm kühlen Tones mit, daß das Treffen am Valentinstag nicht zustande kommen werde, bedauerte dies, ohne einen neuen Termin zu nennen, und dankte, wie ihm schien, ein wenig süffisant, »für die rosa Blumen«!

Keine Nelken für Konstanze, notierte Christian in seinem Gedächtnis. Er erinnerte sich, daß sie schon als junges Mädchen einen ausgefallenen Geschmack gehabt und das allgemein Gängige abgelehnt hatte. Konstanze war attraktiv gewesen, distanziert-ironisch und immer ein wenig kühl. Sie war sich bewußt, daß sie um einiges höher stand als andere, und beugte sich nur selten einmal hinab. Dann hatte sie einen anderen geheiratet – und jetzt war sie Witwe. Christian begrüßte diesen unverhofften Glücksfall als Silberstreif am Horizont.

Im Grunde hatte er sie nie vergessen. Jeanette war nur eine

Trotzreaktion auf Konstanzes Zurückweisung gewesen. Es würde seinem Ego schmeicheln, wenn er diese Zurückweisung letztendlich doch noch in einen Erfolg umwandeln könnte.

Mit nervösen Händen fahndete er nach dem Foto, das ihm vor einigen Wochen zufällig in die Hand gefallen und der eigentliche Anlaß für seinen Anruf gewesen war. Es zeigte ihn und Konstanze im Kurpark von Bad Babelsburg. Groß, schmal, das Haar aus der Stirn gekämmt, schaute sie ein wenig hochmütig in die Kamera. Er blinzelte unsicher in die Sonne, so als ob er die Zurückweisung, die noch am selben Abend erfolgte, bereits ahnte. Sein Sohn Per, dem er das Foto gezeigt hatte, hatte sich als erstaunlich guter Psychologe erwiesen:

»Du bist verliebt, aber unglücklich, denn sie will dich nicht. Sie ist anderen überlegen. Und sie weiß es.«

Christian verließ den Schreibtisch und begann, unruhig im Zimmer auf und ab zu gehen. Dieses manische Herumtigern war eine Angewohnheit, beinahe schon ein Zwang, die er früher nicht gehabt hatte.

Früher, als alles, was er tat, noch einen Sinn gehabt hatte und mit dem angenehm prickelnden Gefühl verbunden gewesen war, ein vielgefragter Mann zu sein.

Aber seitdem Jeanette ihn verlassen hatte, und zwar von heute auf morgen und ohne ein einziges Wort der Vorwarnung, fühlte er sich als Auslaufmodell. Das Verlassenwordensein hatte eine tiefe Wunde geschlagen, zumal er keinen Grund dafür fand.

Er hatte immer geglaubt, daß sie seine kleinen Affären lächelnd akzeptiere; schließlich war sie eine kluge Frau und er ein Mann mit den ganz normalen Bedürfnissen, die ein Mann nun einmal hat.

Seitdem er nun allein lebte, erschien ihm das weitläufige Haus unendlich öde und leer. Sie hatten den Bungalow, dreißig Kilometer von der Stadt entfernt, Anfang der Siebziger gebaut, und in den vielen Jahren war kein Tag vergangen, an dem ihm Jeanette nicht in irgendeiner Form zu verstehen gegeben hatte, daß das Haus nicht ihrem Geschmack entsprach.

»Hinterfotzing, bei Neureichs«, hatte sie ihre Adresse ironisch genannt. Ihm, Christian, hatte es immer gefallen, schon der klaren Würfelform und des L-förmig angebauten Praxistraktes wegen, der den Garten zur Straße hin abschirmte. Die Wohnhalle war achtzig Quadratmeter groß, mit raumhohen Panoramascheiben und einer breiten Treppe, die zum oberen Geschoß führte. Die Küche war offen in den Wohnraum integriert, und wenn die versenkbaren Scheiben ganz herabgelassen waren, gingen Wohntrakt und Garten ineinander über; dann fühlte man sich, wie Jeanette ironisch zu bemerken pflegte, »wie bei einem Empfang im Kanzlerbungalow«.

Im oberen Trakt hatte jeder sein eigenes Schlafzimmer gehabt, er darüber hinaus einen Arbeitsraum, in dem er jetzt vorwiegend wohnte, und Per ein großzügiges Schlaf- und Spielzimmer.

Alle oberen Räume waren durch eine große Terrasse miteinander verbunden. Was, zum Teufel, war daran auszusetzen?

Erst nachdem sie ihn verlassen hatte, war Christian klargeworden, daß sein Haus tatsächlich einen Makel hatte: Ein einzelner Mensch ging darin verloren. Der viele freie Raum hatte etwas bedrückend Unbehagliches, so daß er anfangs seine Zeitung unruhig von Ecke zu Ecke getragen, aber nirgendwo Entspannung gefunden hatte. Schließlich war er nach dem Essen, das er in der tröstlichen Nähe der Mikrowelle aus der Folie löffelte, in sein Arbeitszimmer geflohen. Er hatte sich tief in seinen Sessel vergraben und sich ein wenig geborgener gefühlt.

Früher war ihm das alles nicht aufgefallen. Er war am Tag von Patienten umlagert und hatte sich abends gern in einem der Clubs entspannt, in denen er, vorwiegend aus geschäftlichen Gründen, Mitglied war. Wenn er dann, so gegen Mitternacht, nach Hause kam, leuchtete ihm das Licht aus der Vorhalle tröstlich entgegen.

Er war immer mit einem Gefühl des Stolzes auf sein Haus zugefahren, diesen »betongewordenen Erfolg«, wie Jeanette zu bemerken pflegte.

Die Wohnhalle war, das hatte er widerwillig zugeben müssen, für private Zwecke vielleicht ein wenig zu groß geraten, aber als Rahmen für Partys hatte sie sich bewährt. Sie war die ideale Bühne für seine sorgfältig inszenierten Auftritte. Er pflegte erst in Erscheinung zu treten, wenn sämtliche Gäste bereits anwesend waren, kam dann mit elastischen Schritten die Treppe heruntergefedert und breitete zur Begrüßung theatralisch die Arme aus: »Ich grüße euch …«

Wieder einmal hatte ihn ein überaus wichtiger Termin daran gehindert, pünktlich auf seiner eigenen Party zu erscheinen, was er aber wiedergutzumachen versuchte, indem er sich um so rühriger um die Gäste kümmerte.

Die Herren hatten stets ein wenig säuerlich gelächelt, aber den Damen hatte es gefallen.

Das Bedürfnis für diese filmreifen Auftritte hatte Jeanette mit jener Spitzfindigkeit, die alles zunichte machte, was ihm heilig war, sofort analysiert: Christian verbringt sein Leben praktisch auf dem einen Quadratmeter neben seinem Zahnarztstuhl.

Kein Wunder, daß er wenigstens einmal im Jahr das Gefühl haben möchte, zu fliegen.

In der erwärmenden Erinnerung an Auftritte dieser Art verließ er sein Arbeitszimmer, durchquerte die Diele und beugte sich über das Treppengeländer. Stumm blickten die in der Halle verteilten Sofas zu ihm hinauf.

Von oben wirkte das Ganze, schwarze Ledersofas auf grauem Granit, tatsächlich ein wenig wie die Empfangshalle einer Bank. Jeanette hatte immer gewitzelt, daß neben jedes der Sofas eigentlich ein Stehascher gehöre und ein quadratischer Betonkübel mit Grünpflanzen in Hydrokultur.

Er ging zurück ins Arbeitszimmer, wobei sich das Gefühl vertiefte, daß diese sinnlosen Streifzüge durch das Haus bereits zur Manie geworden waren. Er öffnete die Tür zur Terrasse und schaute in den Garten hinunter.

Das gepflegte Oval der Rasenfläche wurde von Koniferen gesäumt, die Rhododendren, einst kniehoch gesetzt, bildeten inzwischen haushohe Mauern. Alles zusammen ergab den perfekten Sichtschutz und blieb auch im Winter ansehnlich. Wie hatte Jeanette das alles so einfach verlassen können? Ob – und dieser Gedanke kam ihm ganz plötzlich – Konstanze daran Gefallen fand? Oder ob sie das Resultat lebenslanger Arbeit ebenso ablehnen würde wie Jeanette und Per?

Er heftete den Blick an die hintere Grundstücksgrenze und entdeckte das schwache Licht, das durch die dichte Hecke schien.

Per war zu Hause.

Nach Jeanettes Fortgang, am Tag nach seinem dreißigsten Geburtstag, war Per in das Holzhaus gezogen, das Jeanette als Atelier gedient hatte. Sie widmete sich in den letzten Jahren der Bildhauerei, wie viele Frauen, die etwas suchten, mit dem sie die Leere ihres Daseins ausfüllen konnten.

Abstrakte Kunst war dafür hervorragend geeignet. Niemand wußte, was es darstellen sollte, und niemand mochte dies zugeben. Es war die ewige Wiederholung des Märchens von »Des Kaisers neue Kleider«, und nicht der Künstler in der hilflosen Nacktheit seiner Kunst, sondern der, der diese entlarvte, gehörte an den Pranger.

Ein Höhepunkt dieses Lebens war immer die Ausstellung eigener Werke im Gemeindehaus. Zu diesem Anlaß erschienen dann die Freundinnen der Kunstschaffenden, schlenderten blicklos die Galerie ab, standen, am Sekt nippend, noch ein wenig herum und eilten dann zum nächsten Kulturtreff. Christian hatte Ereignisse dieser Art wohlwollend begleitet, sogar beim Aufhängen der Bilder geholfen und sich jede negative Bemerkung verkniffen. Daß er sich anschließend an einer der vertrauten Clubtheken von dem Kunstgenuß erholte, durfte ihm niemand verübeln. Aber Jeanette hatte es ihm verübelt, das und so vieles andere…

Nun bewohnte Per das romantische Haus am Ende des Gartens. Es hatte ein wenig an Zauber eingebüßt, nachdem man die Anliegerstraße ausgebaut und bis dicht an die Grundstücksgrenze herangeführt hatte, ein weiterer Grund dafür, daß Jeanette auch noch den letzten Rest von Interesse am Leben in »Hinterfotzing« verloren hatte. Das Haus selbst war geblieben, wie es war. Es hatte, das mußte Christian widerwillig zugeben, Atmosphäre.

Tisch, Eckbank und Spind fanden auf engstem Raum Platz. Ein eiserner Ofen heizte den Raum und diente gleichzeitig als Kochherd. Das große Doppelbett war fest eingebaut. Man erreichte es über ein Dreistufentreppchen, konnte sich gemütlich darin einrichten und die Vorhänge zuziehen. Dieses Bett gefiel sogar Christian. Für amouröse Abenteuer war es sicher hervorragend geeignet, auch wenn Per diesen Vorteil nicht oft zu nutzen schien. Der Sohn war dem Vater immer fremd geblieben, und daß er, der einige Semester Germanistik studiert hatte, an der Volkshochschule Kurse gab und mit mittelalterlichen Damen die Werke der Weltliteratur diskutierte oder sie gar dazu ermutigte, ihr eigenes Leben zu Papier zu bringen, war fast schon grotesk.

Die Damen verliebten sich reihenweise in ihn, aber es schien ihn nicht weiter zu berühren. Hingabe von Frauen, gleich welchen Alters, war er von klein auf gewöhnt. Er lebte in seiner eigenen Welt, zu der Christian keinen Zugang hatte.

Per hatte die Scheune, in der Jeanette sich der Bildhauerei hingegeben hatte, vergrößert und nutzte sie nun als Werkstatt, in der er Bauernmöbel restaurierte.

Christian hatte diese »Erwerbsidee«, wie er Pers Beruf nannte, wohlwollend unterstützt. Angesichts seines Sohnes war ihm schon vor Jahren klargeworden, daß dieser niemals Interesse zeigen würde, die Praxis zu übernehmen, und sein Lebenswerk somit dem Vergessen geweiht war.

Jetzt, nachdem Jeanette ihn verlassen hatte, fragte er sich manchmal, was später einmal mit dem Haus geschehen werde. Wahrscheinlich würde Per es sofort nach seinem Tod verkaufen und sich irgendwo anders ansiedeln.

Nun, sollte er es tun.

Beruflich hatte sich Per, nachdem er ein Jahr lang bei einem Restaurator alles Wissenswerte gelernt hatte, rasch einen Namen gemacht, denn in den letzten Jahren war es Mode geworden, alte Bauernhäuser aufzukaufen und »originalgetreu« zu möblieren.

Christian hatte diesem wurmstichigen Plunder nie etwas abgewinnen können, aber zum Glück für Per gab es genügend Leute, die nicht so dachten.

»Wenn ich an meinem Bauerntisch sitze und auf den bemalten Schrank schaue, der soviel älter ist als ich, fühle ich mich nicht mehr allein«, hatte ihm eine Patientin anvertraut. »Dann vermisse ich nicht einmal meinen Mann!«

Allein! Christian nahm seine einsame Wanderung durch die dämmerigen Räume wieder auf.

Er fühlte sich verdammt allein in dem leeren Haus mit dem Licht hinter der Hecke.

Auch wenn er, er lachte ein wenig in sich hinein, nicht vorhatte, seine Sehnsucht mit Hilfe eines Kleiderkastens aus dem achtzehnten Jahrhundert zu stillen. Anders als seine Patientin zog er etwas Lebendiges vor. Wobei seine Gedanken erneut bei Konstanze landeten. Er sah sie im wehenden Kleid die Treppe heruntereilen, die Arme ausgestreckt und die Lippen zu einem Lächeln geformt:

»Ich grüße dich…«

Aber ob sie abends beim Schein der Lampe auf ihn warten würde?

Er warf einen Blick auf die Uhr, und wie auf Kommando glitten im Haus die Rollos in die Tiefe. Gleichzeitig flammten die zeitprogrammierten Lampen auf.

Er schauderte ein wenig. Heute, zum ersten Mal, erschien ihm die menschenersetzende Technik nicht sinnvoll, sondern unheimlich.

Wenn er nun einmal von einer Reise nicht mehr zurückkehrte und die Rollos dennoch auf- und niedergleiten und sich die Lampen an- und ausschalten würden, im ewigen Wechsel der Tageszeiten?

Wenn die Mechanik als einziges übrigbliebe?

Auch Per beobachtete das Aufflammen der Lampen und das Heruntergleiten der Rolläden. Er stand rauchend am Fenster und blickte durch das kahle Geäst der Büsche zum »Hauptquartier« hinüber.

Er empfand ein diffuses Gefühl von Mitleid bei der Vorstellung, daß sein Vater allein in dem viel zu großen Haus herumirrte oder im Pool hin und her schwamm, um sein tägliches Fitneßsoll zu erfüllen.

Früher, als solche Dinge noch etwas galten, hatte er als strahlender Sieger auf dem Gewinnertreppchen gestanden, aber die Werte hatten sich verändert. Per erinnerte sich kaum noch an die letzte Poolparty im Keller, auf der Nixen in knappen Bikinis die Bar schmückten, um sich später quietschend vor Lachen ins Wasser werfen zu lassen. Die Nixen waren in den letzten Jahren immer jünger geworden. Und ganz ungeniert hatten sie Haus und Garten taxiert und sich kühl ausgerechnet, wie hoch der eigene Anteil im Falle einer Scheidung wäre.

Per wandte sich ab und begann, das Geschirr vom Mittagessen zu spülen. Auch Tini hatte heute Nachmittag ganz unverhohlen das Gespräch auf den Wert des Anwesens gebracht.

»Laß mich raten! Eine Million? Zwei?«

Dann hatte sie gefragt, ob man nicht einmal »drüben« Tee trinken könne? Und ob es seinem Vater nicht einsam werde, so allein...

Gehörte nicht in jedes schöne Haus eine (hier hatte sie einen ihrer unsäglichen Gigser zwischengeschaltet) schöne Frau?

Per stellte die Teller ins Regal und ging hinüber in die Scheune, um die Schellackschicht zu prüfen, die er heute morgen aufgetragen hatte. Die Platte des alten Tisches war fast trocken, und er konnte morgen früh mit dem zweiten Anstrich beginnen.

Er löschte das Licht, und seine Gedanken kehrten zu Tini zurück.

Sie war ein Problem, das er im neuen Jahr lösen mußte.

Wie zufällig war sie vor einem Jahr in sein Leben gekommen.

Sie hatte das alte Spinnrad zum Aufarbeiten gebracht und die ersten tausend Gramm Wolle gleich bei ihm gesponnen. Dekorativ neben dem alten Ofen sitzend, das lange, blonde Haar über der linken Schulter, die Wangen leicht gerötet. Ein schönes Bild, an das er sich hätte gewöhnen können.

Aber Bilder plapperten nicht...

Auch Hanna saß am Dreikönigstag über den Papieren, die sie für ihren Steuerberater zurechtlegen mußte. Sie lachte zufrieden in sich hinein. Das letzte Jahr war noch besser gewesen als das vorletzte, und das in einer Zeit, in der beinahe täglich ein Lokal schließen mußte. Aber ihr Konzept – gutes Essen, persönliche Bedienung und zivile Preise – war aufgegangen.

Zu den Stammgästen kamen neue hinzu, und die Atmosphäre wurde, wie es sich für ein Lokal gehört, von Jahr zu Jahr besser.

Es war eine gute Idee gewesen, sich auf wenige saisongerechte Gerichte zu beschränken und den Gast nicht mit einer zehnseitigen Speisekarte voller Gerichte zu verwirren, die in Sekundenschnelle auf dem Tisch standen und nach nichts schmeckten.

Die Idee, ein Restaurant zu eröffnen, war von Elisabeth gekommen.

Sie hatte ihr Betriebswirtschaftsstudium an den Nagel gehängt, als ihr klar wurde, daß viele ihrer Kommilitonen direkt in die Arbeitslosigkeit hineinstudierten, und zusammen mit einer Freundin ein Bistro eröffnet, das von Anfang an florierte. Sie führte den Erfolg auf ausgesucht höfliche Bedienung zurück.

»Ein Gast, der zu dir kommt, um etwas zu essen und sich zu erholen, und der bereit ist, dafür zu zahlen, will nicht von einer Bedienung beleidigt werden, die ihm das Gefühl vermittelt, daß es eigentlich unter ihrer Würde ist, seine Wünsche entgegenzunehmen«, hatte Elisabeth erklärt. »Mensch, Mama, du hast achtundzwanzig Jahre lang umsonst gekocht, willst du es nicht mal gegen Bezahlung tun? Anstelle von Papas schweigend mahlendem Unterkiefer siehst du fröhliche Gesichter und Menschen, die von Herzen dankbar sind, wenn der Kellner ihnen einmal zulächelt. Diesbezüglich sind wir doch hierzulande alle unterversorgt«, hatte sie hinzugefügt.

Das genial einfache Konzept hatte also geheißen: immer frisch nach Saison, freundliches Personal und zivile Preise, gemütliche Einrichtung und für Stammgäste einen Extragruß.

Dieses Gespräch, Hanna lächelte, wenn sie sich daran erinnerte, hatte zu Beginn ihres Singlelebens stattgefunden, als sie gerade im Begriff war, Ornithologie zu studieren und sich, scheinbar nebenbei, in Justus Fuchs zu verlieben. Sie hatte mit Justus ein faszinierendes Gesprächsthema gehabt, nämlich die Vogelwelt, und sich einen ganzen Abend, ja, eine ganze Nacht lang mit einem Mann unterhalten zu können, war für Hanna, die von Arthur nie ernst genommen worden war, von ähnlich prickelndem Reiz, als wenn Justus ihr gestanden hätte, noch nie eine erotisch so aufregende Frau gesehen zu haben. Aber nach und nach war sie in die Zuhörerrolle gerutscht und ein wenig mißtrauisch geworden, als er schließlich den Vorschlag machte, ihre Wohnung in der City zu verkaufen und mit ihm zusammen ein Haus zu beziehen, das nahe an einem Naturschutzgebiet, weitab von jeder weiteren Behausung lag.

Dort wollte er seine Studien über das veränderte Verhalten der Stelzvögel vervollständigen und endlich an seinem Werk über das Aussterben der Arten arbeiten.

Was Justus Fuchs, der Hanna tatsächlich herzlich zugetan war, schon weil er nie zuvor eine so aufmerksame Zuhörerin wie sie gehabt hatte, nicht wußte, war, daß Hanna unter einem Trauma litt: Sie sah die Küche des einsamen Landhauses vor sich und ihren Blick über die Diele hinweg an jener verschlossenen Tür stranden, hinter der Justus Fuchs sich seinen Studien hingab.

Das Bild verursachte in Hannas Innerem einen Flächenbrand, dem die Liebe zu Justus Fuchs zum Opfer fiel ...

Vielleicht wäre ja alles ganz anders gekommen, aber wer konnte das wissen? Hanna war Ende Fünfzig, und ihre Geduld war erschöpft.

An dem Tag, an dem sie ihn zum erstenmal versehentlich mit dem Namen »Arthur« ansprach, wußte sie, daß ihre gemeinsame Zeit vorbei war.

Wie Christian Lennert legte auch Hanna die Papiere zur Seite und begann im Zimmer auf und ab zu tigern.

Das Restaurant »HannaS«, (auch der Name war eine Idee ihrer Tochter Elisabeth) lief mittlerweile praktisch von selbst. Vor einem Jahr hatte sie die Leitung an Elisabeth übergeben und sich vom Geschäftsleben zurückgezogen. Dennoch liebte sie es, am frühen Abend im Lokal zu sein, wenn die Stammgäste eintrafen. Sie kamen mit frohen, erwartungsvollen Gesichtern, lachend und bestens gelaunt.

Schaudernd erinnerte sich Hanna der Haltung, mit der sich Arthur dem Tisch zu nähern pflegte: eingezogener Kopf, hängende Schultern, zusammengepreßte Lippen, begleitet von einem tiefen Seufzen, ehe er sich niederließ und blicklos die Gabel ins Fleisch stach.

Hanna trat auf die Terrasse hinaus und schaute auf die belebte Geschäftsstraße hinunter. Sie mochte das Leben mitten in der City, es gab einem das angenehme Gefühl der Zugehörigkeit. Außerdem war es praktisch, alle Einkäufe rasch und wie nebenbei erledigen zu können. Unten trat gerade die Inhaberin des Stadtcafés vor die Ladentür und winkte hinauf. Auch »Klärchen« hatte sie von ihrer Vorgängerin Julie übernommen. Wie hatte Julie nur eine so ideal gelegene Wohnung mit einer so intakten Nachbarschaft für dieses Mausoleum am Hang eintauschen können.

Hanna ging in die Küche und setzte das Teewasser auf. Die Kanne, Design pur, stammte von Henry, dem Nachbarn, ebenfalls ein Geschenk aus Julies »Nachlaß«. Henry war Berufsfotograf und hatte kürzlich den Auftrag erhalten, denkmalgeschützte Villen zu fotografieren.

Eines der interessantesten Objekte war die Villa Vonstein in Bad Babelsburg gewesen. Die Außenansicht sollte den Einband des Buches schmücken, und für den eigentlichen Beitrag wünschte der Herausgeber einige Detailaufnahmen: zum Beispiel die geschwungene Freitreppe mit dem imposanten Portal, das rosettenförmige Speicherfenster und die Türmchen. Innen war wenig zu holen gewesen. Die einstmals so großzügigen Räume mit ihren idealen Proportionen waren auf eine Weise durch Zwischenwände verschandelt worden, die geradezu grotesk war.

Julie, Henrys einstige Nachbarin, war nicht zu Hause gewesen – vielleicht hatte sie ihm nicht in die Augen blicken mögen? –, aber Fita hatte zu den Verschandelungen einiges zu sagen gehabt. Es war das Werk der ersten Frau Vonstein, einer Frau aus ganz einfachen Verhältnissen, die sich wohl in die Wohnküche zurückgesehnt hatte, in der sie aufgewachsen war. Sie hatte auch ihren sonstigen Trieben nicht widerstehen können und war nach achtundzwanzig Jahren aus der Ehe ausgebrochen. Einem sehr viel jüngeren Mann zuliebe, der sie natürlich verlassen hatte, als feststand, daß sie bettelarm war. Heute bediente sie in einer Kneipe.

Hanna, dem Alkohol eher abgeneigt, hatte eine ganze Flasche Rotwein geleert, als Henry ihr diese Botschaften überbracht hatte.

Natürlich tat ihr niemand den Gefallen, das Restaurant einmal aufzusuchen, um das negative Urteil zu revidieren. So konnte das Bild einer Hanna im Servierschürzchen in den Köpfen der Babelsburger erhalten bleiben; ein Bild, das einen so anregenden Gesprächsstoff bot.

An Tagen wie heute, wenn der Blick auf die Geschäftsunterlagen wieder einmal bewies, wie erfolgreich sie war, spürte Hanna den Stachel im Herzen sehr deutlich.

Es mußte doch möglich sein, die Babelsburger zu zwingen, diesen Erfolg anzuerkennen.

Am besten wäre natürlich, wenn es gelänge, eine der »Spitzen der Babelsburger Gesellschaft« nach Marbach zu locken. Konstanze Vogelsang zum Beispiel wäre die ideale Besetzung.

Sie war in Babelsburg tonangebend und besaß einen makellosen Ruf, denn sie war wie ihr Name: Konstanze – die Beständige, Standhafte.

Außerdem war sie verwitwet und kam somit Hannas Stand am nächsten. Wie wäre es, sie einfach zum Tee einzuladen und anschließend, wie zufällig, bei »HannaS« vorbeizuschauen?

Am Dreikönigstag zum Beispiel, wenn im Lokal das traditionelle Heringsessen stattfand und die Stimmung besonders gut war?

Das alles war geschickt eingefädelt und in eine freundliche Einladung verpackt, aber Konstanze Vogelsang war nicht darauf hereingefallen. Kühlen Tones hatte sie abgelehnt.

Beleidigenden Tones, wenn man es genau nahm. Denn mit den wenigen Worten hatte Konstanze eine Menge gesagt. Im Gegensatz zu Hanna hatte sie gesellschaftliche Verpflichtungen, und wenn es je zu einem Treffen käme, dann konnte dies nur in einem größeren Kreis geschehen. Der Abstand zwischen einer Konstanze Vogelsang und einer Hanna Vonstein war so groß, daß es unmöglich schien, sich zu zweit zu treffen. Es gab keine Gemeinsamkeiten, also gab es auch kein gemeinsames Thema.

Hanna goß das Wasser auf die Teeblätter und trug die Kanne ins Wohnzimmer. Daß man das Gefühl der Unterlegenheit nicht los wurde, wenn man einmal damit geboren worden war. Sie hatte all die hoffärtigen Babelsburger Damen längst überflügelt, aber sie wurde um ihren Lohn gebracht, da man sich weigerte, die Leistung anzuerkennen.

Hanna war in den letzten Jahren mit ihrer Liebe zu Julius Fuchs und dem Aufbau von »HannaS« stark beschäftigt gewesen und von den wirklich wichtigen Dingen im Leben abgelenkt worden. Aber jetzt spürte sie wieder das belebende Flämmchen der Wut, das sie damals so weit über sich hinaus hatte wachsen lassen. Diesmal richtete es sich nicht gegen Arthur, diesmal erschien vor ihrem inneren Auge eine hochaufgerichtete Dame mit grauen Augen unter hohen Brauen, die sie von oben herab musterte. Eine Dame, die hielt, was ihr Name versprach: Konstanze.

Aber Konstanze ein Bein zu stellen, das war schwierig.

Sie war nicht erfolgsblind wie Arthur, und sie war nicht in Panik wie Julie.

Außerdem schien sie keine Bedürfnisse zu haben, mit deren Erfüllung man sie hätte ködern können.

Hanna setzte sich an den großen Tisch, an dem sich der größte Teil ihres Lebens abspielte. Sie schob die Bücher über das Nistverhalten der Schwalben zur Seite – das Privatstudium der Ornithologie hatte sie nie aufgegeben. Dann griff sie nach den Tarotkarten, mit deren Hilfe schon ihre einstige Schwiegermutter Fita ihre Probleme gelöst hatte.

Fita pflegte mit Hilfe der Karten nachts mit ihrem verstorbenen Gatten Johann in Kontakt zu treten und seine Meinung zu den täglichen Problemen zu erfragen.

Hanna war weit davon entfernt, Arthur per Telepathie zurückzuholen, nachdem sie ihn nach achtundzwanzig Ehejahren endlich losgeworden war, aber vielleicht konnte man einmal nachforschen, wie es um Konstanze Vogelsang stand.

Gab es eine Hoffnung, sie, die »Kaiserin« und privilegiert von Geburt an, von ihrem Roß zu stoßen?

Hanna legte die »Kaiserin« offen neben sich, mischte die restlichen Karten und fächerte sie verdeckt auf die Tischplatte. Sie legte die Hände mit gespreizten Fingern darauf und konzentrierte sich. Dann zog sie die Karte.

Ritter der Stäbe.

Perfekt! Hanna kicherte in sich hinein. Der Zufall hatte ihr die beste Lösung des Problems überhaupt angeboten.

»Dame der Gesellschaft verliebt sich in jungen Gott.«

Wie wunderbar lächerlich…

Zufrieden packte Hanna die Karten zusammen und verstaute sie in dem Kästchen. Es würde der Tag kommen, an dem Konstanze froh wäre, ein Lokal zu kennen, in das garantiert kein Babelsburger je einen Fuß setzte. Einen geheimen Ort, an dem sie sich mit ihrem Liebhaber treffen konnte ...

Das Lokal gab es bereits, und das Roß, von dem sie fallen würde, war auch schon da: Der junge Gott ritt mitten in einen Feuerstrahl hinein. Der Feuerstrahl war Konstanze. Eine durch jahrzehntelange Unterdrückung jäh entfachte Stichflamme.

Hanna lachte. Der blinde Spiegel über der Kommode warf ihr Bild zurück. Die grauen Haare standen unternehmungslustig vom Kopf ab, die Augen glitzerten wie zu ihren besten Zeiten.

Sie lehnte sich zurück und zog Bilanz. Der Laden lief, die Kasse war gefüllt. Aber sie hatte sich in letzter Zeit zuviel um Geschäftliches gekümmert und die anderen Gaben vernachlässigt.

Es wurde Zeit, bestimmte Kräfte zu mobilisieren.

Hanna zog das Telefon zu sich heran, legte die Hand auf den Hörer und versuchte, sich an Louises Nummer zu erinnern. Hanna besaß viel Sinn für Zahlen, und jede Nummer, die sie einmal im Leben gewählt hatte, war für immer in ihrem Hirn gespeichert.

Aber dann dachte sie, daß es besser sei, in Ruhe abzuwarten.

Sie hatte schon öfter die Erfahrung gemacht, daß zur selben Zeit, zu der sie jemanden anrufen wollte, dieser denselben Wunsch verspürte. Louise würde sich melden.

Ich rief den Teufel, und er kam.
Heinrich Heine

Wie Hanna vorausgesehen hatte, rief Louise am selben Abend an.

Man habe zwischen den Jahren so nett mit Fita zusammengesessen und bei dieser Gelegenheit alte Erinnerungen ausgetauscht. Dabei sei natürlich auch von Hanna die Rede gewesen und wie sie so tapfer ihr Leben meistere. Daraus sei ganz spontan der Wunsch entstanden, sie einfach einmal anzurufen.

»Wie geht es Ihnen denn, meine liebe Frau Vonstein?«

Hanna spürte, wie ihr die Wut erneut die Kehle zuschnürte. Zur Beruhigung kritzelte sie ein bißchen auf ihrem Notizblock herum.

»Wie nett, daß Sie anrufen. Ich hatte am Ende des Jahres auch wieder einmal an Babelsburg gedacht und Ihrer Tochter eine Karte geschrieben…«

»Sie hat davon erzählt. Wie reizend. Sicher kommt es im Laufe des Jahres einmal zu einem Treffen. Man hat Sie doch zur Hochzeit eingeladen?«

»Zu welcher Hochzeit?«

»Zu Sophias Hochzeit, wußten Sie nichts davon?«

Natürlich wußte Hanna nichts davon. Der Kontakt zu ihrer ältesten Tochter, die immer Arthurs Tochter gewesen war, hatte sich so gelockert, daß er kaum noch bestand.

Sie atmete tief durch.

»Ach, Sophias Hochzeit, aber sicher, ich freue mich schon

darauf. Das Fest soll ja in der Villa gefeiert werden, es wird sicher wunderschön werden«, sagte sie aufs Geradewohl.

»Nun, das Haus ist ja … war ja … ist ja …« Louise geriet ins Stottern, weil sie an die baulichen Veränderungen dachte, »ganz hervorragend geeignet. Sicher werden sich alle freuen, Sie nach so langer Zeit einmal wiederzusehen. Werden Sie denn allein kommen?«

Ohne es zu merken, versah Hanna die Kritzeleien mit weiteren Einzelheiten.

»Natürlich. Wie denn sonst?«

Louise stieß ein kurzes Lachen aus.

»Na, vielleicht bringen Sie einen … Freund mit.«

So, wie sie das Wort »Freund« aussprach, bekam es einen leichten Touch von Zuhälter plus Heiratsschwindler.

»Nein, ich lebe allein«, erwiderte Hanna betont liebenswürdig. »Aber wie steht es denn mit Konstanze? Möchte sie sich nicht wieder verheiraten? Eine so attraktive Frau?«

»Meine Tochter ist ihrem verstorbenen Mann sehr verbunden«, sagte Louise in einem Ton, der verriet, daß man in ihren Kreisen einen Mann nicht einfach so durch den nächsten ersetzte.

»Es war ja eine ungewöhnlich gute Ehe.«

Nicht so verlogen wie deine, setzte sie in Gedanken hinzu.

Der Stachel in Hannas Herzen begann zu vibrieren.

Sie erkannte in ihren Kritzeleien eine Teufelin, schob ihr einen Besen zwischen die Beine und ließ sie fliegen.

»Aber sie hat natürlich einen stillen Verehrer«, fügte Louise ihren Gedanken hinzu.

Selbstverständlich hatte Konstanze, wenn schon, dann einen stillen Verehrer. Einen, der sich in lebenslanger, unerfüllter Sehnsucht verzehrte und einmal jährlich Orchideen schickte.

»Wie schön, kenne ich ihn?«

Louise fand diese Frage reichlich naiv.

»Sicher nicht. Es handelt sich um einen alten Jugendfreund, einen renommierten Arzt. Er betreibt in der Nähe von Marbach eine Praxis.«

»Ach, dann kenne ich ihn sicher«, Hanna lachte bewußt dümmlich. »Ich war schon bei so vielen Ärzten!«

Am anderen Ende der Leitung schloß Louise gequält die Augen.

Diese Hanna Vonstein war und blieb einfach unsäglich.

»Es handelt sich um Doktor Christian Lennert«, schloß sie das Thema in einem Ton ab, der deutlich verriet, daß es schlicht unmöglich war, daß Hanna eine solche Persönlichkeit kannte.

»Er behandelt ausschließlich Privatpatienten.«

Sie zog hörbar die Luft durch die Nase, ein Geräusch, das kundtat: Schluß jetzt mit dem Unfug.

»Aber ich kenne ihn«, rief Hanna. »Ich war lange bei ihm in Behandlung, wirklich ein ganz hervorragender Mann.«

Louise brauchte Zeit, um sich zu sammeln. Hanna kannte Christian? Na ja, die Welt war so klein geworden, daß man sich gegenseitig auf die Füße trat.

Hanna ihrerseits überlegte, ob es sich bei Doktor Lennert vielleicht um den »Ritter der Stäbe« handeln konnte.

Sie warf die Angel aus.

»Ein Spezialist auf seinem Gebiet, und noch dazu so glücklich verheiratet. All die attraktiven Patientinnen, die um Termine baten, hatten außerhalb der Behandlung nicht die geringste Chance. Ich kannte auch seine Frau sehr gut«, fügte sie hinzu.

»Sie kannten seine Frau?« fragte Louise verblüfft. »Wie ich hörte, hat sie ihn kürzlich verlassen. Aber das wissen Sie vielleicht besser als ich.«

»Nein, das wußte ich nicht«, sagte Hanna und hatte plötzlich das Bedürfnis, das Gespräch zu beenden, ehe sie in einen Strudel geriet, in dem sie hilflos herumzappeln würde.

»Ja, unsere Welt geht in die Binsen, und bei der Zerrüttung der Familien fängt es an.«

»Nicht jede Familie ist zerrüttet«, stellte Louise richtig.

»Sie waren immer eine schöne Ausnahme«, bestätigte Hanna.

»Grüßen Sie Ihre Tochter. Wir sehen uns ja dann zur Hochzeit!«

»Ich freue mich darauf!« sagte Louise schlicht.

In der Nacht grübelte Hanna über eine Krankheit nach, mit deren Hilfe sie eine Behandlung bei Doktor Lennert in die Wege leiten könnte. Etwas Größeres sollte es sein, das mehrere Besuche erforderlich machte. Leider fühlte sie sich in letzter Zeit so unverschämt gesund. Aber vielleicht könnte sie einen Check machen lassen. Das war eine unverbindliche Sache. Außerdem hatte sie manchmal über Magenstiche zu klagen, vor allem nach ihrem Lieblingsessen: Matjes mit Speck und Bratkartoffeln.

Also Rundum-Check mit Schwerpunkt »Magen«.

Die nächtlichen Grübeleien hatten Hanna so ermüdet, daß sie sich tatsächlich etwas matt fühlte, als sie am nächsten Morgen in der Praxis anrief.

Leider meldete sich nur der Anrufbeantworter. »Hier ist die Praxis Doktor Christian Lennert. Der Praxisbetrieb ist stark eingeschränkt. Bitte melden Sie sich zwecks Terminabsprache Montag abends in der Zeit zwischen sieben und acht Uhr. In dringenden Fällen rufen Sie bitte…«

Aha, stark eingeschränkt. Vielleicht war der Mann pleite, bei einem Arzt seines Alters allerdings unwahrscheinlich.

Vielleicht wollte ihr das Schicksal aber auch einen Wink geben, den Deal noch einmal zu überdenken. Lennert war ein Jugendfreund von Konstanze, was hatte sie mit der Sache zu tun?

Aber gerade die Tatsache, daß sie nichts damit zu tun hatte und aus diesem Grunde völlig unbehelligt und unbeobachtet ein wenig Schicksal spielen konnte, war es, was Hanna reizte.

Sie hatte als Kind, ein wenig beachtetes, wenig geliebtes Kind, ihre Macht ausgespielt, indem sie Käse in die Mantelsäume der Liebhaber ihrer Mutter praktiziert und ihre Taschen durchsucht hatte, während sie sich dem Liebesspiel hingaben.

Sie hatte Fotos des jeweiligen Vorgängers verteilt und sich warm und geborgen gefühlt, wenn sie nicht wiederkamen und ihre Mutter weinend auf dem Sofa saß und sich den Kopf darüber zermarterte, wie dies hatte geschehen können.

Die Prügel, die Hanna je nach Laune bekam, und die Laune war, erbärmlicher Verhältnisse wegen, meist schlecht gewesen, wurde durch die heimliche Macht, die sie besaß, erträglicher.

Kam hinzu, daß Hanna im Januar regelmäßig unter einem Stimmungstief litt. Grauer Himmel und fehlende Sonne drückten ihr stets ein wenig auf die Seele, und diesmal kam Konstanzes vergifteter Pfeil hinzu, der sie genau an der Stelle getroffen hatte, an der sie am empfindlichsten war.

Am Abend wählte sie erneut die Nummer der Praxis.

Lennert war gleich am Apparat.

»Hanna Vonstein, ich brauche dringend einen Termin. Es geht mir nicht gut.«

»Waren Sie schon einmal bei mir?«

»Nein…«

»Dann kann ich leider nichts für Sie tun. Ich werde die Praxis zum Jahresende schließen. Wenden Sie sich doch an…«

»Sie sind mir empfohlen worden«, sagte Hanna und senkte vertraulich die Stimme. »Von Konstanze Vogelsang.«

Christian glitt das Plastikbällchen, mit dem er während des Gesprächs gespielt hatte, aus der Hand. Es rollte über den Schreibtisch und hüpfte über den Teppich.

»Konstanze Vogelsang?«

»Eine gute Freundin von mir. Sie hat mir Ihre Adresse gegeben.«

Christian fühlte sein Herz dumpf gegen die Rippen pochen.

Konstanze hatte einer Freundin seine Adresse gegeben. Dies konnte nur bedeuten, daß sie sehr wohl Interesse an ihm hatte, aber vorsichtig, wie sie war, schickte sie eine Späherin, die schauen sollte, wie die Dinge standen. Vielleicht war er ja inzwischen runzlig und alt, gebeugt von dreißig Jahren Zahnbehandlung, die engstehenden Augen auf den winzigen Punkt am Zahn einer Patientin fixiert.

Er streckte den Rücken, so daß er sich im Spiegel über dem Waschbecken sehen konnte. Zufrieden musterte er sich: dichtes Haar, ein Kinn wie gemeißelt… na ja, zumindest, wenn er es fast senkrecht in die Höhe reckte, war es noch gut in Form. Jedenfalls konnte er sich sehen lassen; sollte Konstanze die Späherin ruhig schicken. Sie würde gute Botschaft bringen.

»Dann kommen Sie am besten gleich morgen früh. Sagen wir, gegen elf!«

Ehe sie den Klingelknopf zur Praxis drückte, schlich Hanna um das Lennertsche Anwesen herum und zog sich schließlich an der Mauer hoch, um einen Blick auf Haus und Garten zu werfen. Leise pfiff sie durch die Zähne.

Haupthaus und Praxis, parkähnlicher Garten… Was mochte das Ganze wert sein? Eine Million? Zwei?

Sie war gerade dabei, sich auszurechnen, wie hoch der Quadratmeterpreis in dieser Gegend war, als sie im Rücken einen Blick spürte. Christian Lennert hatte Hannas Kopf über der Mauer auftauchen sehen und die Praxis verlassen, um die »Späherin« aus der Nähe zu betrachten. Konstanzes Freundin schien ja mit allen Wassern gewaschen zu sein.

»Darf ich mich vorstellen? Lennert. Frau Vonstein, wenn ich nicht irre?«

Verwirrt wandte Hanna sich um und rutschte ein wenig hastig zurück auf die Straße. Ihre Schuhe hinterließen häßliche Spuren an dem weißen Mauerwerk.

Christian beschloß, dies zu übersehen.

»Sie können sich das Grundstück gern in Ruhe anschauen«, sagte er. »Aber vielleicht kommen Sie erst einmal herein! Am besten durch die Tür, oder möchten Sie lieber über die Mauer klettern?«

Auf Hannas Wangen erschienen kreisrote Flecken. In ihren Augen glitzerte es metallisch. Christian betrachtete sich das Spiel der Farben auf Hannas Gesicht mit kühlem Interesse.

»Es ist ein so wunderbares Anwesen«, sagte Hanna, »ich konnte mich nicht beherrschen.«

»Ja, nicht wahr?« Christian lächelte geschmeichelt.

Nach langer Zeit spürte er wieder einmal jenen Besitzerstolz, der ihm durch Jeanettes spitze Bemerkungen beinahe abhanden gekommen war.

»Aber so kommen Sie doch.«

Höflich hielt er Hanna die Tür auf.

»Hier herein, bitte!«

Er geleitete sie ins Sprechzimmer und nahm hinter dem Schreibtisch Platz.

Endlich konnte er Hanna in Ruhe betrachten.

Das also war die Freundin, die Konstanze als persönliche Späherin, das Wort »Spionin« wäre vielleicht angebrachter, auserwählt hatte. Beherzt steuerte er sein Ziel an.

»Wie geht es Konstanze? Ich habe sie so lange nicht gesehen.«

»Nicht so gut.« Hanna lächelte. »Sie ist doch sehr allein.«

»Allein oder einsam?« hakte Christian nach.

»Beides!«

»Ich habe sie zu Weihnachten angerufen«, sagte Christian, »und hatte nicht den Eindruck, daß sie einsam war. Sie hat mich« – vertraulich senkte er die Stimme – »ziemlich abgebügelt.«

Hanna lächelte. Christian Lennert war ein attraktiver Typ. Aber als »Ritter der Stäbe« kam er nicht in Frage, ganz eindeutig zu alt.

Ein Fehlschlag, das Spiel verlor seinen Reiz.

»Aber das zeigt doch gerade ihr Interesse.« Hanna lächelte.

»Eine Frau wie Konstanze würde eine Schwäche – irgendeine Schwäche – niemals zulassen. Sie haben doch hoffentlich nicht gleich wieder aufgegeben.«

»Ich bin ein hartnäckiger Typ«, sagte Christian. »Nur in Konstanzes Fall … sie verunsichert mich. Das war schon früher so. Man wußte nie …«

Er blickte Hanna direkt in die Augen.

»Könnten Sie mir einen Rat geben?«

»Einfach am Ball bleiben«, meinte Hanna. »Nicht aufgeben. Immer wieder anrufen, Blumen schicken … etwas Anspruchsvolles natürlich, Orchideen oder Lilien. Mit fünf Nelken werden Sie kein Glück haben …«

Interessiert betrachtete sie die Röte, die über Christians Gesicht flog – hatte sie einen Nerv getroffen?

»Und schreiben Sie ihr. Zum Zeichen, daß Sie es ernst meinen, wäre es gut, die Familien von Anfang an mit einzubeziehen. Haben Sie Kinder?«

»Einen dreißigjährigen Sohn!«

In Hannas Augen glomm ein Lichtchen auf.

»Verheiratet?«

»Nein!«

Hanna fühlte, wie das bereits im Schwinden begriffene Interesse zurückkehrte.

»Wunderbar, erzählen Sie viel von ihm. Nehmen Sie ihn zum Treffen mit. Geben Sie sich familiär. Nur keine Heimlichkeiten, nichts Halbes, nichts Schmuddliges.« Sie lachte. »Sonst haben Sie von Anfang an keine Chance. Konstanze haßt Heimlichkeiten.«

Schade! Christian liebte Heimlichkeiten. Sie gaben dem Ganzen erst die Würze. Andererseits, Jeanette war weg. Vor wem sollte er etwas verheimlichen? Außerdem wollte er ja sein Leben von Grund auf ändern, zum Ordentlichen, Liebevollen hin. Gegenseitige, liebevolle Besorgnis ...

»Und wenn sie trotz allem nicht anbeißt«, spann Hanna den Faden weiter, »wenden Sie sich an ihre Mutter Louise. Rufen Sie sie einfach einmal an.«

Vor Christians innerem Auge erschien eine hochaufgerichtete, perlengeschmückte Dame, die ihn spöttisch betrachtete. »Meine Tochter ist leider nicht zu Hause!«

»Ich glaube nicht, daß Louise mich mag«, zweifelte er.

»Sie mag Ärzte«, sagte Hanna ironisch und musterte seinen weißen Kittel.

Einen Moment lang saßen sie einander schweigend gegenüber.

Hanna betrachtete Christian. Christian betrachtete sie.

Er sah gut aus, die Augen vielleicht eine Idee zu eng stehend, wie auf einen winzigen Punkt fixiert.

Sie wirkte auf den ersten Blick vertrauensvoll. Schlank und scheinbar alterslos. Nur die Flecken in ihrem Gesicht störten das harmonische Gesamtbild. Sie changierten jetzt rötlich, zum Rostigen hin.

Auch die Augenfarbe schillerte unbestimmt. Metallisch ...

Ganz plötzlich überfiel ihn Unbehagen. Wenn diese Frau nun aus einem ganz anderen Grund hier war? Wenn sie Konstanze gar nicht kannte?

»Ich kenne Konstanze seit fünfundzwanzig Jahren«, sagte Hanna.

Das unerwartete Aufgreifen seiner Gedanken war nicht dazu angetan, Christian zu beruhigen.

Er stand auf.

»Nun, wo fehlt's denn?« fragte er betont munter. »Sie sind sicher nicht gekommen, um mit mir über Frau Vogelsang zu sprechen.«

»Natürlich nicht.« Auch Hanna erhob sich. »Das Thema wurde von Ihnen aufgegriffen!« stellte sie richtig.

Sie sah sich nach einer Kabine um.

»Wo darf ich mich freimachen?«

»Was wollen Sie denn freimachen?« fragte Christian entsetzt.

Er hatte es ja geahnt. Irgend etwas stimmte nicht.

Er öffnete die Tür zum Behandlungsraum.

»Ich möchte heute nur einmal nachschauen. Zur Behandlung ist dann meine Hilfe da!«

Er mußte diese Frau loswerden, so rasch wie möglich.

Er begann sich die Hände zu waschen.

»Legen Sie sich bitte auf den Stuhl!«

Hannas Herzschlag setzte aus. Christian Lennert war Frauenarzt. Als Kind hatte man ihr eingehämmert, daß auf jede böse Tat die Strafe folgt, und hier war sie auch schon.

»...und machen Sie den Mund auf.«

Er sah ihr direkt in die Augen.

»Welcher Zahn pocht denn?«

»Links unten«, sagte Hanna und schloß vor Erleichterung die Augen. »Schon lange. Schon ewig.«

Christian Lennert fand in Hannas Mund nicht weniger als fünf wacklige Amalgamplomben und einen Weisheitszahn, der so ruinös war, daß man ihn nicht mehr retten konnte.

»Den sollten wir ausgraben«, sagte er schonungslos, wohl wissend, daß die mysteriöse Patientin auf diese Eröffnung hin nicht wiederkommen würde. »Die Operation dauert mehrere Stunden und ist sehr schmerzhaft. Aber es muß sein!«

Er entließ Hanna mit einem herzlichen Händeschütteln

und dem dringenden Rat, mit der Ausgrabung des Weisheitszahnes nicht allzulange zu warten.

»Grüßen Sie Ihre Freundin«, sagte er abschließend und lächelte ironisch.

Auch Hanna war bestrebt, die Praxis so rasch wie möglich zu verlassen. Sie haßte Zahnärzte. Wie gut, daß Doktor Lennert mit der Ausgrabung des Weisheitszahnes nicht sofort begonnen hatte.

Man konnte diesen Ärzten einfach nicht trauen. Lag man erst einmal auf ihren Folterstühlen, war es um die Selbstbestimmung geschehen. Dann regierte eine fremde Macht.

Am Gartentor wäre Hanna beinahe mit einem jungen Mann zusammengestoßen, der eilig Richtung Haus strebte. Er war schmal, dunkel und roch angenehm nach Farbe. Sein Blick traf Hanna wie ein Pfeil.

»Die Praxis ist geschlossen«, sagte sie und fühlte sich wie damals, als sie Justus Fuchs zum erstenmal in die Augen geblickt hatte: beschleunigter Puls und das Herz ein Stolperstein.

»Doktor Lennert arbeitet nur nach Termin.«

»Ich habe einen Termin«, sagte der junge Mann und lächelte sie mit zwei Reihen makelloser Zähne an. »Der Doktor ist mein Vater.«

Auf der Rückfahrt fuhr Hanna schneller als gewöhnlich. Sie war voller Groll gegen sich selbst.

Du bist eine Voyeuristin, schalt sie sich, eine diebische Elster.

Anstatt etwas Sinnvolles zu tun, kletterst du auf fremden Mauern herum. Du gehörst unter Aufsicht gestellt.

Jetzt, wo ihre Neugier gestillt war, hätte sie nicht mehr sagen können, was sie eigentlich zu ihrer Tat getrieben hatte, obwohl das Wort bereits die Antwort enthielt: Trieb.

Aber wenigstens war ihr der »Ritter der Stäbe« begegnet.
Er würde jedes Herz brechen.
Sogar das von Konstanze.

Es ist nicht klug,
der Welt sein Herz zu zeigen.
Oscar Wilde

Fitas Brief kam unerwartet.

Konstanze hatte so lange vergeblich auf eine Einladung in die Villa Vonstein gehofft, daß der Wunsch inzwischen in Vergessenheit geraten war.

In ihrer kalligraphisch schönen Schrift wandte sich Fita an »Meine liebe Konstanze« und lud sie, zusammen mit Louise, für den nächsten Sonntag zum Tee. »Mein Sohn und ich würden uns freuen … Meine Schwiegertochter möchte Sie gerne einmal kennenlernen.«

Konstanze betrachtete nachdenklich die künstlerisch gestaltete Karte und schüttelte verwundert den Kopf.

»Mein Sohn und ich …«

Offensichtlich betrachtete Fita Arthur und sich inzwischen als Paar.

Am Samstag rief Louise an.

»Ich bin wahnsinnig gespannt. Hoffentlich muß ich nicht lachen. Ich freue mich darauf, Julie neben Arthur auf dem Sofa sitzen zu sehen.« Sie kicherte. »Der alte Mann und das Kind! Schau mich bitte nicht an, wenn es dazu kommt, ich breche sonst zusammen.«

Der Tisch war in jenem Halbrund gedeckt, das früher einmal ein Erker gewesen war. Aber dann hatte Hanna darauf bestanden, daß eine Tür durchgebrochen und eine große Frühstücksterrasse angebaut wurde. Leider war sie nie zu nutzen gewesen, da kurz nach ihrem Auszug mit dem Bau des großen Alters- und Pflegeheims begonnen worden war. So hatte man heute anstelle blühender Wiesen die Auffahrt des Heims vor Augen.

»Es wäre viel besser gewesen, den Erker zu lassen, wie er war«, sagte Fita. »Natürlich war es Hannas Idee. Aber setzen wir uns doch.«

Der Tisch war stilvoll mit feinem Porzellan und Silber gedeckt. »Alte Erbstücke«, tat Fita zufrieden kund.

Sonst war von alten Erbstücken nichts mehr zu sehen.

Man hatte schon gemunkelt, daß das Haus innen vollständig umgebaut und total verschandelt worden war, aber daß es so grauenvoll wäre, hätte Konstanze nicht für möglich gehalten. Die einstmals wohlproportionierten Zimmerfluchten waren zu kleinen Kammern verkommen, die bei einer Höhe von mehr als vier Metern wie Türme wirkten. An der einzigen Stellwand des Raumes war der Heizkörper installiert. Über dem Sofa hing ein großes, modernes Gemälde; eine Art Wasserfall, der gischtstäubend in die Tiefe stürzte.

»Hier hat sich einiges verändert«, sagte Konstanze vorsichtig und lächelte Julie zu. Sie war noch immer schmal und mädchenhaft, aber sie hatte etwas Altjüngferliches angenommen, wie eine Knospe, die, noch nicht erblüht, vom ersten Frost getroffen wurde. Das Kostüm, das sie trug, war gut geschnitten, aber sichtlich aus der Mode.

»Ja, diese Kunst hat uns Juliane beschert«, sagte Fita mit Blick auf die tosenden Wassermassen an der Wand.

»Man muß gewisse Zugeständnisse machen, wenn man mit der Jugend unter einem Dach lebt.«

Sie lachte ironisch. »Aber Sie vermissen wahrscheinlich die antiken Möbel? Sie erwiesen sich nach dem Umbau als zu groß. Wir mußten uns neu einrichten.«

Das neue Mobiliar bestand aus imitierten Antiquitäten:

Louis Quartorze. Schon im Original schwer erträglich, auf Miniformat gezwungen geradezu lächerlich.

Konstanze ließ den Blick schweifen. Im Grunde war das von Fita so verabscheute Bild das einzig Erträgliche.

»Es ist schade um die schönen, großen Räume«, sagte sie.

Es mußte gräßlich sein, lebenslang unter den Geschmacksverirrungen der Vorgängerin leiden zu müssen. »Vielleicht«, fügte sie vorsichtig hinzu, »könnte man den Umbau ja rückgängig machen.«

Sie blinzelte Julie komplizenhaft zu. Aber Julie nahm das Angebot nicht zur Kenntnis.

»Ich finde es sehr gemütlich«, sagte sie fest und griff nach Arthurs Hand. »So riesige Räume haben immer etwas Unbehagliches. Sie passen nicht mehr in unsere Zeit.«

»Eben«, sagte Arthur und tätschelte ihren Arm.

Konstanze warf Louise einen Blick zu, aber sie war konzentriert mit dem Zerteilen des steinharten Christstollens beschäftigt.

So richtete sie ihre Aufmerksamkeit wieder auf Arthur und Julie.

Der alte Mann und das Kind. Achtzehn Jahre Altersunterschied. Lange nicht so lächerlich, wie Louise gemeint hatte. Arthur hatte sich gut gehalten, er wirkte wie konserviert. Julie, rascher gealtert als er, war ihm freundlicherweise entgegengekommen. Und gesellschaftlich war man den Anblick eines alten Männergesichts neben weiblicher Pfirsichhaut ja seit langem gewöhnt.

»Kleine Räume sparen Heizkosten«, nahm Arthur sein Lieblingsthema wieder auf, »mindestens dreißig Prozent.«

»Diese Paläste von früher sind ja heute gar nicht mehr zu heizen«, bestätigte Julie. »Allein ökologisch gesehen…«

Konstanze betrachtete sie schweigend. Offensichtlich war sie entschlossen, die Situation zu akzeptieren. Was blieb ihr auch übrig? Ihren Job hatte sie verloren, die Wohnung an

Hanna verschenkt. Ihre Freunde hatten sich zurückgezogen.

Sie würde die Zähne zusammenbeißen und Bad Babelsburg keinen Gesprächsstoff liefern, sondern versuchen, Würde zu bewahren.

Diesbezüglich war sie Konstanze sehr ähnlich.

»Außerdem«, hielt Arthur an dem einmal gefundenen Thema fest, »halten wir uns ohnehin meist in unseren Privatgemächern auf. Meine Mutter bewohnt nach wie vor den ersten Stock, und ich« – er lachte – »lebe seit dreißig Jahren in meinem Arbeitszimmer.«

Louise wandte sich direkt an Julie: »Und wo leben Sie?«

»In der Küche«, erwiderte Arthur und tätschelte erneut Julies Arm. »Sie kocht ganz ausgezeichnet.«

Er betrachtete sie wohlwollend. »Glücklicherweise hatte ich ja bereits vor unserer Eheschließung Gelegenheit, dies festzustellen.«

Julie lächelte schmal. »Natürlich habe ich auch meinen privaten Bereich«, sagte sie.

»Hinter einer Geheimtür, was?« Arthur lachte aus vollem Halse.

»Dorthin solltest du uns alle einmal einladen.«

Louise begann sich zu langweilen. Sie hatte den Kampf mit dem Christstollen aufgegeben und wechselte unvermittelt das Thema.

»Ich habe gestern einen interessanten Anruf von Doktor Lennert bekommen.«

Sie übersah die leichte Röte, die Konstanzes Gesicht überflog.

»Er hat uns eingeladen.«

Sie blickte beifallheischend in die Runde und sagte dann zu Julie: »Ein Jugendfreund meiner Tochter!«

Und zu Arthur: »Ein renommierter Arzt!«

Zu Fita: »Nur Privatpatienten.«

Mit gesenkter Stimme: »Er hat meine Tochter schon immer heimlich verehrt.«

Die heimliche Verehrung schien Louise die vornehmste und einzig passende.

Sie wandte sich an Konstanze: »Ich habe zugesagt. Ein charmanter Mann. Wir haben uns fabelhaft unterhalten.«

Arthur hatte das Gefühl, als ob hier Anteile den Bach hinunterschwammen, die eigentlich ihm zustanden. Er rettete sich auf bekanntes Terrain.

»Trinken wir doch einen Schluck. Julie, bring bitte die Gläser!«

Während Julie in die Küche ging, um das vorbereitete Tablett zu holen, beugte sich Fita vertraulich zu Louise hinüber.

»Man muß ihr leider alles sagen«, flüsterte sie. »Von allein…«

»Bei meiner Hilfe ist es genauso«, wisperte Louise zurück. »Sie steht vor einem Tisch, vollgepackt mit benutztem Geschirr, und fragt, was sie tun soll.«

Julies Rückkehr unterbrach das vertrauliche Gespräch der Damen. Schade, man hatte gerade begonnen, sich wohl zu fühlen.

Louise wollte das Gespräch erneut auf Doktor Lennert bringen, wobei sie Konstanzes hochgezogene Brauen geflissentlich übersah, aber Arthur kam ihr zuvor.

Er ließ den Sektkorken knallen und füllte die Gläser.

»Auf Vergangenheit und Zukunft«, sagte er.

»Auf die Gegenwart«, sagte Konstanze.

Arthur warf ihr einen Blick zu. Er hatte Konstanze schon immer begehrt, war ihr aber nicht gewachsen. Stets behielt sie die Oberhand. Wenn es doch einmal gelänge, sie in einer schwachen Situation zu erwischen. Den einen schwachen Punkt zu finden, den doch jeder hatte… Oder nicht?

Nervös leerte er das Glas in einem Zug.

Erneut begegnete er Konstanzes grauen Augen, die seinen Blick kühl zurückwiesen.

Die Katze ließ das Mausen nicht.

Unbehaglich erinnerte sie sich an früher, wenn Arthur sie, an Hanna vorbei, in einer Weise ansah, die einfach unschicklich war. Seine Art zu schauen, zu der auch das lächerliche Fußeln unter dem Tisch gehörte, degradierte die Frau auf Hurenniveau. Aber wahrscheinlich kannte Arthur keine andere Art der Annäherung.

Hanna hat Glück gehabt, dachte sie heute zum ersten Mal.

Das zweite Glas, in einem gierigen Schluck dem ersten hinterhergejagt, hob Arthur in eine leutselige Stimmung.

Sein Blick wurde glasig, und das Gesicht war plötzlich von einem Gespinst feiner Äderchen durchzogen.

Er griff erneut nach der Flasche.

»Aber ihr trinkt ja gar nicht. Konstanze, Mutter…«

Übergangslos geriet er in eine aufdringliche Partylaune.

»Kinder, laßt uns das Wiedersehen feiern. Es ging hier in letzter Zeit« – er warf Julie einen wenig freundlichen Blick zu – »ein wenig allzu still zu.«

Er schenkte nach.

»Wenn ich da an früher denke. Konstanze, erinnern Sie sich an die Abende mit Ihrem Mann? Was haben wir gelacht. Selbst Hanna… sie hatte ja durchaus Sinn für Humor.«

Vor Konstanzes innerem Auge erschien die steif dasitzende Tischrunde. Sie hörte wieder das prahlerische Gerede der Männer und sah Hanna, die mit zusammengekniffenen Lippen servierte.

»Ich habe das Gefühl, die Menschen haben sich verändert«, fuhr Arthur fort. »Früher gab's einfach mehr Leben, mehr Freude. Wenn ich« – er grinste behaglich – »zum Beispiel an diese Schönwanne denke.«

Erklärend wandte er sich an Louise.

»Eine ganz einfache Frau, Verkäuferin bei einem Herren-

ausstatter, aber ein Satansweib. Bei ihr habe ich« – vor Lachen
schüttete er sich ein wenig Sekt auf den Schlips – »Schleifen-
binden geübt. Sie besaß zu diesem Zweck« – er krümmte sich
vor Vergnügen – »ein Negligé mit sechs Schleifen. Atlasseide.
Himmelblau…«

Julie lächelte gequält.

»Es ist genug, Schatz«, sagte sie leise.

»Es ist genug, Schatz«, äffte Arthur sie nach.

»Immer ist es genug. Wo ist denn die Geliebte geblieben, die
mich einst so entzückt hat, hm? Mir scheint, sie hat sich in
einem ihrer unsäglichen Flanellnachthemden versteckt.«

Glasig starrte er sie an.

»Also, wenn ich da an diese Schönwanne…«

Fita erhob sich und leitete die Verabschiedung ein. Sie
reichte Louise graziös die Hand.

»Ich möchte mich zurückzuziehen. Es war schön, daß Sie
hier waren. Auf Wiedersehen, Konstanze, danke für Ihren
Besuch.«

Sie verließ würdevoll den Raum, verblüfft starrte Arthur
ihr nach. Konstanze nutzte die Gelegenheit, sich ebenfalls zu
erheben.

Sie wandte sich an Julie: »Würden Sie mir, ehe wir gehen,
wohl einmal den Park zeigen? Er ist immer so wunderschön
gewesen. Möchtest du uns begleiten, Mutter?«

Sie traten auf die Terrasse hinaus. Im Altenheim gegenüber
brannten die Lampen. Fahles Neonlicht fiel auf die Insassen,
die sich mit starren Gesichtern um einen Tisch versammelt
hatten. In der Ecke flimmerte der Fernseher.

Sie stiegen die Stufen hinunter und traten in den Park.
Das Gras war feucht. Konstanze wies auf die vielen Obst-
bäume.

»Die sind ja alle noch da«, rief sie und erinnerte sich, daß
Hanna sich einmal über die viel zu üppige Ernte beklagt
hatte.

»Die machen viel Arbeit, oder?«

Aber erneut wies Julie sie zurück.

»Gerade der Garten bedeutet mir sehr viel«, sagte sie kühl. »Vor allem, wenn man so reich belohnt wird. Unser Obst ist ganz ausgezeichnet. Was wir selbst nicht benötigen, schenken wir dem Heim.«

Sie spricht schon so weihevoll wie Fita, dachte Konstanze. Wie sie in der Dämmerung dasteht, könnte man sie für eine Statue halten, an der jede Witterung abprallt.

»Es ist kühl«, sagte sie fröstelnd. »Gehen wir hinein.«

Als die Damen gegangen waren, lag Arthur auf dem Sofa und schlief. Er schlief schlecht, denn das Sofa war zu kurz.

Das war auch wieder so eine hirnverbrannte Anschaffung gewesen. Eine Couch hatte für ein Mittagsschläfchen zu taugen, aber dieses Ding taugte zu gar nichts. Typisch Hanna – oder typisch Julie?

In letzter Zeit verwechselte er die Damen des öfteren miteinander.

Verkatert wachte er in dem stockdunklen Zimmer auf und knipste das Licht an.

Er sah auf die Uhr. Gleich neun. Eine dumme Zeit, um mit einem brummenden Kopf aufzuwachen.

»Julie«, rief er ärgerlich.

Auf dem Tisch standen noch immer die Flaschen und die halbgeleerten Gläser herum.

Ihn befiel das dumpfe Gefühl, daß der Nachmittag nicht ganz so stilvoll verlaufen war, wie er es geplant hatte. Schuld daran war Julie. Sie hätte eingreifen müssen, als sie merkte, daß ihm das Thema zu entgleiten drohte. Aber wie hypnotisiert hatte sie dagesessen und ihn angeglotzt.

»Julia!!!«

Julie erschien. Sie war blaß. Ohne ein Wort zu sagen, begann sie, die Gläser auf das Tablett zu stellen.

Arthur wies auf die Flasche.

»Wo hast du dieses Zeug gekauft«, fuhr er sie an.

»Keiner mochte es trinken, und mir ist es nicht bekommen.«

Julie warf einen Blick auf das Etikett: CC edelsüß.

Zu Zeiten, als Arthur sie besuchte und sie noch eine gutverdienende Frau war, hatten sie bessere Tropfen getrunken. Jetzt reichte das Haushaltsgeld gerade für das Nötigste.

Aber sie verkniff sich eine Bemerkung. Hanna hatte für den Haushalt angeblich nicht einmal die Hälfte des Geldes verbraucht, das sie benötigte, und es hatte an nichts gefehlt.

Julie fühlte sich gezwungen, das Thema Geld tunlichst zu vermeiden. Es endete mit bösen Worten und Magenschmerzen.

»Das nächste Mal besorge ich eine andere Sorte«, sagte sie sanft.

Im Moment schien es angebracht, Arthur nicht zusätzlich zu reizen. Er befand sich in jener Stimmung, in der er unberechenbar wurde.

»Gut, daß Konstanze den Abend gerettet hat«, sagte er und sah sie böse an. »Das ist eine Frau mit Stil, kein Flittchen. Eine Frau von Format und wirklicher Eleganz. Mit ihr könnte man ein Haus wie dieses führen.«

Er lachte verächtlich. »Nicht vorstellbar, daß eine Dame wie sie sich wegschleicht, um sich in fremden Betten zu wälzen.«

Wütend hob er die Stimme. »Oder könntest du dir das vorstellen?«

»Durchaus«, erwiderte Julie ruhig.

Sie nahm das Tablett und verließ das Zimmer. Verblüfft starrte Arthur auf die geschlossene Tür.

Der Sekt, Marke CC edelsüß, rumorte in seinem Magen.

Letzlich kommt es darauf an,
wessen Gegenwart man leichter erträgt,
die der anderen oder die eigene.
Arthur Schopenhauer

Ostern überraschte mit frühsommerlichen Temperaturen und sprießenden Baumknospen.

In ihren alten Cordjeans und Geralds grauer Wetterjacke schob Konstanze die Schubkarre über den Rasen. Es gehörte zu ihren Lieblingsritualen, den Garten zum Osterfest frisch herauszuputzen, das Laub von den Beeten zu harken und große Tuffs gelber Primeln in die Terrakottaschalen zu pflanzen.

Leider blieb das Gefühl zukunftsfroher Erwartung, das diese Tätigkeit immer begleitet hatte, aus.

Es würde diesmal ein einsames Osterfest werden, denn sowohl Till als auch Mathilda hatten abgesagt. Mathilda plante mit einem Freund eine Tour nach Rom, und Till wollte die Feiertage nutzen, die Diele zu streichen.

»Du kannst ja am Ostersonntag nachmittags zu uns kommen«, hatte er ein wenig zögernd vorgeschlagen.

Konstanze sah sich zwischen Farbeimern am Küchentisch sitzen, derweil ihr überforderter Sohn bemüht war, die Handwerker- und Gastgeberpflichten unter einen Hut zu bringen.

»Ich möchte euch nicht stören«, sagte sie, womit sie zum ersten Mal einen dieser vorwurfsvoll-beleidigten Sprüche von sich gab, über die sie und Gerald immer gelacht hatten.

»Aber du störst doch nicht«, hatte Till geantwortet, und dabei war es geblieben.

Es war das erste Osterfest, an dem die Familie nicht beisammen war. Konstanze stand der ungewohnten Situation ebenso trotzig wie hilflos gegenüber.

Sie rief Louise an. Aber auch Louise hatte bereits geplant. Sie wollte mit Mausi und Mausis Sohn einen Ausflug unternehmen.

»Stell dir vor, im Helikopter«, sagte sie und kicherte.

»Dann bin ich ja ganz allein«, entfuhr es Konstanze.

»Besuche doch Christian Lennert«, schlug Louise vor. »Soll ich für dich anrufen? Wir wollten ihn ja ohnehin in diesem Frühjahr einmal besuchen.«

»Untersteh dich!«

»Wär doch dumm, wenn jeder für sich in seinem einsamen Haus…«

»Ich bin nicht einsam!«

»Na, dann ist es ja gut«, sagte Louise. »Geh ein bißchen spazieren und ruh dich aus. Schau dir abends einen netten Film an.«

»Aber ja«, erwiderte Konstanze, »mach dir keine Gedanken.«

Sie legte den Hörer auf die Gabel und blieb regungslos stehen. In der Küche lagen die frisch geschnittenen Forsythienzweige, daneben das Päckchen mit den Osterfarben. Konstanze betrachtete die Schüssel mit den Eiern.

Sollte sie nicht doch ein paar färben? Nur so für sich? Und weil, trotz allem, doch Ostern war? Aber eine gute Festtagsinszenierung brauchte Publikum und Beifall. Lieber nicht.

Die Feiertage würden schon vergehen, irgendwie…

Am Karfreitag regnete es. Zufrieden registrierte Konstanze den grauverhangenen Himmel.

Sie liebte Regentage. Man konnte zu Hause bleiben und durfte sich grüblerischen Stimmungen hingeben. Sonnenschein und blauer Himmel dagegen bargen den Zwang, beides zu genießen. Gelang es nicht, so zwickten ein schlechtes

Gewissen und das ungute Gefühl, nicht ganz in Ordnung zu sein. Während draußen der Regen gegen die Scheiben klatschte, geriet Konstanze in heitere Stimmung, arrangierte nun doch die Forsythien zu üppigen Sträußen und verteilte die Vasen im Wohnzimmer.

Gegen zwölf rief Irene an. Als Apothekersfrau gehörte sie seit jeher zum festen Stamm der Babelsburger Damen und hatte sich, nachdem ihr Mann bei einem Unfall ums Leben gekommen war, Konstanze enger angeschlossen. Aber im Gegensatz zu Konstanze fühlte sie sich rasch ins Abseits gedrängt und registrierte genau, wie oft und zu welchen Anlässen sie eingeladen wurde. Ihre schwarzen Stecknadelaugen zählten mit Akribie echte und eingebildete Zurückweisungen und addierten sie zu einer gewaltigen Summe der Unterlassungssünden. Dennoch mochte Konstanze sie ihres Witzes und ihrer bedingungslosen Ehrlichkeit wegen.

»Was machst du an den Feiertagen?« fragte Irene ohne Umschweife.

»Ostern feiern«, sagte Konstanze und lachte.

Irene ignorierte diesen Anflug von Heiterkeit.

»Bekommst du Besuch?«

»Natürlich. Sonntag kommt die Familie zum Essen.«

Konstanze stutzte. Warum sagte sie nicht einfach die Wahrheit: »Meine Kinder haben mich versetzt. Sie haben etwas Besseres vor. Sogar meiner Mutter bin ich zu langweilig, sie macht einen Ausflug im Helikopter.«

»Wie schön für dich«, sagte Irene mit einer Stimme, die wie nasses Papier klang. »Meine Bagage ist über Ostern zum Skifahren, das ist interessanter, als mit dem Mütterlein den Osterzopf anzuschneiden.« Sie unterbrach sich. »Entschuldige, aber leider geht's mir beschissen. Ich hatte gehofft, irgend jemanden zu einer Einladung nötigen zu können.«

Sie machte eine Pause, um Konstanze die Möglichkeit zu geben, die Einladung auszusprechen.

»Warum bist du nicht einfach verreist?« fragte diese statt dessen.

»Ich hab versäumt zu planen«, erwiderte Irene. »Bis vorgestern dachte ich, ich werde es schaffen, aber heute morgen liegt es mir wie Blei im Magen.«

»Dann mach's dir doch einfach gemütlich!«

Ohne daß es ihr auffiel, wiederholte Konstanze Louises Worte.

»Geh spazieren, pussle ein bißchen im Garten herum oder ruh dich einmal ordentlich aus.«

»Ich bin ausgeruht!« In Irenes Stimme vibrierte jener Unterton, mit dem sie andeutete, daß sie mühelos den Feind erkannte, der in den meisten ihrer Freunde steckte. »Ich hab halt gedacht, daß du auch allein bist und man sich am Sonntag auf ein Stündchen treffen könnte.«

Das wäre in der Tat nicht schlecht gewesen, aber die Chance war leider der Familienlüge zum Opfer gefallen.

»Wie wär's mit übermorgen«, schlug sie vor. »Wir könnten…«

»Übermorgen bin ich versorgt. Und nun möchte ich dich nicht weiter bei deinen Vorbereitungen stören. ›Ostern im Hause Vogelsang‹, ein Einakter, der sorgfältigster Planung bedarf! Vergiß nicht, die handbemalten Holzeierchen und die…«

»Alles schon arrangiert!«

Heute ging Irenes Ironie entschieden zu weit.

»Die Hasenfamilie sitzt auf der Fensterbank, und die Eierchen hängen in den Zweigen. Ich sehe dem Familienstück ›Ostern im Hause Vogelsang‹ mit größter Freude entgegen. Frohes Fest.«

Als sie den Hörer auf die Gabel legte, hatte Konstanze das Gefühl, einer Gefahr entronnen zu sein. Wenn sie schlecht gelaunt war, konnte Irenes Sarkasmus sich wie ein Sargtuch auf die Stimmung legen.

Wie um sich von dem Angriff zu befreien, ging Konstanze in die Küche und entschloß sich, doch ein paar Eier zu färben. Sie marmorierte sie in verschiedenen Gelbtönen, legte sie in das Porzellankörbchen mit dem Blumenmotiv und stellte dieses auf den gewohnten Platz auf das Büfett. Dann hängte sie die Holzeier in die Zweige der Forsythien und stellte die Hasenfamilie auf ihren gewohnten Platz.

Am Abend brachte ihr Lieblingssender eine französische Komödie mit Simone Signoret in der Originalfassung, und Konstanze lag auf dem Sofa und trank ein Glas des Weins für besondere Anlässe, den Gerald noch kurz vor seinem Tod bestellt hatte. Bis jetzt hatte sie die kostbaren Flaschen nur bei familiären Anlässen geöffnet, aber sie konnte es ebensogut einmal für sich allein tun.

Um Mitternacht ging sie zufrieden und mit dem Gefühl, ihre Prüfung ganz anständig bestanden zu haben, ins Bett. Der Schatten, der auf den Feiertagen gelegen hatte, war verschwunden.

Auch der Samstagmorgen machte kein Problem. Obwohl sie ihre Einkäufe längst erledigt hatte, fuhr sie in die Stadt und schlenderte über den Markt. Die Sonne schien, es wehte ein frischer Wind. Sie kaufte ein Bund Radieschen und ein paar Lauchzwiebeln, nur weil sie ihr so frühlingsfrisch entgegenlachten. Sie legte beides in ihr Henkelkörbchen, und plötzlich schien es ihr ganz leicht, das Fest allein zu verbringen. Sie würde nachmittags im Garten arbeiten und den Sonntag für einen Ausflug nutzen. Vielleicht besuchte sie den Ostermarkt oder ging wieder einmal in den Zoo…

Aber als der Nachmittag da war, fehlte ihr plötzlich die Kraft, die Geräte aus dem Schuppen zu holen und den Torf mit Wasser zu mischen und zu verteilen. Sie goß die Primeln und beließ es dabei.

Im Schuppen fand sie den alten Filzhut, den Gerald beim

Gärtnern getragen hatte. Sie nahm ihn mit ins Haus, stülpte ihn auf und betrachtete sich im Spiegel. Wenn sie die Krempe tief ins Gesicht zog, sah sie wie ein Tramp aus, der gerade von einer abenteuerlichen Reise zurückgekehrt war.

Oder im Begriff stand, aufzubrechen …?

Sie probierte noch ein paar andere Varianten aus und trug dann den Hut in den Schuppen zurück. Sorgsam legte sie ihn auf das Regal neben die Gießkanne und die Kiste mit den Nägeln.

Abends landete sie wieder vor dem Fernseher. Sie blätterte in der Programmzeitschrift, aber diesmal fand sie nichts, das sie interessiert hätte. So ließ sie einen faden Wildwestfilm über den Schirm flimmern, stellte den Ton ab und blätterte zerstreut in alten Zeitschriften. Zum ersten Mal fiel ihr auf, daß es in ihrem Wohnzimmer zu viele Sitzgelegenheiten gab: zwei Sofas, drei Sessel, am Eßtisch sechs Stühle …

Sie hatte das Gefühl, als ob all diejenigen, die einmal darauf gesessen hatten, sie stumm musterten.

In der großen, dunklen Scheibe erschien das Zimmer noch einmal: vier Sofas, sechs Sessel, zwölf Stühle …

Blieb die Hoffnung, daß es morgen ebenso wie am Karfreitag regnen würde.

Aber am nächsten Morgen strahlte die Sonne an einem tiefblauen Himmel. Konstanze fühlte das Herz wie eine Bleikugel gegen die Rippen pochen. Mit einem leisen Trotzgefühl deckte sie den Kaffeetisch wie gewohnt: feines Geschirr, Kaffee, Osterzopf und Kressebeet.

Während sie frühstückte, schaute sie in den Garten hinaus. Wie frischgeputzt lag er in der Sonne. Konstanze beschlich erneut das Gefühl der Nutzlosigkeit, das ihr auch den gestrigen Abend verdorben hatte. Für wen war das alles? Für wen blühten die Primeln, glänzte der Rasen, blitzte der Himmel durch die Zweige der Bäume?

Sie trug das Geschirr in die Küche zurück und räumte es in die Maschine. Im Kühlschrank lag der Lammbraten neben den bereits geputzten grünen Bohnen. Sie würde ihn für morgen aufheben und jetzt sofort zu einem Ausflug aufbrechen. Aber wohin? Der Ostermarkt, auf dem sich Familien mit Kleinkindern drängten, erschien ihr nun doch kein passendes Ziel, und aus demselben Grund schied auch der Zoo aus.

Am besten einfach losfahren.

Zu dieser frühen Stunde waren die Straßen noch leer.

In einigen Gärten rannten Kinder umher und sammelten die Eier ein, während die Erwachsenen lächelnd dabeistanden. Überall saß man um diese Stunde am Frühstückstisch, Kuchen wurden angeschnitten, Eier gepellt. Auch Konstanze hatte während vieler Jahre diesem Ritual treu gedient, bis es sich plötzlich, ohne jede Vorwarnung, auflöste. Über Nacht hatte das Alte seinen Inhalt verloren, und etwas Neues war noch nicht in Sicht.

Konstanze steuerte einen Waldparkplatz an, stieg aus, steckte die Hände in die Taschen ihrer Jacke und lief los. Das Laufen tat ihr gut. Sie war immer gern gewandert; beim Gehen klärten sich die Gedanken, die sich innerhalb der Wände oft unentwirrbar verknäulten. Es wurde Zeit, Bilanz zu ziehen. Sie war fünfzig und Witwe. Viele Feste und viele Sonntage galt es künftig zu überstehen, viele Urlaube zu planen und – wie auch immer – zu genießen.

Mit Gerald hatte sie einen Traum gehegt, zu dessen Verwirklichung es nicht mehr gekommen war: ein Chalet in den Bergen. Sehr vorsichtig hatte sie bei den Kindern angeklopft. Sollte man nicht vielleicht zusammen…

Aber weder Till noch Mathilda hatten reagiert. Natürlich nicht.

Es war Konstanzes Traum, die junge Generation träumte von anderen Dingen.

Zum ersten Mal seit Geralds Tod dachte Konstanze daran, daß es schön wäre, auf Reisen eine männliche Begleitung zu haben.

Aber wohin mit dem Mann, wenn sie nicht reiste? Niemand würde sich zusammen mit dem Kofferset für Monate auf dem Speicher deponieren lassen.

Im Waldcafé herrschte Hochbetrieb. Konstanze erwischte ein freies Plätzchen und holte sich am Ausschank einen Kaffee. Sie teilte den Tisch mit einer Großfamilie: Mutter, Vater, Opa, Oma und drei Kinder. Die Eltern genossen die Sonne, Opa verteilte Limonade und Kuchen, Oma putzte Krümel ab und wischte verkleckerte Limonade von Kinderjäckchen. Konstanze trank ihren Kaffee und betrachtete das Familienidyll.

Sollte sie sich nicht auch öfter ins Familiengeschehen einbringen?

Warum hatte sie Tills Einladung abgelehnt?

Mußte es denn überall so stilvoll zugehen wie bei ihr zu Hause? Und war Ostern wirklich von Dingen wie Osterzopf und Eiern im Kressenest abhängig? Sie hätte Vito beaufsichtigen und den Eltern freie Bahn für ihre Arbeit schenken können, statt dessen lief sie einsam durch den Wald und gab sich unsinnigen Gedanken hin. Ein Mann für Reisen... der Frühling schien ihr zu Kopf gestiegen zu sein. Alleinstehende hatten immer Probleme mit Feiertagen, dafür ging es ihnen an allen anderen Tagen unverschämt gut. Es wurde Zeit, daß sie sich das wieder einmal klarmachte.

Nachdem sie den Sonntag überstanden hatte, verlief der Montag ohne Probleme. Es war windig und kalt. Kein Grund, wieder in den Wald zu fliehen. Konstanze widmete sich mit Eifer der Zubereitung des Lammbratens und las noch einmal ihre Osterpost.

Sie bückte sich nach einer Karte, die unbemerkt hinuntergefallen war. Die Karte, die Reproduktion eines Fünfziger-Jahre-Fotos, wirkte auf groteske Weise gestrig. Man sah eine steife Partygesellschaft, die sich in einem bürgerlichen Wohnzimmer mit Cocktailsesseln, Nierentisch und Tütenlampe versammelt hatte.

Die Damen trugen toupierte Frisuren zu paillettenbestickten Abendkleidern, die strenggescheitelten Herren dunkle Anzüge zu weißen Hemden. Alle standen wie festgenagelt auf dem Teppich.

Das Foto trug das ironisch gemeinte Motto: Zeit für Geselligkeit.

Verblüfft drehte Konstanze die Karte um und erkannte Hanna Vonsteins Schrift. Ihr Herz tat einen dumpfen Schlag. Es war doch nichts geschehen, warum fühlte sie dieses ängstliche Unbehagen?

Liebe Konstanze,
ich möchte es nicht versäumen, Ihnen für Ihre freundlichen Grüße zum Jahresbeginn herzlich zu danken und gleichzeitig das Beste zum Osterfest zu wünschen. Sicher werden Sie die Gelegenheit nutzen, Ihren gesellschaftlichen Verpflichtungen nachzukommen oder in Ruhe im familiären Kreis zu feiern. Um Ihr schönes, warmes Familienleben habe ich Sie immer ein wenig beneidet.
In Gedanken dabei, Ihre Hanna Vonstein.

Konstanze ging in die Küche und trank ein Glas Wasser. Was hatte ihr die Frau getan, daß sie sie so in Schrecken versetzen konnte? Hanna Vonstein war eine ihr vollkommen gleichgültige Person, die ihr nichts geben – aber auch nichts nehmen konnte.

Konstanze las die Karte noch einmal, und wieder schimmerte ihr zwischen den Zeilen eine boshafte Ironie entgegen.

Geradezu unheilverkündend erschien ihr jetzt der letzte Satz: In Gedanken dabei…

Quatsch!

Entschlossen legte sie die Karte zu den anderen. Das Ganze war eine Folge der einsamen Feiertage, des Alleinseins.

Wäre Gerald hier, würde sie ihm die Karte zeigen, und sie würden gemeinsam darüber lachen. Oder wenn die Kinder gekommen wären…

Dann hätte die Karte sogar als Gag dienen können.

»Schaut, was mir der Osterhase gebracht hat. Soll ich vorlesen?«

Sie gab sich einen Ruck und versuchte das diffuse Unbehagen, das sich ihrer bemächtigt hatte, abzuschütteln. Suchend sah sie sich nach einer Ablenkung um.

Vielleicht könnte sie die Bilderwand umdekorieren oder endlich den optimalen Platz für das Nähtischchen suchen, das sie vor Ostern gekauft, aber noch nicht richtig plaziert hatte.

Konstanze hatte nach ihrer Eheschließung den Beruf aufgegeben, aber stets aushilfsweise bei »Kranz & Botte«, dem örtlichen Antiquitätenhändler, gearbeitet. Sie hatte den Beruf von der Pike auf gelernt und galt als Expertin für das Biedermeier.

Unschlüssig strich sie durch das Wohnzimmer, trug das Tischchen hin und her, konnte sich aber nicht entschließen. Immer wieder zog es sie in die Nähe des Kamintisches, auf dem die Osterpost lag. Aber sie widerstand dem Bedürfnis, Hannas Karte ein drittes Mal zu lesen.

Schließlich entschied sie sich dafür, den Nähtisch frei vor die Fensterfront zu stellen. Die hübsche Form kam im Gegenlicht gut zur Geltung.

Dann probierte sie verschiedene Dekorationsmöglichkeiten aus, bis sie sich für den Efeu entschied. Der antike Übertopf aus Sterlingsilber und das schlichte Gewächs standen in einem spannenden Kontrast zueinander. Konstanze nahm auf dem Sofa Platz und schaute das Arrangement an. Sehr schön!

Spontan beschloß sie, sich endlich den Silberleuchter zu schenken, den sie schon länger im Auge hatte. Nach Ostern würde sie wieder im Geschäft sein, und dann wollte sie mit Botte darüber reden.

Am Abend deckte sie den Tisch besonders festlich. Es gab Lammbraten, Röstkartoffeln und grüne Bohnen. Dazu trank sie die halbe Flasche Wein, die gestern übriggeblieben war.

Sie genoß das Mahl und geriet sogar in eine leichte Hochstimmung.

Hanna Vonstein verschwand, und als sie jetzt die Karte noch einmal zur Hand nahm, konnte sie sogar darüber lachen.

Sie würde diesen Ostergruß aufheben. Auf Louises nächster Teegesellschaft würde er für Gesprächsstoff sorgen.

Noch immer lachend, wanderte ihr Blick zu dem neuen Nähtischchen hinüber. Scharf umrissen hob es sich von der Dunkelheit ab. Die Bäume und Büsche hinter der Scheibe wirkten wie fremde Wesen, die zu ihr ins Zimmer starrten. Ein wenig zu hastig riß Konstanze an dem Seilzug. Wie eine Guillotine krachte das Rollo in die Tiefe.

*Ich kann nicht jede heiraten,
mit der ich scherze.*

Johann Wolfgang von Goethe

Nach Ostern war Konstanze eine ganze Woche im Geschäft, um die neue Lieferung zu katalogisieren. Botte hatte einige schöne Stücke aus dem frühen Biedermeier erworben und betrachtete gerade ein Schminktischchen, als Konstanze strahlend gelaunt eintraf. Die Feiertage waren vorbei, das Leben hatte wieder Schwung…

Sie ging gerne ins Geschäft, obwohl sie wenig verdiente, und Kranz und Botte sich eigentlich keine weitere Kraft leisten konnten. Aber sie hätte den Job auch behalten, wenn sie umsonst hätte arbeiten müssen.

Als Augenmensch mochte sie nicht nur das Geschäft als solches, sondern erfreute sich auch am Anblick der beiden Ladeninhaber.

»Schließlich handelt es sich um die einzigen Männer, mit denen ich regelmäßigen Kontakt habe«, pflegte sie zu sagen, wenn sie genötigt wurde, ihre »dienstliche« Treue zu begründen.

Die alten Herren erschienen ihr selbst wie zwei Wesen aus dem vorigen Jahrhundert. Sie waren klein, schmal, höflich und bescheiden. Beide trugen mit Vorliebe dunkle Anzüge mit hochgeschlossenen Jacken, hatten weißes Haar, das ihnen lockig um den Kopf stand, und pflegten einen feinen Humor. Sie waren so wenig geschäftstüchtig, daß es ans Wunderbare grenzte, daß die Pleite nicht längst vor der Tür stand.

Kranz und Botte lebten in einer mit Antiquitäten und

Samtportieren vollgestopften Altbauetage am Alleenring, nicht weit von Louise entfernt. Ihre Sammelleidenschaft galt bemalten Porzellanhündchen, die früher französische Kaminsimse geschmückt hatten.

Heute saßen die übellaunig dreinblickenden Bulldoggen auf allen Kommoden, Beistelltischen und Fensterbänken. Sie gehörten zur Familie und hatten zärtliche Namen wie Minou-Chérie und Fifi.

Die beiden quicklebendigen Möpse, Big und Dolly, begleiteten Kranz und Botte auf Schritt und Tritt. Sie »wohnten« praktisch im Laden, lagen stundenlang im Schaufenster oder richteten sich dekorativ auf dem rotbezogenen Sofa aus der Gründerzeit ein, das neben der Kasse stand.

Mittags sah man die beiden Herren flankiert von beiden Möpsen, hinüber zu den Rathausstuben gehen, wo sie ihre Mittagsmahlzeit einzunehmen pflegten. Die vier gehörten zum Stadtbild von Bad Babelsburg wie die Bonifatiuskirche und die Kuranlagen im Jugendstil.

Als Konstanze den Laden betrat, wandten sich die Herren um und lächelten erfreut. »Ah, unsere schöne Konstanze, wie haben Sie die Feiertage verbracht?«

Botte beugte den Kopf im angedeuteten Kuß über ihre Hand, während Kranz ihr das Cape von den Schultern nahm.

»Sehr schön, danke. Viel gelesen, spazierengegangen, Besuche gemacht!«

Ihr fiel auf, daß die einsamen Feiertage offensichtlich ein Problem geworden waren. Wie sonst war es zu erklären, daß sie jedem, der sie fragte, eine andere Geschichte erzählte?

Sie lächelte. »In Ruhe ein paar Briefe geschrieben!«

»Warum nicht gleich Romane?«

Die Stimme gehörte zu Irene, die plötzlich im Laden stand.

»Anscheinend« – sie lächelte ironisch – »hast du ein starkes Bedürfnis, zu fantasieren. Du solltest deine Probleme nicht länger verdrängen, sondern endlich zu Papier bringen.«

»Hallo, Irene!« Konstanze lächelte gequält. »Wie schön, dich zu sehen!«

Die einzig unangenehme Seite ihres Jobs war die, daß sie in einem der Öffentlichkeit zugänglichen Geschäft vor den Attacken mehr oder weniger beliebter Zeitgenossen ungeschützt war.

Sie kamen hereinspaziert, setzten sich, hörten süffisant lächelnd den Verkaufsgesprächen zu und blieben, solange sie wollten.

War es ihnen gelungen, die Atmosphäre zu vergiften und einen womöglich vor der Kundschaft bloßzustellen, spazierten sie, frei, wie sie waren, davon.

Konstanze warf Botte einen hilflosen Blick zu, aber Botte war weiblichen Wesen gegenüber von einer so grundgütigen Wohlgesonnenheit, daß er Irenes Spitzen gar nicht bemerkte.

Für ihn waren alle Frauen Sternenwesen, die er unter seinen persönlichen Schutz nahm.

»Gnädige Frau, was kann ich für Sie tun? Schauen Sie, dieses zauberhafte Tischchen. Reines Biedermeier. 1840.«

»Woher wissen Sie das?«

Unter Irenes süffisantem Blick verwandelte sich das liebenswerte Tischchen in einen Gegenstand ohne Bedeutung.

Sie wandte sich wieder an Konstanze: »Wie war denn Ostern im Kreise der Familie?« Sie unterbrach sich. »Nein, wie ich hörte, haben sie dich ja sitzenlassen. Die Ostereier allein gesucht?«

Konstanze reckte das Kinn vor und lächelte.

»Meine Schwiegertochter ist plötzlich erkrankt. Wir mußten die Familienfeier vertagen.«

Irene brach in schallendes Gelächter aus. »Bei dir also die Schwiegertochter… Bei mir sind's immer die Enkel, die plötzlich erkranken.«

Sie kam nahe an Konstanze heran. »Kleiner Rat gefällig? Laß den Quatsch mit der Familie und such dir einen Mann!«

Konstanze wich entsetzt zurück, aber Irene schaltete jetzt auf liebenswürdig: »Herr Botte, was kostet der Leuchter?«

Konstanze war so verärgert, daß sie hilflos zusah, wie Botte unter allerlei Verbeugungen den Leuchter, ihren Leuchter, auf den sie schon lange ein Auge geworfen und den sie sich als Ersatz für die österliche Einsamkeit heute hatte schenken wollen, unter Preis verkaufte.

Er gab die kostbare Rarität für dreihundert Mark weg.

Triumphierend, als ob sie ahnte, was sie Konstanze angetan hatte, trug Irene den Leuchter aus dem Laden. Im Vorbeigehen warf sie Konstanze ein süffisantes Lächeln zu.

»Laß dich wieder einmal blicken. Vielleicht können wir einsamen Witwen uns ein Lichtlein teilen.«

Konstanze lächelte ebenso süffisant zurück. »Ich werde es mir überlegen! Natürlich nicht den Besuch, sondern die Sache mit dem Mann.«

Als Irene gegangen war, ging sie in das kleine Waschkabinett und ließ kaltes Wasser über ihre Handgelenke laufen. Sie betrachtete sich im Spiegel.

Was war los, daß sie sich plötzlich dazu hinreißen ließ, Dialoge unter Niveau zu führen? Dialoge unter Konstanze-Niveau…

Auch Botte sah unglücklich drein, als ob er den Spontanverkauf nun doch bedaure. »Der Leuchter war so ein köstliches Stück«, sagte er und zwinkerte mit den Augen. »Er hat einer Porzellanmalerin gehört. Hoffentlich wird er bei der Apothekerwitwe nicht unglücklich.«

»Du kannst ihn ja regelmäßig besuchen und ihm eine Bachkantate vorspielen«, antwortete Kranz.

»Ich hätte ihn unter fünfhundert nicht abgegeben. Aber vergiß es!

Er wandte sich zu Konstanze: »Kommen Sie mit zum Essen?«

Aber Konstanze, die sie sonst gerne begleitete, hatte das Bedürfnis, eine Runde durch den Park zu drehen. Sie mußte den Leuchter verschmerzen und Irene loswerden. Zornig wütete sie gegen das eigene Geschlecht.

Schrecklich, wie manche Frauen wurden, wenn sie die Vierzig hinter sich hatten. Sie glichen verknautschten Kissen, die grämlich in den Sofaecken hingen. Kein Wunder, daß Männer dazu neigten, sie gegen jüngere Modelle einzutauschen. Zumal die Gesellschaft ihnen Beifall zollte, was im umgekehrten Fall eher selten der Fall war.

Irenes Gatte hatte den anderen Weg gewählt: Er war rechtzeitig verschieden. Wahrscheinlich hatte Irene ihn in den Tod getrieben.

Gedanken dieser Art trugen dazu bei, daß Konstanze ihr inneres Gleichgewicht wiederfand. Zornig murmelte sie das Schlußwort:

»Wenn er sie verlassen hätte, hätte sie ihn ohnehin umgebracht. So war es das klügste…«

Es war ein sonniger Tag, ein frischer Wind wehte, der Park war leer.

Mit ausholenden Schritten lief Konstanze die vertrauten Wege entlang. Die Wut auf Irene löste sich auf.

Da es zum Essen zu spät war, beschloß Konstanze, in der Bücherei vorbeizugehen, um nach den Bildbänden zu fragen, die sie per Fernleihe bestellt hatte. Es waren Bücher über Pariser Salons der Jahrhundertwende, die sie bei ihrem Buchhändler gesehen, aber nicht gekauft hatte, weil sie ihr zu teuer gewesen waren. Man sah sich solche Bücher einmal an, und dann standen sie im Regal. Dennoch erhoffte sie sich Anregungen für die Umgestaltung des Eßzimmers, die sie im nächsten Herbst durchführen lassen wollte. Die jetzige Einrichtung, aus Pietät behalten, hatte sich abgenutzt. Der Tisch war zu groß, die vielen Stühle standen eindeutig im Weg. Sie wünschte sich das neue Eßzimmer intimer, ein bißchen Salon und ein bißchen Belle Époque. Mit Gerald hatte sie letzten Sonntag bereits darüber gesprochen, und er war absolut dafür.

Konstanze betrat die schöne neue Bibliothek, die für Bad Babelsburg beinahe ein bißchen zu groß war. Wie so oft, war sie kaum besucht. Die Babelsburger hatten die Möglichkeiten entweder nicht begriffen oder nicht angenommen, und die Kurgäste saßen lieber in der Lesehalle am Park, wo sie Kaffee trinken und Zeitschriften lesen und das Kommen und Gehen anderer Kurgäste beobachten konnten.

Nur die Lesungen, die hin und wieder abgehalten wurden, waren ein Treffer. Zwar hielt sich Babelsburg auch hier vornehm zurück, aber die Kurgäste nahmen die Möglichkeiten, einen Schriftsteller – vor allem, wenn sie ihn aus dem Fernsehen kannten – live zu erleben, gern an.

Konstanze betrat den lichtdurchfluteten Raum. Die Fenster waren geöffnet, Vogelgezwitscher mischte sich mit gedämpftem Stimmengewirr. Sie wandte sich an Frau Mattes, die heute die Ausleihe betreute, aber noch ehe Konstanze ihren Wunsch äußern konnte, schüttelte Frau Mattes den Kopf.

»Leider noch nichts da.«

»Früher hat es doch kaum eine Woche gedauert!«

»Ja, früher … Es herrscht halt überall Personalmangel.«

Konstanze runzelte unmutig die Stirn. Sie haßte Unpünktlichkeit, unnötige Wege und mangelnde Zuverlässigkeit. Untugenden, mit denen sie sich nur schwer abfinden konnte.

»Wann glauben Sie, daß ich wieder fragen könnte?«

Frau Mattes zuckte die Schultern. »Kommen Sie immer mal wieder vorbei.«

Das klang nicht sehr vielversprechend.

Das ferne Stimmengewirr kam näher. Frauen lachten, dann eine Männerstimme. Das Lachen wurde lauter. Konstanze sah Frau Mattes fragend an.

»Dichterlesung?«

»Literaturkreis. Mittwochs tagen die hier. Aber jeder kann zuhören.«

Konstanze wunderte sich. »Haben wir hier einen Literaturkreis?«

Sie lebte seit Ewigkeiten in Babelsburg und wußte im Grunde so wenig von der Stadt.

»Schon lange. Der Leiter ist Dr. Hannsmann, aber in diesem Monat haben wir einen Gast.«

Sie lachte: »Vier Vormittage über das Thema Liebe. Der Dozent heißt…«

Aber Frau Mattes fiel der Name nicht ein. »Sie nennen ihn alle nur Heinrich, wegen seiner glühenden Verehrung für Heinrich Heine.«

Sie sah Konstanze bedeutungsvoll an. »Das Liebesthema paßt ja zum Frühling, hören Sie ruhig ein bißchen zu.«

Konstanze lächelte: »Eigentlich eher ein Maithema, aber vielleicht ist der April passender. Die Liebe ist ja auch eher… unbeständig.«

Frau Mattes lachte. »Das hat Heinrich auch gesagt. Gehen Sie in den Raum mit den Klassikern, da sitzen sie alle.«

Ein wenig zögernd näherte sich Konstanze dem Raum, in dem sich der Kreis versammelt hatte. Es schien ein eingeschworenes Grüppchen zu sein, das sich seit langem zu kennen schien. Der Umgangston war locker, die Atmosphäre heiter und angeregt.

Diskret im Hintergrund bleibend, lehnte sich Konstanze gegen eine Säule und ließ die Blicke schweifen.

Der Babelsburger Literaturkurs schien ausschließlich aus Frauen zu bestehen. Der einzige Mann war der Dozent selbst. Er war jung und attraktiv. Aber er wirkte bescheiden, beinahe ein bißchen schüchtern, und schien nichts von der Wirkung zu wissen, die er ausstrahlte.

Oder doch?

Lässig im Gegenlicht, ein Buch in der Hand, lehnte er an der Fensterbank.

Gerade tippte er gegen sein T-Shirt mit der Aufschrift: »Ich kann nicht jede heiraten, mit der ich scherze!« und sah fragend in die Runde. »Wer hat das gesagt?«

Die Frauen lachten ein wenig zu schrill, um wirklich amüsiert zu sein, und Konstanze durchfuhr ein ungutes Gefühl. Aalte sich hier jemand in der Anbetung der Zukurzgekommenen?

Aber die flüchtige Stimmung verging. Heinrich griff nach seiner Jacke, zog sie an und knöpfte sie zu. »Also? Wer hat das gesagt?«

»Udo Lindenberg.«

»Guildo Horn.«

»Hella von Sinnen.«

Erlöstes Gelächter.

Heinrichs Lachen zeigte zwei Reihen makelloser Zähne.

»Falsch. Der Satz stammt von Goethe, der, wie wir wissen, ein Leben lang von der Damenwelt verwöhnt und vielleicht auch verfolgt wurde. Aber kommen wir zu Lichtenberg. Was hat der alte Ketzer über die Liebe zu sagen?«

Er schlug das Buch auf. Das Gelächter verebbte. Man rückte sich zurecht.

»Über die Macht der Liebe. Mittwoch, morgens 8 Uhr, den 19. Februar 1777.«

Seine Stimme war gut. Der Vortrag sogar hervorragend: Er verlieh dem mehr als zweihundert Jahre alten Text die Sachlichkeit eines Zeitungsberichts.

»...die Frage: Ist die Macht der Liebe unwiderstehlich, oder kann der Reiz einer Person so stark auf uns wirken, daß wir dadurch unvermeidlich in einen elenden Zustand geraten müssen, aus welchem uns nichts als der ausschließliche Besitz dieser Person zu ziehn imstande ist? Habe ich in meinem Leben unzählige Male bejahen hören von alt und jung und oft mit aufgeschlagenen Augen und über das Herz gefalteten Händen…«

Hier schaltete Heinrich eine Pause ein und ließ den Blick vielsagend über seine Gefolgschaft schweifen.

»… den Zeichen der innersten Überzeugung und der sich auf Diskretion ergebenden Natur. Ich könnte sie auch bejahen, nichts ist wohlfeiler und leichter…«

Konstanzes Gedanken schweiften ab. Für sie war die Liebe immer eine Gefahr gewesen, in der man versinken, die Beherrschung, die Contenance und das Gesicht verlieren konnte. Kein gräßlicherer Gedanke, als in diesem Zustand geistiger Einschränkung ausgenutzt, verraten und schließlich verlassen zu werden.

»Aber wieviel Menschen waren darunter, die die Frage ernstlich untersucht hatten? Bewußt wenigstens ist es mir von keinem, daß er sie untersucht hätte und vielleicht hatte sie auch wirklich keiner untersucht. Denn wer wird eine Sache untersuchen, von deren Wahrheit der Kuckuck und die Nachtigall, die Turteltaube und der Vogel Greif einstimmig zeugen, wenigstens, wenn man den süßen und bitteren Barden aller Zeiten glauben darf, über deren Philosophie aber zum Glück der Philosoph so sehr lacht als das vernünftige Mädchen über die Liebe…«

Wieder hob Heinrich den Blick, diesmal traf er Konstanze.

»Nun, hat Lichtenberg recht?«

Sein Lächeln erinnerte Konstanze an Martin, ihre erste große Liebe. Ein Lächeln zwischen erahntem Sieg und einer gefährlichen Schüchternheit, die dem anderen das Gefühl der Überlegenheit gab, bis man schwach wurde und verlor…

Die Gruppe geriet in Bewegung.

»Lichtenberg hat recht!«

»Nein!«

»Ja!«

»Keine Ahnung, der Mann ist verbittert.«

»Sicher keinen Erfolg bei Frauen.«

Heinrich wurde ernst. »Im Gegenteil, die Frauen haben ihn geliebt. Aber kommen wir doch zum Schluß:

Und doch rührt die ganze Verwirrung in diesem Streit aus nicht genugsamer Unterscheidung eben dieses Triebes, der sich unter sehr verschiedener Gestalt zeigt, und der schwärmenden Liebe her. Man verteidigt Liebe und verwirft Liebe, und eine Partei versteht dieses und die andere etwas anderes. So weit diesen Morgen!«

Er klappte das Buch zu.

Wieder suchte sein Blick Konstanze.

Die Dame hatte garantiert noch keinen seiner Kurse besucht, und doch kannte er sie irgendwoher. Sie war, wie ein Blitz schlug es ein, die ältere Schwester der Jugendliebe seines Vaters, nein, sie war die Jugendliebe selbst, deren Foto Christian ihm gezeigt hatte.

Ebenso hochmütig wie jetzt, hatte sie vor dreißig Jahren neben ihm gestanden. Nein, nicht hochmütig – überlegen.

Sollte er sie ein bißchen in Verlegenheit bringen?

»Und was hat unsere stille Teilnehmerin hinter der Säule über die Liebe zu sagen?« fragte er lächelnd.

Ohne eine Sekunde zu zögern, kam die Antwort: »Die Liebe ist ein Stern in einem Haufen Mist.«

Verblüfftes Schweigen.

Alle wandten sich um.

Heinrich imitierend, wandte sich Konstanze charmant an die Kursteilnehmerinnen: »Wer hat das gesagt?«

Das Schweigen löste sich in Lachen.

»Nina Hagen.«

»Die toten Hosen!«

»Karl Valentin!«

Konstanze wandte sich direkt an den Kursleiter.

»Wissen Sie es vielleicht?«

»Zufällig, ja. Heinrich Heine.«

Sekundenlang starrten sie einander an.

Sie war die Frau, die seinem Vater einst einen Korb gab.

Er ähnelte Martin, dem jungen Mann, den sie geliebt und dem sie, aus Angst, daß er sie je verlassen könnte, ausgewichen war.

Martin hatte ihr den Atem und die Ruhe geraubt. Soviel Macht erlaubte sie niemandem.

Sie nickte Heinrich zu. »Ich danke Ihnen, es war – sehr unterhaltend. Und was das heutige Thema betrifft, bleiben Sie bei Lichtenberg und bleiben Sie im April! Eine erfrischende Dusche dann und wann klärt die Gefühle.«

Sie wandte sich zum Gehen.

Heinrichs Stimme erreichte sie noch vor dem Ausgang.

»Und Ihnen empfehle ich Stendhal. Lesen Sie ›Über die Liebe‹.«

Mit einem lange konservierten, irritierend süßen Gefühl in der Herzgegend lief Konstanze durch den Park. Gewohnheitsmäßig blieb sie wenig später vor den Bücherkarren des örtlichen Antiquariats stehen. Die Belle Époque, den Ärger mit Irene und sogar Kranz und Botte hatte sie vergessen.

Rasch überflog sie die Titel der ausgestellten Bücher: Droste-Hülshoff, Stifter, Körner, Hermann Löns.

Stendhal: Über die Liebe.

Das Buch kostete fünfundzwanzig Mark. Konstanze kaufte es auf der Stelle.

»Nein, packen Sie es nicht ein, ich brauche es gleich.«

Fahrig strich sie sich über das Gesicht.

Wie dumm sie daherredete. Das Erlebnis in der Bibliothek

hatte sie aufgewühlt. Jetzt nur nicht den Verstand verlieren. Wenn man anfing, in allem ein Zeichen zu entdecken, war man verloren.

Martin war inzwischen zweimal geschieden und hatte drei Kinder aus verschiedenen Ehen.

Im Geschäft angekommen, stürzte sie ins Waschkabinett. Zum zweiten Mal am heutigen Tage ließ sie kaltes Wasser über die Handgelenke rinnen.

»Das kenn ich«, sagte Kranz. »Sind die Wechseljahre, geht vorüber.«

»Es ist etwas anderes«, erwiderte Konstanze. »Schlimmer, bleibt!«

Big und Dolly, die ihr gefolgt waren, musterten sie stumm. Interessiert wackelten sie mit ihren Stummelschwänzen.

Warum sind alle Falten im Gesicht,
wo doch am Arsch viel mehr Platz wäre.
Adele Sandrock

Eine Woche später klingelte abends das Telefon.

Konstanze, die einen Anruf von Louise erwartete, legte das Buch, in dem sie gerade las, zur Seite und hob den Hörer ab.

»Hallo, Liebes, endlich, ich habe schon gewartet.«

Sie hörte ein männliches Lachen. Sympathisch und frisch. Jung… Konstanze war irritiert.

Nicht nur männliche Stimmen, auch männliches Lachen hatte in ihrem Leben Seltenheitswert bekommen.

»Hallo?«

Das sympathische Lachen ertönte erneut.

»Hier Per Lennert, entschuldigen Sie, aber man wird selten auf diese Weise begrüßt.«

»Oh, ich bin es, die sich entschuldigen muß«, sagte Konstanze. »Ich hatte meine Mutter erwartet.«

»Wen auch immer, man sollte diese Begrüßung zur Norm machen.«

Wieder erklang das nette Lachen. »Ich wollte Sie im Auftrag meines Vaters zum Kaffee einladen. Wie wäre es mit Sonntag? Ihre Mutter hat schon zugesagt«, fügte er eilig hinzu.

»Meine Mutter hat zugesagt?«

»Vater hat kurz vor Ostern mit ihr telefoniert.«

»Dieses Luder…«, entfuhr es Konstanze.

»Wie…?«

»Nichts gesagt, nur laut gedacht.«

Sie war verwirrt. Wo hatte sie diese Stimme schon gehört?

War es nicht erst kürzlich gewesen? Ihr Blick wanderte hinüber zum Kamin. So, wie sie es aus der Hand gelegt hatte, lag Stendhals Buch »Über die Liebe« auf dem Tisch. Aufgeschlagen beim dritten Kapitel: »Von der Hoffnung«.

Was hatte Herr Lennert gerade gesagt?

»Entschuldigen Sie, ich habe nicht zugehört!«

»Ich sagte, Sie können mit Vater in Erinnerungen kramen, und ich werde brav dasitzen und zuhören!«

»Wie langweilig für Sie.«

»Mein Vater hat soviel von Ihnen erzählt. Ich liebe Nostalgisches.«

Nun lachte auch Konstanze. »Na, da werden Sie ja mehrfach auf Ihre Kosten kommen. Soll ich etwas mitbringen? Kuchen?«

»Nur sich selbst! Bis Sonntag.«

»Bis Sonntag!«

»Ja, also bis dann…«

Sie ertappte sich dabei, daß es ihr schwerfiel, das Gespräch zu beenden.

»Bis dann…«, wiederholte sie.

Er lachte.

»Bis dann…«

Entschlossen legte sie den Hörer auf die Gabel und blieb noch eine Weile regungslos stehen.

Erstaunt registrierte sie die kleine belebende Flamme in der Herzgegend. Warum hatte sie sich eigentlich gesträubt, Christian zu besuchen?

Offenbar stand sie im Begriff, eine alte Schachtel zu werden, sich von Tantenklatsch zu Tantenklatsch zu hangeln und das gemeinsame, familiäre Ostereiersuchen zum Großereignis des Jahres zu stilisieren. Ähnlich wie Irene würde sie bald so weit sein, Zurückweisungen zu zählen und in jedem zweiten Satz eine Beleidigung zu wittern. Dann würde sie anfangen, heimlich von ihrem Hausarzt zu träumen.

Den Sonntagvormittag verbrachte Konstanze vor dem großen Ankleidespiegel im Schlafzimmer. Es war dringend nötig, Inventur zu machen und zu diesem Zweck den gesamten Schrankinhalt einer kritischen Prüfung zu unterziehen.

Alte Jugendfreundschaften zu treffen war nicht ungefährlich. Man hatte sich jung und frisch in Erinnerung, beäugte den anderen aus den Augenwinkeln und stellte Vergleiche an. Natürlich wollte man bei diesem Vergleich keinesfalls schlecht abschneiden.

Schließlich wählte Konstanze ein elegantes Kleid aus Seidenjersey, das eine gute Figur machte und gleichzeitig ein eindeutiges Signal gab: Abstand halten.

Dann überlegte sie, ob sie mit dem eigenen Auto fahren sollte. Es konnte ja sein, daß Christian eine Flasche Wein öffnen und es nicht bei einem Glas bleiben würde, da war es besser, das Auto in der Garage zu lassen. Ergab sich die Frage, warum sie plötzlich Gedanken dieser Art hegte? Normalerweise fuhr sie mit dem eigenen Wagen, ohne eine Sekunde darüber nachzudenken.

»Du fällst dir ganz schön auf die Nerven, Konstanze Vogelsang«, rügte sie sich selbst. »Laß die Mätzchen, steig ins Auto und gib Gas.«

Um drei Uhr ging sie zum Bahnhof. Für die Rückfahrt würde sie sich ein Taxi leisten. Gerald hatte sicher nichts dagegen.

Im Gegensatz zu Hanna Vonstein war Konstanze von der Größe des Lennertschen Anwesens nicht überrascht. Im Gegenteil, es präsentierte sich so, wie sie es erwartet hatte: Auf kalte Weise signalisierte es Erfolg. Christian hatte schon in jungen Jahren die Neigung gehabt, teure Dinge nicht nur zu besitzen, sondern auch zu demonstrieren. Der Zwang ständiger Bewunderung, zu der er seine Freunde nötigte, war ermüdend.

Schon fühlte Konstanze ein leises Bedauern, die Einladung

angenommen zu haben. Die spontane Abneigung, die sie am Heiligen Abend empfunden hatte, war vielleicht ganz richtig gewesen.

Sie ließ den Blick an der Mauer entlanggleiten, die das Anwesen zu einer Festung machte. Ärger auf Louise kam auf, die am gestrigen Abend angerufen hatte: »Ich fühle mich nicht wohl, Liebes. Leichte Schwindelgefühle, du weißt. Aber du solltest unbedingt hingehen«, hatte sie eindringlich hinzugefügt. »Es ist wichtig!«

»Wieso wichtig? Ich habe nicht das geringste Interesse an Christian Lennert.«

»Es geht nicht um den Vater, sondern um den Sohn.«

Louise hatte verschwörerisch die Stimme gesenkt. »Ich denke an Mathilda. Dieser Kameramann, den sie uns vorenthält, taugt doch nichts. Christians Sohn wird das ganze Vermögen erben und die Praxis übernehmen. Wahrscheinlich schon Ende des Jahres.«

»Du alte Kupplerin«, sagte Konstanze halb verärgert, halb bewundernd.

Louise lachte. »Einer muß sich ja kümmern.«

Nun, diesbezüglich mußte Louise wohl mit einer Enttäuschung rechnen. Betonwürfel dieser Art, von düsteren Zypressen eingerahmt, durch eine hohe Mauer abgeschirmt, würden Mathildas Herz kaum in Flammen setzen. So wie Konstanze die Auerhähne ihrer Mutter abgelehnt und das Lebenswerk ihres Vaters, den Antiquitätenhandel, zurückgewiesen hatte.

Entschlossen legte sie den Finger auf den Klingelknopf. Irgendwo in der Tiefe des Hauses ertönte ein Gong.

Dann war es lange still …

Perfekt geplant, dachte Konstanze. Den Gast immer ein wenig warten lassen, damit er sich in Ruhe in den Anblick der Marmorstufen und des Messingschildes vertiefen kann.

Dr. med. dent.

Energisch klingelte sie zum zweiten Mal. Beinahe gleichzeitig öffnete sich die Tür. Theatralisch breitete Christian Lennert die Arme aus: »Ich grüße dich!«

Im heimlichen Wettbewerb der Jugendlichkeit hatte er, das sah Konstanze auf den ersten Blick, einen guten Platz errungen. Er hatte seine Figur bewahrt, trug helle Jeans und ein weiches Kaschmirhemd. Die oberen Knöpfe waren geöffnet und ließen eine sonnenbankgebräunte Brust frei. Die graumelierten Haare waren frisch gefönt und fielen lässig in die Stirn. Geschmeidig führte er sie durch den Eingangsbereich hinüber zum Wohntrakt.

Übergangslos fühlte Konstanze sich nicht damen-, sondern tantenhaft. Der große Spiegel hinter der Anrichte zeigte das Bild einer spröden Gouvernante, deren Aufmachung und Haltung eine eindeutige Botschaft enthielt: Bitte nicht berühren.

Christian Lennert schien nichts zu bemerken. Er legte seinen Arm um ihre Schultern und zeigte auf den Garten.

»Tausendfünfhundert Quadratmeter zum Spottpreis. Inzwischen ist der Wert um das Fünffache gestiegen.«

Er wandte sich um. »Und der Wohnraum ist natürlich zu groß. Wir hatten damals repräsentative Pflichten und brauchten viel Platz. Ich überlege, ob ich den unteren Trakt nicht umbauen lasse. Was trinkst du, Sherry?«

Passend zum Outfit, dachte Konstanze. Ein kleiner Sherry für die Dame.

»Whisky«, sagte sie laut. »Pur.«

Christian schenkte ein und hob das Glas.

»Konstanze « – er sah ihr in die Augen – »wie schön, daß du da bist. Du hast dich…«

»Gar nicht verändert!«

Konstanze rettete sich in ein Lachen und ließ sich auf einem der Sofas nieder. Sie ließ die Blicke schweifen. Eine schreckliche Halle. Man war versucht, auf die Lautsprecher-

stimme zu warten, die den Flug nach San Francisco aus-
rief.

»Ach, setz dich doch bitte hierher, da hast du einen schönen Blick in den Garten.«

Er nötigte sie, aufzustehen und den Platz zu wechseln.

Jetzt hatte sie »Gartenblick« und die Sonne brutal im Gesicht. Jede einzelne Falte begann zu schmerzen. Christian ließ
sich ihr gegenüber nieder.

Er sah verdammt gut aus. Jung. Jünger als sie? Im Gegenlicht bestimmt.

Sie lächelte. Ihre Zähne konnten sich noch sehen lassen –
weiß und ebenmäßig.

»Würdest du bitte die Rollos ein wenig herunterlassen, die
Sonne blendet.«

Er zuckte bedauernd die Schultern.

»Die sind automatisch eingestellt und bewegen sich erst
um achtzehn Uhr dreißig. Man kann sie natürlich auch ma-
nuell betätigen, aber setzen wir uns doch lieber gleich an den
Eßtisch. Per wird gleich kommen.«

Sie saßen sich an dem riesigen Tisch gegenüber. Zwei Personen, acht Stühle. Konstanze lehnte sich zurück und faltete
die Hände im Schoß.

Christian schenkte ihr ein Lächeln. »Erzähl, was hast du all
die Jahre getrieben?«

Der Spiegel über der Anrichte zeigte sie jetzt in einem gün-
stigen Licht. Sie entspannte sich und begann zu erzählen.

Christian hielt den Blickkontakt und heuchelte Interesse.
Ihr Bericht galt ihm als Ouvertüre zum Eigentlichen. Das
Eigentliche würde seine Erfolgsstory sein: zwei Stunden
Christian Lennert. Konstanze faßte sich kürzer. Bereits nach
fünfzehn Minuten hatte sie das Wesentliche gesagt – der Be-
richt entdete mit Geralds Tod.

Christian lachte. »Na, das klingt ja alles sehr erfreulich!«

Er zeigte sich erleichtert. Die Lebensbeichte war straffer

ausgefallen als befürchtet. Er verabscheute die Schweiger ebenso wie die Quaßler, die sich in stundenlangen Monologen ergingen. Es war wie eine Krankheit. Alleinstehende neigten dazu, das Wort zu ergreifen und sich festzubeißen. Sie vergaßen ihr Gegenüber und plätscherten dahin wie ein dudelndes Radio. Manche redeten sich geradezu in Trance. Man fühlte sich ausgeschlossen und mißbraucht. Aber Konstanze gehörte nicht zu der gefürchteten Sorte. Sie war schon früher eine gute Zuhörerin gewesen.

Christian Lennert holte Luft.

»Als Jeanette und ich dieses Haus bauten«, hub er an und lehnte sich entspannt zurück, »hatte ich mich gerade selbständig gemacht. Ich eröffnete die Praxis am Dienstag nach Pfingsten. Die Hauseinweihung war am Wochenende zuvor gewesen. Wir hatten den halben Ort eingeladen, obwohl wir fremd waren und die Leute gar nicht kannten. Aber sie kamen. Schön, reich und den Mund voller Zähne (hier ließ er ein dröhnendes Lachen erschallen). Damals hatte Jeanette noch…«

Konstanze schloß die Augen und ließ die Worte vorüberrauschen.

Christian bemerkte es nicht. Er kam in Fahrt. »…Freude am Familienleben, aber mit der Zeit sollte sich das ändern. Ich selbst war sehr beschäftigt… Wissenschaftliche Arbeit… in kürzester Zeit… Patienten… innerhalb weniger Monate… war… hatte… konnte… Ich… ich… ich…«

Konstanze spürte jenes Kribbeln, das ihr an den Abenden im Hause Vonstein zu schaffen gemacht hatte. Sie fühlte sich hilflos, ermüdet und gequält.

»Das erinnert mich an das Gesellschaftsleben in Babelsburg…«, versuchte sie Christian zu unterbrechen, aber es war zu spät. Er war nicht mehr in der Lage, den einmal entfesselten Redestrom zu stoppen.

«…traten wir in den Reit- und dann in den Golfclub ein…

Mitglied ... Vorsitzender ... Stadtrat ... einstimmig gewählt ... rate, wen: Christian Lennert ...«

Vor Konstanzes Augen verwischten sich die Bilder, anstelle von Christian sah sie Arthur, anstelle von Arthur sah sie Gerald ... Wann kam die Erlösung? Ein Gewitter, ein Sturm, die Sintflut, die Pest?

Oder Per ...

Sie spürte, daß sie etwas tun mußte: aufstehen und fliehen. Zurück in die wohltuende Stille ihres eigenen Hauses.

Ich bin nicht nur Witwe, dachte sie plötzlich, ich bin eine glückliche Witwe! Ihr hysterisches Gelächter brachte Christians Rede endlich zum Erliegen.

»Warum lachst du?«

Er fühlte sich unziemlich unterbrochen und starrte sie irritiert an. War Konstanze verrückt? Frauen ihres Alters litten häufig unter Sinnesverwirrungen. Auf den ersten Blick merkte man es oft nicht, um so deutlicher auf den zweiten.

»Ist dir nicht gut?«

»Entschuldige, ich muß gehen. Es ist spät!«

»Aber ich bitte dich, es ist erst fünf. Per muß jeden Augenblick kommen, ich stelle den Kaffee auf.«

Er erhob sich und verschwand in der Küche.

Warum gehe ich nicht? dachte Konstanze. Ich bin immer ein bißchen zu höflich. Immer ein bißchen von gestern. Christian wird zurückkommen und schildern, wie er erst Stadt- und dann Landessieger wurde. Dann wird er einen weiteren Whisky trinken und von seinen Amouren erzählen ...

Sie erhob sich und ging hinaus in die Diele. Fast wäre sie mit Christian zusammengestoßen, der ihr mit einem Tablett in den Händen entgegenkam.

Aber anstat »hoppla« zu sagen und das Weite zu suchen, stolperte Konstanze in die Falle der Tradition: »Darf ich dir helfen?« fragte sie.

Im Holzhaus hinter der Hecke kämpfte Per unterdessen mit einem Problem namens Tini.

Sie war überraschend gekommen, saß rittlings auf einem Melkschemel, ließ das blonde Haar dekorativ über die linke Schulter fallen und sah ihm beim Abschleifen einer alten Truhe zu. Es war eine staubige Arbeit, und Per hoffte, daß sich Tini abschrecken ließ und verabschieden möge.

Aber sie blieb.

»Warum hast du eigentlich nicht auch Zahnmedizin studiert?« fragte sie plötzlich.

»Weil es mich nicht interessiert.«

»Wird aber top bezahlt!«

Tini ließ den Blick sehnsüchtig zum »Hauptquartier« hinüberwandern. »Alte Schränke abbeizen macht doch auch keinen Spaß.«

»Mir schon.«

»Versteh ich nicht!«

»Ist auch nicht nötig!«

Sie schwiegen eine Weile, dann sagte sie: »Liest du den alten Tanten noch immer Gedichte vor?«

»Ja!«

»Komisch! Noch dazu in diesem Kurbad. Warum bleibst du nicht in Marbach?« Sie kicherte. »Wär dir peinlich, was?«

»Marbach hat keinen Literaturkreis, außerdem kenne ich in Babelsberg den Leiter.« Er unterbrach sich gereizt. »Herrgott, ich mach das doch nur einmal im Jahr.«

»Was kostet so ein Kurs denn?«

Er gab keine Antwort.

»Und was hat man davon? Die Leute können doch selbst lesen!«

Er seufzte. Wenn sie nicht sofort aufhörte zu plappern, geschah ein Unglück.

Er stellte das Schleifgerät ab und wandte sich um. »Ich muß mich jetzt fertigmachen, mein Vater hat Gäste.«

»Wen denn?«

»Eine Jugenfreundin.«

»Und du mußt dabei sein?«

»Ich möchte. Und du gehst jetzt besser. Wir sehen uns irgendwann im Laufe der Woche.«

Er zog sich aus und ging unter die Dusche.

Dann frottierte er sich ab. Tini saß noch immer auf dem Schemel. Mit Interesse musterte sie ihn.

»Du siehst verdammt gut aus. Wie alt bist du eigentlich?«

»Zweiunddreißig!«

Sie war überrascht. »Erst? Ich dachte, du wärst älter, ich meine, wie du immer sprichst. Gehst du eigentlich nie in die Disco?«

»Nein!«

»Ich meine, früher auch nicht?«

»Nein!«

Per war in helle Leinenhosen geschlüpft und zog einen Pulli über den Kopf.

Er war weniger eitel als sein Vater. Die Zeit, zu der er beginnen würde, sich sorgenvoll im Spiegel zu mustern, war noch weit. Er fuhr sich mit dem Kamm durch die Haare, wandte sich um und warf Tini einen Blick zu.

Sie sprang eilig von ihrem Hocker. »Gut! Gehen wir zur Gruftiparty!«

Als Per die Tür aufschloß, hörte er bereits die Stimme seines Vaters. Er und Tini platzten in das letzte Kapitel der Story »Meine Erfolge«, das sich mit den Siegen auf dem Golfplatz befaßte.

»Wurde ich einer schmerzhaften Sehnenscheidenentzündung wegen nur zweiter, aber im Frühjahr darauf…«

»Stadtmeister«, vollendete Per den Bericht. »Guten Abend!«

Christian schrak auf. Geistesgegenwärtig knipste er sein

Gesellschaftslächeln an. »Darf ich vorstellen, mein Sohn Per, Konstanze Vogelsang…«

Per reichte ihr die Hand. »Wir kennen uns bereits! Allerdings unter einem Pseudonym: Heinrich.«

Konstanze lächelte. »Ja, wir hatten bereits einen – sagen wir – Kurzkontakt.« Sie unterbrach sich und fügte hinzu: »Über die Liebe.«

Bei Christian zeigte der überraschende Hinweis keinerlei Wirkung. Er erlebte gerade ein Wunder!

Was stand da plötzlich und unerwartet mitten in seinem Wohnzimmer? Der begehrte Nixentyp, auferstanden aus den Träumen. Sein Jagdinstinkt, seit Monaten lahmgelegt, regte sich. Konstanze bekam einen flüchtigen Blick zugeworfen: »Darf ich vorstellen, die Freundin meines Sohnes…«

»Tini!« Sie strahlte ihn an. Ebenso strahlend musterte sie das Haus. »Wie wunderschön Sie es haben. Von drüben sieht man gar nicht, wie groß der Park ist.«

Sie hatte das richtige Wort getroffen. Christian liebte Gäste, die den Garten als Park bezeichneten, vor allem, wenn sie zwanzig Jahre jung waren und lange blonde Haare hatten.

Und wenn sie wußten, worauf es ankam.

»Haben Sie auch einen Pool?«

Überrascht sah er sie an. Das einstige Paradestück des Hauses war aus der Mode gekommen. Wie schön, daß sich plötzlich jemand an seinen Wert erinnerte.

»Aber ja!«

Vielleicht konnte man die gekachelte Katakombe zu neuem Leben erwecken? Das Schwimmbad im Keller war zu einem tristen Ort verkommen. Er spürte die Kälte bis ins Herz, wenn er in dem Becken einstiger Sinnesfreuden hin und her schwamm, den Blick auf die verödete Bar und die vergilbten Gummipalmen gerichtet.

Er klatschte freudig in die Hände. »Gehen wir doch hinunter. Im Kühlschrank müßte noch eine Flasche Schampus liegen.«

In Per regten sich Erinnerungen. War ein bestimmter Nerv getroffen, war sein Vater nicht mehr zu stoppen und galoppierte den Pfad profaner Sinnesfreude rücksichtslos zu Ende.

Sie stiegen die Treppe hinunter.

Dumpfe Treibhausluft schlug ihnen entgegen. Christian nötigte alle an die Bar. Er entkorkte den Champagner und goß ein.

»Auf das Leben! Konstanze – Tini!«

Konstanze fühlte sich unbehaglich. Hatte sie sich bis jetzt lediglich gelangweilt, so war sie nun auf einer gänzlich falschen Party gelandet. Sie beherrschte die Spielregeln nicht. Verlegen wich sie Pers Blicken aus.

Christian setzte das Glas an die Lippen und trank es leer.

Tinis Wimpern begannen zu beben. In dieser Stunde, das spürte sie, fing etwas Besonderes an, etwas, das ihr Leben verändern konnte. Große Karrieren pflegten so zu beginnen: ein Bad im Pool, ein Bad in der Menge – Moderatorin bei RTL.

Chance verpaßt, einmal zu spät gekommen: ewig unentdeckt im Abseits.

Sämtliche Klischees aus den einschlägigen Magazinen drängten an die Oberfläche. Wie hieß die Moderatorin des neuen Erotiktalks? So attraktiv wie diese Marietta war sie schon lange …

Christian Lennert war zwar bloß Zahnarzt, aber er hatte Millionen. Und mit Geld konnte man alle Türen öffnen …

»Jetzt alle ins Wasser!«

Christian fühlt sich wie in alten Zeiten, und sonnenbankgebräunt, wie er war, konnte er sich sehen lassen. Er fühlte jene männliche Kraft zurückkehren, die er schon auf ewig verloren geglaubt hatte. Es war noch nicht alles zu Ende. Man mußte sich wehren, wenn die Schwermut kam, unter Leute gehen, Gleichgesinnte suchen.

Tini erinnerte ihn an alte Nixenzeiten. Mit Schwung leerte er sein Glas in den Pool.

»Alle ab ins Wasser! Tini darf nackt – und Konstanze?«

»Ich nicht«, wehrte sie entsetzt ab. Sie nackt neben Tini, das fehlte noch ...

Christian schenkte ihr einen väterlichen Blick.

»Jeanette hat noch einen Badeanzug hier, hinten im Schrank liegt allerlei Zeug.«

Er geriet in Fahrt. »Aber warum nicht ohne alles?« Er lachte. »Bist doch noch prima in Schuß, Mädchen.«

Sein Blick glitt zu Tini, die bereits im Pool war. Ihr langes Haar schwebte golden auf dem Wasser. Kleidchen und Slip lagen am Beckenrand. Wie ein Fisch glitt er neben sie.

Sie strahlte ihn an. Er grinste zurück. Die kleine Ratte war ja nicht zu bezahlen. Viel zu schade für Per, dessen größter Genuß es war, an alten Schränken herumzubohren. Das einzig Lebendige in seinem Leben waren die Holzwürmer in den Löchern ...

»Ich möchte gehen!« Konstanze griff nach ihrer Tasche.

Christian war ehrlich erschrocken.

War diese Tini auch zum Anbeißen, als Gattin taugte sie eindeutig nicht. Als Gattin taugte Konstanze.

Er hängte sich neben Tini an den Beckenrand.

»Aber Konstanze, zier dich doch nicht. Mach einen Spaß mit.«

»Ich möchte gehen!«

»Aber die Party hat doch eben erst begonnen.«

Er versuchte es mit einem Kompliment. »Du kannst dich bestimmt noch zeigen.«

»Bestimmt«, bestätigte Tini. »Trauen Sie sich ruhig. Das Wasser ist ganz warm.«

Christian versuchte es lyrisch: »Frühling und Herbst im Bade!« Er verbesserte sich: »Frühling und Frühherbst ...!«

»Meinst du dich damit?«

Per berührte Konstanze leicht am Ellenbogen. »Ich bringe Sie nach Hause!«

Und leiser: »Wir gehören nicht hierher.«

Er nahm die beiden Gläser und die Champagnerflaschen und stellte sie an den Beckenrand.

»Viel Vergnügen!«

»Spielverderber!«

»Immer gewesen!«

Sein letztes Lächeln galt Tini.

War es dieses »wir«, das er so selbstverständlich gesagt hatte, das den Funken zündete? Die Rettung aus einer peinlichen Situation, oder war sie, wie Konstanze später dachte, so bedürftig, daß ein Lächeln, eine leichte Berührung und der Hauch eines Interesses genügten, das Eis zum Schmelzen zu bringen?

Oder waren sie füreinander bestimmt?

Das zufällige Treffen in der Bibliothek, die Wortspielereien über die Liebe und der kalte Kontrast dazu: der Flirt im Swimmingpool. In Pers altem Kombi, eine Kommode ohne Schubladen im Genick, fuhren sie schweigend dahin.

Per war unschlüssig, ob er sich für seinen Vater entschuldigen sollte. Der Nachmittag war peinlich gewesen, obwohl, er hatte auch einen Gewinn gebracht: Christian hatte ihn von einem Problem namens Tini erlöst. Künftig würde sie einen anderen Eingang benutzen, wenn sie sich dem Lennertschen Anwesen näherte – nicht mehr die knarrende Holztür zur Hütte, sondern die Tür mit dem Messingschild und den Marmorstufen.

Währenddessen nagte Konstanze an ihrem ersten Mißverständnis: Die Tatsache, daß sein agiler Vater sich mit Tini im Bade vergnügte und er statt dessen eine Dame mittleren Alters durch die Gegend kutschieren mußte, ließ, so vermutete sie, Per stumm auf die Straße schauen.

Wo war die fröhliche Telefonstimme geblieben?

Verlegen suchte sie nach einem Thema und erwischte prompt das falsche: »Werden Sie einmal die Praxis übernehmen? Sicher studieren Sie noch?«

»Nein!«

Überrascht sah sie ihn an. Der rauhe Ton paßte nicht zu einem Thema, das im Grunde völlig unwichtig war.

»Ich bin Handwerker!«

Er machte eine Pause und fügte hinzu. »In erster Linie. Die Kurse gebe ich nur nebenbei.«

Zum ersten Mal traf ihn die übliche Frage an einer empfindlichen Stelle, und zum ersten Mal war es ihm peinlich, zugeben zu müssen, nicht zu Ende studiert zu haben.

»Ein paar Semester Germanistik, dann ein Jahr Kunsthandwerk...«

Er biß sich auf die Lippen.

Jetzt dachte sie sicher: Der arme Vater. Einen Handwerker als Sohn, und die Praxis übernimmt ein Fremder. Kein Wunder, daß Christian manchmal durchdreht.

»Heute mache ich beides ein bißchen«, sagte er. »Ein bißchen Lichtenberg und ein bißchen Antik...«

Antik! Wieder eine Gemeinsamkeit.

»Sind Sie Antiquitätenhändler?«

»Nicht einmal das...«

Konstanze spürte den Stimmungsumschwung. »Entschuldigen Sie!«

»Warum?«

»Daß Sie mich hier durch die Gegend fahren müssen.«

»Muß ich das?«

Sie lachte ein wenig gekünstelt und wechselte das Thema. »Was handwerkern Sie denn?«

»Ich poliere alte Möbel auf!«

»Das stelle ich mir sehr interessant vor.«

»Aber sicher!«

Er lachte das gewinnende Lachen, das sie schon kannte.

»Ich tu's wirklich gern! Ich mag Altes. Möbel, Bücher, Bilder.«

Menschen, fügte sie in Gedanken hinzu.

»Ich auch«, sagte sie. »Wir sind da.«

Er bremste vor dem Walmdachhaus.

»Ein schönes Zuhause!«

»Ja.«

Er wandte ihr das Gesicht zu: »Na dann…«

Am liebsten hätte sie ihn hineingebeten: Wollen Sie meine alten Bilder sehen? Das Nähtischchen von 1890? Schellackpoliert? Nein! Das roch nach Klischee: Darf ich Ihnen noch einen Kaffee anbieten? Hier herein bitte, links das Bad. Rechts das Bett…

»Ja dann…«

Sie stiegen aus.

»Ja, dann tschüß, und grüßen Sie Ihren Vater, danke für den Nachmittag. Und…«

Er sah sie an, öffnete den Mund, um etwas zu sagen, und sagte nichts. Statt dessen legte er die Arme um sie. Er hielt sie auf eine leichte Art, nicht zu stark, aber auch nicht unentschlossen. Ihr wurde schwindlig wie einem Teenager. Er küßte sie.

Will ich das? fragte sie sich.

Und die Antwort überraschte sie selbst: Offensichtlich ja!

Er stieg ins Auto und sah sie durch das geöffnete Seitenfenster noch einmal an. »Auf Wiedersehen!«

»Vielleicht…«

»Bestimmt!«

Er nickte ihr zu und gab Gas.

Nicht hinterherschauen, dachte sie. Bloß nicht winken. Ich bin ja verrückt!

Im Seitenspiegel sah er sie ins Haus gehen.

Ich bin ja verrückt, dachte er.

Träumerei ist Zauberei des Geistes
Lord Byron

Konstanzes Glück wurde durch den Verdacht getrübt, den Verstand verloren zu haben. Einerseits fühlte sie sich durch das Erlebnis jünger als je zuvor, gleichzeitig sah sie sich jenen alten Schachteln verwandt, die es noch mal wissen wollen.

Was sollte sie mit Per? Sie hatte ihn nicht gesucht, er war ihr einfach passiert, wie ein Glück – oder wie ein Unglück.

Kaum hatte sie sich, echt »konstanzig«, aus der primitiven Verführungsschlinge eines Dr. dent. Christian Lennert befreit, schon stolperte sie in die hinterhältigste Falle, die es gibt: Jugend lockt…

Konstanze fühlte sich um ihre Ruhe, schlimmer, um ihre Sicherheit gebracht. Wo früher ihr klarer Verstand herrschte, hatte sich Verwirrung ausgebreitet.

Es ist wunderbar – ich bin so glücklich, dachte sie.

Und gleich darauf: Nein, es ist grauenvoll – ich bin so unglücklich.

Warum hatte Per sie – und etwas zu spät fiel ihr ein, daß es auch noch mitten auf der Straße geschehen war – küssen müssen?

Hätte er es nicht bei der heimlichen Verehrung belassen können, die soviel brachte und nichts kostete?

Aber sie hatte der Verführung stattgegeben. Die Chance vertan.

Der nächste Tag war einer jener lauen Regentage, an denen man in den Himmel schaut und sagt: Das tut der Erde gut. Ein paar Tage Regen und dann Sonne, das läßt die Bäume sprießen.

Konstanze war mit einem beunruhigend seligen Gefühl in der Brust erwacht, hatte die Gartentür aufgerissen und war barfuß in den Regen hinausgelaufen.

Ich bin verliebt wie nie, dachte sie. Und gleich darauf: Das wirst du ein Leben lang bereuen.

Noch war es nicht zu spät, die Notbremse zu ziehen, sich beim nächsten Treffen »konstanzig« zu geben, ironisch die Brauen zu heben und mit Heine zu kommen: »Sag mir, was soll es bedeuten?«

Oder volkstümlich: »Veronika, der Lenz ist da! Wir wollen es vergessen!«

Dann könnte sie lächelnd hinzufügen: »Sie treten doch auch sonst nicht in die Fußstapfen Ihres Vaters.«

Sie spürte deutlich, wie die alte Konstanze, Konstanze, die Standhafte, bei dieser Vorstellung hochzufrieden das Kinn reckte: Eins zu null... In die Schranken verwiesen. Sieg!

Gegen Mittag hörte es auf zu regnen. Es war schwül, für die Jahreszeit entschieden zu warm.

Treibhausluft...

Am Nachmittag war Konstanze geneigt, das Ganze als Frühlingslaune abzutun. Ein Ahnen, schon verweht. Aber ihre Hochstimmung hielt an. Sie ging zu Kranz & Botte und verkaufte an einem einzigen Nachmittag zwei Biedermeiertischchen und den Empiresessel, der schon seit Ewigkeiten herumstand.

Botte starrte sie bewundernd an, und Kranz sagte: »Anziehend waren Sie schon immer, Konstanze, aber heute sind Sie unwiderstehlich.«

Irene hatte den Leuchter zurückgebracht, weil er angeblich

doch nicht paßte, und sich statt dessen für eine silberne Teekanne entschieden.

Botte war so hingerissen über Konstanzes Verkaufser-
folge, daß er ihr den Leuchter schenkte. »Bei Ihnen wird er es
gut haben, da bin ich ganz sicher.«

»Sie können ihn ja hin und wieder mal besuchen«, erwiderte Konstanze. »Dann hören wir zusammen Bach!«

Mein Gott, tut das gut, dachte sie, so ein bißchen herum-
zublödeln.

Mit dem Leuchter unter dem Arm ging sie nach Ge-
schäftsschluß hinüber in die Rathausstuben, in denen sie so
bekannt war, daß Jan, der Kellner, erfreut auf sie zukam und
ihr den schönen Ecktisch gab, der, für sechs Personen berechnet, in der Regel für Singles tabu war. Konstanze aß den
ersten Spargel der Saison und trank einen Chablis. Sie
wickelte den Leuchter aus und zündete die Kerze an, und
plötzlich überfiel sie das Gefühl, daß das Leben viel mehr
parat hielt, als sie je für möglich gehalten hatte. Man mußte
die Geschenke nur auswickeln…

Zum ersten Mal betrachtete sie sich bewußt den riesigen
Lüster, der in der Mitte des Lokals aufgehängt war. Ob die
Lampe, nur mal so zum Spaß gefragt, ihr Gewicht aushalten
würde? Und wenn ja, ob sie zusätzlich noch das Gewicht von
Per aushielte? Was mochte Per wohl wiegen?

Sie nahm noch einen Mokka, blies die Kerze aus, vergaß
zum ersten Mal in ihrem Leben zu zahlen und ging. Das Ge-
dankenspiel mit dem Lüster und die irrwitzige Frage nach
Pers Gewicht hatten ihr bewiesen, wie gut sie daran tat, den
Trieb der Verliebtheit im Keim zu ersticken. Er würde in die
Höhe klettern, das Herz erreichen, sich um die Kehle winden
und im Zentralgehirn wuchern.

Auf dem Nachhauseweg stellte sie sich daher vorsichtshalber noch einmal das nächste Treffen vor. Nicht daß sie, wenn
er ihr plötzlich gegenüberstand, verlegen herumstotterte.

Sie wollte kühl, überlegen und gewappnet sein.

Wo könnte die Begegnung stattfinden?

Auf der Straße? Im Supermarkt?

Oder in der Bibliothek, in der sie, der Bücher wegen, ob sie wollte oder nicht, regelmäßig vorbeigehen mußte.

»Na, alles gut überstanden?« würde sie sagen. »Wie geht es Ihnen, immer noch mit der Liebe beschäftigt?«

Dann lachen und weitergehen.

Bestens.

Es war schon nach elf, als sie zu Hause ankam.

Den abendlichen Anruf bei Louise konnte sie noch nachholen, und bei Till mußte sie sich morgen endlich einmal nach dem Wohlergehen der kleinen Familie erkundigen. Vito zahnte…

Sie hängte den Mantel auf und stutzte.

Aus der Ecke hinter dem Schirmständer, in der das nach Geralds Tod in Vergessenheit geratene Faxgerät auf dem Regal verstaubte, schlängelte sich ihr eine Flut von Papier entgegen. Die Papierwelle wand sich um die Regenschirme herum und verebbte auf dem Teppich vor ihren Füßen.

Das Fax umfaßte siebzehn Seiten, und auf jeder war nur ein einziger Buchstabe. Konstanze breitete die Papierfahne auf dem Dielenboden aus, ging in die Knie und las:

S E H E N W I R U N S W I E D E R

Auf der letzten Seite ein winziges, schüchternes Fragezeichen.

?

Konnte man diesem Fragezeichen, das sich demütig beugte und so geduldig auf die Antwort zu warten schien, mit Ironie und hochgezogenen Brauen begegnen?

Das hieße ja, einen schutzlosen Welpen treten oder ein Veilchen im Moos.

Konstanze rollte das Fax zusammen und umfaßte die Rolle zärtlich mit beiden Händen. Faxpapier ist seidig glatt, das war ihr nie aufgefallen.

Menschen, die verliebt sind, beten ein Foto an, sie liegen vor einem Gedicht auf den Knien und fahren meilenweit durch die Nacht, um zu einem bestimmten Fenster hinaufzustarren.

Konstanze nahm das gerahmte Familienfoto weg und stellte statt dessen die Faxrolle auf den Nachttisch. Sie schlief unruhig.

Mitten in der Nacht stand sie auf, entrollte die siebzehn Seiten auf ihrem Bett, beschwerte sie mit ihrer Lesebrille und ihrem Kopfkissen und las den Satz erneut.

Dann schaute sie lange auf das Fragezeichen.

Am nächsten Morgen wählte sie seine Nummer.

Sie hatte nicht vor, etwas zu sagen, spürte nur diese beunruhigende Sehnsucht nach seiner Stimme. Vorsichtshalber legte sie die Hand auf die Gabel, um die Verbindung sofort unterbrechen zu können, falls er sich melden sollte.

Das Telefon läutete ein einziges Mal, dann schaltete sich der Anrufbeantworter ein: »Und setzet Ihr nicht das Leben ein, nie wird das Leben gewonnen sein. Nicht Per Lennert, sondern Schiller. Wenn Sie eine Botschaft haben, bitte nach dem Piepton.«

Konstanze drückte die Gabel. Verwirrt schaute sie sich um, als ob sie Gefahr lief, bei einem verbotenen Spiel überrascht worden zu sein.

»Und setzet Ihr nicht das Leben ein…«

Konstanze wartete bis zum kommenden Mittwoch, also fünf volle Tage. Die Zeit erschien ihr nicht lang, sie war Warten gewöhnt. Geduld gehörte zu ihren Tugenden, und überdies hatte sie ein Spiel ihrer Jugendzeit neuentdeckt: »Träumen«, sagt Byron, »ist Zauberei des Geistes.«

Konstanze zauberte sich Per in aufregende Nähe. Es war schön und gefährlich. Als es zu gefährlich wurde, zog sie die Notbremse.

Konstanze hatte das Gefühl, als setze sie wirklich ihr Leben ein, als sie am kommenden Mittwoch in die Bücherei ging. Aber was, dachte sie heute zum ersten Mal, war denn ihr Leben?

Es drehte sich seit Jahren zwischen Kaffeeklatsch und Gartenpflege, der Familie und den Freunden: Vito zahnte, und Irene rief an, wenn alle anderen verreist waren. Der Garten blühte auch ohne sie, und für das Haus hatte sie eine Putzfrau...

Sie betrat die Bücherei und näherte sich der Theke. Noch ehe sie überhaupt den Mund geöffnet hatte, winkte Frau Mattes ab. »Wieder nix. Rufen Sie das nächste Mal doch einfach an.«

Aus dem hinteren Raum ertönte das ersehnte Lachen, Stimmengemurmel, dann Stille.

»Dieser... Heinrich«, fragte Konstanze, »liest er hier regelmäßig?«

»Nur sporadisch, in diesem Monat viermal Liebe. Im Mai kommt Professor Gillenhagen. Dreimal Geschichte der Schwefelbäder. Übrigens sehr interessant.«

»Sicher«, sagte Konstanze.

Wie beim ersten Mal versteckte sie sich hinter der Säule, wie beim ersten Mal lehnte Per an der Fensterbank. Er trug ein Shirt ohne jede Aufschrift und war ein bißchen blasser als sonst.

Ohne ein einziges Mal aufzusehen, las er:

»Über die Verschiedenheiten der Entstehung der Liebe bei den beiden Geschlechtern.

Die Frauen werden durch ihre eigenen Gunstbezeugungen in Fesseln geschlagen. Da neunzehn Zwanzigstel ihrer gewöhnlichen Träumereien sich auf die Liebe beziehen, richten sie sich, nachdem ihre Beziehung durch eingetretene Intimität einen neuen, nicht immer positiven Impuls erhalten hat, auf ein einziges Objekt; sie suchen diesen außerordentlichen

Schritt, der so entschieden ist und sehr den Gewohnheiten der Schamhaftigkeit widerspricht, zu rechtfertigen.«

Leider immer noch wahr, dachte Konstanze.

»Diese innere Arbeit gibt es bei Männern nicht«, fuhr Per fort, hob den Blick und sprach, direkt an sie gewandt, weiter: »Auch neigt die stets zu phantastischen Reminiszenzen geneigte Frau dazu, sich die köstlichen Details des intimen Erlebnisses immer wieder zu vergegenwärtigen…«

Per erreichte Konstanze gerade noch, als sie fliegenden Fußes in den Kurpark abbiegen wollte. Er griff nach ihrem Ellenbogen und setzte sich seinerseits in Trab.

»Ich hab's geahnt, danke! Und was machen wir jetzt?«

»Essen gehen«, rief sie ihm zu.

Im Gegensatz zu jenen Menschen, denen große Ereignisse auf den Magen schlagen, mußte Konstanze, wenn sie aufgeregt war, essen.

Warm essen. Sie fror leicht; es waren die Nerven. Obwohl sie allein lebte, verbrachte sie täglich eine gute Stunde damit, sich eine warme Mahlzeit zu kochen.

Sie gingen in die Rathausstuben, ein nicht ganz ungefährliches Unternehmen, aber Kranz und Botte waren heute nicht da.

Jan, der Kellner, schaute verwundert, zögerte eine Sekunde und bot ihnen dann doch den Ehrentisch in der Ecke.

Er kannte den jungen Mann aus Marbach, der hin und wieder auftauchte, um Literarisches zu verbreiten.

Im Hauptberuf war er wohl Restaurator alter Möbel, Genaueres wußte man nicht. War er in Babelsburg, kam er manchmal in die Rathausstuben, stets umringt von seinen literaturbeflissenen Damen, die anbetungsvoll an seinen Lippen hingen und ein wenig zu schrill lachten, als daß man es ihnen abgenommen hätte, daß es hier ausschließlich um Poesie ging. Im Grunde, dachte Jan, zahlten sie nicht für Gedichte, sondern für ein Lächeln…

Das hatte Konstanze Vogelsang nicht nötig.

Kein Gedanke, daß es sich bei dem Treffen um etwas anderes als ein Geschäftsessen handeln könnte. Vielleicht wollte Per-Heinrich ins Antiquitätengeschäft einsteigen, und sie hatten etwas zu besprechen.

Das hatten sie in der Tat. Über ihr Schnitzel Parisienne hinweg fragte Konstanze: »Was wiegen Sie eigentlich?«

Er verstand sofort, hob die Augen zum Lüster hinauf und sagte, ohne mit der Wimper zu zucken: »Siebzig Kilo, das Ding müßte mich tragen.«

»Mit oder ohne Schaukeln?«

»Mit.«

Jetzt konnte sie ihn endlich in Ruhe betrachten…

Das Auffallendste, dachte sie, ist der helle Blick unter den dunklen Haaren…

Sie hat tatsächlich graue Augen, dachte er. Sie changieren ein bißchen, wie Perlmutt. Genieße den Augenblick, sagte er sich, vielleicht kommt sie dir nie wieder so nah.

In Ruhe studierte er ihr Gesicht. Das Gesicht war schön. Aber am schönsten war der Mund, wenn sie lachte. Angenehmerweise ohne jeden Gigser, wobei ihm übergangslos Tini einfiel.

»Schmeckt's nicht?« fragte Konstanze.

»Sehr gut, wieso?«

»Sie schauten gerade so…«

Er lachte. »Ich weiß. Schon vorbei…«

Nach dem Essen begab er sich auf die Suche nach einem Zigarettenautomaten, und sie nutzte die Gelegenheit, rasch die Rechnung zu begleichen. Wie selbstverständlich zahlte sie für beide.

Vorsicht, Fehler, dachte sie. Sieht unmöglich aus und bringt ein schiefes Licht ins Geschehen.

Und richtig! Zurückgekehrt, äußerte er deutliches Unbehagen.

»Das hätten Sie nicht tun dürfen.«

»Entschuldigen Sie, ich wollte nur, ich dachte…«

»Ich bin kein liebenswert verschusselter Student, der es gewohnt ist, daß die Damen zahlen…«

Sie gingen schweigend durch den Park. Es regnete wieder diesen schwülen Regen. Treibhausluft.

Konstanze fühlte sich gemaßregelt.

Kein Wunder, da war plötzlich ein Mann im Spiel… Unordnung!

»Wie geht es Ihrem Vater?« fragte sie ablenkend.

Per lächelte. »Blendend, er hat sich in Tini verliebt.«

»Ach…«

»Mein Vater hatte schon immer eine Schwäche für die Jugend. Er kann jungen Leuten leichter imponieren.«

»Und Sie?«

Fragend schaute er sie an.

Konstanze wurde verlegen. »Ich meine, diese Tini ist doch, war doch…«

»Nicht mal war. Ich mag keine Girlies. Sie unterfordern einen.«

Schön zu hören.

Pers Lachen hatte das Unbehagen, das sie eben noch gefühlt hatte, zum Schmelzen gebracht. Mutig tastete sie sich ein wenig weiter vor. Schließlich bewegten Per und sie sich seit einigen Tagen (und Nächten) auf einer anderen Ebene, dank der Zauberei ihrer Träume waren sie sich recht nah gekommen. Konstanze dürstete danach, den Schauplatz ihrer Begegnungen näher kennenzulernen.

»Sie selbst wohnen nicht im Haus?«

»Ich kann den Betonklotz nicht ausstehen, ich wohne hinter der Hecke in einer Art…« – er lachte – »Waldhütte. Wenn ich reich wäre, würde ich mir ein Chalet bauen…«

»Wo denn?«

»Irgendwo in den Bergen. Dort würde ich dann in Ruhe vor mich hinaltern.«

Altern... Sie stolperte, er fing sie auf. Sie schwiegen.

Übergangslos sah sie sich Seite an Seite mit ihm auf der Bank vor dem Haus sitzen, den Sonnenuntergang betrachtend.

Und zeigte sich in seiner Antwort nicht schon wieder eines jener Zeichen, die verhinderten, daß man »konstanzig« wurde und zurückwies?

Der Traum vom Chalet in den Bergen – ihr Traum.

Sie lachte und ging ins Detail.

»Aus Rundstämmen gebaut...«

»Am Hang...«

»Mit Blick...«

»Einsam gelegen...«

»Ach«, sagte sie. »Endlich mal wieder alle Jahreszeiten ganz bewußt erleben...«

»Den Frühling mit Schneeschmelze und Plätscherbach...«

»Sommerhitze...«

»Herbstnebel...«

»Der erste Schnee...«

»Ganz allein... oder zu zweit.«

Mein Gott, dachte sie, das ist ja wie ein Selbstgespräch.

»Was mich interessieren würde«, sagte er plötzlich sachlich, »wann haben Sie zum ersten Mal darüber nachgedacht, wieviel ich wiege?«

»Zwei Tage nach der Poolparty«, antwortete sie, ohne zu zögern.

Er blieb ernst. »Alles klar.«

»Aber, ob der Lüster uns beide...«

»Was interessiert uns der Lüster?«

Sie landeten schließlich bei Kranz & Botte. Der Laden war geschlossen, Kranz und Botte ruhten noch auf dem heimischen Sofa.

Bewacht von Big und Dolly.

»Ja dann…«

Diesmal küßte er sie nicht.

»Bis nächsten Mittwoch«, sagte er, »hinter der Säule.«

»Oder schon vorher.«

»Rufen Sie mich an, wenn… wenn es soweit ist?«

»Und wenn es Wochen dauert?«

»Und wenn es Jahre dauert!«

Sie schloß die Ladentür auf und trat in das dämmrige Licht des Ladens. Auf das Lächeln des Buddhas vor dem antiken Spiegel fiel ein Sonnenstrahl.

Diesmal, dachte sie, würde ich es mir übelnehmen, wenn ich es verderben würde.

Nichts bedroht die eigene Freiheit so sehr,
als jenes rätselhafte Gefühl, das ein
Geschöpf für ein anderes empfindet.

Oriana Fallaci

Es kommt unerwartet.

Man hat es nicht ersehnt, nicht gesucht, nicht gewollt.

Das Leben verläuft ruhig und zufrieden, rollt ab wie am Schnürchen. Und dann, irgendwann im Laufe eines x-beliebigen Tages, trifft dich der Stromschlag. Etwas kaum Definierbares erzeugt eine magische Anziehung, und von jetzt auf gleich ist die Distanz zu einem völlig Unbekannten kaum noch auszuhalten.

Verliebt sein, sagte sich Konstanze, ist ein Schock, ein Gefühl aus heiterem Himmel. Man ist ausgeliefert…

Ist das wirklich so?

So, wie sie es vor sich selbst darstellte, so ganz von selbst, sprengte das plötzlich entfachte Liebesgefühl Konstanzes Herz nämlich nicht. Es traf auf eine gut versteckte, innere Bereitschaft, und die streng unterdrückte Sehnsucht, stets als kitschig und unwürdig zurückgewiesen, brach sich mit brachialer Gewalt Bahn.

Da konnte »Konstanze die Standhafte« die Brauen bis an den Haaransatz hinaufziehen und sich noch so vernehmlich räuspern, die Liebe lockte sie doch auf seltsame Pfade.

So fand sich Konstanze, die dazu neigte, beim Kaffeeklatsch hinter dem Rücken der Gastgeberin heimlich die Tasse zu heben, um zu sehen, aus welcher Manufaktur dieselbe stammte, in einer Art Berghütte wieder, die dem Chalet, von dem sie träumte, nur mit äußerster Phantasieanstrengung ähnelte. Zu dicht rauschte der Verkehr am Fenster vorbei, zu nah war der riesige Parkplatz des örtlichen Supermarktes.

Zwar war der Tisch groß und bäuerlich, aber anstelle von altem Zwiebelmustergeschirr oder bemalter Bauernkeramik war er mit einer Terpentinflasche und einer Dose Bienenwachs »gedeckt«.

Per räumte beides rasch zur Seite, warf eine Leinendecke aus dem Nachlaß seiner Mutter über die Platte und setzte das Teewasser auf. Konstanze schaute sich um und war verlegen.

»Hier wohnst du also.«

»Vorübergehend, ja.«

Per stellte Teller von unterschiedlichem Muster auf den Tisch, gab Teeblätter in die Kanne, stellte den Kessel auf den Herd. Im Supermarkt gegenüber hatte er Bienenstich gekauft.

»Du magst doch Bienenstich?«

»Gern.«

Konstanze haßte Süßes. Allenfalls verzehrte sie zu Weihnachten ein Stückchen Dresdner Christstollen, ein Eckchen Baumkuchen, eine Aachener Printe, nicht aus Genußsucht, sondern weil das Gebäck ein Stilelement darstellte, ohne das dem traditionellen Adventstee im Hause Vogelsang etwas gefehlt hätte.

»Hübsch hast du es hier.«

Sie fühlte sich unbehaglich. Keiner der üblichen Konversationssätze, mit denen sich bisher jede Situation meistern ließ, paßte ins Ambiente. Sie spürte, wie der Body, den sie heute morgen bei »Dessous Florian«, einem Laden mit indiskret dekoriertem Schaufenster, gekauft hatte, am Busen heftig zwickte.

Was, hatte sie sich gefragt, trägt man, wenn man einen jungen Mann besucht? Drüber etwas Lässiges – und drunter?

Normalerweise zierte Konstanzes »Drunter« weder Schleifchen noch anderer Nippes und war seit Jahren ausschließlich witterungsbezogen: praktisch, kochbar, unerotisch. Es war Jahrzehnte her, daß sie sich über ihre Unterwäsche Gedanken gemacht hatte.

»Kandis?«

»Bitte.«

Der heiße Tee erzeugte das leicht knisternde Geräusch, das Konstanze immer an Sylt erinnerte.

Eine warme Gaststube und Tee mit Kluntjes… Kacheln an den Wänden und um die Schultern ein Kaschmirschal. Gerald und sie im Prominenteneck.

Per reckte sich, um einen Teller vom Geschirrbord zu nehmen, das Shirt rutschte in die Höhe und gab ein schmales Stück Rücken frei.

Er wandte sich um, das Shirt rutschte hinunter. Er stand still da und lächelte.

»Schön, daß du da bist.«

Kein banaler, ein wunderbarer Satz.

»Das finde ich auch.«

Der Tee war sehr heiß, der Bienenstich vom Supermarkt gegenüber bestand aus schwammig weichem Teig, gefüllt mit einer unbestimmten weißlich-süßen Masse, die nicht mehr fest und noch nicht flüssig war, wie in der Sonne liegengebliebene Salbe.

»Lecker«, fand Konstanze und ließ dem ersten Stück ein zweites folgen.

Nun war auch das zweite Stück gegessen, eine weitere Tasse Tee getrunken, und normalerweise würde man sich nun entspannt zurücklehnen, um ein wenig zu klatschen.

Wieder mal was von Fita gehört? Hanna schrieb zu Ostern eine Karte. Der kleine Vito zahnt.

Konstanze suchte nach einem Thema.

»Wie geht es Ihrem Vater?«

»Gut.«

»Grüßen Sie ihn!«

Ohne es zu merken, war Konstanze wieder beim Sie angelangt, und Per hielt es eine Schrecksekunde lang für möglich, daß sie sich nach einer Zigarette erheben und verabschieden würde.

»Es war sehr nett, vielleicht trifft man sich wieder einmal... Ach, Sie kommen nicht mehr nach Babelsburg? Wie hieß Ihr Thema noch? Ja, ich erinnere mich. Lichtenberg, nein Stendhal: Über die Liebe...«

Per räumte den Tisch ab und hielt erneut den Atem an. Jetzt könnte sie die Verabschiedung einleiten, aber sie tat es nicht. Sie saß am Tisch und rauchte.

Er stapelte Teller und Tassen in den Ausguß, kam zurück und schaute sie schweigend an. Studierte ihr Gesicht und beobachtete die sehr hoch geschwungenen Brauen und einen dunkelglänzenden Blick unter schweren Lidern.

Was blieb zu tun?

Ein richtiger Kerl würde jetzt von seinen Erfolgen erzählen, wie er den Vorgesetzten fertiggemacht, einen Gangster aus der Jacke geschlagen, beim Bau dieser Hütte drei Klafter Holz auf einmal...

Per griff zu Stendhal.

Es war die gleiche Ausgabe, die zu Hause auf dem Kamintisch lag. Ein blaugebundenes Buch mit rotem Rücken.

Ein wenig hastig, denn noch immer bestand die Möglichkeit, daß Konstanze aufstand und ging, begann Per zu lesen.

»Von der Entstehung der Liebe.
Punkt drei: Die Hoffnung.
Man studiert die Vollkommenheiten der geliebten Person...«

Mit ihrer ruhigen Stimme nahm ihm Konstanze das Wort aus dem Mund:

»...das ist der Zeitpunkt, zu dem eine Frau sich hingeben müßte, dann wäre das sinnliche Vergnügen das größtmögliche...«

»Selbst bei den zurückhaltensten Frauen«, fuhr Per fort, »erglänzen die Augen im Moment der Hoffnung, die Leidenschaft ist so stark, die Lust so lebhaft ...«

»...daß sie sich durch auffällige Zeichen verrät!«

Zwei Stunden später war die Situation reif für Punkt vier im Kapitel: Von der Entstehung der Liebe.

Die Liebe ist geboren. Lieben heißt Vergnügen darin finden, ein geliebtes Wesen, das uns wiederliebt, zu sehen, zu berühren, mit allen Sinnen zu fühlen.

Konstanzes Haar duftete nach einem französischen Shampoo, und sie fand den leichten Farbgeruch, den er ausströmte, sinnesverwirrend erotisch. Wenn er die Augen senkte, wirkten die dichten Wimpern wie Schirmchen, an denen man entlangklimpern konnte, und er drehte die kleinen Löckchen in ihrem Nacken um den Finger.

Dann sammelte er die Haarnadeln ein, die sie verloren hatte, und sie reckte sich aus dem Bett hinaus und angelte nach seinem T-Shirt, zog es über und dachte, daß dieser Zauber, die Kleidung des Geliebten zu tragen, niemals versagte.

Dann lagen sie still Seite an Seite und gaben sich dem Lieblingsspiel aller Verliebten hin: dem Aufspüren jener Zufälligkeiten, die sie schließlich zueinander geführt hatten.

Es ist ein Spiel, bei dem man sich vom Schicksal begnadet und von gütigen Augen gelenkt fühlt und das eine allgemein befriedigende Aussage hat: Es sollte so sein.

»Wärst du nicht an jenem Mittwoch«, begann Per, aber Konstanze unterbrach sofort, »nein, es hat früher angefangen, viel früher...«

Denn hätte sie nicht zu Weihnachten plötzlich, wie aus heiterem Himmel, das Gefühl gehabt, daß ihr Eßzimmer dringend einer Auffrischung bedurfte, demzufolge sie in der Bücherstube...

Nein, noch anders, wären die teuren Bildbände schon herabgesetzt worden, so wie es wenige Tage später geschah, wäre sie niemals in die Bücherei…

Und sein glücklicher Einfall, die Literaturstunden genau dorthin…

Überhaupt, welch ein Glück aus heutiger Sicht, daß er das Studium vorzeitig…

»Warum eigentlich?« fragte sie.

»Weil es mir den Spaß am Lesen, also den Spaß am Leben verdarb.«

»Oder« – und jetzt mußten beide lachen – »weil es die unbedingt notwendige Voraussetzung dafür war, später einen Literaturkreis zu gründen, demzufolge eine Dame namens…«

»Alles Quatsch«, sagte sie, »es hat vor etwa sechsunddreißig Jahren angefangen, an jenem Tag, an dem ich deinen Vater…«

Sie hielt inne. Mein Gott, da war er ja noch gar nicht geboren.

Hastig steckte sie sich eine Zigarette an.

Per hatte nichts gemerkt. »Hätte Christian dich zu Weihnachten nicht angerufen«, sagte er träumerisch, »und mir dein Foto gezeigt…«

Aber es war vorbei. Das Spiel hatte seinen Reiz verloren, und Konstanze angelte nach ihrem eigenen Hemd und zog es an.

»Ich glaube, ich muß gehen…«

Er sprang auf, schlüpfte in seine Jeans und sah sie ehrlich erschrocken an. »Bist du verrückt? Der Abend hat doch gerade erst begonnen. Wir brauchen doch noch… die Bestätigung.«

Eben!

Sein oder Nichtsein! Konstanze, die Standhafte, kräuselte die Lippen. Sich ein einziges Mal vergessen zu haben, ein Liebesspiel im Affekt sozusagen, kann gerade noch durchgehen. Die Wiederholung dagegen…

Per hatte eine Flasche Wein geöffnet, irgendeinen Vin de table, und sie tranken ihn aus Wassergläsern. Dazu einen Laib Käse, von dem sie sich Stücke absäbelten, und ein Baguette, das ein naher Verwandter des Bienenstichs zu sein schien.

Schwammig und feucht wie Pappmaché.

Sie saßen einander gegenüber, aßen, tranken und spielten die Hauptrolle in einem Idyll. Wenn man die Straße vor dem Fenster vergaß und drei Gläster Vin de table getrunken hatte, kam man der Chalet-Idee durchaus nah. Und wenn nicht in unmittelbarer Nähe hinter dem Haus plötzlich eine helle Stimme laut geworden wäre.

»Fünfzehn-siebzehn!«

Im letzten Licht des Tages spielten Christian und Tini Federball.

Sie jagten über den Rasen, fuchtelten mit dem Schläger durch die Luft und zählten die Punkte.

»Fünfzehn-achtzehn!«

Durch die kahle Hecke konnte Konstanze sehen, wie der Ball zwischen ihnen mühelos zu fliegen schien: hin-her, hin-her …

Mit Tinis Hilfe hatte Christian die Werte der Sechziger wiederbelebt, als Lebensfreude reuelos zu haben war: erst im Pool tummeln, dann Sekt trinken, dann eine Runde Federball. Niemand hatte etwas daran auszusetzen gehabt.

»Fünfzehn-neunzehn!«

»So muß man es machen«, sagte Per, der jetzt neben Konstanze stand, wobei die Berührung seiner Schulter ihr Haar elektrisierte. »Wie immer Christian auch sein mag, der Freude steht er niemals im Weg.«

Er trank sein Glas leer, spülte es aus und fügte hinzu: »Sehr selten heutzutage, wo immer einer auftaucht, den Finger hebt und miesmacht. Was immer dich auch freut, stets bist du zu seriös, zu dick, zu angesehen, zu arm, zu reich oder was weiß ich.«

Oder zu alt, fügte Konstanze in Gedanken hinzu.

Mitternacht war vorbei.

Konstanze, die Standhafte, hatte sich zurückgezogen, die Brauen entspannt und die Augen geschlossen. Dies war kein Liebesspiel im Affekt, dies war pure leidenschaftliche Bestätigung, die sich in den Abschiedsworten spiegelte: »Wann sehen wir uns wieder!«

»Am Wochenende?«

»Bist du verrückt? Das wär ja erst in drei Tagen!«

»Ich rufe dich an!«

»Wann?«

»Gleich!«

»Gut, fahr vorsichtig!«

»Aber ja!«

In Konstanze war es ganz still, sie bummelte über die Autobahn, fuhr sehr langsam durch vertraute Straßen. Kam an Louises und später an Irenes Haus vorbei. Kein Fenster war erleuchtet. Babelsburg ging früh zu Bett.

Absurd, zu denken, daß sich das Leben der anderen, ungerührt von dem Ereignis, das ihr eigenes Leben von jetzt auf gleich umkippen ließ, einfach weitergedreht hatte.

Louise war bei der Fußpflegerin.

Fita und Julie hatten ferngesehen. Erst ›Annabel am Mittag‹, dann den ›Fritzi-Fischer-Talk‹. Beim anschließenden Ratespiel: 3 x die 10 hatte Fita ihre Schwiegertochter wie immer geschlagen.

Arthur war heimlich im Kino.

Er hatte ganz allein im dunklen Raum gesessen, die Bilder vorüberflimmern lassen und sich dabei heftig an Fräulein Schönwanne erinnert.

Till hatte den Nachmittag an seinem Computer verbracht und vergeblich auf den großen Auftrag gewartet.

Verena wußte nichts davon. Sie versuchte seit Tagen, aus

buntem Stoff eine Pluderhose zu nähen und das Baby bei Laune zu halten.

Vito zahnte.

Irene hatte feststellen müssen, daß die silberne Teekanne doch nicht paßte, und sie zu Kranz & Botte zurückgetragen. Nein, nichts anderes, lieber einen Gutschein.

Hanna war im Wald gewesen. Sie hatte den Eisvogel getroffen, dieses fabelhafte Tier, das so selten ist, daß ihr der Atem stockte, als sie es plötzlich über einem rauschenden Bach auf und nieder wippen sah. Am Abend hatte sie das Ereignis mit einem guten Tropfen gefeiert und wieder einmal die Tarotkarten befragt.

Wie stand's denn um die Dinge?

»Ritter der Stäbe« und »Kaiserin«, Verbindungskarte »Die Liebenden«. Neben der »Kaiserin« der lachende »Teufel«: Sexualität, Humor und Leidenschaft.

Hanna lachte zufrieden in sich hinein.

Kurz darauf fühlte sie sich von einem kühlen Hauch gestreift, just in jenem Augenblick, in dem Konstanze an ihrer Straße vorbeifuhr.

Was sie Herz nennen, liegt weit
niedriger als der vierte Westenknopf.
Georg Christoph Lichtenberg

Konstanze erwachte vom Lärm der Müllabfuhr.

Es war zehn Uhr morgens. Über Bad Babelsburg strahlte die Sonne.

Nie zuvor war sie um diese Zeit im Nachthemd durchs Haus gelaufen. Sie blieb am Fenster stehen und blickte hinaus. Die Mülltonnen knallten auf die Rampe und schepperten über den Bürgersteig. Der Briefträger klingelte, schob ein Päckchen durch das Loch in der Hecke und ging davon.

Das Licht ihres Anrufbeantworters signalisierte ein Gespräch.

Sie drückte die Taste. Pers Stimme…

»Guten Morgen, es ist sechs Uhr, und ich bin immer noch wach. Wann sehen wir uns? Heute nachmittag um drei? Ruf mich an… an… an… an… an…«

Konstanze lachte. Die Luft war plötzlich so leicht, als könnte man fliegen. Sie wollte gerade die Nummer wählen, da klingelte es schon. Wieder ein Zeichen!

»Mein Schatz!!!« Sie senkte scherzhaft die Stimme: »Ruf mich an… an… an…«

Konstanze, die Standhafte, schüttelte den Kopf, winkte ab und verließ die Szene. Da war nichts mehr zu retten.

»Hier Vonstein!«

»Wer?«

»Arthur Vonstein.«

»Ach… Sie…«

Die Stimme aus einer anderen Welt brachte Konstanze vorübergehend aus der Fassung.

Aber sie riß sich zusammen: »Wie geht's?«

»Gut, habe ich Sie erschreckt?«

»Nein, doch ... ich hatte einen anderen Anruf erwartet.«

»Sicher den Anruf Ihrer Mutter ...« Er lachte ein bißchen hämisch in sich hinein.

»Da bin ich der ... alten Dame zuvorgekommen.«

Konstanze antwortete nicht, es entstand ein peinliches Schweigen.

Schließlich sagte Arthur Vonstein: »Meine Frau und ich wollten Sie zum Frühlingstee auf unsere Terrasse bitten. Schon am nächsten Sonntag, die Sonne nutzen, ehe das Wetter umschlägt. Ihre Frau Mutter hatte den guten Einfall, Sie zusammen mit Doktor Lennert einzuladen.« Und ein bißchen lauernd: »Ein ... Freund von Ihnen?«

Konstanze hatte sich gefaßt. Im Spiegel hinter dem Telefontischchen blickte ihr das vertraute Konstanzegesicht entgegen. Beherrscht und streng.

»Ich muß bedauern, aber am Sonntag bin ich bereits verabredet.«

»Davon hat Ihre Mutter nichts gesagt ...«

»Sie weiß es noch nicht. Ich bekomme Besuch von einer alten Schulfreundin. Wir haben uns ...«

»Bringen Sie sie doch mit.«

Konstanze ignorierte die unhöfliche Unterbrechung.

»... dreißig Jahre nicht gesehen. Sie verstehen, der Austausch gemeinsamer Erinnerungen ...«

»Das ist schade, aber es läßt sich nicht ändern. Dann werden wir den Termin verschieben. Es war eine Spontanidee, weil das Wetter so herrlich ist. Wie geht es Ihnen denn so?«

Konstanze konnte förmlich sehen, wie Arthur sich behaglich im Sessel zurücklehnte und sich auf ein längeres Gespräch vorbereitete, um die Zeit bis zum Mittagessen auf angenehme Weise zu verkürzen. Vor Ungeduld begann sie zu zittern.

»Gut, sehr gut, aber...«

»Schön zu hören, und den Kindern? Till und...«

»Mathilda. Sehr gut.«

»Und der Enkel? Wie heißt er noch?«

»Vito!«

»Originell! Na, wir sind ja diesbezüglich auch bestens versorgt, Elisabeth hat ja ein Leben als... wie sagt man – Restaurantmanagerin? – dem weiteren Ausbau der Vonsteinschen Sippe vorgezogen, aber die drei Rangen von Sophia sind toll gelungen. Echte Vonsteins. Schade, daß die Ehe nicht gehalten hat, aber...«, er senkte vertraulich die Stimme, »das war, unter uns gesagt, ja vorauszusehen. Bodos Herkunft war immer ein bißchen...« Er hüstelte. »Nun ja...«

Unter uns? Wie meinte er das? Unter uns Blaublütigen?

Konstanze hatte vergessen, daß sie über Verena genauso dachte wie Arthur über seinen Schwiegersohn Bodo, und sagte: »Wenn Sie mich fragen, sind immer beide schuld.«

Arthur blieb friedlich. »Ganz recht, ganz recht!«

Zur Steigerung der Behaglichkeit stopfte er sich ein Kissen in den Rücken und legte die Beine hoch.

Er kam Konstanze ein Stück entgegen. »Auch ich habe meine Fehler gemacht!«

Dann fiel ihm ein, daß dieses Geständnis nun doch ein wenig zu weit ging, und er fügte hinzu: »In jungen Jahren!«

Rasch wechselte er das Thema. »Und Mathilda denkt noch nicht ans Heiraten?«

Im Spiegelbild erschien die Zornesfalte, die Konstanzes glatte Stirn nur selten verunzierte. Arthur schien unendlich viel Zeit zu haben, oder er wurde schon senil. Die Hartnäckigkeit, mit der er ein Familienmitglied nach dem anderen abhakte, hatte etwas Weibisches, vielleicht konnte er sie beim nächsten Babelsburger Damentee vertreten.

»Herr Vonstein, entschuldigen Sie, aber ich habe einen Termin.«

»Arbeiten Sie immer noch bei Kranz und... wie hießen diese drolligen Antiquitätenhändler noch?«

»Kranz und Botte.«

Konstanzes Kehle entwich ein gereizter Zischlaut.

Arthur merkte nichts. »Richtig! Kranz und Botte, schon die Namen...«

»Herr Vonstein...«

»Wie lange arbeiten Sie denn schon dort?«

»Schon ewig...«

»Na, ewig...« Er lachte gemütlich. »So ein junges Ding wie Sie, und ewig...«

Die Zornesfalte über Konstanzes Stirn vertiefte sich bedenklich.

Offensichtlich verwechselte er sie im Augenblick mit anderen Damen, mit denen er zu telefonieren pflegte. »Junges Ding« hatte sie bisher noch niemand genannt.

Sie holte Luft. »Herr Vonstein, grüßen Sie Ihre Mutter und Ihre Frau. Wir werden den Terrassentee sicher einmal nachholen...«

»Aber bestimmt! Und dann trinken wir endlich Brüderschaft«, er lachte. »Oder Schwesternschaft, falls das überhaupt geht. Sie haben so einen schönen Vornamen!«

Seine knarrende Stimme bekam etwas Erotisches: »Konstanze, die Schöne!«

»Die Standhafte.«

»Umso besser!« Er senkte vertraulich die Stimme: »Und bringen Sie Ihren... Bekannten ruhig mit.«

Konstanze legte den Hörer auf die Gabel und starrte sich sekundenlang im Spiegel an. Ihr Gesicht wirkte blaß und verknittert. Unter den Augen lagen Schatten. Sie fuhr sich mit der Hand durch die Haare, die struppig vom Kopf abstanden.

Dieser Arthur Vonstein war und blieb das, was er immer gewesen war, ein alter Schwerenöter, wobei ihr dieser Ausdruck zu altväterlich-freundlich erschien. Er war süchtig nach Bewunderung, holte sich die Anerkennung, wo immer sich die Möglichkeit dazu bot. Seiner jungen Frau schien er schon überdrüssig zu sein. Sicher stellte er schon einer anderen nach. In seinem Alter sollte man die Natur genießen, Schach spielen, Rosen züchten.

Sie hielt inne. Rosen züchten? Züchtete sie Rosen?

Eine heiße Welle der Sehnsucht nach Per begrub den Gedanken unter sich.

Aber er tauchte wieder auf.

Mit Arthur Vonstein auf einer Stufe... so war es doch? Oder?

Weil sie bereits Sekunden später unter der kalten Dusche stand, die sie bis zum Anschlag aufgedreht hatte, hörte sie das Klingeln nicht.

In der Telefonzelle an der Bonifatiuskirche, nicht weit von Konstanzes Haus entfernt, dort, wo Hanna und Arthur sich vor nunmehr fünfunddreißig Jahren kennengelernt hatten, legte Per den Hörer auf die Gabel. Verbittert starrte er vor sich hin. Konstanze war unterwegs. Oder sie schlief noch. Beides erschien ihm gleichermaßen beunruhigend. Wie konnte sie schlafen...

Er hatte noch kein Auge zugetan und war doch so wach wie nie zuvor. Unzufrieden schlug er den Weg zur Bücherei ein.

Nachdem sie geduscht hatte, dachte Konstanze über die weitere Gestaltung des Tages nach. Die Mittagssonne strahlte von einem tiefblauen Himmel, es war sommerlich warm.

Konstanze registrierte zufrieden, daß es genau das richtige Wetter war, um das hellblaue Kleid mit dem schwingenden Rock anzuziehen, das ihr immer das Gefühl gab, gerade erst achtzehn zu sein. Das blaue Kleid, Per und ein lauschiges Gartenlokal...

Vielleicht die Walks-Mühle, ein Lokal vor den Toren Marbachs. Man konnte im Freien sitzen und etwas essen. Man konnte einander in die Augen sehen, über Stendhal sprechen und testen, ob er recht hatte. Später, nach einem letzten Glas Vin de table, würde man dann zu Punkt fünf im Kapitel »Über die Entstehung der Liebe« kommen. Aber da war alles möglich…

Konstanze sah das blaue Kleid wie einen ermatteten Falter auf den rauhen Dielen der Hütte liegen, griff den Hörer und wählte Pers Nummer. Ihr Herz klopfte bis zum Hals. Sie trug den neuen Body, der leider am Busen heftig zwickte und zusätzlich die Atmung behinderte.

Während sie dem Klingeln lauschte, hielt sie es plötzlich für möglich, Per einfach herzubitten. Der Garten blühte so schön wie nie, man konnte auf der Terrasse sitzen, Champagner trinken, über Stendhal sprechen und dann… nein!

Gerald würde auf der Bettkante sitzen, sich räuspern und einen seiner ironischen Sprüche von sich geben.

Und wenn Christian Lennert plötzlich in der Hütte…?

Konstanze, die Standhafte, rieb sich die Hände. Wunderbar, mit welcher Akribie hier Probleme erzeugt wurden. In Babelsburg störte Gerald, in Marbach Christian Lennert. Der eine saß auf der Bettkante, der andere schaute durchs Fenster. Im Kurpark liefen ihr Louises Freundinnen, in der Marbacher City Hanna Vonstein über den Weg.

Anstatt die Liebe einfach zu genießen, glaubte Konstanze, die Sache bis in alle Einzelheiten hinein planen zu müssen. Sie stellte die Weichen, und sie stellte sie falsch. Daß die Reise in einer Sackgasse enden würde, sah sie noch nicht.

Also doch die Walks-Mühle!

Konstanze wählte endlich Pers Nummer, aber der Ruf verhallte ungehört. Vielleicht hatte sie sich verwählt. Sie wählte neu. Nichts!

Erste Eifersuchtswellen überfluteten ihr Herz.

Wo mochte er sein? Und warum, zum Teufel, hatte er den Anrufbeantworter abgestellt, so daß man nicht einmal eine Nachricht…

Andererseits könnte jeder diese Nachricht abhören. Was wußte sie von seinem Hüttenleben, wer ein- und ausging, das Liebesnest als das seinige betrachtete? Es möglicherweise verteidigen würde? Das Ganze, fand sie plötzlich, war ja eigentlich doch völlig unmöglich.

Grüß Gott, ich bin der Zweifel!

Da klingelte es. Sie flog an den Apparat.

»Vogelsang?«

»Till!«

»Wer?«

»Till!«

»Ach Till!«

Es bereitete ihr einige Mühe, sich auf den Sohn einzustellen. Das freudige Gefühl, das die Anrufe ihrer Kinder stets begleitet hatte, blieb aus. In ihr war nichts als eine ungeduldige Nervosität. Sie mußte die Leitung freihalten, frei für Per. Statt dessen wurde sie von Arthur Vonstein und Till Vogelsang blockiert.

Till lachte. »Ja, kennst du mehrere Tills?«

»Nein, ich war nur überrascht, ich dachte… es ist doch hoffentlich nichts passiert?«

»Nur die üblichen Katastrophen. Ich wollte fragen, ob ich dich heute besuchen kann.« Beherzt fügte er hinzu: »Ich brauche deinen Rat.«

Im Moment hatte Konstanze das Liebesabenteuer vergessen. Till war nicht der Sohn, der Mutters Rat allzuoft beanspruchte. Es mußte etwas Besonderes passiert sein.

»In Ordnung, wann sollen wir uns treffen?«

»Am besten gleich. Wie wär's auf den Kurterrassen?«

»Ideal! Ich komme sofort!«

Till legte verwundert den Hörer auf. Konstanze schien verändert, aber vielleicht war sie nur überrascht. Schließlich hatte er sie noch nie mitten am Tag um ein Rendezvous gebeten.

Als Konstanze sich das Haar aufsteckte, zitterten ihr die Hände. Der Lippenstift verrutschte ein wenig. Seitdem die Oberlippe von winzigen Fältchen plissiert wurde, war es schwer, die Linie sauber zu malen.

Endlich gelang es ihr. Zufrieden lächelte sie sich im Spiegel zu. Ein schöner Mund, weiße Zähne. Gleichzeitig wieder das heftige Verlangen nach Stendhal: Von der Entstehung der Liebe…

Mußte Till ausgerechnet heute anrufen?

Sie verspürte nicht die geringste Lust, sich etwas vom Geschäft oder vom Fortgang der Bauarbeiten anzuhören, und andere Themen hatte Till nicht mehr, seitdem er mit Verena verheiratet war. Geschäft und Hofreite, die Preise von Fliesen und Ölfarbe. Schimmel an der Nordwand und Mäuse im Keller.

Sie drückte die Ansagetaste und hinterließ eine Botschaft: »An P. Heute nachmittag ab sechzehn Uhr zu allem bereit. K.«

Dann fiel ihr ein, daß jeder x-Beliebige diese Worte hören und sich einen Reim darauf machen konnte. Sie löschte den Text und sagte statt dessen: »Hier Konstanze Vogelsang. Ich bin bis sechzehn Uhr unterwegs. Bitte hinterlassen Sie eine Botschaft, oder rufen Sie später noch einmal an.«

Unzufrieden starrte sie auf den Apparat.

Gott, war das alles kompliziert, und warum überhaupt diese Vorsicht? Sie war eine verwitwete, alleinstehende, ganz und gar unabhängige Frau.

Konstanze beschloß, über das Phänomen nachzudenken und sich die Freiheit für heute zu schenken.

Verbirg, verbirg den Traum der Nacht.
Jura Soyver

Die Kurterrassen waren gut besucht.

In der windgeschützten Ecke unter der Markise hatten sich Mausi Hochstätter und Evi Meirhöfer niedergelassen. Fita Vonstein kam wie üblich mit einiger Verspätung. Sie hatte einer kranken Nachbarin noch ein wenig Obst bringen und die Kissen aufschütteln wollen. Jeden Tag eine gute Tat.

Louise war nicht bereit gewesen, ihren Friseurtermin zu verschieben, was Mausi und Evi unflexibel fanden. Wenn das Wetter plötzlich so schön wurde, dann sollte man es auch ausnutzen. Zum Friseur konnte man immer noch gehen. Wer wußte, wann das Wetter umschlug, wer hätte überhaupt gedacht, daß jetzt, Ende April…

Das Thema wurde in allen Einzelheiten variiert.

Konstanze lächelte den Damen freundlich zu, als sie an ihrem Tisch vorbeiging.

Sie sah gut aus. Anstelle des blauen Kleides trug sie ein damenhaftes, beigefarbenes Leinenensemble, einen beigebraun gemusterten Schal und eine kleine Strohkappe. In ihren hochhackigen Pumps schritt sie so sicher aus wie andere in Tennisschuhen.

»Kommen Sie, setzen Sie sich doch zu uns.«

Konstanze lächelte. »Ich bin verabredet.«

Evi zog die Brauen hoch. »Mit wem denn?«

»Mit einem jungen Mann!«

Die Damen lachten herzlich.

»Na, dann bekommen wir ja was zu sehen. Viel Vergnügen.«

Konstanze wählte einen freien Tisch an der Balustrade, lehnte den Arm über das Gitter, setzte die Sonnenbrille auf und schloß genießerisch die Augen. Wunderbar, nach den langen Wintermonaten wieder einmal die Sonne auf dem Gesicht zu spüren.

Das Geschnatter der alten Damen drang entfernt zu ihr herüber.

»Skirennen gewonnen… echte Meirhöfer… sagt mein Arzt zu mir: Ihr Herz – wie bei einem jungen Mädchen…«

Konstanze lächelte: Bad Babelsburg im Frühling.

»Darf ich das Mittagsschläfchen stören?«

Konstanze schrak auf. »Hallo!«

Sie lächelte. Till hatte sich, das war auf den ersten Blick zu sehen, ihr zu Ehren herausgeputzt: heller Anzug, helles Hemd.

Das Haar frisch gefönt. Er nahm ihr gegenüber Platz.

»Gut schaust du aus!«

Konstanze registrierte zufrieden, wie sich die Augen der Damen auf ihn richteten.

Er lachte das jungenhafte Lachen von früher: »Ich hab mich bemüht.«

»Möchtest du etwas essen?«

»Ich nehme nur Kaffee und ein Stück Obstkuchen.«

»Ich schließe mich an!«

Sie zog die Jacke aus und hängte sie sich lose über die Schultern.

»Jetzt wird es fast schon zu warm.«

Der Body zwickte nicht nur am Busen, er schien überhaupt zu eng zu sein. Konstanze überwand das Bedürfnis, sich in den Ausschnitt zu greifen und einiges zurechtzurücken.

Sie kam zur Sache: »Du brauchst meinen Rat?«

»Ich habe Probleme mit Verena. Sie tut nichts im Haushalt,

läßt alles liegen, seit Wochen hat sie im Wohnzimmer ihre Nähmaschine aufgebaut und näht irgendein…«

»Aber das ist doch recht löblich, es spart eine Menge…«

»… irgendein Lumpenzeug. Die Pluderhosen, die sie in Serie herstellt, kann sie nur bei geschlossenem Hoftor tragen.«

Er starrte verbittert vor sich hin. »Außerdem kann sie nicht mit Geld umgehen. Das ist eigentlich das schlimmste. Es ist nicht zu glauben, was wir im Monat verbrauchen und wieviel in der Mülltonne landet.«

Nervös steckte er sich eine Zigarette an. »Ich habe das Gefühl, daß sie einfach nicht nachdenkt…«

»Oder glaubt, daß ihr mehr habt, als da ist. Weiß sie von deinen wirtschaftlichen Schwierigkeiten?«

»Sie nimmt sie nicht zur Kenntnis!«

Auch Konstanze griff nach der Zigarettenschachtel.

»Liebst du sie eigentlich?«

Er sah ihr offen ins Gesicht.

»Ja!«

»Warum?«

»Ich weiß nicht, wahrscheinlich, weil sie so ehrlich ist. Auf eine gewisse Weise sogar bescheiden, zumindest, was sie persönlich betrifft.«

Er betrachtete Konstanzes Leinenensemble und die Kappe.

Hatte er seine Mutter jemals mit einer Knitterfalte im Rock gesehen? Wenn er ganz ehrlich war, so wäre ihm eine Frau, die sich für einen Kaffeetreff im Kurcafé zurechtmachte wie für einen Fototermin, auch nicht recht. Man mußte sich doch auch einmal gehenlassen.

Fahrig steckte er eine neue Zigarette an der alten an.

Es mußte doch, zum Teufel, zwischen einer Lady in Leinen und einem Pummel in Pluderhosen noch einen Mittelweg geben.

»Ich glaube«, sagte er laut, »daß wir trotz allem eine gute Chance haben. Wir mögen das Haus und das lässige Leben, unseren Hof, die Scheune und sogar die selbstgezogenen Möhrchen. Wir schämen uns nicht, am Abend einfach fernzusehen, anstatt das Besondere zu suchen. Es sind also eigentlich nur Kleinigkeiten…«

Er sah Konstanze bittend an: »Könntest du nicht einmal mit ihr sprechen? Ich glaube, daß sie dich heimlich bewundert.«

»Das muß aber sehr heimlich sein, ich habe…«

In diesem Augenblick bemerkte sie Per. Er trat aus der gegenüberliegenden Telefonzelle und blickte sich ratlos um.

Sekundenlang trafen sich ihre Blicke.

Sie wandte sich ab und spürte, wie ihr ein hilfloser Zorn die Kehle hinaufkroch.

»Ich habe nie etwas von Bewunderung gespürt«, sagte sie mit einer Heftigkeit, die nicht Verena, sondern der Situation galt.

Die Schwiegertochter war ihr nicht sonderlich sympathisch, aber es gab Schlimmere. Zum Beispiel wäre ihr so ein Neureichenpüppchen, wie sie in Bad Babelsburg herumstolzierten, oder eines der Nixchen, die Christian Lennert so vergötterte, wesentlich unangenehmer gewesen. Aber sie behielt ihre Gedanken für sich.

»Ich habe nie verstanden, warum du sie geheiratet hast«, sagte sie laut.

Till war überrascht. »Davon hast du nie etwas gesagt.«

»Ich mische mich nicht ein.«

»Du hättest doch…«

»Auch Louise und Mathilda wissen nichts mit ihr anzufangen. Daß sie sich zum Beispiel nicht ein bißchen unterhalten kann.«

»Das ist vielleicht nicht das wichtigste.«

»Was denn?«

Per war plötzlich ihren Blicken entschwunden. Wie vom

Erdboden verschluckt. Und sie saß hier wie festgenagelt. Alles Verenas Schuld.

»Daß man jemandem vertrauen kann.«

Konstanze lächelte süffisant. »Deine Eltern konnten einander vertrauen und zusätzlich noch ein paar Sätze formulieren.«

Er lächelte ebenso süffisant zurück.

»Genies!«

»Jedenfalls rannten wir nicht herum und suchten nach Ratschlägen, um sie dann nicht zu befolgen!«

Sie spürte, daß ihr das Thema entglitt, daß sie ungerecht wurde und Till verletzte. Er hatte sich zurückgelehnt und betrachtete sie in einer Art überraschtem Schweigen.

Die Sonne strahlte nun mit unangenehmer Intensität vom Himmel.

Konstanze zog sich tiefer in den Schatten zurück. Der enge Body klebte an der Haut und gab ihr das Gefühl pelziger Unfrische.

Unzufrieden musterte sie ihren Sohn.

»Also ich fürchte, ich kann dir nicht helfen.«

»Ich hatte von raten gesprochen.«

»Auch nicht raten.«

Der Schweiß rann ihr den Rücken hinab. Am liebsten hätte sie sich den verdammten Body hier, mitten auf der Terrasse, vom Leib gerissen und in die Tulpen geschleudert.

»Na gut!«

Till hatte seine Mutter noch nie so gereizt und unkontrolliert erlebt. Er wechselte das Thema. »Was machen Kranz und Botte?«

»Wer?«

Per schlenderte plötzlich den Hauptweg entlang.

Unverblümt schaute er zu ihnen hinüber. Sie nickte leicht grüßend mit dem Kopf.

Er nickte zurück und ging weiter.

»Geben die beiden eigentlich auch Prozente?«

»Wer? Ach, Kranz und Botte. Ich glaube nicht. Wer Antiquitäten kauft, sollte sie auch bezahlen können!«

Warum, zum Teufel, war sie so scharf? Till hatte eine sachliche Frage gestellt, es war nicht nötig, so persönlich zu werden.

Sie zwang sich zu einem Lächeln.

»Entschuldige.«

Er nickte leicht mit dem Kopf.

»Bitte. Ich wundere mich nur.«

Sie lachte verlegen.

Per stand jetzt unterhalb der Terrasse und zog Ansichtskarten aus dem Drehgestell.

In den hellen Hosen und dem weißen Hemd war er so attraktiv, daß sich ihr Herz zusammenzog. Es schien ihr plötzlich ganz und gar unmöglich, daß dieser ferne junge Mann ihr Liebhaber war.

Vielleicht litt sie unter Wahnvorstellungen? Eine direkte Folge der Wechseljahre.

»Sollten wir allmählich gehen?«

Sie schrak auf: »Aber ja!«

Per brachte eine Ansichtskarte, die die Bonifatiuskirche zeigte, zum Kiosk.

Aus den Augenwinkeln beobachtete er, wie der junge Mann den Tisch verließ und Konstanze den Kellner herbeirief, um die Rechnung zu begleichen.

Wie sich die Bilder glichen.

Die Dame auf der Terrasse erschien ihm sehr fern. Kaum denkbar, daß sie sich je für einen wie ihn interessiert hatte. Sogar die elegante Kappe schien ihn ironisch anzublinzeln.

»Na Kleiner? Nichts zu tun?«

Er fühlte einen bitteren Geschmack auf der Zunge.

Wie Brennesselsaft.

Unzufrieden mit sich selbst, dem Verlauf des Gesprächs und der Ironie, mit der sie Till verabschiedet hatte: »Komm gut heim und Gruß an die Gattin«, schlenderte Konstanze durch den Park, wohl wissend, daß ihr die Augen der müßig auf der Terrasse sitzenden Damen folgten. Der Ärger über sich selbst hatte sogar die Sehnsucht nach Per verdrängt.

Was war los mit ihr? Till hatte sich zum ersten Mal voller Vertrauen an sie gewandt; die meisten Mütter würde diese Geste mit Stolz und Liebe erfüllen, und sie hatte nicht nur pampig, sondern sogar gegen ihre eigentliche Meinung reagiert.

»Grüß die Gattin!« Wie dumm! Kleinbürgerlich und spießig.

Ganz und gar nicht »konstanzig«.

Aber sie hatte ihre Nervosität nicht beherrschen können.

Jedes Thema wäre ihr recht gewesen, ein bißchen Gift zu spucken. Was hatte Stendhal wohl über diese spezielle Nebenwirkung der Liebe zu sagen? Oder hatte er dieses Phänomen nicht erforscht?

Unentschlossen spazierte sie zwischen den Blumenrabatten dahin. Wohin mit dem angebrochenen Tag? Nach Hause gehen und hoffen, daß ein Anruf eingegangen war?

Zum wiederholten Mal versuchen, ihn zu erreichen?

Oder einen Brief schreiben?

Lieber Per,

...ich habe auf der Kurterrasse sitzen und mir irgendein Geschwätz über Eheprobleme anhören müssen, während du in deinem strahlend weißen Hemd und dem wehenden Haar wie ein Lockvogel, den man nicht fangen kann...

»Könnten Sie mir bitte eine Auskunft geben?«

Ein junger Mann verstellte ihr den Weg, blickte sie todernst an und wies, ohne mit der Wimper zu zucken, auf die Karte, die er in der Hand hielt.

»Wo finde ich den nächsten Briefkasten?«

Und ohne mit der Wimper zu zucken, sagte sie: »Geradeaus, am Parktor rechts halten. Dann kommen Sie direkt drauf zu.«

»Ich danke Ihnen!«

Er hauchte ihr einen Kuß auf die Wange, wandte sich um und ging, ohne ein weiteres Wort zu sagen, davon.

»Guckt mal«, sagte Evi oben auf der Terrasse und konnte vor Aufregung kaum sprechen, »Konstanze Vogelsang hat sogar zwei Männer…«

»Das ist doch derselbe von eben«, sagte Mausi.

»Aber der war doch blond, und der da hat schwarze Haare und viel längere…«

»Der von eben war doch auch brünett!«

»Brünett? Daß ich nicht lache. Hellblond war er wie Boris Becker.«

»Das schien nur so, wegen der Sonne!«

»Ist gut«, sagte Evi, die nichts mehr haßte, als wenn man ihr widersprach, »du hast recht, und ich hab meine Ruhe. Ich weiß jedenfalls, was ich weiß…«

»Ihr sollt nicht falsch Zeugnis sprechen wider euren Nächsten!« Fita Vonstein, gerade aus einem kleinen Halbschlummer erwacht, hatte nicht recht erfaßt, um was es ging, aber ein Spruch wie dieser paßte immer.

»Es war doch…«, wisperte Evi, wurde aber von Mausi streng zurückgewiesen. »Es ist gut, Eva.«

Sie lehnte sich zurück und blinzelte die Kränzchenschwester unzufrieden an. Seitdem Eva ihren Achtzigsten hinter sich hatte, der im großen Saal des Kurhotels gefeiert wurde und sie mit einer großen goldenen Achtzig und einem geschmückten Stuhl geehrt worden war, war sie unerträglich rechthaberisch geworden. Fast schon hoffärtig. Dabei wurde sie von Tag zu Tag vergeßlicher, was ihrem Hochmut jedoch keinen Abbruch tat.

Evi beschloß, ihren Neunzigsten noch größer zu feiern. Vielleicht würde sie ein Schiff chartern und eine Kapelle… Zufrieden schlummerte sie ein.

Wir sind Engel mit nur einem Flügel.
Wenn wir fliegen wollen,
müssen wir uns umarmen.

Luciano de Crescenzo

Konstanze lief durch den Park, an der Bonifatiuskirche vorbei, bog in die Pappelallee ein, ließ das Gartentor unverschlossen und hatte Sekunden später das Ziel ihrer Sehnsucht erreicht: Der heimische Anrufbeantworter blinkte.

Einen Moment lang zögerte sie. Wenn sich jetzt Louise meldete, die manchmal vergaß, daß sie auf Band sprach, und zum Beispiel langatmig von ihrem Friseurbesuch erzählte, »der Ton doch wieder eine Spur zu blau«, würde sie die Beherrschung verlieren und das Gerät zertrümmern.

Sie atmete tief durch, fühlte sich gewappnet, drückte die Taste.

Per!

»Eine Nachricht für Frau Konstanze Vogelsang. Ich erwarte Sie heute zum Hüttenabend. Kommen Sie bald.« Und bittend, leise: »Kommen Sie gleich!«

Konstanze lachte, tanzte, warf die Kappe aufs Bett, duschte, schlüpfte in das blaue Seidenkleid.

Das Drunter…? Nein, kein Body, behindert beim Fliegen.

Sie warf ein paar Kosmetikutensilien in die Tasche. Kamm und Bürste. Nachthemd? Quatsch!

Aber nachts könnte es kühl werden, und sie war neuerdings so kälteempfindlich.

Nein, sie hatte doch Per.

Sie vergaß, die Rolläden herabzulassen und warf die Tür nur ins Schloß.

Zehn Minuten später raste sie über die Autobahn.

Er erwartete sie in der offenen Tür stehend. »Wo ist denn das Auto?«

»Versteckt!«

Wie Arthur Vonstein und andere gewiefte Liebhaber hatte sie den Wagen nicht vor seiner Tür, sondern auf dem anonymen Parkplatz des Supermarktes abgestellt. Sie besaß eine natürliche Begabung fürs Verschwiegene, das hatte sie bisher nicht gewußt. Ein Talent, das ungenutzt war und sich entwickeln ließ.

Sie flog in seine Arme.

Er hielt sie fest.

Konstanze fühlte sich wie zwanzig, und genau so fühlte sie sich auch an.

Ohne ein Wort zu verlieren, nahmen sie die drei Stufen zum Kastenbett. Wie ein Schmetterling segelte das Seidenkleid durch die Luft und landete auf den Dielen.

Kein zartes Herumgeschmuse; sie kamen gleich zur Sache.

Das Vorspiel hatte schon stattgefunden – heute mittag im Park.

»Dreizehn-vierzehn.«

Christian und Tini spielten wieder Federball.

Tini feierte den Sommerausbruch in ihrem schönsten Bikini, schimmerndes Grün wie Nixenhaut. Auch Christian hatte sich schick gemacht – Bermudashorts, die seine bläßlichen Beine zeigten. Oberkörper frei.

»Dreizehn-fünfzehn.«

Konstanzes Haar duftete nach Sonne, Sommer und französischem Shampoo.

Er roch ganz leicht nach Terpentin. Davon kann man süchtig werden.

»Gleichstand.«

Er lernte, daß man auch beim Liebesspiel immer nur so gut

ist wie der andere, und sie hatte nichts von den Talenten geahnt, von denen sie immer glaubte, daß sie sie nicht besäße.

»Du behältst auch im Bett immer den Hut auf«, pflegte Gerald zu bemerken, der seinerseits nicht wußte, daß das Tempo, das er gewöhnlich vorlegte, Konstanze gar nicht dazu kommen ließ, den Hut abzulegen.

Mit Per war alles anders. Vielleicht war es der berauschende Terpentingeruch, der Konstanze endlich dazu brachte, mit den Kleiderhüllen auch die anderen Barrieren fallen zu lassen, vielleicht war es Pers Jugend und seine Begeisterung für sie oder das Geschenk, das Leben unverhofft um zwanzig Jahre zurückdrehen zu dürfen.

Oder etwas völlig anderes…

Ein Lastwagen donnerte vorbei und ließ die Scheiben der Hütte beben. Per richtete sich auf, strich das Haar aus der Stirn und sagte: »Das darf alles nicht wahr sein!«

»Komm, noch mal«, flüsterte sie.

Was hatten eigentlich Konstanze, die Standhafte, und Stendhal dazu zu sagen?

Gar nichts! Stendhal mochte sich später äußern, und Konstanze, die Standhafte, hatte das Spiel oft genug verdorben.

Nun war die andere, die eigentliche Konstanze, am Zug: Konstanze, du darfst reizen…

Wer gab? Sie gab. Sie reizte. Er kam.

»Eins-eins!«

Per hatte sich selten so ganz gefühlt, so identisch.

»Du bist verdammt schön«, flüsterte er.

»Endlich mal einer Meinung.«

Sie lachten. Wie gut, an dieser Stelle gemeinsam zu lachen, der Situation jene Leichtigkeit zu geben, die nötig ist, wenn man abheben möchte.

»Wir sind Engel mit nur einem Flügel, wenn wir fliegen wollen, müssen wir uns umarmen. Wer hat das gesagt?«

»Jemand, der es gut meint…«

»Und wer hat gesagt: Die Liebe, eine Illusion?«

»Hast du was gegen Illusionen?«

»Nicht, wenn sie ewig dauern!«

Konstanze richtete sich auf und tastete sich die Stufen hinunter.

Per stützte sich gemütlich auf den Ellenbogen. »Das Schönste hat eigentlich Oscar Wilde gesagt: Am meisten befriedigt die Liebe am Schluß der Saison.«

»Wenn die Blätter fallen und niemand mehr zuschaut?«

Sie hob das Kleid vom Boden auf und zog es an.

Er war entsetzt: »Du wirst doch nicht fahren? Was ist los?«

»Nichts«, sagte sie.

Es war beinahe dunkel. Der Himmel war von einem fernen, sehr dunklen Blau. Der Mond stand tief.

Christian Lennert merkte nichts vom Zauber des Abends. Die programmierten Rollos waren längst heruntergeschnurrt, und der Federball lag vergessen im Gras.

»Was«, fragte Tini, die sich in Christians Arm gekuschelt hatte, und sich die Sendung »Stars und Erotik, man kann ruhig darüber talken« anschaute, »was macht eigentlich Per? Sollten wir nicht anrufen, ob er ein Stündchen kommen will?«

»Lieber nicht stören«, erwiderte Christian. »Ich glaube, er widmet sich der Liebe.«

»Der richtigen? Ich meine, der im Bett?«

»Hm-m.«

Tini schaute mit Interesse den Verrenkungen zu, die auf dem Bildschirm zu sehen waren, und fand, daß Christians Künste reichlich konservativ waren. Missionarisch gebremst.

Noch behielt sie den Gedanken für sich und sagte: »Ich dachte immer, er ist zu gebildet für so was. Anstatt ›Man kann ruhig darüber talken‹ zu gucken« – sie unterbrach sich – »schau mal, da kann man echt was lernen!«

Sie rüttelte Christian unsanft an der Schulter: »Schau doch mal!«

Christian konnte nicht erkennen, was der Typ auf dem Bildschirm so Besonderes können sollte, er rackerte sich ganz artig ab, aber eine Naturbegabung, wie er selbst, war er nicht.

Er kam zum Thema zurück: »Was wolltest du sagen?«

»Anstatt ›Man kann ruhig darüber talken‹ zu gucken« liest Per alte Klassiker. ›Über die Liebe‹ oder so ähnlich. Das ist doch bloß was für Impotente, oder?«

»Bestimmt!« Christian lachte. Er fühlte sich jungen Männern gerne überlegen. »So theoretisch scheint's ja auch zu bleiben! Wir zwei dagegen…« Er begann an Tini herumzuknöpfen.

Aber Tini war noch nicht fertig. »Wer ist denn Pers Tussi?«

»Ich glaube eine Dame aus seinen Kursen.«

»Heiß! Sex antik. Hast du sie mal gesehen?«

»Lieber nicht hingucken!« Christian lachte schallend.

Sex antik war eine ungeheuer komische Nummer, die er nicht im mindesten auf sich bezog.

Er schaute auf den Bildschirm und dann auf Tini.

Tini war nicht antik, sondern knackig wie ein frisch gepflückter Apfel.

Tini war wie er.

Konstanze und Per frühstückten. Nach einer liebend verbrachten Nacht frühstückt es sich besonders gut. Sie trug wieder eines seiner Hemden. Herzhaft biß sie in das bleiche Supermarktbrötchen. Frisch aus dem Ofen und mit Liebe betrachtet, konnte man es für ein echtes halten.

Per saß ihr gegenüber und bewunderte: dieser Mund und diese weißen Zähne – wie die zubeißen konnten…

»Was machen wir Pfingsten?« fragte er unvermittelt.

»Wie?«

Die Morgensonne zauberte Reflexe in Konstanzes Haar

und ließ die Augen leuchten. Sie war die attraktivste Frau der Stadt, und er wollte sie präsentieren: zunächst allen Leuten, die er kannte, und später dem Rest der Welt.

»Was machen wir zu Pfingsten«, wiederholte er. »Ein bißchen in Familie?«

Sie schwieg.

Per beobachtete die winzigen Staubpartikelchen, die in dem schräg durch das Fenster fallenden Licht tanzten.

»Wir feiern wahrscheinlich zu Hause im Garten«, sagte sie ausweichend.

Er strahlte. »Ich möchte deine Familie kennenlernen. Alles von dir wissen. Mit Louise und den Kränzchenschwestern Kaffee trinken, deine Kinder sehen.«

Er unterbrach sich: »Hast du eigentlich auch Enkel?«

Warum beantwortete sie die Frage nicht? Zuckte nur die Schultern und bestrich sehr konzentriert eine Brötchenhälfte mit Honig.

Per wertete die Geste als ein Nein und zeigte sich enttäuscht.

»Schade, Kleinkinder von anderen haben mir immer Spaß gemacht!«

»Möchtest du keine eigenen?« fragte sie vorsichtig und leckte den Honig vom Finger.

»Um Himmels willen, ich will den Spaß doch halten. Drei Stunden Kille-Mäuschen und dann wieder Stendhal. Übrigens…«

Er griff nach dem Buch, und Konstanze vollendete den Satz:

»…wären wir jetzt bei Punkt sechs, Kapitel über den Zweifel«

»Das kommt erst später.«

»Das kommt nie.«

»Einverstanden, aber zurück zu Pfingsten. Ich hoffe, die ganze Familie trifft sich zu Tanz und Vogelsang!«

Doch die Heiterkeit der Nacht hatte sich verflüchtigt.

»Laß mir Zeit«, sagte sie.

Er verstand nicht. »Womit?«

Sie lachte ein wenig gequält: »Mit dem Outen.«

Aus ihrem Munde klang das Wort irgendwie falsch. Klang nach: Man kann ruhig darüber talken.

»Warten? Wie lange?«

»Nicht lange!«

Sie schwiegen.

Sie sah sich ihrem Sohn Till einen Mann vorstellen, der kaum älter war als er…

Er sah sich mit der attraktivsten Frau der Stadt in direkten Zusammenhang gebracht: »Konstanze und ich… Wir beide…«

Er griff nach den Zigaretten. »Du schämst dich für mich.«

Sie war ehrlich entsetzt. »Aber wieso…«

»Einen Mann zu präsentieren, der nichts geworden ist. Welch ein Abrutscher: die Akademikerwitwe und ein Arbeiter.«

»Du bist doch kein Arbeiter.«

»Und wenn ich einer wäre?«

»Das wäre auch egal.«

Sie küßte ihn.

Er ließ es geschehen.

Dann kam er auf das Thema zurück.

»Und wie lange wäre es egal?«

Er schaute sie sehr intensiv an. »Konstanze, der Anfang ist wichtig. Was wir jetzt versäumen, wird später zum Problem.«

»Ich sehe kein Problem, ich sehe nur Glück.«

»Wir gehen jetzt hinüber zu Christian. Er soll es als erster erfahren. Oder sollen wir zuerst Louise anrufen? Du könntest sie für heute abend einladen.«

Er stand auf und hielt ihr den Hörer hin. »Hier!«

Sie nahm den Hörer und legte ihn zurück auf die Gabel. »Später...«

Der Augenblick verrann, und die Chance war vertan.

Zwar erhob sich Konstanze ebenfalls, doch sie tat es nur, um Pers Hemd aufzuknöpfen und ein wenig Terpentin zu schnüffeln.

Hätte sie statt dessen Louises Nummer gewählt, die Neuigkeit verraten und sozusagen in den »Verteiler« gegeben, ihr Leben wäre vielleicht anders verlaufen.

So sah sie nur einen traurigen Schatten auf Pers Gesicht.

»Ich bin für dich bloß eine Episode«, sagte er und dachte an den jungen Mann, für den Konstanze gestern die Zeche bezahlt hatte.

Das war noch keine vierundzwanzig Stunden her.

Sie versuchte zu scherzen: »Ich bin ein Vamp, der reihenweise junge Männer vernascht!«

Aber der Scherz ging daneben. »Du bist meiner schon überdrüssig, wir kommen ja nicht mal bis zum Zweifel.«

Sie sah, daß er ernsthaft verletzt war. Wenn Till und Mathilda früher so traurig schauten, hatte sie rasch ein Geschenk aus dem Ärmel gezaubert. Kinder sollen lachen.

Auch Per war in diesem Augenblick ein Kind. »Wollen wir zusammen verreisen?« fragte sie. »Ich habe Kranz und Botte versprochen, nach Worpswede zu fahren. Wir planen eine Sonderausstellung mit original Jugendstilmöbeln. Ich möchte mir ansehen, was dort ist.«

Er war noch ein bißchen beleidigt. »Ich laß mich da aber nicht verstecken.«

»Bist du verrückt? Ich werde dich voller Stolz herumführen, wenn du willst, werde ich dich sogar als meinen Verlobten ausgeben. Falls wir überhaupt Lust haben, das Zimmer zu verlassen, und nicht lieber...«

Er begann das Geschirr abzuwaschen und summte vor sich hin:

»Mach ich's gut, so woll'n wir schweigen, mach ich's schlecht, so woll'n wir lachen, und es immer schlimmer machen, schlimmer machen, schlimmer machen...«

»Wir haben aber ziemlich viel gelacht«, gab sie zu bedenken.

»Dann laß es uns noch mal im Schweigen versuchen!«

Diesmal war Per sehr ernst. Und auch Konstanze lachte nur ein einziges Mal.

Am frühen Abend waren sie endlich angezogen, aber Konstanze hatte angeblich keine Lust, spazierenzugehen. So setzte sich Per ein wenig vor die Tür und schaute den vorbeirasenden Autos nach. Die Sonne spielte in den Ästen des einzig übriggebliebenen Baums, und im Kasten steckte noch immer die Zeitung. Per zog sie zusammen mit einer Ansichtskarte heraus.

Er las laut die Adresse: »Frau Konstanze Vogelsang bei Lennert.«

Die Karte schwenkend, trat er in die Hütte.

»Schau, du wohnst kaum hier, schon hast du Post.«

Er runzelte die Stirn, tat, als könne er nur mit Mühe entziffern:

»Boni-fa-tius-kirche, Bad Ba-bels-burg.«

Er schaute auf. »Was hast du denn?«

Sie war rot geworden. Das Herz schlug Alarm. Sekundenlang hatte sie Hanna Vonsteins Stimme gehört: »In Gedanken dabei...«

Aber dann erkannte sie Pers kleine runde Muschelschrift:
Auf der Terrasse
eine Fata Morgana
gleich nur noch ein Stuhl.

Der Schock löste sich in Lachen. Sie hatte schon wieder das Bedürfnis, ihn zu küssen. Er war keine Fata Morgana, sondern sehr wirklich. Und er war zum Verrücktwerden schön.

Keine Erfindung ist wohl den Menschen leichter geworden als die des Himmels.

Georg Christoph Lichtenberg

Die Nachricht, die Konstanze bei ihrer Abreise auf dem Anrufbeantworter hinterließ, verdeutlichte ihre Stimmung:

»Bin auf Reisen, tschüß, bis bald.«

Keine Ortsangabe, keine Erklärung, nichts über den genauen Termin ihrer Rückkehr.

Hanna Vonstein, die die Nachricht als erste vernahm, legte zufrieden den Hörer auf die Gabel. Konstanzes untypische Ausdrucksweise bestätigte den Verdacht: Die Liebe hatte über die Konvention gesiegt. Noch stand Konstanze auf ihrem Sockel, aber das Fundament zeigte Risse.

Im Gegensatz zu Hanna Vonstein zeigte sich Per verwundert:
»Warum darf denn niemand wissen, wo wir sind?«

Sie schaute ihn groß an: »Ja, möchtest du denn, daß wir heute abend mit großem Hallo erwartet werden? Worpswede ist sehr beliebt bei den Meinen!«

»Ja und? Wär doch nett, übers Wochenende…«

Ihr Hang zur Verheimlichung nährte seinen nagenden Verdacht: Er war nur eine Episode für sie, die bekanntzugeben sich nicht lohnte.

Auch sie hatte einen Verdacht. »Gib's ruhig zu, dich dürstet nach Gesellschaft!« Ihr Lachen geriet ein bißchen schief. »Wir haben den sechsten Punkt, den über den Zweifel, lässig übersprungen und sind schon bei Punkt sieben angelangt: ›Die Langeweile beginnt‹…«

Anstelle einer Antwort küßte er sie. Es war genau der rechte Moment: Die Kirchenglocken läuteten, und im Hintergrund ging glutrot die Sonne unter.

Sie saßen in einem windgeschützten Winkel an der Zionskirche. Heute nachmittag waren sie an den Ufern der Hamme und später weit ins Teufelsmoor hineingewandert, und Konstanze hatte tief durchgeatmet und wieder einmal gespürt, daß der Frühling nirgendwo so frisch und so grün war wie hier.

Stille, Weite, Wasser, Wolken.

Der Himmel spiegelte sich in den Pfützen, Enten zerschnatterten die Stille, und unter den krummen Ästen der Bäume stapften Kühe im Matsch.

Und dann geschah, was immer geschah, wenn Konstanze in Worpswede war. Es kehrte jene Ruhe ein, derzufolge plötzlich vieles möglich erschien. Daß zum Beispiel Per und sie …

Später einmal … Warum denn nicht?

»Komm«, sagte sie und erhob sich, »laß uns hineingehen.«

Innen war die Zionskirche grau-blau gestrichen und wohltuend schlicht. Durch die Fenster fiel das Abendlicht. Konstanze legte den Kopf in den Nacken und wies nach oben: »Schau mal die Malerei von Clara Westhoff und Paula Becker. Die Engel hat Clara gemalt, die Blumen sind von Paula. Die beiden waren so euphorisch, daß sie durch kräftiges Läuten der Kirchenglocke Feueralarm ausgelöst haben. Die Malerei war eine Art Buße, die man irgendwann nicht mehr zu schätzen wußte und übertüncht hat. Erst später ist sie wieder hervorgeholt worden.«

»Da können sie froh sein, daß sie noch unversehrt war«, sagte Per, der Restaurator. »Und wenn du mich fragst, so wahnsinnig schön finde ich sie eigentlich nicht.«

»Du bist ein Banause!«

»Oder die Damen. Nicht alles, was Genies tun, ist auch genial.«

Per hatte inzwischen das Gäste- und Kummerbuch entdeckt und die letzte Eintragung gelesen:

»Wir waren eine Woche hier und haben viel gesehen. Es war sehr schön. Michael und Erna Kammersbügel aus Wolfsbüttel.«

Er nahm den Stift, der an einer Strippe festgebunden war, und schrieb: »Ich bin seit zwei Tagen hier und habe nur eins gesehen: Konstanzes Gesicht. Per Lennert aus Marbach.«

Und Konstanze schrieb: »Die Welt ist voller Wunder, eines davon beginnt mit P!«

Dann blätterte sie verstohlen zurück und fand tatsächlich die Eintragung von vor drei Jahren, als sie kurz nach Geralds Tod für eine Woche hier war: »Allein sein ist gar nicht so schlecht. Konstanze.«

Sie las die Eintragung und fühlte sich nicht mehr geneigt, sie zu bestätigen.

Oder doch? Teils, teils?

Konstanzes lässige Botschaft hatte in der Familie für Unruhe gesorgt. Es entsprach so gar nicht ihrer Art, sich einfach in Luft aufzulösen, und Till, der sie zum Wochenende einladen wollte, war so verblüfft, daß er den Hörer wieder auflegte, ohne eine Nachricht hinterlassen zu haben.

»Was ist denn?« fragte Verena.

Till wählte erneut und hielt ihr den Hörer hin. Sie hörte die selbstbewußte Stimme ihrer Schwiegermutter: »Bin auf Reisen, tschüß, bis bald!«

»Ja und?« Verena verstand das Problem nicht. Auch bereitete der Gedanke, nun nicht das gesamte Anwesen auf Hochglanz polieren und anderenfalls den Blick Konstanzes ertragen zu müssen, freudige Erleichterung.

»Es ist nicht ihre Art. Es muß etwas passiert sein. Schon bei unserem Treffen neulich…«

»Bei welchem Treffen?«

Till wich aus. »Ach, wir haben uns mal an einem Nach-mittag getroffen, ganz zufällig!«

»Ganz zufällig?«

Till verlor die Beherrschung. »Was ist daran denn so ko-misch, wenn man sich mit seiner eigenen Mutter…«

»Das komische ist, daß du nichts davon erzählt hast«, schrie Verena. »Heimliche Treffen…«

»Du bist ja nicht bei Trost«, schrie er zurück. »Warum sollte ich mich heimlich…«

»Das wirst du selbst am besten wissen. Ihr seid alle gegen mich, die ganze verdammte Sippschaft!«

Sie knallte die Küchentür zu, riß sie wieder auf und schmetterte noch ein Finale hinterher. »Immer gewesen!!!«

Verena kippte zur Beruhigung einen selbstangesetzten Holunderschnaps. So! Und noch einen hinterher. So! Und einen, damit die Freude, Konstanze nicht sehen zu müssen, zurückkehrte.

Aber anstelle der Freude fühlte sie nur ein Schwindelgefühl.

Konstanze erwachte vom Rauschen des Regens.

Die niedrige Stube, möbliert mit bemalten Worpsweder Bauernmöbeln, atmete Ruhe und Stille.

Ein behäbiges Vierpfostenbett, ein Schrank, handgestickte Läufer auf bemalten Kommoden. Vor dem niedrigen Fenster ein Tisch und zwei Holzsessel.

Allein war man aber eigentlich nie. Im Strohdach raschel-ten die Mäuse, und abends kam Sara, die Katze, über das Dach und klopfte sacht an die Scheibe. Dann maunzte sie leise, stolzierte über den Tisch hinweg und sprang aufs Bett. Nachts spazierte sie vorsichtig und sehr höflich auf dem Schläfer herum, bis man aufstand und sie hinausließ.

Sie frühstückten in der dunkelgetäfelten Diele. Es gab Brot, selbstgemachte Marmeladen, Käse, Schinken und Obst.

Draußen fiel der Regen in dichten, silbrigen Fäden. Ein Wetter für die große Kunstschau. Sie griffen sich den größten der Schirme, die in der Diele zum allgemeinen Gebrauch herumhingen, duckten sich eng zusammen und traten in den Hof. Der Boden war aufgeweicht, Wolken jagten durch die Pfützen, und der Regen fiel senkrecht vom Himmel.

»Es gibt kein schlechtes Wetter, es gibt nur falsche Bekleidung!« Per stakste, gummistiefelgeschützt, mitten durch die größte Wasserlache.

»Es gibt kein schlechtes Wetter, es gibt nur die falsche Begleitung!«

Konstanze dachte an Gerald im Regen. Kein fröhliches Kind, das durch die Pfützen stapfte, ein gereizter Erwachsener, der – »Auch das noch!« – Regenwetter grundsätzlich persönlich nahm.

»Nun hör dir das an!«

Arthur Vonstein, immer noch von dem Wunsch beseelt, Konstanze zum »Tee auf der Terrasse« überreden zu können (diesmal sollte alles stilgerecht zugehen, der Ausrutscher vom letzten Mal drückte ihm empfindlich auf die Eitelkeit), wählte neu und hielt Julie den Hörer hin. »Bin auf Reisen, tschüß, bis bald!«

»Hast du das gehört?«

Julie zuckte die Schultern. »Was soll's? Sie ist auf Reisen und kommt bald wieder.«

»Und warum so geheimnisvoll?«

»Damit ihr niemand nachkommt.«

»Das hieße ja wohl, daß sie mit einem Mann unterwegs ist.«

»Sieht so aus«, sagte Julie und senkte dramatisch die Stimme. »Konstanze führt ein Doppelleben!«

»Das merkt man ihr aber nicht an!«

»Wem merkt man das schon an?« Julie dachte an die eigene

Vergangenheit und verschwand in der Küche. Sie schloß die Tür hinter sich, nahm den Rotkohl aus dem Korb und raspelte pro forma ein paar Scheibchen klein. Dann holte sie aus einem dunklen Winkel der Speisekammer eine Dose und leerte den Inhalt in den Topf.

Ohne Tricks, das hatte Julie inzwischen gelernt, kam man in diesem Haus nicht weiter. Während sie das Gemüse wärmte, schaute sie in das schwarz-rote Geäst der Blutbuche hinaus, die der Küche das Licht und ihr selbst die Luft zum Atmen nahm. Der Baum, dem sie regelmäßig kleine Dosierungen von Salzsäure zukommen ließ, schaute lange nicht mehr so frisch aus wie zu dem Zeitpunkt, als Hanna Vonstein ihn als »Geschenk« für ihre Nachfolgerin pflanzen ließ. Im nächsten Herbst, dessen war sich Julie sicher, würde sie freien Ausblick haben.

Per und Konstanze saßen im großen Saal der Kunstschau und gaben sich der Atmosphäre hin. Die Moorlandschaft, von den Worpsweder Künstlern gemalt, versetzte sie in die Zeit der Jahrhundertwende.

Per begeisterte sich vor allem für die zarten Frühlingsbilder Otto Modersohns. Während er versunken die Bilder betrachtete, betrachtete Konstanze ihn.

Gerald war kein begeisterter Galeriebesucher gewesen.

Ein bißchen Kunst gehörte dazu, aber mehr als ein höfliches Desinteresse konnte er nicht aufbringen. Er pflegte die Bilder im Zeitraffer abzuhaken und dann erleichtert auf die Uhr zu sehen.

»Großartig! Gehen wir essen?«

Gegen seine Auftritte in Restaurants war allerdings nichts einzuwenden. Seine raumfüllende Präsenz brachte selbst den muffigsten Kellner auf Trab. Konstanze und Gerald waren schon jeder für sich attraktiv, aber zusammen waren sie unschlagbar.

Dafür, das wußte Konstanze erst heute, hatte sie ihn geliebt.

»Komm, wir suchen uns jeder ein Bild, das wir mit nach Hause nehmen«, schlug Per vor.

Konstanze lachte. »Das war tatsächlich mal ein Thema. Mein Mann wollte ein echtes Bild von Vogler kaufen, das gut in unser Eßzimmer gepaßt hätte. Leider hat es sich der Besitzer dann doch anders überlegt. Aber heute hab ich freie Wahl, ich nehme ›Die alte Wollspinnerin‹.«

Per wünschte sich die ›Kinder mit Papierlaternen‹.

Seine Wahl warf einen Schatten auf ihre strahlende Laune.

»Magst du Kinder?«

»Sehr. Du nicht?«

»Doch…«

Sie traten wieder in den Regen hinaus. Per dachte darüber nach, was Gerald Vogelsang wohl verdient haben mochte.

Konstanze stellte sich Per mit Kindern vor. Ein Bild, ebenso schmerzlich wie schön.

Im Gegensatz zu Worpswede schien in Marbach die Sonne. Christian und Tini spielten Federball. Sie waren der Sache inzwischen ziemlich überdrüssig, fanden aber nicht den Mut, dies voreinander zuzugeben. So hatten sie es in einem Spiel, das sie bald für immer vergessen haben würden, ganz zufällig zur Meisterschaft gebracht.

»Wo ist eigentlich Per?« rief Tini, während Christian in den Rhododendren nach dem Ball wühlte.

»Mit den Kurstanten unterwegs. Hölderlin mit der Seele suchen!«

Tini lachte. »Sex auf der Isomatte!«

Christian hatte den Ball gefunden, spannte Bizeps und Brustkorb und versuchte einen Schmetterball: »Wenn überhaupt!«

Per und Konstanze ruhten friedlich im Vierpfostenbett. Auf dem Rückweg waren sie bis auf die Knochen naß geworden, hatten die Stühle mit ihren Kleidungsstücken garniert und wärmten sich auf.

Die Heizung summte. Auf dem Tisch stand ein Krug mit Birkengrün. Konstanze hätte ewig so liegenbleiben können: Per ganz nah, und das Rauschen des Regens hinter dem Fenster.

»Was magst du hier am liebsten?« fragte er.

»Das Grün, das Wasser, die Wolkenbilder. Daß man immer einfach so loslaufen könnte, daß es überall schön ist, innendrin und außendrum. Immer wenn ich hier bin, spüre ich den Mangel, nicht malen zu können.«

»Dafür kannst du doch dichten.«

Sie lachte. »Ich, dichten?«

»Klar, bilde mal einen Satz mit Konstanze.«

»Tanze, Konstanze!«

»Und jetzt einen Satz mit Per!«

»Ist nicht schwer, Per komm her!«

»Per kommt her – und will mehr.«

»Schließlich wollen beide tanzen, tanzt Per Lennert mit Konstanzen!«

Er unterbrach sie. »Könntest du dir übrigens vorstellen, Konstanze Lennert zu heißen?«

»Das konnte ich mir schon vor« – sie biß sich auf die Lippen und fuhr dann tapfer fort, »schon vor vielen Jahren nicht vorstellen.«

»Aber ich«, sagte Per. »Ich könnte mir sehr gut vorstellen, Per Vogelsang zu heißen, ich würde sogar richtig gern Per Vogelsang heißen.«

Das wird ja immer schöner, hörte Konstanze Geralds Stimme aus tiefster Ferne. An seinem Grab, das fiel ihr plötzlich ein, war sie schon seit Wochen nicht gewesen…

Per und Konstanze hatten aufgehört zu dichten und tanzten ein bißchen, aber sie kamen heute nicht recht in Schwung. Per war von den gelben Augen der Katze irritiert, und Konstanze hatte Geralds Stimme im Ohr.

In der Fülle des Geschehens fiel es jedoch nicht weiter auf. Kein Grund zur Besorgnis.

Letzter Tag.

Sie waren inzwischen mit dem Ort vereint. Ein seltsames Gefühl, jemals abfahren zu müssen. Was interessierten ferne Städte wie Marbach und Bad Babelsburg? Zum erstenmal tauchte der Gedanke auf, den alle Liebenden in einer bestimmten Phase ihrer Geschichte haben: gemeinsam fliehen. Weit weg, dorthin, wo einen keiner kennt.

Ein Leben im ewigen Zauber…

Inseln boten sich an oder verlassene Dörfer, irgendwo im Süden…

Irene glaubte, nicht recht gehört zu haben.

Pfingsten war nicht weit, und sie hatte die einsamen Ostertage noch in gräßlicher Erinnerung. Diesmal suchte sie rechtzeitig nach einem lauschigen Plätzchen, und Konstanze plus Garten wären ideal geeignet.

Aber schon der Anrufbeantworter schmetterte sie ab: Bin auf Reisen, tschüß, bis bald.

Irene fühlte sich von der Maschine beleidigt und bellte eine Anwort:

»Bin zu Hause, tschüß, bis nie…« Sollte witzig klingen, klang aber nur aggressiv.

Sie waren den ganzen Tag einfach so herumgelaufen: Weyerberg, Barkenhoff, nachmittags noch einmal an die Hamme.

Später dann Matjes mit Pellkartoffeln im Worpsweder Bahnhof.

Ein kleines Abschiedsflimmern lag in der Luft, und das bezog sich nicht nur auf Worpswede.

Sie aßen eine Weile stumm vor sich hin. Plötzlich fragte Per: »Hast du eigentlich Geschwister?«

»Einzelkind!«

»Ich auch. Aber ich war gern allein.«

Per versuchte ein Lachen, das nicht recht gelang. »Ich bin mit den Badenixen meines Vaters aufgewachsen!«

»Und ich mit den Drachentötern meiner Mutter.«

»Mit den was?«

»Manufaktur Meißen. Gibt's auch in Adler- und Auerhahnausführung!«

Er lachte. »Verstehe!«

»Wenn ich nachts allein war, stürzten sie sich alle auf mich!«

»Und ich hörte das Kichern der Nixen aus dem Schlafzimmer. Jeanette schlief damals meist in der Hütte.«

Sie schaute ihn mit großen Augen an.

Er ergriff ihre Hand, die auf dem Tisch lag, und lächelte: »Such nicht nach Ödipus.«

Wenig später dann im Dunkeln die ungepflasterte Straße zurück zur Pension. Der Kegel der Taschenlampe hüpfte voran und wies den Weg.

»Stendhal haben wir gar nicht gelesen«, sagte Konstanze. »Wir sind bei Punkt vier ›Die Liebe ist geboren‹ steckengeblieben. Dabei müßte der Zweifel…«

»Weißt du, was ich glaube?« unterbrach er sie, wartete die Antwort aber nicht ab, sondern fuhr fort: »Ich glaube, daß wir Stendhal und Co. als Krücke benützen, als eine Art Schutzwall, hinter dem wir unsere Gefühle verstecken. Bin ja nicht ich, ist ja Stendhal, der das sagt… Und weißt du, warum wir das tun?«

»Weil wir unglaublich feige sind!«

»Das ist es. Wär schön, wenn wenigstens einer von uns…«

»Gut«, sagte Konstanze und versuchte einer riesigen Wasserlache auszuweichen. »Augen zu und ab ins Tiefe: Ich liebe dich!«

Aber so, wie sie es sagte, hatte sie bereits eine andere Schutzwand aufgebaut, und zwar die beste, die es gibt: die Ironie. Kugelfest und nicht bezwingbar.

*Wir sollten die guten Tage genießen
und nicht zweifeln.*

Hanna Vonstein

…die Regenwolken machen sich gen Westen davon und schaffen Platz für das nachfolgende Hoch Hugo. Ab Samstag nachmittag nimmt die Temperatur merklich zu, und zu Pfingsten können wir mit sommerlichen Temperaturen rechnen. Am Vormittag hier und da Bodennebel, die sich im Laufe des Vormittags jedoch auflösen werden…

Konstanze war wieder zu Hause. Das Hoch Per, das sie schon seit Wochen stimulierte, verlieh jugendliche Kräfte.

So schwungvoll wie nie schob sie den Mäher über den Rasen, so lustvoll wie selten arrangierte sie die Terrakottatöpfe mit der Sommerbepflanzung auf der Terrasse.

Nach der Rückkehr hatte sie ihre Lieben der Reihe nach angerufen und deren Fragen einfach weggelacht.

»Kinder, ich mußte endlich mal raus.«

»Wo ich war, erzähl ich euch später!«

»Jetzt treffen wir uns erst mal alle bei mir!«

Voller Freude lud sie die Familie zu einem Pfingstessen in ihren Garten ein. Louise und Till mit Verena und Vito sagten spontan zu, Mathilda »mußte erst mal sehen«.

»Ach komm doch!« Konstanze fiel in einen ungewohnten Schmeichelton. »Und deinen Freund bring einfach mit.«

Es entstand eine Pause, und sie fügte hinzu: »Ganz egal, wer oder was er ist.«

»Mal sehen«, wiederholte Mathilda.

»Was hindert dich denn, den jungen Mann einmal vorzuführen?« fuhr Konstanze etwas atemlos fort. »Hat er Pickel im Gesicht? Ist er gnadenlos dumm? Also, ich erwarte euch beide am Sonntag zu Mittag!«

»Mal sehen«, sagte Mathilda zum dritten Mal.

Und warum, fragte sich Konstanze, nachdem sie den Hörer aufgelegt hatte, führte sie ihren eigenen jungen Mann nicht vor, obwohl er charmant, intelligent und in allen Punkten vorzeigbar war?

Im Grunde drückte sie dasselbe Problem, das Mathilda quälte.

Mehr als alles andere fürchtete Konstanze die Lächerlichkeit.

Zwei Tage vor dem Fest trafen sie sich zu einem Waldspaziergang. Sie war bestens gelaunt, aber Per war nicht zum Scherzen aufgelegt. »Ich möchte Pfingsten dabeisein. Es wäre eine so gute Gelegenheit.«

»Laß mir Zeit.«

»Je länger es dauert, um so schwieriger wird es. Schließlich gewöhnt man sich an einen Zustand, der irgendwann ins Leere führt. Außerdem habe ich Heimlichkeiten immer gehaßt.«

»Ich auch!« hielt sie etwas schrill dagegen.

»Eine Liebe«, fuhr er ruhig fort, »der man das Umfeld entzieht, kann nicht bestehen.«

»Unsere doch!«

Er schwieg.

»Nur noch ein paar Wochen«, schmeichelte sie. »Vielleicht zum Geburtstag meiner Mutter. Da könnte man gleich halb Babelsburg in einem Abwasch…«

»Ich bin kein Abwasch…«

»Entschuldige.«

»Bitte.«

Er küßte sie, ein wenig kühl, wie ihr schien.

»Was wirst du an den Feiertagen tun?« fragte sie verunsichert.

»Warten, daß sie vorbeigehen.«

»Du fährst nicht… irgendwohin?«

Anstelle einer Antwort schaute er sie schweigend an.

Die Süße des Geheimnisses erfüllte Konstanze mit schwungvoller Lebendigkeit.

Sie deckte den Tisch nicht auf der Terrasse, sondern unter den Zweigen des Magnolienbaums.

Weißer Damast, weißes Porzellan, weiße Servietten mit grünem Rand. Weiße Kissen auf den Stühlen. Weiß-grüne Blumendekoration.

Konstanze war in ihrem Element. Die seit Wochen lahmgelegten Talente als Gestalterin ihrer eigenen Welt kamen wieder zum Vorschein.

Sie plante das Pfingstmenü.

Limonencocktail vorweg,

dann: Badische Lauchsuppe

Forellenfilets im Kräutersud

Spargel mit dreierlei Sauce

Apfelsorbet

Auch die Speisen paßten ins grün-weiße Farbkonzept.

Kurz vor dem Eintreffen ihrer Gäste setzte sie sich einige Minuten in den schönen Korbstuhl aus der Kolonialzeit, den Gerald ihr zum vierzigsten Geburtstag geschenkt hatte. Vierzig Gäste waren damals geladen, das Büfett mit vierzig Rosen geschmückt, vierzig Perlen hatte die Kette, die Gerald ihr am Morgen überreichte.

Die Damen waren sämtlich »in lang« erschienen, nur Hanna Vonstein hatte ein unsägliches Kostüm aus verblaßtem Brokat getragen, das oben ein bläßliches Décolleté und unten geschwollene Knie frei ließ. Arthur hatte blendend ausgesehen und sich den ganzen Abend von seiner Frau ferngehalten. Er hatte sich sehr früh verabschiedet und Hanna einfach zurückgelassen.

Konstanze ließ den Blick über das Anwesen schweifen und empfand wieder diese Harmonie von Haus und Garten, Tisch und Dekoration – diese Mischung aus Friede, Schönheit und Besitzerstolz.

Dann ging sie zurück in die dämmrige Kühle des Hauses und griff im Vorbeigehen nach der Karte, die Hanna Vonstein pünktlich zum Fest geschickt hatte.

Hanna verzichtete diesmal auf jegliche Anrede und kam sofort zur Sache:

Ist dieser Frühling nicht gottvoll? fragte sie die Adressatin. Und ließ gleich einen Rat folgen: Wir sollten die guten Tage genießen und nicht zweifeln.

Die Karte zeigte einen Baum in verschiedenen Jahreszeiten. Einmal in voller Blüte und gleich daneben, sämtlicher Blätter beraubt, in frosterstarrter Landschaft.

Konstanze las die Karte noch einmal, wobei sie die Worte tonlos flüsterte.

»Ist dieser Frühling nicht gottvoll?«

Gottvoll! Hanna schien verrückt geworden zu sein, die einzige Erklärung für ihr Tun.

»Wir wollen die Tage genießen und nicht zweifeln!«

Wer zweifelte denn? Sie etwa?

Aber der gruselige Schauer, den Hannas Osterkarte ausgelöst hatte, blieb diesmal aus.

Ja, ja, dachte Konstanze, ist schon gut, in Gedanken dabei, und entsorgte die Karte in den Container. Sie beruhigte sich bei dem Gedanken, daß diese Verrückte wahrscheinlich ganz Babelsburg mit ähnlichen Karten beglückt hatte.

Außerdem war die Familie im Anmarsch. Familie ist Schutz, selbst vor Karten wie dieser.

Der smaragdgrüne Rasen bildete den idealen Untergrund für die grün-weiße Tischszenerie. Verena, die es diesmal treffen wollte und die sich zu Hause dreimal umgezogen hatte, ehe sie die luftigen geblümten Pluderhosen wählte, die sie heute zum ersten Mal trug, überfiel beim Betreten des Hauses das bekannte Gefühl der Unzulänglichkeit. Aber die schwiegermütterlichen Brauen zogen sich nicht in gewohnte Höhen. Konstanzes Blick war sanft und wohlwollend.

Sie berührte Verena leicht an der Schulter. »Komm, Liebchen, setz dich hier in den Schatten.«

Till wurde genötigt, das Jackett abzulegen, und der blaue Farbton, der Louises Haare wie die Federn eines Hähers aufleuchten ließ, war ein Kompliment wert. »Großmutter, du machst allen hier Konkurrenz.«

Mathilda war ohne ihren Freund erschienen, bekam zwei Küßchen und die Versicherung, daß sie allein ebenso willkommen sei, wie sie es zu zweit gewesen wäre. Für Vito lag ein Löffelchen bereit, in dessen Stiel winzige Fischchen schwammen. Er haute zunächst einmal kräftig zu, um zu sehen, wie die Fischchen auf den Angriff reagierten, und schaute dann etwas verunsichert zu der Dame des Hauses, die er nicht richtig einschätzen konnte. Aber Konstanze nahm ihn auf den Schoß und erklärte ihm, was es mit den Fischchen auf sich hatte. Wenn man den Löffel senkte, schwammen sie alle nach unten, hob man ihn zum Mund, kamen auch die Fische mit.

Die Familie tauchte ihrerseits die Löffel in die Suppe und wunderte sich. Konstanze mit dem Enkel auf dem Schoß war ein ungewohnter Anblick. Sie schien überhaupt auf seltsame Weise verändert. Sie wirkte so – gestreichelt.

»Wo bist du denn eigentlich gewesen?«

»In Worpswede.«

»In Worpswede?«

»Ich kann es nicht näher erklären, aber dieser Ort ist mir wie eine Heimat. Ich war ein paar Mal mit Papa dort.«

Der Hinweis auf Papa erstickte das Thema wie erwünscht im Keime.

Kurze Hinweise genügten, um sich taktvoll zurückzuziehen. Konstanze hatte Geralds plötzlichen Tod auf die ihr eigene Art bewältigt, und wenn sie das Bedürfnis hatte, einen Erinnerungsort aufzusuchen, dann war das kein Thema.

Auf jeden Fall schien ihr die Reise gutgetan zu haben, Konstanze wirkte frisch wie lange nicht. Ihre Haut war rosig durchblutet, in den Augen lag ein lebendiger Glanz.

»Wir haben uns Sorgen gemacht«, schloß Till das Thema ab, und Louise, der die Abwesenheit Konstanzes gar nicht aufgefallen war, fügte hinzu: »Du solltest es uns aber nicht noch einmal zumuten. Ich hatte schlaflose Nächte!«

Konstanze lächelte gewinnend in die Runde und berührte die Wange ihres Sohnes, der ihr am nächsten saß, leicht mit dem Handrücken. »Ihr seid sehr lieb!«

Verena suchte Tills Blick, aber wie so oft in letzter Zeit wich er ihr aus. Konstanzes ungewohnte Zärtlichkeit nährte einen unbestimmten Verdacht, den sie weder benennen noch einordnen konnte.

Es war ein heiter-friedliches Fest, so schön wie schon lange nicht mehr. Zwar schien irgend etwas verändert, aber in der schläfrigen Wohligkeit, die die Kombination von Wärme, Wein und Essen hervorrufen kann, hatte selbst Verena keine Lust, darüber nachzudenken. Sie vertagte das Problem auf den Abend. In der Stille ihrer Hofreite würde sie einiges zur Sprache bringen.

Nach dem Essen saß die Familie auf den Stühlen und gab sich einer entspannten Konversation hin. Louise hatte einen Schachpartner gefunden, einen älteren Herrn, der ihre Spielstärke besaß und sie indirekt nötigte, nachts aufzustehen, um über ein bestimmtes Problem nachzudenken. »Man will ja nicht immer verlieren.«

Mathilda zeigte sich ungewöhnlich aufgeschlossen und gewährte einen winzigen Blick in ihr Leben: Im Sommer wird sie vielleicht in die Slovakei fahren...

Konstanze erzählte von der Neugestaltung des Eßzimmers. Ein bißchen Salon, ein bißchen Belle Époque. Detailliert schilderte sie, wie alles werden sollte. »Zu Weihnachten werden wir es einweihen.«

Glücklich schaute sie sich in der Runde um. Im Moment war sie geneigt, das Familienleben als das einzig Wahre anzuerkennen.

»Bleibt alle sitzen, ich hole den Mokka.«

Lächelnd erhob sie sich, durchquerte das Wohnzimmer, betrat die Küche. Immer noch lächelnd arrangierte sie die Tassen auf dem Tablett und fuhr wie von der Tarantel gestochen zusammen, als plötzlich das Telefon läutete. Das Herz setzte aus, die Hände bebten, alle Tassen gerieten in klirrende Erregung. Sie empfand das schrille Läuten wie ein Signal aus einer anderen Welt.

Sie nahm den Hörer ab, die Stimme war etwas belegt: »Vogelsang?«

Summende Stille.

Durch das Wohnzimmer und die geöffnete Terrassentür hindurch sah sie die Familie am Tisch sitzen. Die Zweige der Magnolie fächerten Schatten auf das Tischtuch, Vito betrachtete mit dem Ernst seiner zweieinhalb Jahre den faszinierenden Löffel. Louise hatte die Augen geschlossen.

Konstanze räusperte sich. »Vogelsang?«

Ein männliches Lachen. »Ich dachte, ich hätte mich verwählt. Frohe Pfingsten!«

»Ach Christian.«

»Ich bedanke mich, daß du meine Stimme erkennst. Das zeigt, daß du gerade an mich gedacht hast.«

Sie lachte. »Knapp daneben. Aber wie auch immer, ich wünsche dir frohe Feiertage.«

»Uns! Wir haben ein kleines Fest zu zweit. Tini ist hier.«

Konstanze spürte einen eifersüchtigen Stich. Wie einfach, ja stolz der Kerl eine an sich unaussprechliche Tatsache erwähnte: Tini ist hier.

Wieder ließ sie den Blick durch Salon und Garten schweifen.

Die Familie hatte sich erhoben, dekorativ standen sie unter den Bäumen. Louises Haare leuchteten wie Häherfedern, Verenas Hosen bauschte der Wind. Mathilda und Till ließen Vito an den ausgestreckten Armen schaukeln. Sie alle hinderten Konstanze daran, es Christian einfach gleichzutun.

Per ist hier… leider nie gesagt, immer nur gedacht.

»Wie schön«, sagte sie laut. »Ihr feiert allein?«

»Vielleicht kommt mein Sohn auf einen Sprung vorbei.«

»Wie schön«, sagte sie noch einmal. »Herzlichen Gruß.«

Christian senkte die Stimme. »Ich glaube, er hat sich verliebt. In eine offenbar nicht vorzeigbare Dame.«

»Vielleicht hat er Angst, daß du sie ihm abspenstig machst.«

Sie spürte selbst, wie unnatürlich ihr Lachen klang.

»Ich fürchte, sie ist nicht mein Jahrgang.« Dann bemerkte er den Fauxpas und fügte hinzu: »Nein, die Leichtigkeit des freien Genießens ist Per leider nicht gegeben. Vielleicht hat er das etwas Schwerblütige von Jeanette.«

»Er – ist nicht verreist?«

»Er hockt in seiner Hütte.«

Konstanze hatte das dringende Bedürfnis, den Hörer aufzulegen, ins Schlafzimmer hinaufzugehen, die Gardinen zu schließen und über sich und ihre Gefühle nachzudenken. Warum durchzuckte sie beim Gedanken an Pers Einsamkeit ein beinahe lustvolles Gefühl?

Das war keine Liebe, das war das süße Gefühl von Macht und Überlegenheit.

Sie versuchte harmlos zu klingen. »Grüße deinen Sohn und sag ihm, ich käme demnächst mal vorbei.«

»Das würde uns freuen.« Er lachte. »Du brauchst auch nicht zu schwimmen.«

»Ich käme nur, um zu schwimmen.«

»Um so besser!«

Die Hütte hatte kleine, unterteilte Fenster, in die nur wenig Licht fiel. Schon am frühen Nachmittag mußte man die Lampe einschalten. Wenn man deprimiert und allein war, bekam die Atmosphäre leicht etwas Bedrückendes.

Per saß unschlüssig in der Hütte herum und wußte nichts mit sich anzufangen.

Am Morgen hatte er einen Spaziergang durch Bad Babelsburg gemacht, war, ohne recht zu wissen, wie, auf dem Friedhof gelandet und hatte lange vor der Vogelsangschen Familiengruft gestanden.

»Dr. Gerald Vogelsang. Geboren... gestorben...«

Der große Stein sprach von Erfolg, Macht und Wichtigkeit.

Er stellte sich vor, daß er selbst hier läge. Ein mickriges Täfelchen, das die Vögel ungeniert mit ihrer Hinterlassenschaft beschmutzten: Per Lennert.

Klang nach nichts.

Was hat dieser Per Lennert denn aus seinem Leben gemacht?

Eigentlich nichts. Verliebt ist er mal gewesen, in eine Unerreichbare.

Nachdenklich fuhr Per zurück. Er kannte sich selbst nicht wieder.

Normalerweise hatte er keinerlei Neigung für pompöse Grabplatten, und seinem eigenen Grabstein hatte er noch keinen Gedanken gewidmet.

Dr. Gerald Vogelsang.

Per Lennert.

Seitdem er Konstanze kannte, war alles verändert, am meisten er selbst.

Am Nachmittag war er sich selbst im Weg.

Zum Schellackpolieren hatte er keine Lust, selbst das Neuverleimen der Kommodenschubladen, die er längst hatte richten wollen, gab er nach einer knappen halben Stunde auf.

Etwas mutlos sah er sich in der Werkstatt um. Die unerledigten Aufträge türmten sich in den Ecken. Seitdem er Konstanze kannte, hatte er die Arbeit sträflich vernachlässigt. Spontan beschloß er, die literarische Gruppenreise nach Weimar, die er, Konstanzes wegen, eigentlich hatte absagen wollen, nun doch zu leiten.

Sein mangelnder Ehrgeiz, dessen er sich inzwischen sicher war, war der heimliche Haken in Konstanzes Herzen. Was, dachte er zum wiederholten Mal, sollte es sonst sein?

Unzufrieden blätterte er ein wenig in Greens Tagebüchern, schlug irgendeine Seite auf und legte den Finger auf eine beliebige Stelle:

Das Alleinsein fällt mir schwer. Ebenso wie die Stille nicht das Fehlen von Geräuschen ist, sondern aus anderen raffinierteren Geräuschen besteht, bedeutet Einsamkeit nicht die Abwesenheit menschlicher Gesellschaft, sondern an ihrer Stelle eine andere, mir verhaßte Anwesenheit.

Ja, wenn es nur so wäre. Er konnte die Anwesenheit, die ihn umgab, genau definieren, und sie war alles andere als verhaßt. Konstanze war da, saß am Tisch, stand am Fenster, kam unerträglich nah.

Während Familie Vogelsang den zartesten Spargel der Saison genoß, löste Per Suppenpulver in kochendem Wasser auf …

Später legte er sich ein wenig in das Kastenbett, aber sofort war Konstanzes Parfumgeruch da, der süß und lockend über ihm schwebte.

Draußen spielten Christian und Tini Federball. Aus der Dämmerung der Hütte heraus betrachtet, wirkten sie auf dem sonnenüberfluteten Rasen wie Lichtgestalten. Mehrmals riefen sie und baten ihn, herauszukommen. Schließlich stellten sie ihm ein Glas Champagner auf die Fensterbank.

»Wo ist denn seine Flamme?« fragte Tini, als Christian und sie später am Grill saßen und die Spieße in die Glut hielten.

Christian zuckte die Schultern.

»Sicher verheiratet.«

»So ein Scheiß«, fand Tini. »So was sollte man sich früher überlegen.«

Ein Schreck fuhr ihr durch die Glieder. »Du bist doch geschieden?«

»So gut wie…«

»Wo wohnt deine Ehemalige eigentlich?«

»Weit weg.«

»Ich würde nie mit einem verheirateten Mann was anfangen«, stellte Tini fest. »Ich meine, mit einem richtig…«

»Schon gut«, sagte Christian. »Jetzt wollen wir mal ein bißchen still sein!«

Manchmal mußte man Tinis Plappersucht energisch unterbrechen, sonst plätscherte es in einem fort weiter.

In der Hütte las Per noch einmal die einzige Karte, die er zum Fest bekommen hatte. Jeanette wünschte frohe Feiertage und kündigte ihren baldigen Besuch an. Sie komme für einige Tage nach Bad Babelsburg und wohne im Kurfürstenhof. Ob Per ein Stündchen Zeit hätte, sie im Hotel zu besuchen? Nach Marbach käme sie nicht so gern. Zu viele »Nixen« und zu viele Erinnerungen.

Im Hause Vogelsang fand das Fest einen schönen Abschluß. Konstanze, die Christians Anruf in übermütige Stimmung versetzt hatte, machte noch einmal Hoppe Reiter mit Vito und versprach sich ein weiteres Mal: »Per, paß mal auf…«

Aber außer Vito hatte niemand etwas gemerkt. »Perpapa« sagte er und strahlte zu Till empor.

Vito hatte in letzter Zeit mächtig an Würde zugelegt. Zu den oberen und den unteren Schneidezähnen hatte sich ein schneeweißer Augenzahn gesellt. Er klammerte sich an Tills Hosenbeine, und als er ihn hochhob, trommelte er quietschend vor Vergnügen gegen seine Brust.

»Per-pap-per-pap.«

Anschließend war er sogar geneigt, die Dame, die er nie einordnen konnte und die plötzlich Löffel mit Fischchen darin schenkte und faszinierende Spiele wie Hoppe Reiter kannte, namentlich zu benennen: O-ma.

Aber das ging Konstanze dann doch zu weit. Sie ließ ihn fliegen und forderte ihn auf: »Sag mal: Kon-stan-ze.«

»Das ist zu schwer für ihn«, sagte Verena. »Vielleicht Koni!«

»Papa-Per«, sagte Vito.

Eifersucht ist eine Leidenschaft,
die mit Eifer sucht,
was Leiden schafft.

Volksweisheit

Stendhal, »Über die Liebe«, Punkt 6: Der Zweifel.

Nachdem zehn oder zwölf Blicke oder eine andere Handlung zunächst Hoffnung gegeben oder bestärkt haben, verlangt der Liebende, der von seinem ersten Erstaunen zurückgekommen ist, und sich an sein Glück gewöhnt hat, größere Garantien und wünscht sein Glück zu fördern. Man setzt ihm Gleichgültigkeit, Kälte oder sogar Zorn entgegen, wenn er zuviel Sicherheit zeigt oder nimmt gar einen ironischen Zug an, der zu sagen scheint: du glaubst weiter zu sein als du bist. Der Liebende beginnt an dem Glück, welches er sich versprach, zu zweifeln, er geht strenger mit seinen Hoffnungen ins Gericht, will sich nun mit den anderen Vergnügungen des Lebens entschädigen und findet sie nichtig und leer. Die Furcht vor einem gräßlichen Unheil erfaßt ihn und mit ihr vertieft sich die Aufmerksamkeit.

Konstanze rief am Dienstagmorgen an, aber Per meldete sich nicht. Nicht das kleinste vertraute Zeichen ließ er ihr zukommen. Per teilte lediglich auf Band sein Nichtzuhausesein mit und fügte etwas Geschäftliches hinzu. In professionellem Ton teilte er einer Kundin, »Eine Nachricht für Frau Maria Voss«, mit, daß die Kommode in der kommenden Woche bereitstünde. »Interessentinnen der literarischen Reise nach Weimar bitte ich, sich direkt mit dem VHS-Büro in Verbindung zu setzen. Herzlich, Ihr Per Lennert.«

Interessentinnen der Reise nach Weimar ... Eine Nachricht für Frau Maria Voss.

Keine Nachricht für Konstanze.

Konstanze mußte zur Kenntnis nehmen, daß Per nicht nur ihr Liebhaber, sondern darüber hinaus ein berufstätiger Mann war. Das hatte sie bisher nicht beachtet. Schade. Gerade das Ungebundene, das In-den-Tag-hinein-Leben, das Fehlen jeglichen Terminkalenders, hatte sie bezaubert und verführt.

Sie betrachtete sich im Spiegel, registrierte verärgert die steile Falte an der Nasenwurzel und warf den Kopf in den Nacken. Per hatte zu tun. Verliebte Damen mußten warten.

»Ich kann nicht jede heiraten, mit der ich scherze.«

Nun gut, Pause im Liebesspiel.

»Ich würde gern Per Vogelsang heißen.«

Erst kurze Zeit her.

Egal! Auch sie hatte zu tun!

Aber was? Unsicher schaute sie sich um. Frau Hollerbusch, ihre Hilfe, würde heute kommen, um das ohnehin makellose Haus noch einmal nachzupolieren. Den Garten hatte sie vor Pfingsten in Schuß gebracht. Kranz und Botte waren erst in der nächsten Woche wieder in Babelsburg. Auf der Suche nach Antiquitäten waren sie nach London geflogen.

Die Familie hatte sie erst gestern gesehen.

Shopping? Friseur? Massage? Lächerlich. Nichts von alledem stand an. Vielleicht könnte sie, wenn sie sich im Morgenlicht so betrachtete, mal wieder eine Halskompresse machen?

Konstanze gehörte zu jenen disziplinierten Frauen, die den Tag mit Morgengymnastik begannen, mittags einen kleinen Salat aßen und sich auch am Abend zurückhielten. Sie cremte nach dem Waschen die Hände ein und pflegte ihre Haare nach einem ausgeklügelten System von Shampoo, Spülung, Kur und Festiger. Niemals würde sie, eilig und unüberlegt, den Fön auf Stufe drei stellen. Wenige Frauen in ihrem Alter konnten bei durchgedrückten Knien die Hände auf den Boden legen. Keine beherrschte wie sie die Gesichtsgymnastik.

Das Hochschnellenlassen der Brauen zum Beispiel beruhte auf jahrelanger Übung.

Seitdem sie bei Per käsig-weichen Kuchen und Pappbrot genossen und mit Hilfe mehrerer Gläser Vin de table der Leichtigkeit des Seins bedeutend nähergekommen war, hatte sie die Gymnastik zugunsten der Liebesspiele aufgegeben und das Eincremen der Hände fast immer vergessen. Sie aß die unmöglichsten Dinge und fühlte sich doch so fit wie nie. Nur die Sprungkraft ihrer Brauen hatte gelitten. Mit einiger Mühe bekam sie sie gerade noch auf Halbmast.

Unzufrieden mit ihrem Tun, griff Konstanze zum Hörer, um sich dem geliebten Spiel Babelsburger Witwen hinzugeben: die Langeweile mit Hilfe des Telefons zu töten.

Louise war nicht zu Hause, Mathilda anzurufen verbat sich von selbst, man wußte nie so recht, wo sie sich eigentlich aufhielt.

Verena? Lieber nicht.

Irene!

Irene war sofort am Apparat und hatte kein erfreuliches Pfingstfest gehabt.

»Wie soll es gewesen sein?« bellte sie Konstanze an. »Beschissen, wie alle Feiertage. Großes Festprogramm hinter zugezogenen Gardinen.«

»Das Wetter war doch so schön, warum hast du dich nicht in den Garten gesetzt?«

»Ich hasse verwaiste Gärten. Es gibt kaum etwas Deprimierenderes.«

»Du hättest ja auf ein Stündchen kommen können!«

»Warum hast du mich nicht eingeladen?«

»Wenn ich es geahnt hätte...«

»Ich hätte sowieso abgesagt. Aber mich wundert, daß du

zu Hause warst. Wenn die Liebe zuschlägt, zieht's einen doch in die Natur. Oder hat der Kleine vorgezogen, bei seiner eigenen Mami zu feiern?«

Konstanze fühlte den Stich und straffte gleichzeitig den Rücken.

»Welcher Kleine?«

»Na, der süße Bengel, mit dem du neulich in den Rathausstuben geschäkert hast.«

»Du meinst Per Lennert«, sagte Konstanze. »Er ist ein gefragter Restaurator. Wir haben versucht, mit ihm ins Geschäft zu kommen.«

Irene kicherte. »Restaurator ist günstig. Aber gut poliert wird doch nicht neu.«

»Vielleicht soll es das gar nicht«, antwortete Konstanze. »Eine gute Patina ist was wert.«

»Nimm's nicht übel«, sagte Irene. »In Wahrheit bin ich nur neidisch. Ihr wart so heiter… Und euer Gespräch über das Schaukeln auf Lüstern, Respekt, das hatte was. Ich saß hinter euch und konnte mich eines wehmütigen Gefühls nicht erwehren.«

Sie machte eine Pause und fügte in sachlichem Ton hinzu: »Ich war übrigens angenehm verwundert: Konstanzes andere Seite.«

Konstanze lachte. »Denk mal an dich, wenn Witwen schäkern…«

»Ist das Vermögen gefährdet. Entschuldige, aber ich hab's wirklich dicke.«

»Warst du denn an beiden Feiertagen allein?« lenkte Konstanze vom Thema ab.

»Fast. Am Samstag hab ich mich in Erwartung der Feiertagsdepression mit einem ehemaligen Kollegen getroffen. Zwanzig Jahre nicht gesehen, etwas älter als ich.«

»Und…?«

»Na, gräßlich. Ich wußte nicht, daß Menschen so häßlich

werden können. Er saß da und hat mich angeglotzt. Wahrscheinlich hat er die ganze Zeit überlegt, ob der Nachmittag den Einsatz von fünf Rosen lohnt.«

Konstanze hörte das fahrige Knipsen des Feuerzeugs und das tiefe Inhalieren des Nikotins.

»Also einen halben Zentner runter, Charmeschule und Kurse bei Frau Knigge, dann könnte man sich vielleicht noch einmal treffen. Konstanze, alt zu werden ist was Gräßliches.«

Konstanze lachte, und Irene fuhr fort: »Apropos, ich habe Alt-Lover Arthur Vonstein gesehen. Mit einer netten Puppe an der Seite, Typ Julie, nur zwanzig Jahre jünger. Sie hätte seine Enkelin sein können.«

»Vielleicht war sie es.«

»Vielleicht, vielleicht auch nicht. Möglicherweise war es auch ein ganz anderer. Typen wie ihn gibt's ja massenhaft. Ich seh dich bei Botte, tschüß.«

Lächelnd legte Konstanze den Hörer auf.

So spitzzüngig Irene auch war, ihre Bosheiten hatten immer etwas Erfrischendes. Nur gut, daß ihr die Erklärung eingefallen war, daß Per Restaurator bei Kranz und Botte war.

Aber wieso war das gut?

Sie mußte endlich mit sich selbst ins reine kommen.

Sich klar darüber werden, welchen Platz Per in ihrem Leben einnehmen sollte. Er hatte ihr alles angeboten, und sie gewährte nur wenig.

»Eine Liebe ohne Umfeld hat keine Chance…«

Hatte eine Liebe mit Umfeld denn eine?

Und wie sollte das Umfeld sein? Sollte sie, frisch geoutet, die Weimarreise mitmachen? Lächelnd daneben stehen, wenn er mit den Damen schäkerte? Und sich von diesen halb neidisch, halb respektvoll mustern lassen?

»Eine von uns hat's geschafft?«

So in der Art?

»Ich hieße sogar richtig gerne Vogelsang!«

War das ein verrutschter Heiratsantrag gewesen oder bloß eine Liebeserklärung an einen Namen?

Sechs Tage vergingen, nichts geschah.

Konstanze war irritiert. Was war los? Waren sie zerstritten? Hatte er die Sache mit Pfingsten so übelgenommen? Besonders gut, dachte sie heute, war es in der Tat nicht gewesen, sich gleich im Anschluß an die gemeinsame Reise zurückzuziehen. »War ja ganz nett, das Spiel mit der Liebe, jetzt aber ruft die Family.«

Sie hätte auf das Pfingstfest verzichten und statt dessen mit ihm irgendwohin fahren sollen. Aber das hätte dann wirklich zu Spekulationen geführt. Ein zweites Mal »Bin auf Reisen, tschüß, bis bald« hätte die Familie nicht kommentarlos hingenommen.

Konstanze wußte, sie mußte tätig werden, aber sie war nie die Werbende, sondern immer die Umworbene gewesen. Der Rollentausch war nicht leicht zu vollziehen. Auf schwankendem Boden stand es sich schlecht.

Am siebten Tag nahm sie achtzehn Bogen Kopierpapier und schrieb auf jeden einen Buchstaben. Zusammen ergaben sie den Satz, der schon einmal Wirkung zeigte: Sehen wir uns wieder?

Sie tippte Pers Nummer und schob den ersten Bogen in das Faxgerät. Zwei weitere folgten ohne Problem, der vierte legte sich quer, und das Gerät brach den Vorgang selbsttätig ab.

Konstanze, die Standhafte, seit Wochen verschwunden, meldete sich aus der Versenkung. Nimm's als gutes Zeichen und laß die Faxen. Du machst dich lächerlich. Schließlich bist du fünfzig und nicht fünf!

Konstanze ging in die Küche, brühte Tee auf, kam zurück,

betrachtete sich den Tatort der Kinderei. Die Bogen lagen kreuz und quer, der, auf den sie mit viel Mühe das Fragezeichen gemalt hatte, es sollte ebenso demütig hoffend aussehend wie das, das Per ihr damals zugefaxt hatte, war vom Tisch gerutscht und lag auf dem Teppich.

Konstanze nahm das Blatt, schrieb SEHNSUCHT auf die Rückseite und tippte Pers Nummer ein.

Besetzt.

Sie versuchte es ein zweites und ein drittes Mal, dann endlich rutschte das Wort vorschriftsmäßig durch, der Sendebericht folgte nach und war von schwarzen Trauerrändern eingerahmt.

Sendung nicht okay.

Das war eindeutig. Feierabend! Genug gefaxt. Vernünftig sein. Die Botschaft war nicht länger zu leugnen, Konstanze raffte die Papiere zusammen und stopfte sie in den Mülleimer.

Genaugenommen war das ganze Spiel von Locken und Abweisen, Wegschicken und Zurückholen nicht okay. Es war Liebe, gepaart mit Macht, die sie brauchte, um der Lächerlichkeit zu entgehen.

Konstanze war erstaunt, eine Seite an sich zu entdecken, von der sie nicht geahnt hatte, daß sie sie besaß. Durch die Affäre mit Per lernte sie mehr über sich als in den vergangenen fünfzig Jahren.

Die Frage, wohin die Beziehung zu Per eigentlich führen sollte, hatte sie inzwischen beantwortet. Sie wollte, daß alles so blieb, wie es war.

Familie und Gesellschaftsleben einerseits, Per und Liebesleben andererseits. Beides sorgsam getrennt. Wenn sie sich der anderen Seite ihres Lebens hingab, sollte Per geduldig warten... allein und mit Sehnsucht im Herzen.

»Frau Vogelsang«, sagte Konstanze laut zu sich, »Sie reagieren nicht anders als Arthur Vonstein und Co.«

»Aber ich bin nicht verheiratet«, rechtfertigte sie ihr Tun.

»Um so schlimmer, Frau Vogelsang. Dann ist es Egoismus pur.«

Da sie nicht weiterkam, die Gedanken sich im Kreis drehten und offenbar nicht Per es war, der sich einsam sehnte, sondern sie selbst, versuchte Konstanze die Affäre als Zwischenspiel zu betrachten.

Passiert, vorbei.

Aber es ging nicht. Die Welt erschien in einem gar zu öden Licht. Bewährtes hatte den Reiz verloren, selbst der Job bei Kranz und Botte, von dem sie sich Ablenkung und Linderung erhoffte, hatte seinen Zauber eingebüßt. Den Aufenthalt zwischen alten Möbeln, das umständliche Hantieren der beiden skurrilen Herren und die egozentrische Art mancher Kunden empfand sie plötzlich als Last.

Konstanze war froh, wenn der Tag vorbei war, um sich einem Abend ausgeliefert zu sehen, mit dem sie nichts anzufangen wußte.

Frau Mattes hatte ein Kärtchen geschrieben, die Bücher über die Belle Époque seien endlich eingetroffen und könnten abgeholt werden.

Was interessierten sie die Belle Époque, die Umgestaltung des Eßzimmers und die Bücherei? Die Bücherei war ein Ort schmerzlich-süßer Erinnerung und sonst nichts.

Zwar ging sie und holte die Bücher, litt aber plötzlich unter Halluzinationen. In der gänzlich leeren Bücherei hörte sie, rechts hinter der Säule, Pers Stimme. Frauen lachten, und sie sah ihn plötzlich, umringt von seiner Damenriege, die Jacke lose über der Schulter.

Das weiße T-Shirt blitzte mit blauer Schrift: Such nicht nach Ödipus!

Sie ging ein paar Mal mit Kranz und Botte in die Rathausstuben, aber der Spaß, der ihr das gemeinsame Essen unter dem riesigen Lüster immer bereitet hatte, war verflogen. Kranz und Botte erzählten langatmig von London, und das einzige, das sie interessierte, war die Frage, ob Per all die Plätze, die die beiden erwähnten, wohl schon mal gesehen hatte.

Es war ein schmerzlich schöner Frühling.

Noch nie war Konstanze sich der Melancholie, die ein verwaister Garten ausstrahlen konnte, so bewußt geworden. Irene hatte vollkommen recht. Aufhängen könnte man sich in einem so stillen Garten.

Konstanze hielt es nicht mehr aus, abends im Sessel zu sitzen und dem Zwitschern der Vögel zu lauschen. Sie floh ihr Zuhause und lief durch den Park. Es mußte doch möglich sein, sich müde zu rennen, der Nacht wenigstens ein paar Stunden Schlaf abzutrotzen.

Heute zwang sie sich dazu, auf der Kurterrasse ein Glas Wein zu trinken und wenigstens eine halbe Stunde auszuharren. Die Manie, jeden Platz nach wenigen Minuten zu verlassen, hatte etwas Krank. So fing Verrücktwerden an.

Von der Kurterrasse konnte man hinüber in den Hotelgarten des Fürstenhofes sehen. Der Garten war leer, nur ganz am Ende saß ein auffallend attraktives Paar. Es waren Per und ...

Konstanze mußte erst die Brille aus der Tasche nesteln, um besser sehen zu können ... eine Unbekannte.

Die Frau war keine Tini, aber sie war auch keine Konstanze.

Sicher nicht aus Babelsburg, und ebenso sicher gehörte sie nicht zum Umkreis seiner Kurse.

Dort war ein anderer Typ vertreten, angepaßter, bildungsbeflissener. Damen, denen der Ehemann einen Literaturkurs der Volkshochschule gerade noch gewährte.

Auf du und du mit Goethe war immer noch ungefährlicher als ein Flirt mit dem Golflehrer.

Die Dame, das wurde Konstanze schlagartig klar, war der Grund für sein Schweigen. Die trug ein für Bad Babelsburg auffallend lässiges, weites Kleid, hatte das lange Haar nicht in einen Knoten gezwungen, sondern ließ es lang und ungezügelt über den Rücken fallen. Die nackten Füße steckten in offenen Sandalen.

Per und sie waren sehr vertraut miteinander. Sie beugten sich über die Tischplatte, redeten leise miteinander, jetzt beugten sie sich gleichzeitig zurück und schauten sich lachend in die Augen.

Konstanze, die geglaubt hatte, daß Pers Lachen ihr allein gehörte, ja, daß er es exklusiv für sie erfunden hatte, spürte einen Stich. Die Dame, das schien allzu deutlich, war ihre Vorgängerin. Sie hatte ihn verlassen, und er hatte sich einsam gefühlt. Konstanze kam gerade recht, aber sie war nur Ersatz...

Konstanze, die kühl Gewährende, fühlte sich ausgenutzt.

Die Konkurrentin hatte einen lässigen Charme, sie trug garantiert kein Korsett, und er war so attraktiv wie nie.

Jetzt erhoben sie sich.

Er zahlte, sie gingen.

Er war nicht viel größer als sie, und sie legte den Arm um seine Schulter, selbstbewußt und ungeniert.

Obwohl sie es schon in Worpswede nicht mehr getragen hatte, spürte Konstanze das Zwicken ihres Korsetts.

Die Sprache des menschlichen Herzens
ist einfach.
Sie reduziert sich auf drei Worte: Ich liebe dich.
Edith Piaf

Schlaflos in Bad Babelsburg.

Konstanze tigerte durch das Haus, schaltete Lampen an und aus, öffnete Fenster, trank Wasser, nahm Baldrian. Hatte ein einziges Wort im Kopf: Per...

Der Gedanke an die Konkurrentin war ihr ein Stachel im Herzen und zusätzlich eine Herausforderung. Konstanze hatte noch nie gekämpft, aber sie hatte auch noch nie verloren. Schon gar nicht etwas so Begehrenswertes wie Per.

Ganz zweitrangig war inzwischen die Frage, welchen Platz er denn in ihrem Leben einnehmen sollte...

Nach drei durchwachten Nächten fühlte sich Konstanze mutlos und auf allen Ebenen unzulänglich. Irgend etwas stimmte nicht mit ihr. Den Frauen, die neuerdings die Romane bevölkerten, gelang es doch spielend, alles unter einen Hut zu bekommen: Ehe, Liebhaber, Kinder, Karriere. Nebenbei waren sie schön und begehrenswert, und der Body, den sie trugen, zwickte nie.

Von der Freiheit unbegrenzter Möglichkeiten hatte Konstanze so gut wie nichts geschafft: Der Liebhaber ließ sich schon nach kurzer Zeit nicht mehr blicken, Kranz & Botte waren keine Karriere, und die Familie spielte auch bloß am Rande mit: Wenn das Wetter schön war und sich alle nach dem Fest wieder verabschiedeten.

Das alles war kein Grund, die Federn zu spreizen.

Nur gut, daß wenigstens der Ehemann bereits aus dem Spiel war, denn er und ihr Liebhaber würden nicht zusammen golfen und sich um die (Groß)vaterschaft von Vito streiten.

Konstanzes Roman funktionierte anders, und so wie es war, machte Gerald am wenigsten Ärger.

Obwohl…

Louise rief an und wunderte sich über Konstanzes Atemlosigkeit.

»Kind, hast du es an der Lunge?«

Konstanze hatte es nicht an der Lunge, sondern am Herzen, aber weil sie bei jedem Klingeln des Telefons wie besessen an den Apparat stürzte, hatte ihre Stimme neuerdings etwas Keuchendes. Außerdem konnte sie ihre Enttäuschung immer schlechter verbergen und begann auch dieses Gespräch mit einem entmutigten:

»Ach du bist's…«

»Wen hast du denn erwartet?«

»Nun, Herr Botte hat…«

Aber das interessierte Louise schon nicht mehr.

»Herzlichen Gruß von Mausi!«

Sie senkte wichtig die Stimme und fügte hinzu: »Mausi war gestern auf dem Friedhof und läßt fragen, ob etwas nicht in Ordnung sei.«

Und noch eine Oktave tiefer: »Das Grab war ganz verwahrlost.«

»Welches Grab?«

Konstanze, mit der Frage beschäftigt, ob ihre Vorgängerin inzwischen ihr Liebesnest bewohnte, ihr Bett zerwühlte und ihren Vin de table trank, interessierte die Gestaltung fremder Gräber im Moment nur mäßig.

»Geralds Grab.«

»Geralds Grab?«

Mit Mühe erinnerte sich Konstanze, daß zu der angenehmen Witwenschaft eine Pflichtübung gehörte, der sie früher, als Dankeschön für ein angenehmes Leben, gern und regelmäßig nachgekommen war.

Louise wunderte sich über das Verhalten ihrer sonst so konzentrierten Tochter und hakte nach. Es sei doch hoffentlich nichts passiert?

»Natürlich nicht!«

Doch!

Mit Henkelkorb und Unkrauthacke machte sich Konstanze am Nachmittag auf den Weg zum Friedhof. Sie fühlte sich wohl. Sie hatte eine Aufgabe, die erste sinnvolle Tat seit Pfingsten. Sie wurde gebraucht! Das Ende dieses Tages würde endlich ein Ergebnis zeigen:

Eine ordentliche Reihe frisch gepflanzter Vergißmeinnicht würde davon künden, daß sie doch noch ein wenig nützlich sei. Daß sie Vergißmeinnicht von einer Unkrauthacke unterscheiden und bis zehn zählen konnte.

Nachdem sie den Stein von Taubendreck befreit hatte, so daß man die Aufschrift wieder lesen konnte: Dr. Gerald Vogelsang, begann sie, ohne zu fackeln, das Gespräch mit ihrem verstorbenen Mann.

Bei Gerald mußte sie keine langen Erklärungen abgeben, sie konnte gleich zur Sache kommen. »Thema Per, was soll ich tun?«

»Laß es sein«, riet Gerald. »Wenn es unbedingt noch einer sein muß, nimm den Vater!«

»Der hat Tini!«

»Das überlebt sich doch!«

»Außerdem ist er mir ehrlich gesagt zu alt.«

»Daran gewöhnt man sich. Besser er zu alt für dich, als du zu alt für ihn.«

»Das erklär mir bitte.«

»Wenn du sechzig bist, ist Per vierzig. Wenn du siebzig bist, ist er fünfzig. Wenn du achtzig bist...«

»Das kann ich selbst ausrechnen!« unterbrach sie gereizt.

»Dann tu es auch. Und überlege, ob Per das Pflegerische liegt. Junge Frauen pflegen alte Männer lieber als junge Männer alte Frauen. Bei Frauen ist es eine natürliche Begabung. Bei Männern nicht.«

Konstanze blieb noch eine Weile ruhig stehen, schaute die Vergißmeinnicht und den Grabstein an und hatte plötzlich das Gefühl, daß jemand hier gewesen war. Jemand, der lange und nachdenklich Grab und Stein betrachtet hatte. Jemand, der traurig und unschlüssig war und zu dem Grab in einer heimlichen Beziehung stand.

Spontan fiel ihr die schwarzgekleidete Dame ein, die sie in gewissen Nächten verfolgt hatte, aber sie schüttelte die Vision ab. Die Dame war es sicher nicht, denn die Rose fehlte.

Aber wer war es dann?

Sicher Mausi, beruhigte sie sich selbst, ergriff Korb und Unkrauthacke und machte sich gedankenschwer auf den Heimweg.

Ob Per das Pflegerische lag?

Selbst wenn es ihm lag, was kaum anzunehmen war, barg der Gedanke wenig Trost.

Arthur Vonstein, dachte sie, wird weniger sorgenvoll, sondern zukunftsfreudig gerechnet haben: Wenn ich neunzig bin, ist Julie noch frisch genug, mich herumzufahren. Wenn nicht, wird sie ausgetauscht. Hunderte von jungen Frauen gieren danach, alte Männer zu pflegen. Das sind all diejenigen, die beim Ehe-Liebhaber-Karriere- und Familienspiel auf der Strecke geblieben sind. Die brauchen eine sinnvolle Aufgabe.

Bedrückt ging Konstanze nach Hause. Die gute Laune war einer trüben Stimmung gewichen. Gewohnheitsmäßig fiel der Blick auf den Anrufbeantworter, aber das Lämpchen blinkte nicht. Sie wählte Pers Nummer und hörte seine Stimme:

»Nun ist die Sonne endlich da, nach der ich mich so lange sehnte.

Und doch, der Tag scheint regnerisch.

Hinterlassen Sie eine Nachricht, ich rufe zurück.«

Die Stimme klang warm und sehnsüchtig, und Konstanze versuchte sich einzubilden, daß sie sich weder an Frau Maria Voss noch an die Unbekannte wandte.

Sie legte auf, gierte nach Wiederholung und wählte neu.

»Nun ist die Sonne endlich da, nach der ich mich so lange sehnte. Und doch, der Tag scheint regnerisch...«

Sie legte auf. Wählte neu.

»Nun ist die Sonne endlich da...«

Ein Suchtnerv war getroffen.

»Nun ist die Sonne endlich da...«

Sie legte auf, wählte neu, wartete ab und sagte: »Hier ist Konstanze Vogelsang. Ich besitze ein altes Tischchen, das abgeschliffen werden müßte. Teilen Sie mir doch bitte mit, wann ich es bringen kann.«

Am Abend klingelte das Telefon, und Pers Stimme erfüllte den Raum. »Liebe Frau Vogelsang. Ginge es Dienstag nachmittag? Ich bin ab sechzehn Uhr in der Werkstatt.«

Damit kein langes Hin und Her enstand, bot er gleich einen Ersatztermin: »Donnerstag abend ab neunzehn Uhr.«

Und dann machte er ein Angebot: »Sollte der Tisch schwer zu transportieren sein, komme ich gern und hole ihn ab. In diesem Fall bitte ich um einen Termin.« Zärtlich: »Jeder ist recht!«

Konstanze, gerade noch in vollem Flug, blieb sozusagen in der Luft stehen. Sie sah Per auf ihrer Terrasse, sein Auto vor dem Haus, seine Jacke an der Garderobe... seine Schuhe vor Geralds Bett und beschloß: Dienstag, sechzehn Uhr – bei ihm!

Am Dienstag nachmittag stellte Konstanze den Wagen wieder auf dem Parkplatz des Supermarktes ab. Per stand in der Tür. Er trug ein weißes T-Shirt ohne jede Aufschrift und lächelte: »Immer noch ein Versteck?«

Sie antwortete nicht, stellte sich auf die Zehen und küßte ihn leicht auf die Wange. Das Magnetfeld wirkte sofort, und sie riß sich los und ging auf Abstand.

Sie war so glücklich, ihn zu sehen, und jedes Mehr wäre im Moment zuviel.

»Hier ist der Tisch.«

Der Tisch hatte einen Durchmesser von zehn Zentimetern, war in der Tat stark zerkratzt und stammte aus Mathildas Puppenküche.

Per betrachtete sich das antike Stück mit anerkennendem Blick.

»Buche-Furnier, einfach verleimt. Mal sehen, was sich machen läßt.«

Sein eigener Tisch war gedeckt.

Per legte ein Stück Käsekuchen auf ihren Teller.

»Extra für dich geholt. Glück gehabt, war das letzte Stück.«

Es schmeckte wie Engelsschaum.

Zum Kuchen gab es heißen Tee und die warm-vertraute Umgebung. Plötzlich konnte sich Konstanze vorstellen, hier mit einzuziehen. Wenn Per morgens in der Werkstatt war, würde sie die Stube auskehren, die Betten lüften und das Essen vorbereiten.

Abends würden sie vor der Hütte sitzen und den vorüberfahrenden Autos nachschauen.

Und später zusammen einschlafen.

Ihr Blick wanderte hinüber. Die gewöhnlich zurückgezogenen Vorhänge waren geschlossen. Leinen mit blauen Blumen.

»Ich überlege, ob ich Hütte und Werkstatt aufgeben soll«, sagte Per. »Vielleicht sollte ich endlich das Studium beenden.«

So, wie er es sagte, klang es wie ein Angebot oder wie ein Geschenk.

Konstanze stellte die Tasse klirrend zurück auf den Tisch.

»Aber warum denn?«

»Ach, die Werkstatt ist eigentlich bloß ein Hobby.«

»Aber es macht doch Spaß und ernährt dich.«

Sinnend schaute er sie an. »Ich denke nach – über alles!«

Sie verscheuchte einen winzigen Schatten, der sich, ohne daß sie wußte, warum, auf ihre Stimmung gelegt hatte. Ein bißchen Wehmut kam auf und eine Spur von Angst.

Sie bemühte sich um einen munteren Ton. »Und was hast du so getrieben in den letzten Tagen?«

Sie griff sich ein Foto, das auf der Kommode lag.

Die schöne Vorgängerin vom Fürstenhof.

»Jeanette war hier. Es war fast wie in alten Zeiten. Man kann so gut mit ihr lachen. Mein Vater war ein Idiot, sie gegen einen Haufen Nixen einzutauschen.«

Er nahm ihr das Foto aus der Hand und betrachtete es zärtlich.

»Ich soll meiner Mutter ähnlich sehen, findest du auch?«

»Nein.«

Die Eröffnung, daß die schöne Unbekannte seine eigene Mutter war, müßte sie doch freuen, aber weder Freude noch Erleichterung waren zu spüren.

Sie sah sich neben Jeannette auf einem Sofa sitzen. Eine junge, sehr attraktive Schwiegermutter neben einer schon etwas angewelkten Ehefrau.

Sie kamen zum gemütlichen Teil.

Der Vin de table wurde entkorkt. Konstanze trank das erste Glas sehr schnell. Etwaige Probleme wurden hinuntergespült, die Schönheit des Augenblicks kehrte zurück. Es war wunderbar, mit Per in der kühlen Dämmerung des Raumes zu sitzen und ihn einfach nur anzusehen.

Hinter den Fenstern lag die flirrende Helligkeit des Gartens.

Die Rasenfläche war verwaist. Von einer Stunde auf die

andere hatte der Federball seinen Reiz verloren. Wie vergessen lehnten die Schläger an der Wand.

Zum Abschied küßte Per sie lange und sehr zärtlich.

»Ich liebe dich«, sagte er, einfach so, ohne Stendhal oder einen anderen Schutzpatron zu bemühen.

Wenn er jetzt fragt, wann er endlich zu mir kommen darf, werde ich sagen, morgen nacht, dachte Konstanze.

Aber er fragte nicht…

Geld ist erotisch.
Volksweisheit

Konstanze hatte alles verdrängt, das das Spiel stören konnte: unliebsame Bilder, unschöne Zukunftsvisionen. Sie zählte weder die Stunden noch die Jahre. Im Rechnen war sie immer schlecht, das kam ihr nun zugute.

Auch Per stellte keine Forderungen mehr.

Einmal fragte er, ob Konstanze nicht Lust hätte, mit nach Weimar zu fahren. Sie könnte die Stadt ja auf eigene Faust erkunden.

»Und abends wären wir dann zusammen.«

»Gerade in dieser Woche muß ich zu Kranz und Botte.«

»Okay.« Per lächelte und verstand. Klare Trennung ohne Kompromisse.

Ab jetzt spielte sich alles gefährlich gut ein. Konstanzes Auto rollte wie von selbst nach Marbach, bog am Stadtrand nach links und bremste auf dem Parkplatz des Supermarktes ab.

Per seinerseits verließ niemals den vertrauten Babelsburger Radius von Volkshochschule und Bücherei.

Auch in den Rathausstuben sind sie nie mehr zusammen gesehen worden. Es gab verschwiegenere Lokale, und am schönsten war es ohnehin in der Hütte: Käsekuchen, Vin de table und das Kastenbett, alles in Reichweite.

»Aber in Worpswede bist du doch gern mit mir gewesen?« forschte Per vorsichtig nach.

»Da waren wir allein, kein Chor verliebter Damen...«

Es sollte harmlos klingen und kam auch so an.

»Wenn ich mit dem Kurs unterwegs bin, habe ich natürlich wenig Zeit. Aber wie wäre es mit Sils-Maria?«

»Wo ist das?«

»Für mich am schönsten Ende der Welt.«

Er legte den Arm um sie. »Im Ernst, Sils-Maria liegt im Oberengadin. Es gibt reine Bergluft, blühende Wiesen, rauschende Bäche und uralte Hotels. Ich geh immer in die Post, eine urige Privatpension.«

Er lächelte. »Ganz nebenbei können wir ja unser Chalet suchen. Weißt du noch?«

Weißt du noch! Seine Stimme klang wie aus fernen Vergangenheiten...

An diesem Abend lief ihr zum ersten Mal Christian über den Weg. Eine Hähnchentüte in der Hand und ein Baguette unter dem Arm, trat er aus dem Supermarkt. Konstanze war auf die Begegnung vorbereitet. Sie war eigentlich schon lange fällig.

Sie schenkte ihm ein freundliches Gesellschaftslächeln: »Ich habe deinem Sohn einen Tisch zum Restaurieren gebracht.«

In Christians Augen leuchtete der Jagdeifer auf. Konstanze schien verändert zu sein. Attraktiv war sie immer gewesen, aber der Hochmut hatte ihren Charme stets ein wenig geschwächt. Anstelle des Hochmuts strahlte sie heute zärtliche Nähebereitschaft aus. Sie deutete zur Hütte hinüber. »Das ist ja ein ungewöhnlich romantisches Nest.«

»Es ist sogar ein Liebesnest.« Christian senkte verschwörerisch die Stimme. »Per empfängt neuerdings Damenbesuch.«

Sie lachte. »Ist das so ungewöhnlich?«

»Für ihn schon.«

Wieder glitt der Blick über sie hinweg. »Darf ich dich auf einen Drink einladen? Hinterher könnten wir schick ausgehen. Es gibt ein Lokal in...«

»Ich geh nicht gern aus.«

»Was machst du denn gern?«

»Zu Hause hocken und lesen. Bildbände betrachten. Reisen planen.«

»An die Côte?«

»Nein, ans Ende der Welt. Dahin, wohin garantiert keine Touristen kommen.«

»Und was machst du dort?«

Sie lachte. »Wandern, Lesen, Bildbände anschauen.«

Er betrachtete sie nachdenklich. »Du würdest hervorragend zu meinem Sohn passen!«

Sie zwinkerte kokett mit den Augen. Selbst das hatte sie inzwischen gelernt. »Glaubst du nicht, daß ihn der kleine Altersunterschied stören könnte?«

Christian schaute sie ehrlich erstaunt an. »Nein, wieso?«

Lachend öffnete sie die Autotür und setzte sich hinter das Steuer, hupte kurz und fuhr davon.

Im Rückspiegel wurde Christian Lennert, die Hähnchentüte in der Hand, immer kleiner. Er sah ihr nach, solange es ging.

Konstanze war so glücklich wie noch nie. Sie, die Standhafte, sorgsam Planende, die selbst die Farbe der Servietten niemals dem Zufall überlassen würde, lebte zum ersten Mal nur für den Augenblick. Wie nebenbei registrierte sie, wie gleichgültig sie, auf die Probe gestellt, im Grunde der Familie war. Niemandem fiel ihre häufige Aushäusigkeit auf. Wenn sie nicht mit Reisen ins Unbekannte schockte, waren alle zufrieden. Es genügte, sich hin und wieder einmal zu melden.

Außerdem waren alle beschäftigt.

Louise hatte mit ihrem Schachpartner zu tun, Mathilda mit Berufs- und Liebesleben.

Till und Verena lebten einen stummen Kampf. Der Haussegen hing schief, und die Romantik der alten Hofreite täuschte nicht darüber hinweg, daß es Tage gab, an denen Vito der einzige war, der sich um Kommunikation bemühte.

Dann trat Verena verbissen das Pedal ihrer nostalgischen Nähmaschine, und Till klatschte aggressiv Zement auf die Ziegel. Daß dieses Haus niemals fertig werden und keine Zukunft haben würde, war beiden inzwischen klargeworden.

Dagegen war in die Familiengruft der Villa Vonstein das Leben zurückgekehrt.

Stimmung im Bau!

Sophias zweite Hochzeit beunruhigte die Gemüter. Es war nun nicht mehr zu verhindern, der Babelsburger Gesellschaft das Portal zu öffnen und die dahinterliegenden Räume zur Schau zu stellen. Julie betete, daß es am Festtag schön genug sein möge, das Büfett im Garten aufzubauen. Er war am repräsentativsten, und die Villa war von außen betrachtet noch immer neiderregend.

Dann ergab sich die Frage, ob man Hanna einladen sollte.

»Nein«, sagte Julie.

»Ja«, sagte Arthur. »Wenn sie auch einige Unordnung hinterlassen hat, so ist sie doch die Mutter der Braut.«

Julie lief rot an. »Und wie soll ich mich ihr gegenüber verhalten? Schließlich war unser Verhältnis immer ein wenig gespannt.«

Arthur zeigte sich verwundert. »Wieso?«

Julie lachte hysterisch auf. »Immerhin habe ich ihr den Mann ausgespannt.«

»Welchen Mann? Ach so…« Arthur lächelte ironisch. »Schatz, das ist doch ewig her.«

»Wie wäre es denn«, schaltete sich Fita ein, »wenn wir den Umtrunk en famille machten? Hanna, Sophia, die Kinder, du und ich. Ein kleines Essen im Fürstenhof. Sophia kann uns ihren Mann vorstellen, und die Sache ist abgehakt. Zur großen Feier laden wir Hanna dann natürlich nicht ein.«

Julie war sofort dafür. Eine Stunde vor dem Treffen ein plötzliches Unwohlsein, und sie war aus dem Schneider. Mochten sich die anderen treffen, wo sie wollten.

Arthur war dagegen. Es war nicht anzunehmen, daß Fita die Kosten übernehmen würde, und den neuen Schwiegersohn kannte man noch nicht. Am Ende blieb er auf der Rechnung sitzen.

Hanna am großen Festtag den vielen Gästen einfach beizumischen kostete ihn dagegen lediglich ein Essen mehr. Außerdem würde sie sich nicht wohl fühlen und sich früh verabschieden.

»Hanna – zehn Mark Unkosten«, notierte er in Gedanken, so, wie er die Unkosten für eine Frau immer im voraus überschlug.

»Die Brautmutter hat das Recht, an der Hochzeitsfeier teilzunehmen«, sagte er abschließend und begab sich in sein Arbeitszimmer.

Der Gedanke an die Kosten der Hochzeit hatte ihn in Unruhe versetzt. Mit weitausholenden Schritten lief er im Zimmer auf und ab. Wer hatte eigentlich Sophias erste Hochzeit bezahlt? Schade, daß er die Rechnungen nicht aufgehoben hatte. Diesmal würde er sich nicht so generös zeigen. Vielleicht heiratete Sophia ein drittes Mal, dann ging seine ganze Pension für sentimentale Mätzchen drauf.

Das Verhältnis zu der ehemaligen Lieblingstochter war seit der Scheidung gespannt. Zwar hatte er seinen Schwiegersohn Bodo, ein weichliches Muttersöhnchen, der lieber mit seinen Kindern spielte, als Karriere zu machen, nie leiden können, aber zu einer kostspieligen Trennung hätte es nicht zu kommen brauchen.

Die Scheidung hatte nicht nur Unsummen verschlungen, Sophia hatte überdies von ihren Rechten als Tochter Vonstein in rabiater Weise Gebrauch gemacht. Ohne sich zu schämen, hatte sie ihre Erziehungspflichten auf Fita, Julie und ihn abgewälzt und die Knaben einfach an der Tür abgegeben, um sich ihrem beruflichen Werdegang zu widmen. Aber auch als sie endlich eine halbe Stelle an der Gesamtschule bekam, wurde es nicht besser.

Nicht nur, daß sie schauerlich wenig verdiente, zu Babysitterdiensten wurden die Großeltern weiterhin gnadenlos herangezogen. Mal war einer der Jungen krank, dann Sophia selbst. Regelmäßig fuhr sie zu Fortbildungskursen. Irgend etwas war immer.

Nie wieder, das hatte sich Arthur geschworen, würde er einer Mutter zur Scheidung raten. Die Folgen waren unübersehbar. Vor allem über ihn waren sie lawinenartig hereingebrochen. Natürlich hatte er geglaubt, daß sich die Frauenspersonen im Haus um die Kinder kümmern und ihm überdies die ihm zustehende Ruhe verschaffen würden, so wie auch Hanna es jahrelang getan hatte. Aber Fita verbarrikadierte sich in den oberen Gemächern, und Julie nahm an den Besuchstagen der Jungen grundsätzlich dringende Termine wahr.

So hatte sich Arthur überraschenderweise in der peinlichen Situation befunden, drei rauhbeinige Jungen beaufsichtigen zu müssen. Zwar ging die Sage, daß die meisten Männer ganz versessen auf die Großvaterrolle seien und erst bei der Geburt des ersten Enkels richtig zu leben begännen, aber er gehörte nicht in diese Kategorie. Schon das Wort »Opa« war ihm verhaßt, und so würde es auch bleiben.

Was all diese unerfreulichen Dinge anging, so war er dankbar, daß ihn seine zweite Tochter, Elisabeth, die ihn mit einem schier unendlichen Studium genervt und nie seine Wellenlänge gehabt hatte, mit Heirat und Kindern verschont hatte. So wie Sophia immer seine Tochter gewesen war, so hatte Elisabeth mehr zu Hanna gehört. Folgerichtig hatte sie ihr Studium dann auch geschmissen und bediente, wie er gehört hatte, zusammen mit Hanna in einem Restaurant.

Aber mochte sie tun, was sie wollte. Bescheiden, wie er geworden war, zeigte er sich heute bereits dankbar, wenn sie ihn wenigstens nicht mit Ehe- und Scheidungsgeschichten und der Geburt weiterer Enkel belästigte.

Wegen all dieser Probleme war er froh gewesen, als Sophia kundtat, sich wieder verheiraten zu wollen. Wie immer der neue Mann auch war, irgendeinen Nutzen würde er schon haben.

Diesen Zweckoptimismus teilte Fita nicht. »Den Mann, der sich mit drei fremden Söhnen belastet, möchte ich sehen«, hatte sie unheilverkündend gesagt. »Entweder ist er verschuldet, geistig eingeschränkt oder vorbestraft.«

Aber Alois Bärmeier, ein Kerl wie ein Baum, mit einer Stimme, die sogar das Gebrüll von drei Jungen übertönte, mit Händen, die zupacken konnten, und einer Brust zum Anlehnen, schien das Problem erkannt und energisch gelöst zu haben. Bodo hatte sich bereit erklärt, die zwölfjährigen Zwillinge, Jens und Dennis, zu übernehmen. Er und seine Lebenspartnerin Franka sahen in der Erziehung eine Aufgabe. Sie übernahmen die Verantwortung, Alois Bärmeier die Kosten.

Alois Bärmeier war ein Aufsteiger in der Autobranche.

Er hatte es in kurzer Zeit zu einem Vermögen gebracht und die Erfahrung gemacht, daß man sich für Geld fast alles kaufen kann. Nur an ein Anwesen wie die Villa Vonstein kam man nicht so ohne weiteres heran. Von einem solchen Gemäuer mit Tradition, Blick, Türmchen und Freitreppe träumte er schon lange.

Als erstes hatte er sich, Sophia an der Seite, auf der Freitreppe fotografieren lassen und die Bilder an die niederbayerische Verwandtschaft gesandt. »Es grüßt Baron von Bärmeier.«

Sodann hatte er die Räume der Villa abschätzend inspiziert. Als erstes würde er die Zwischenwände herausreißen und den unteren Bereich in den ursprünglichen Zustand zurückversetzen lassen. Dann sollte ein gigantisches Fest gefeiert werden. Über dieses Parkett sollten Bäche von Champagner fließen und auf der oberen Terrasse ein Feuerwerk gezündet werden, das der Welt kundtat, wer der neue Hausherr der Villa Vonstein war. Über dem Portal würde der neue Name in Goldlettern prangen: Villa Alois Bärmeier. Aber noch schien im Hause niemand ans Sterben zu denken. Zwar wirkte die junge Frau fahrig und nervös und gehörte zu jenen zur Hysterie neigenden Frauen, die plötzlich tot umfallen, aber dafür schienen die beiden Alten um so zäher am Leben zu hängen.

Nun, man würde sehen. Auf jeden Fall hatte er den ersten Schritt in die bessere Gesellschaft getan. Mit Sophias Hilfe wußte er inzwischen mit einer Hummerzange umzugehen und seine äußerliche Erscheinung perfekt zu stylen. Das Foto »Eheleute Bärmeier auf der Freitreppe«, das goldgerahmt seinen Schreibtisch schmückte, verfehlte seine Wirkung nie.

Sophia ihrerseits hatte rasch gemerkt, daß seine Rauhbeinigkeit, der manchmal unverständliche Dialekt und die Unsitte, alle Dinge mit ihrem Preis zu nennen, Eigenschaften, die sie am Anfang sehr gestört hatten, liebenswerte Züge bekamen, wenn man sie auf dem Beifahrersitz eines Porsches ertragen mußte.

Geld, das hatte sie festgestellt, war ungeheuer erotisch, und Männer, die genug davon hatten, strahlten eine magische Anziehungskraft aus.

Die Einladung zu Sophias Hochzeit verschaffte Konstanze einen angenehmen Nervenkitzel. Endlich war die langersehnte Gelegenheit da, die Babelsburger Gesellschaft zu beobachten, wenn sie sich in den engen Zimmern drängte und ihre spöttischen Kommentare abgab – die ausgesprochenen und die nicht ausgesprochenen.

Ob Hanna auch kommen würde? Sicher nicht. Bestimmt war sie auch hier wieder nur »in Gedanken dabei«.

Wie peinlich überdies, wenn sich die jetzige und die ehemalige Frau Vonstein in den vertrauten Räumen begegneten. Aber Hanna war die Mutter der Braut und hatte somit sicher mehr Rechte, an der Hochzeit ihrer Tochter teilzunehmen, als Julie…

Konstanze drehte die Einladung in der Hand und sah, daß Arthur auf der Rückseite noch etwas Handschriftliches zugefügt hatte.

»Ich freue mich ganz besonders, Sie, liebe Konstanze, begrüßen zu dürfen.«

Konstanze warf sich im Spiegel einen zufriedenen Blick zu. Sie sah gut aus. Ihr Auftritt würde auf alle Fälle über jeglichen Zweifel erhaben sein.

Louise hatte sie um einen Besuch gebeten und Modenschau gemacht.

»Sag, was soll ich anziehen? Das Blaue steht mir am besten, aber es ist so eng, daß ich kaum etwas essen kann. Das Beige ist ein wenig aus der Mode, aber ich kann drei Gänge und Nachtisch unterbringen.«

»Nimm das beigefarbene«, sagte Konstanze und wußte, daß Louise letztendlich in Blau kommen und lieber hungern würde, als ein Jota ihrer Eitelkeit zu opfern.

Konstanze selbst kaufte sich zum ersten Mal ein lässig weites Kleid, mit tiefen Taschen und weiten Armausschnitten. Sie beschloß, auf Strümpfe zu verzichten und die Füße einfach in offene Sandalen zu stecken. Probehalber bürstete sie das Haar so lange, bis es ihr glänzend über den Rücken fiel. Erst als sie sich am Tag der Generalprobe von Kopf bis Fuß im Spiegel betrachtete, fiel ihr die Ähnlichkeit auf: Bonjour Jeanette.

Per war seit drei Tagen in Weimar.

Er rief jeden Abend an. Am Telefon war er ebenso zärtlich wie live. Seine Stimme klang wie Samt.

Nur einmal leistete er sich einen Fauxpas.

»Warum bist du eigentlich nicht mit deinem Kurs unterwegs?« fragte Konstanze, die es insgeheim als wunderbar empfand, daß er alle Abende allein in seinem Zimmer verbrachte.

»Was soll ich denn mit den alten Tanten?« fragte er.

Nicht gehört, schon vergessen.

Wenn sie sechzig ist, ist er... Nun gut!

»Wann kommst du zurück?« fragte sie laut.

»Spätestens Sonntag abend. Vielleicht schaffen wir es schon am Nachmittag.«

»Ich freu mich«, sagte sie.

Am Sonntag war die Hochzeit. Sie würde nicht zu Hause sein, aber das wollte sie jetzt so direkt nicht sagen.

Sonntag früh sprach sie ihm einen Willkommensgruß auf Band und versprach ein Treffen für morgen.

»Heute bist du bestimmt todmüde. Ruh dich erst mal gut aus. Ich freue mich auf dich.«

Sie schlüpfte in das weite Kleid, fühlte, wie der leichte Stoff die Haut stimulierte, und spürte das Haar den Nacken streicheln. Als sie aus dem Haus ging, spürte sie die Stärke von Jeanette. Wenn Per heute an ihrer Seite wäre, würde sie ihn der versammelten Gesellschaft vorführen.

»Per Lennert. Wir werden heiraten!«

Aber zu dieser Stunde steckte Per in einem Stau auf der A 5.

Ob wir in den Himmel kommen,
ist ungewiß.

Louise

Julies Sorgen, Salon und Einrichtung betreffend, erwiesen sich als unbegründet. Am Hochzeitstag strahlte die Sonne vom Himmel. Sie ließ Haus und Garten leuchten und verwandelte Sophias Trauring (neun Brillanten in Platin gefaßt) in ein Feuerwerk des Triumphs. Im Inneren des Rings stand der Name desjenigen, der den Glanz finanziert hatte: Alois.

Auch die Festregie war geglückt. Die Gäste betraten das Anwesen nicht durch das Hauptportal, sondern benutzten die Gartenpforte, in der, gewinnend lächelnd, Fita zum Empfang bereitstand.

Als eigentliche Hausherrin fühlte sie sich an jene Jahre erinnert, in denen sie an der Seite ihres Mannes, Gäste empfangend, auf der Freitreppe repräsentierte.

Zwar hatten sich die Zeiten in trauriger Weise geändert, weder die erste, noch die zweite Schwiegertochter paßten ins Ambiente, aber ein Hauch des früheren Glanzes ließ der heutige Tag doch erkennen.

Grüßend streckte Fita den Ankommenden die Hände entgegen.

»Meine liebe Frau Meirhöfer, Frau Hochstätter, wie schön, Sie zu sehen.«

»Herr Doktor, welch eine Freude ...«

»Hanna, Liebe, geh ruhig schon einmal hinein. Und da haben wir ja auch die kleine Elisabeth. Was macht das Studium? Ach, du hast es aufgegeben, das ist fein.«

»Liebe Louise, elegant wie stets. Und der junge Herr…«

»Mein Schachpartner, Herr Müller-Friedmannshausen. Ich hoffe, daß ich ihn…«

»…aber natürlich hast du ihn mitbringen dürfen. Beim heutigen Damenüberschuß ist ja jeder Mann willkommen.«

Mehrstimmiges Gelächter.

»Meine liebe Frau Vogelsang, oder habe ich Sie Konstanze nennen dürfen? Gehen Sie hinein. Mein Sohn hat sich gerade auf Sie ganz besonders gefreut.«

Konstanze lief leichtfüßig über den Rasen, grüßte in die Runde, verteilte Scherzworte und hatte mit einer Entdeckung zu kämpfen. Louises Schachpartner war mindestens fünfzehn Jahre jünger als sie. So wie für Schwangere die Welt plötzlich voller Babys ist, so wurde Konstanzes Welt neuerdings von jungen Männern an der Seite alternder Damen bevölkert. Konstanze ertappte sich immer öfter dabei, daß sie die Augen zusammenkniff und fremde Paare musterte. Sie ist doch bestimmt fünfzig, er höchstens… Ob sie Mutter und Sohn sind? Nein…

Louises Galan war höchstens Anfang Siebzig, Louise hatte die Mitte der Achtziger hinter sich. Es schien sie nicht weiter zu stören.

Sie ließ das Haar blau blitzen und umarmte die Anwesenden mit einer Herzlichkeit, die ihr sonst fremd war. Wir sind doch alle kleine Sünderlein, schienen ihre Gesten zu sagen. Und ob wir in den Himmel kommen, ist ungewiß.

Arthur begrüßte die Gäste am Büfett. Er hatte darauf bestanden, daß es, da es ja nur die zweite Hochzeit sei, ein bäuerliches Büfett geben solle. Genau betrachtet, war es nur eine Brotzeit: Semmeln, Wurst- und Schinkenplatte, Krautsalat. Dazu große Krüge mit Apfelwein, im Diskount neunzig Pfennig der Liter.

»Äppler ist gesund und fördert die Verdauung!« Arthur schenkte aus und zeigte sich bester Stimmung.

Kurz nach der Trauung hatte Schwiegersohn Alois ihm vertrauensvoll die Pranke auf die Schulter gelegt. »Wir werden uns schon verstehen, und das Finanzielle, das ist geregelt. Die Sophie und ich, wir werden keine Kinder mehr bekommen, und für die vom Bodo komm ich gerne auf. Die Geschäfte florieren, und die Pfennigfuchserei, die liegt mir nicht...«

Arthur bestätigte, daß auch er, der Sproß einer alten Familie, die Vorfahren hatten sich noch von Stein genannt, die Pfennigfuchserei als unwürdig ablehne.

Dann hatte Alois nach einem Bier gefragt, und Arthur hatte es in ungewohnter Eile herbeigeschafft. Der Kerl besaß seine Sympathie, er nahm ihm die Bürde der Verantwortung von den Schultern und gefiel ihm in seiner männlichen Art auch sonst nicht schlecht. Vielleicht konnte man ihn heranziehen, wenn Reparaturen im Haus anfielen und ein starker Mann gebraucht wurde.

Der Mann ist ja Gold wert, dachte auch Hanna. Und mit welchen Blicken er das Haus taxiert – als gehöre es ihm schon.

Sie saß etwas abseits in einem Sessel und genoß das Fest wie eine Bühnenaufführung. Der erste Akt, Aufmarsch der Gäste, war gerade erfolgt, und sie hatte sich bestens unterhalten.

Ihre Nachfolgerin, Julie, war gealtert. Sie wirkte fahrig und nervös, die überschlanke Figur ließ Schlüsse auf eine Erkrankung zu: Magersucht oder Bulimie. Die angewelkte Haut überzog sich bei der geringsten Aufregung mit roten Flecken. Hanna kannte das Problem, mit dem auch sie in früheren Zeiten zu kämpfen hatte.

Es lag an der ungesunden Atmosphäre des Hauses, in der nichts recht gedeihen wollte. Selbst die Blutbuche, die sie eigens zum Einzug der Nachfolgerin vor das Küchenfenster hatte pflanzen lassen (allzuviel Sonnenlicht sollte die Küchenarbeit nicht behindern), sah kränklich aus.

Hanna nahm sich vor, Arthur im Laufe des Abends darauf

aufmerksam zu machen. Der Baum war gut und gern seine tausend Mark wert.

Es gab Spezialisten, die solche Bäume retten konnten. Manchmal leistete die Stadt sogar einen Zuschuß.

Auf jeden Fall mußte man diagnostizieren lassen, warum die Blutbuche nicht wuchs. Vielleicht war ja schon der ganze Garten von einer Krankheit befallen; der daraus entstehende Schaden war gar nicht auszurechnen.

Hannas Blick wanderte weiter. Fita schien wie immer zu sein.

Sie war aus so zähem Holz geschnitzt, daß selbst eine so gewaltige Veränderung wie das Auswechseln der Schwiegertochter sie nicht weiter erschüttert hatte. Wenn sie einsah, daß etwas nicht zu ändern war, pflegte sie aus jeder Situation das Beste zu machen.

Sicher lebte sie wie eh und je ihr eigenes Leben im ersten Stock, schrieb Briefe und verzierte diese mit Girlanden.

Anders war es mit Konstanze.

Als erstes registrierte Hanna, daß die Familie sie nicht begleitet hatte. Weder die Tochter noch der Sohn mit Frau und Kind waren erschienen. Dabei stand es einer Witwe immer gut, sich im Kreise ihrer Kinder und Kindeskinder zu zeigen. Etwas anderes hatte sie ja nicht mehr zu bieten. Aber offensichtlich war Konstanze nicht daran gelegen, in der Großmutterrolle aufzutreten.

Die Gunst des »Ritters der Stäbe« war ihr wohl noch gewiß, sie wirkte jünger und lange nicht mehr so verkrampft wie früher. Ein Kleid wie dieses Flattergewand, dazu Sandalen und offene Haare, hätte sie früher niemals getragen.

Zufrieden lehnte Hanna sich zurück.

Es würde spannend sein, zu beobachten, ob sie sich in die alte Konstanze zurückverwandeln oder etwas gelernt haben würde – wenn die Liebe vorbei war.

Auch Arthur ließ seinen Blick herumwandern. Daß Julie ungewöhnlich blaß war, fiel ihm nicht weiter auf, er war ihren leidenden Anblick seit Jahren gewöhnt. Aber Hanna hatte sich gemausert. Sie präsentierte sich in einem Designerkostüm, hatte das Haar fesch geföhnt und stöckelte auf hohen Hacken einher.

Das Make-up hatte sie sich nicht selbst ins Gesicht geklatscht, sondern das Styling einem Profi überlassen. Auch Elisabeth, die ihr nicht von der Seite wich und ihre Schwester Sophia mit spöttischen Augen musterte, war edel gekleidet. Arthur betrachtete sich die beiden Frauen, die einmal zur Familie gehört hatten, und war unangenehm berührt. Was ihn empfindlich störte, war die Aura des Erfolges, die die beiden umgab. Wahrscheinlich zahlte Hanna heute mehr Steuern als er selbst, ein Gedanke, der ihm geradezu widerlich vorkam.

Um sich zu beruhigen, näherte er sich Sophia, die übergangslos wieder zur Lieblingstocher avancierte.

Sophia ließ den Trauring in der Sonne blitzen und zwinkerte ihrem Vater zu. Er zwinkerte zurück. »Geld stinkt nicht.«

»Allenfalls bei anderen…«

Gemeinsames Lachen verbindet.

Weit ausschreitend, Kleid und Haar im Winde wehend, näherte sich Konstanze Hannas Sessel, ließ sich lässig im Grase nieder, umschlang die Knie mit den Armen und lächelte freundlich von unten nach oben. »Meine liebe Frau Vonstein, heute nicht nur in Gedanken dabei?«

Zufrieden registrierte sie, wie Hanna zusammenzuckte.

Von den Geschehnissen abgelenkt, hatte sie an ihre Kartengrüße nicht mehr gedacht. Nach langer Zeit überzog wieder die verhaßte Röte ihr Gesicht.

Sie lächelte mokant: »Wenn ein Kind Hochzeit macht, wird die Mutter doch wohl kommen dürfen. Ihre Tochter ist noch unverheiratet?«

Konstanze lächelte kühl zurück. »Es ist besser, sich den Schritt dreimal zu überlegen, als ihn später zu bereuen.«

Eins zu null. Konstanze fühlte sich in Form. »Aber sonst geht es Ihnen gut, Frau Vonstein? Wie ich hörte, betreiben Sie ein...«

»Ein Restaurant.«

»Ein Lokal, ja. Ich habe davon gehört. Das ist sicher eine anstrengende Arbeit, immer auf den Beinen, kaum Urlaub.«

»Es läßt sich ertragen, und Erfolg entschädigt für vieles.«

»Wenn man es so sieht, natürlich.«

Das Gespräch war in eine Sackgasse geraten. Es fiel ihnen nichts mehr zu sagen ein.

Schließlich begann Hanna von neuem: »Wie haben Sie sich denn in die Situation der Witwenschaft gefunden? Es ist sicher nicht leicht gewesen, nach einer so langen Ehe. Allein das Reisen... Ich meine, das Leben an der Seite eines Mannes macht ja auch recht unselbständig.«

Konstanze zwang die Brauen in gewohnte Höhen. Diese Hanna Vonstein war ungeheuer frech geworden. Kaum hatte sie mit ihrem Laden ein paar Mark verdient, schon tanzte sie auf dem Seil.

Konstanze holte den überlegen-näselnden Ton aus der Versenkung, mit dem Gerald unverschämte Geschäftspartner zur Raison zu bringen pflegte.

»Ich bin es durchaus gewohnt, allein auf Reisen zu gehen«, sagte sie, »auch wenn ich es natürlich an sich nicht nötig habe. Der Freundeskreis ist mir ja geblieben.«

Sie schenkte Hanna ein überlegenes Lächeln.

»Anfang September fahre ich zum Beispiel ins Engadin nach Sils-Maria. Nietzsche hat dort den Zarathustra geschrieben.«

Sie machte eine Pause und fügte hinzu: »Sie werden den Ort in der Nähe von St. Moritz sicher nicht kennen. Er ist sozusagen«, sie lachte, »das St. Moritz für Intellektuelle.«

Spöttisch musterten ihre Augen die roten Flecken in Hannas Gesicht.

»Ich kenne den Ort nicht«, erwiderte Hanna, »habe aber davon gehört. Könnten Sie mir denn ein Hotel empfehlen?«

»Ich steige immer im Alveterin ab«, und wie Konstanze den Namen nannte, überfiel sie das Gefühl, einen Fehler gemacht zu haben.

Aber sie verscheuchte den Gedanken. Hanna hatte es darauf angelegt, sie zu verunsichern; es sollte ihr nicht gelingen.

Sie erhob sich und warf das Haar zurück. »Also nicht vergessen, Anfang September, Hotel Alveterin.«

Mit tanzenden Spottlichtern in den Augen schaute sie auf Hanna hinab. »Nur für den Fall, daß Sie in Gedanken dabeisein wollen.«

Hanna schaute ihr nach, wie sie selbstbewußt über den Rasen ging, hier und da stehenblieb und in jener leichten Art, die angeboren ist, mit den anderen Gästen plauderte. Bewundernde Blicke folgten ihr. Konstanze hatte weder einen Mann noch Familie nötig, um sich zu schmücken. Sie wirkte für sich selbst.

Am Büfett, nach derselben Brezel greifend, trafen Elisabeth und Sophia aufeinander. Ein blitzender Ehering und ein schlichter Silberreif traten in ungleiche Konkurrenz. Schon als Kinder waren sie sich möglichst aus dem Weg gegangen, und der zurückhaltende Ton, mit dem sie stets miteinander gesprochen hatten, hatte jetzt noch an Kühle zugenommen.

»Wie geht es dir?« fragte Sophia. »Ich habe lange nichts von dir gehört.«

»Gut!«

Sophia lachte unnatürlich: »Wir haben immer darauf gewartet, einmal eine Einladung zur Hochzeit zu bekommen. Ich bin dir da ja um Längen voraus.«

»Nicht jeder heiratet so oft und so gern wie du.«

»Und Kinder möchtest du nicht?«

»Wenn ich welche hätte, würde ich sie selbst großziehen.«

»Das ließe sich in einem Lokal doch machen. Die beste Verbindung von Mutterschaft und Karriere ...«

»Was, a Wirtschaft hams?« mischte Alois sich ein. »Was hams denn da für a Bier im Ausschank? Was, a Stiftsbier? Das is recht, da kommen wir bald mal vorbei!«

Nicht nur das herzhafte Eingreifen Alois', auch der gemeinsame Widerwille gegen Julie einte die Schwestern für Minuten. Sophia stieß Elisabeth heimlich an: »Was hat denn unsere Stiefmama? Sie ist ja so blaß.«

Julie war auf der Suche nach Arthur. Nachdem Fita sich zurückgezogen hatte, verspürte auch sie das Bedürfnis, das Fest zu verlassen. Aber im Gegensatz zu Fita hatte sie sich bei Arthur abzumelden, und heute war er nicht geneigt, sie ziehen zu lassen.

»Mein Gott, du wirst dich doch ein einziges Mal zusammennehmen können.«

Er musterte sie unzufrieden. Diese Weiber hatten immer etwas anderes. Vor allem Julie kränkelte viel. Und wie dünn sie geworden war. Genau der Typ Frau, den er nie hatte leiden können. Er zwang sich zu einem freundlichen Ton: »Halte noch ein wenig durch.«

»Das tu ich seit Jahren.«

Von Blicken aufgespießt, Arthur war sich sehr wohl bewußt, daß es hier und heute um mehr ging als nur um eine Hochzeitsfeier, legte er Julie den Arm um die Schulter. Er hauchte einen Kuß auf ihre Wange und versprach baldige Erholung.

»Vierzehn Tage Bodensee, Pension Spätzle, sind durchaus drin.«

Julie verband mit dem »Spätzle« keine glückliche Erinnerung.

Im dortigen Liebesnest, so schien es ihr heute, hatte all ihr Elend angefangen. »Ich will nicht an den Bodensee!«

Arthur wiegte bedächtig den Kopf hin und her. »Du bist dort einmal sehr glücklich gewesen.«

»Das ist lange her.«

»Sprecht Ihr gerade vom Urlaub?« Zufrieden registrierte Hanna, daß ihre Nachfolgerin wie ertappt zusammenzuckte. »Es wird ja auch höchste Zeit, zu planen.«

Lächelnd ließ sie den Blick durch den Garten schweifen.

»Obwohl ich an eurer Stelle ja hierbliebe, nirgends erholt man sich so gut wie zu Hause.«

Sofort bestätigte Arthur diese vernünftige Einstellung. Fast verliebt schaute er Hanna an. Wie hatte er sie jemals aufgeben können!

»Ich«, fuhr sie in leichtem Plauderton fort, »hatte in diesem Jahr Pech. Termin, Ort, Hotel, alles geplant, der gesamte Urlaub schon bezahlt, da kommen wieder einmal die Geschäfte dazwischen.«

Irritiert registrierte Arthur, daß ihr Kostüm vom besseren Schneider stammte als sein Anzug. Er zwang sich zu einem Lächeln.

»Wohin wolltest du denn reisen?«

»Ach, wieder nach Sils-Maria im Oberengadin. In der Nähe von St. Moritz gelegen. Nicht ganz billig, aber ein Geheimtip.«

Sie senkte vertraulich die Stimme: »St. Moritz ist ja ziemlich überlaufen.«

Julie betrachtete ihre Vorgängerin. Nichts erinnerte an die Frau, die ehedem mit rotem Gesicht den Mop aus dem Fenster geschüttelt hatte. Heute schüttelte Julie denselben Mop aus. Im Hause Vonstein wurden die Gerätschaften erst erneuert, wenn sie zu Staub zerfielen.

Hanna zuckte bedauernd die Schultern. »Nun wird der Urlaub halt verfallen. Aber ...« Sie tat, als ob ihr der Gedanke gerade erst gekommen wäre, »wie wäre es denn, wenn Ihr an meiner Stelle reisen würdet?«

Arthur, gerade noch mit dem Problem beschäftigt, eine Verbindung zwischen Hanna und St. Moritz zu schaffen, horchte auf.

»Zu welchem Termin hast du denn gebucht?«

»Anfang September, die schönste Zeit. Ich meine«, fügte sie hinzu, »bezahlt ist natürlich nur für eine Person, aber«, sie schaute ihrem ehemaligen Gatten tief in die Augen, »Sils-Maria ist für eine Person teurer als andere Orte für zwei.«

Julies Gesicht war plötzlich von purpurnen Flecken überzogen, die ihr bis in den Ausschnitt reichten. »Mein Mann und ich sind es nicht gewöhnt, in einzelnen Zimmern Urlaub zu machen.«

Ihr Mann und sie waren es überhaupt nicht gewöhnt, zusammen Urlaub zu machen, aber das brauchte niemand zu wissen.

Hanna lächelte überlegen: »Aber das Zimmer hat natürlich ein Doppelbett. Ich mag diese engen Einzelzimmer nicht.«

»Man müßte schauen, was die Sache noch kostet«, schloß Arthur das Thema ab. Ihn lockte nichts ins Oberengadin.

Aber unerträglich war der Gedanke, einem wildfremden Hotelier zweitausend Franken zu schenken.

»Dreitausend Franken!« sagte Hanna, im Gedankenlesen geübt.

Gegen zehn war das Fest zu Ende.

Die nicht zur Familie gehörenden Gäste waren gegangen.

Alois, der im Laufe des Tages immer mehr in die Rolle des Hausherrn geschlüpft war, dirigierte zum Abschied alle auf die Freitreppe und bat einen gerade vorbeikommenden Passanten, ein Foto zu machen.

Dann grinste er breit in die Kamera.

Später würde er im Mittelpunkt des Bildes zu sehen sein.

Sex ohne verliebt zu sein
ist wie tanzen ohne Musik.
Till

Till lenkte den Wagen im Schritttempo durch die Stadt, erreichte die Autobahn und traf pünktlich gegen achtzehn Uhr dreißig auf den Stau am Hockenberger Dreieck.

Es war *sein* Stau, der ihn täglich an dieser Stelle erwartete: pünktlich, stoisch und verläßlich.

Till bremste ab, kam zum Stehen und schaltete die Warnanlage ein. Im Rückspiegel sah er glitzernde Kühlerhauben, die sich rasend näherten, und sein erschöpftes Gesicht.

Es war wieder einer jener Tage gewesen, an denen ihm das Überleben der Firma höchst fragwürdig erschien. Wie so oft hatte er Kleinkram erledigt und auf den großen Auftrag gewartet.

Einer seiner wichtigsten Kunden war nicht zufrieden gewesen, hatte den Preis auf ein unzumutbares Maß zu drücken versucht und einen bereits erteilten Auftrag zurückgezogen. Die Miete war ein weiteres Mal erhöht und der Zeitvertrag lediglich auf drei Jahre verlängert worden.

Zu den geschäftlichen Sorgen hatte sich heute erstmalig ein neuer Gedanke gesellt: Was, wenn alles gut ging? Der große Auftrag kam, die Räume langfristig angemietet werden konnten und das Geschäft endlich flüssig lief? Wollte er es denn überhaupt noch?

Till ließ das Seitenfenster hinunter, inhalierte Autogase und blickte zu seinen Nachbarn hinüber.

Links neben ihm stand eine Familienkutsche: Vater und

Mutter, im Fond zwei blasse Quengel-Kinder. Die Mutter kramte wie manisch in einer Tasche, reichte Kekse, Bonbons und Fruchtsafttüten am Gesicht des Vaters vorbei nach hinten. Der Mann blickte starr geradeaus, als ginge ihn seine Familie schon lange nichts mehr an.

Die Frau ist wie Verena, dachte Till – von unbestimmtem Alter, irgendwas an, irgendwie frisiert, das Gesicht weiß und ungeschminkt. Dicke Hände, die ständig etwas zu schrauben, zu glätten, zu kramen, anzureichen und wegzuknüllen haben. Wie hatte der Mann sie jemals heiraten können?

Ein einziges Mal hatte Till vorsichtig versucht, mit Verena zu sprechen. Man durfte sich doch durch eine einzige Schwangerschaft nicht so verändern, es mußte doch möglich sein…

Aber sie hatte ihn gar nicht aussprechen lassen, sondern einen einstündigen Wortschwall über ihn herniederrauschen lassen, dem eine einzige Botschaft zugrunde lag: Er allein war schuld.

Weil er sie nicht mehr ausführte, weil er sie ans Ende der Welt verschleppt hatte und hinter einem Hoftor gefangenhielt, weil sie keine Kontakte zum Dorf bekam und an manchen Tagen kein einziges Wort sprach… weil er so selten mit ihr schlief.

Dann war der übliche Rückzug in die Küche erfolgt, aus welcher ihn durch die geschlossene Tür hindurch das Finale erreichte: Daß er sich nämlich ein für allemal eines merken solle, sie sei nicht Konstanze!!!

Am nächsten Morgen hatte sie ihn mit funkelnden Augen gefragt, ob es nicht überhaupt das beste sei, zu Konstanze zurückzuziehen. Endlich wieder stilvoll frühstücken, Brahms hören, durch den Kurpark schlendern. Am Abend ins Konzert. Und bei alledem: immer eine schöne Frau an der Seite.

»Um die Karriere bräuchtest du dich auch nicht mehr zu sorgen. Konstanze gewährt dir sicher einen Vorschuß aufs Erbe…«

»Du wirst dich wundern, der Gedanke gefällt mir«, hatte er mit beißender Ironie gesagt. Und sich insgeheim gefragt, ob Verena vielleicht recht behalten sollte.

Der Stau hatte sich aufgelöst, und die Wagenkolonne ruckte an.

Till fuhr auf der mittleren Spur. Die Geschwindigkeit nach dem erzwungenen Stillstand beruhigte ihn nicht mehr so wie früher.

Eher fühlte er sich gehetzt wie ein Wild, das weder nach links noch nach rechts ausbrechen konnte. Im Rückspiegel sah er eine dreifache Blechlawine, die, Stoßstange an Stoßstange, hinter ihm her war. Endlich erblickte er das vertraute Schild: Münzenbach, Hasenheide.

Blinker raus und Flucht nach rechts!

Till scherte aus, bremste den Wagen ab und fuhr die Dorfstraße hinunter. Wie so oft überfiel ihn das Verlangen, die Ankunft hinauszuzögern. Nach einem Tag voller Anspannung und der Hetzjagd über die Autobahn hatte er das Bedürfnis, eine Stunde allein zu sein oder am Tresen der Dorfkneipe die Fußballergebnisse zu erörtern. Aber Verena hätte kein Verständnis dafür gehabt. Für sie war es selbstverständlich, daß sich ein guter Ehemann und Vater am Tage dem Berufskampf stellte und am Abend so schnell wie möglich nach Hause zurückkehrte, getrieben von der Sehnsucht nach Frau und Kind.

Oder täuschte er sich?

Im Gegensatz zu sonst war das Tor weit geöffnet, und Verena saß mit den Frauen von »Life and Woman« an dem großen Tisch in der Mitte des Hofes. Sie hatte im Winter Kontakt zu dem Frauencenter des Nachbarortes aufgenommen und lud die Frauen seitdem einmal wöchentlich zu sich ein.

»Muß es denn gerade der Freitagabend sein?« hatte Till gefragt. »Ich meine, gerade dann, wenn mein Wochenende beginnt.«

»Meins beginnt auch«, hatte Verena gesagt und ihm zu verstehen gegeben, daß sie das Weekend lieber mit ihren neuen Freundinnen begann als mit ihm.

Till war sich bewußt, daß sie mit dieser Antwort die Grenzen klar gezogen und einen Kampf gegen ihn begonnen hatte.

Er parkte den Wagen und ging über den Hof, nickte Verena kurz zu und übersah die Frauen geflissentlich. Natürlich wäre es strategisch besser gewesen, sich der Runde als strahlender Charmeur zu nähern, witzig, aufgeschlossen und verführerisch zu sein. Verena, die sicher gegen ihn sprach, Lügen zu strafen.

Aber er fühlte eine rätselhafte Müdigkeit, die ihm den Schwung raubte, war uncharmant und führte sich wie ein pubertierender Junge auf, der es einfach nicht schaffte, die Gäste höflich zu begrüßen. Er strafte Verena nicht Lügen, er bestätigte sie durch unhöfliches Verhalten.

Sie schaute ihn an, hob einen Arm, warf einen Blick auf die Uhr und sagte anstelle einer Begrüßung: »Schon? Es ist doch erst sieben.«

»Entschuldige die Verfrühung«, erwiderte er mit beißender Ironie, ging über den Hof und fühlte die Blicke wie Pfeilspitzen im Rücken. Als er den Hausflur betrat, hörte er die Frauen lachen. Da läuft er, der Depp …

Till erreichte das Bad und ließ Wasser über die Handgelenke laufen.

Er räumte ein Bündel Schmutzwäsche aus der Dusche, erfrischte sich, ging ins Schlafzimmer, suchte saubere Jeans, fand jedoch nur die, die er zum Handwerkern trug.

Er wählte den hellen Sommeranzug und packte ein wenig Wäsche ein. Das Gelächter der Frauen verstummte, als er den Hof betrat. Vito entwand sich den Armen einer üppigen Frau mit hennagefärbten Haaren und lief auf ihn zu.

Er hob ihn hoch und atmete den süßen Duft seiner Haare ein.

Über Vito hinweg warf er Verena einen Blick zu.

»Ich mache eine Reise, Montag abend bin ich wieder da.«

Verenas Gesicht wurde starr, und die Frau mit den henna-gefärbten Haaren stand auf und nahm ihm seinen Sohn aus den Armen, als sei es ungehörig, ihn zu berühren.

»Also, ich geh dann…«

Er wandte sich ab, straffte die Schultern und verließ den Hof.

Am Tor wandte er sich noch einmal um. Das letzte, was er sah, war Verenas ungläubiger Blick.

Verena hatte schlecht geschlafen und fühlte einen Verdacht bestätigt:

Till hatte eine andere. Seine wachsende Gereiztheit, die Wortlosigkeit und das mürrische Gesicht, wenn er am Abend nach Hause kam, deuteten schon lange darauf hin. Ganz abgesehen von seiner wachsenden Unlust im Bett. Und neuerdings beherrschte er sich nicht einmal mehr, sondern führte künst-lich Konflikte herbei, um ungestört desertieren zu können.

Was war eigentlich geschehen? Sie hatte mit ein paar Frauen vom Nachbarschaftscenter im Hof gegessen; er war später gekommen als gewöhnlich, und sie hatte mit dem Hin-weis, es sei doch »erst sieben«, einen Scherz machen wollen. Aber wie lange war es her, daß Till einen Scherz verstand? Ohne die Frauen zu begrüßen, war er ins Haus gestürmt und kurz darauf mit der Reisetasche in der Hand wiederaufge-taucht. »Ich gehe auf Reisen!«

Peng – mitten ins Gesicht!

Er war bereits bei seiner Ankunft so gereizt gewesen, daß sie es nicht gewagt hatte, ihn den Nachbarinnen vorzustellen, sondern ihn wie einen Fremden behandelt hatte – oder wie einen Eindringling.

Aber warum suchte er das Glück außerhalb des Hauses? Es war doch alles in Ordnung. Wie er immer sagte, lief das Geschäft gut, das Haus würde man lässig abbezahlen können, und mit ein wenig mehr Lust wäre die Hausrenovierung in diesem Sommer abgeschlossen.

Dann hatte Till ein schönes Zuhause, einen entzückenden Sohn und eine Frau, die ihn liebte. Was also fehlte ihm?

Vor sich selbst gab Verena zu, daß sie sich in letzter Zeit ein wenig vernachlässigt hatte, aber wenn sie sich schick machte, bemerkte Till es nicht oder fragte argwöhnisch nach dem Preis der neuen Bluse. Nähte sie Pluderhosen, fand er diese billig, und allzuoft verglich er sie mit Frauen, die schicker waren als sie, weil sie das Dreifache für sich ausgeben konnten und in der Stadt wohnten, wo sie Anregung und Bewunderung fanden.

Im Vergleich zu anderen Frauen, sagte sich Verena, nachdem sie sich heute nach dem Duschen gnadenlos im Spiegel gemustert hatte, werde ich immer öfter verlieren. Keine Chance im Wettbewerb der straffen Schönheit ... Sie schlüpfte in den weiten Kittel, den sie im Haus trug, setzte sich mit einem Kaffee an den Küchentisch und starrte in den Hof hinaus. Die Pfingstrosen waren gerade erblüht, auf der Bank schlief die Katze. Vito spielte selbstvergessen im Sand. Ein trügerisches Idyll.

Heute morgen spürte Verena die Stiche im Magen wieder ganz deutlich. Es war, als ob ein rasendes Tier gegen die Magenwände spränge. Ein Tier wie ein Wolf – Wolfshunger. Glenny, eine Frau von »Life and Woman«, hatte dieses Symptom bereits diagnostiziert: Angst! Wenn man nichts dagegen tat, wurde dieser Hunger chronisch. Am Ende stand ein Magengeschwür. Ganz am Ende Magenkrebs.

Verena ließ die Augen über den Hof hinweg hinüber zu der halbrenovierten Scheune schweifen. In das hohe Dach waren große Dachflächenfenster eingelassen, die, wie Konstanze vorausgesagt hatte, nicht zur Schönheit beitrugen. Der urige Zauber des alten Gemäuers war auf ewig dahin. Aber hinter jedem Fenster sollte ein Gästezimmer entstehen, damit dieses Haus genauso lebendig und munter würde, wie es ihr Elternhaus immer gewesen war: erfüllt von den Stimmen fröhlicher Menschen.

Aber, sagte sich Verena heute und ging, die Hand ins Kreuz gestützt, hinaus in die Sonne, wer sollte die Leute bedienen?

Sie besaß weder die Selbstlosigkeit noch das Herz ihrer Mutter.

Am besten wäre es, den ganzen Kram zu verkaufen, dachte sie heute zum ersten Mal. Der Traum war zu Ende.

Till steuerte die nächste Raststätte an und rief Mathilda an. Der Kontakt zu der Schwester hatte sich nach seiner Hochzeit gelockert, was weder Verenas noch Mathildas Schuld war: Es hatte sich einfach keine gemeinsame Ebene gefunden.

Till hielt den Hörer in der Hand und betrachtete durch die Scheibe das An- und Abfahren der Autos. Zum erstenmal fiel ihm auf, daß ein richtiger Geschäftsmann ein Autotelefon oder ein Handy hatte. Aber er war eben kein richtiger Geschäftsmann. Was aber war er dann?

»Vogelsang?«

Anstelle einer Antwort ließ Till das vertraute Vogelgezwitscher ertönen, mit dessen Hilfe sie sich als Kinder heimliche Botschaften zukommen ließen.

Tri-lli-li: frohe Botschaft.

Tech-tech-tech: Gefahr im Anzug.

»Tech tech tech…«

Mathilda lachte. »SOS, Gefahr. Da wurden Weiber zu Hyänen?«

Auch Till brach in erleichtertes Lachen aus. »Noch nicht, aber bald...«

»Ergo: Du stehst auf der Straße und suchst eine Heimat!«

»So ist es. Kann ich zu dir kommen?«

»Tech tech tech – kein amouröses Weekend mit Verena?«

»Sex ohne verliebt zu sein ist wie tanzen ohne Musik.«

»Alles klar.«

Natürlich hatte Mathilda die Katastrophe kommen sehen.

Nichts gegen Verena, aber Vogelsangsche Klasse besaß sie nicht. Mathilda, die sich von Harrys speckiger Lederjacke getrennt hatte, ehe diese zum Problem wurde, bekannte sich voll zu Schönheit und Ästhetik. Ein Mann mit Tills Background konnte nicht auf Dauer mit dieser Pluderhosenmarie leben.

Sie zündete eine Zigarette an, reichte sie Till hinüber und griff zu einer neuen.

»Du wirst dich doch scheiden lassen?«

»Ja!«

Till war selbst erstaunt, wie leicht ihm dieses Ja über die Lippen rutschte, so als hätte es schon lange auf dem Grund seiner Seele gelegen. Er ließ die Bilder, die sein Leben ausmachten, vorüberflimmern und stellte fest, daß für ihn der Gedanke, gleichzeitig mit Verena die Baustelle, das dörfliche Leben und das dahinlahmende Geschäft loszuwerden, mit großer Erleichterung erfüllt.

Sachlich, wie sie war, kam Mathilda zum Wesentlichen:

»Ich suche dir ein Apartment für den Übergang, und was den Job angeht... du könntest vielleicht bei uns in der Werbung einsteigen. Bleibt Vito!«

Mathilda, die niemals auch nur die geringste Sympathie für ihren kleinen Neffen hatte aufbringen können, schlug vor, ihn Verenas Familie anzuvertrauen.

»Verena wird doch sicher nach Hause und zu ihrer dickbusigen Mama zurückkehren wollen, zu all den netten Verwandten, die gemütlich vor dem Fernseher hocken und deren Vokabular so angenehm verständlich ist.«

Aber in Till regten sich Vatergefühle: »Da wird er ersticken. An Omas Busen zum ewigen Nickerchen verdammt, Bäuerchen machend…«

»Ja, also ich kann ihn nicht nehmen«, stellte Mathilda kategorisch fest.

»Wir würden uns drei Tage miteinander herumquälen und dann gegenseitig aus der Wohnung graulen. Wie ich meinen Neffen kenne, würde er den Kampf gewinnen!«

Blieb Konstanze…

Mathilda sagte es nicht, sie dachte es nur, und als habe er ihren Gedanken erraten, sagte Till: »Da lernt er wenigstens den Umgang mit Messer und Gabel.«

Mathilda lachte: »Tri-lli-li!«

»Tech-tech-tech!«

»Wieso?«

Till zuckte leicht mit den Schultern: »Bei Oma Verena würde er zum Krümelmonster erzogen, bei Konstanze zum kleinen Lord. Er wird glauben, die Welt bestünde aus wohlriechenden Damen, deren größte Sünde es ist, ein zweites Stück Teegebäck zu nehmen.«

»Immer noch das kleinere Übel«, fand Mathilde. »Wir beide sind doch auch prima gelungen.«

Er schaute sie nachdenklich an: »Nicht ein wenig in Schönheit vereinsamt?«

»Du kannst es dir ja noch überlegen«, schloß Mathilda das Thema ab, »obwohl ich um Vito nicht fürchte. Letztlich wird er sich überall durchsetzen. Du müßtest mal sehen, wie listig er gucken kann…«

Das war Till auch schon aufgefallen, und er fühlte sich befreit.

Letztlich würde Vito Konstanze erziehen und nicht umgekehrt.

Sehnsucht ist eine Sucht wie jede Sucht...
Konstanze

Es war wirklich ein ganz dummer Termin. Unmittelbar nach Sophias Hochzeit hatte sich zwei Tage hintereinander der Gärtner angesagt, und Konstanze hatte es wieder einmal nicht geschafft, sich gegen Herrn Heinrich durchzusetzen. Der richtige Umgang mit dem Personal scheiterte gewöhnlich an ihrer tiefverwurzelten Höflichkeit. Gärtner Heinrich pflegte einen besonders barschen Umgangston: »Ja, wie denken Sie sich das denn, Frau Vogelsang? So kurzfristig den Termin zu verlegen!«

»Ja ja, ist schon gut. Ich habe ja nur gedacht, falls es Ihnen nichts ausmacht. Aber selbstverständlich, wenn es nicht geht...«

Das Verhältnis zwischen ihr und Herrn Heinrich, der diesen Garten vor zwanzig Jahren angelegt hatte und ihn als sein Eigentum, mehr noch, als sein Kind betrachtete, war seit Geralds Tod gespannt. Konstanze mochte weder die Nähe der Putzfrau noch die irgendwelcher Handwerker, sie mochte überhaupt kein fremdes »Element« im Hause haben und litt darunter, daß sie ihren Gärtner nicht einfach allein herumwirtschaften lassen konnte: »Herr Heinrich, Sie wissen ja Bescheid. Ich bin heute abend wieder da.«

Aber nur ein einziges Mal hatte sie Herrn Heinrich das Stutzen von Bäumen und Hecken allein überlassen und bei ihrer Rückkehr einen Kahlschlag vorgefunden. Ungewohnt schrill hatte sie ihn zur Rede gestellt. Sie habe nicht geplant,

»auf der Straße« zu frühstücken. Die Büsche seien ein unersetzlicher Sichtschutz gewesen.

Herr Heinrich hatte sich zutiefst verletzt gezeigt.

Eine regelmäßige Verjüngung des Gartens sei unerläßlich. Jetzt hätten die Pflanzen wieder Luft und könnten sich üppig entfalten, so daß sie in zwei, drei Jahren genauso schön seien wie ehedem. Konstanze hatte dieser Logik nicht folgen können, aber ihre Gegenargumente waren von Herrn Heinrich im Keim erstickt worden: Der regelmäßige Rückschnitt des Gartens sei mit Herrn Dr. Vogelsang abgesprochen gewesen.

Das war leider wahr. Zu Geralds Lebzeiten waren wilde Kämpfe zu diesem Thema an der Tagesordnung, und Konstanze hatte sich einmal sogar zu der Bemerkung hinreißen lassen, daß es Gerald nicht um die Verjüngung, sondern um das künstliche Kleinhalten der Pflanzen ginge. Kaum seien sie zu voller Schönheit erblüht, schon käme jemand mit der Sense.

Gerald hatte sie schweigend gemustert und das Thema abgeschlossen:

»Sollte ich dich in deinem persönlichen Wachstum gehindert haben, so muß ich mich entschuldigen. Mit dem Sensenmann möchte ich jedoch nicht verglichen werden.«

Nun gut, das war lange her. Konstanze hatte die Debatte mit Herrn Heinrich aufgegeben und sich statt dessen entschlossen, sein Wirken im Garten streng zu beaufsichtigen. Seitdem ging er der Arbeit in mürrischem Schweigen nach, erwähnte regelmäßig die Zeiten, in denen er die Pflege des Gartens mit dem Hausherrn zu besprechen pflegte, und legte aufreizend lange Pausen ein. Aber der Garten war am Ende der Aktion noch als ein solcher erkennbar.

»Am Sonntag sehen wir uns ganz bestimmt«, tröstete sie Per am Telefon.

»Dann haben wir uns fast vierzehn Tage lang nicht gesehen!«

»Sonntag«, wiederholte sie. »Von morgens bis abends, und wenn du mich dann noch nicht leid bist, hängen wir auch die Nacht dran.«

»Eigentlich wollte ich zu einem Vortrag«, sagte er, »aber das sage ich natürlich ab.«

Sie küßte ihn durch das Telefon: »Du bist sehr geduldig mit mir!«

»Abhängig«, sagte er. »Sehnsucht ist eben auch eine Sucht!«

»Mir reicht die Sucht nach Nikotin und Schönheit«, lachte sie. »Die Gier nach Männern ist mir unbekannt.«

Gegen Mitternacht wurde Konstanze plötzlich und unerwartet von heftigen Entzugserscheinungen überfallen. War der Gedanke an Per bisher ein beinahe angenehmer Schmerz, ein kleiner Appetit, der von dem tröstlichen Gedanken begleitet war, daß er ja jederzeit zu stillen sei, so breitete sich das Flämmchen in ihrem Inneren zum Flächenbrand aus.

Konstanze schaute auf die Uhr und begann zu rechnen: Wenn sie jetzt sofort losführe, dann wäre sie gegen ein Uhr bei ihm und dennoch morgen in aller Frühe zurück. Das ergäben fünf volle Stunden…

Sollte sie?

Nein! Entsetzt entdeckte Konstanze Parallelen zu Suchtkranken, die mitten in der Nacht aufstanden, um in dunklen Straßen an Zigarettenautomaten herumzuzerren, oder die Schnellstraßen entlangtaumelten, um sich an der nächsten Tankstelle mit Fusel einzudecken. Sie ging ins Bett und wälzte sich schlaflos…

Dann stand sie wieder auf, schluckte Baldrian und griff zu dem bewährten Mittel der Phantasie. Aber was vor einigen Wochen noch so befriedigend war, erwies sich nun als unzureichend.

Zwar erschien Per wie gerufen, aber das Spiel war wie nikotinfreies Rauchen: ein ganz und gar unbefriedigender Ersatz.

Wie bei allen Süchten war es auch hier unerläßlich geworden, die Dosis regelmäßig zu erhöhen.

Gegen vier stand sie auf, warf den Morgenrock über, setzte sich an den Küchentisch, griff zu Papier und Bleistift und analysierte ihren Zustand:

- Sehnsucht – schmerzt, behindert und ist zu bekämpfen wie jede Sucht,
- wird verheimlicht – wie Sucht,
- hat einen festen »Sitz« – wie Sucht,
- nimmt dem täglichen Leben die Farbe – wie Sucht,
- fixiert sich auf den Zwang der »Beschaffung« – wie Sucht,
- hat scheinbar »stille« Zeiten, in denen der Süchtige sich nicht nur als geheilt empfindet, sondern die Symptome der Sucht und die Gier nach Befriedigung als ganz unsinnig empfindet,
- ist zeitweilig verdrängbar und überfällt dann, alles nachholend, lawinenartig das Opfer.

Konstanze las die Liste durch und fühlte sich besser. Hatte man einen nicht näher erklärbaren Zustand erst einmal in Worte gefaßt, konnte man ihn packen – aber konnte man ihn auch vernichten?

Konstanze kam nicht umhin, ihrer Liste ein Resümee hinzuzufügen.

Therapie: Die einzige Chance, der Sucht beizukommen, ist totaler Entzug oder Übersättigung.

Konstanze nahm das Blatt und fügte hinzu: Ich bin für die Übersättigung. In 55 Stunden: Konstanze

Dann ließ sie die Erkenntnisse dieser Nacht durch das Faxgerät laufen.

Am nächsten Morgen fand sie die Antwort:
Du hast mich gestern nacht glücklich gefaxt.
Noch 48 Stunden: Per.

Die Liebe unter Apfelbäumen war Konstanze bisher unbekannt.

Sie kannte die Liebe im Bett und in den Dünen.

Letzteres gehörte in die Anfangsphase mit Gerald, war aber eher sandig als erotisch gewesen. Die Gefahr, daß jeden Augenblick jemand über den Dünenrand schauen könnte, hatte dem Spiel keinen zusätzlichen Reiz verliehen. Konstanze, die Verbergerin, neigte nicht zu Exhibitionismus.

Hier schützte sie nicht einmal ein Dünenrand, ringsum freies Land, eine Streuobstwiese und knorrige Bäume. Durch die Zweige glitzerte die Sonne, und der Himmel war sehr nah. Konstanze richtete sich auf, wies mit dem Finger auf ein weit entferntes Kirchlein und sagte: »Was für ein Dorf mag das sein?«

»Gehen wir doch mal hin.«

Sie waren heute ein bißchen stiller als gewöhnlich. Per spürte Konstanzes Nähe in allen Gliedern und versuchte den Gedanken, daß sie ihn jemals verlassen könnte, tapfer zu verdrängen. Konstanze war gradlinig, ernsthaft und treu... aber so ganz sicher war man sich ihrer nie.

Konstanze ihrerseits konnte es nicht lassen, heimliche Vergleiche zu ziehen. Mit Gerald war sie so gut wie nie spazierengegangen. Für so etwas hatte ein ernstzunehmender Geschäftsmann keine Zeit. Wenn Bewegung, dann mit »Gerät«: Bälle über Rasenflächen, Pferde über Hindernisse peitschen – Wettbewerb um jeden Preis.

Aber einfach so in der Gegend herumzulaufen war etwas für Versager...

Sie hatten die Wiesen hinter sich und gingen eine stille

Straße entlang. Dann durchquerten sie ein Dorf: Abweisende Häuserfronten ohne Vorgärten, zur Straße hin mit haushohen Toren verschlossen. Ob Till und Verena an diesem wundervollen Sonnentag wieder an ihrer Hofreite herumbastelten anstatt, wie sie, das Leben zu genießen?

Ohne Gepäck loslaufen, in einem Gartenlokal Rast machen: die Arme auf einen fremden Tisch gestützt und den Blick auf Geranien, die ein anderer pflegt. Nach der Mahlzeit die Teller einfach stehenlassen und weiterziehen… welch ein Genuß!

An Pers Seite war Konstanze geneigt, zu vergessen, daß auch sie sehr am Besitz hing und vor noch gar nicht langer Zeit die »Gesellschaft ihres Hauses« der Gesellschaft fast aller ihrer Bekannten vorzog.

Eigentlich, dachte sie und stellte amüsiert fest, daß sie sich des Gedankens nicht einmal schämte, ist es gar nicht so schlecht, daß Till und Verena so an ihrem Besitz kleben. Ich könnte sie im Moment herzlich wenig gebrauchen.

Und sehr praktisch war – dieses Gedankens schämte sie sich ein wenig –, daß Vito noch eine andere Oma hatte.

»Ein Bembel Apfelwein, Rippchen mit Bratkartoffeln, Salat, bitte sehr!«

Sie waren allein im Garten. Kies unter den Füßen und zwei gackernde Hühner zur Gesellschaft. Aus dem geöffneten Küchenfenster tönte der Hessenfunk: Stau auf der A 5…

Konstanze schloß die Augen und öffnete sie erschreckt, als sie eine fremde Stimme vernahm: Das ständige Auf-der-Hut-Sein, wenn sie sich an Pers Seite befand, mußte sie sich abgewöhnen, aber Konstanze Vogelsang war ein Leben gewöhnt, das bis in die Schubladen ihres Wäscheschrankes hinein vorzeigbar war.

»Gestatten Sie?«

Ein altes Paar, weißhaarig, rüstig, braungebrannt, sie im Dirndl, er in Kniehosen mit Karohemd, rutschte neben sie auf die Bank.

»Bitte!« Ein wenig unwillig machte Konstanze Platz.

Konnten sich die Herrschaften nicht an einen der freien Tische setzen? Das Liebespaar in Ruhe lassen?

Aber in ihren Augen sind wir vielleicht kein Liebespaar, dachte sie weiter. Sondern Mutter und Sohn, dankbar für ein wenig Gesellschaft.

Toll, im Alter noch so rüstig zu sein, dachte sich Per. Er fand alte Menschen spannend und lächelte die beiden freundlich an.

»Haben Sie eine Wanderung gemacht?«

»Wir sind noch mittendrin: Habichtsberg, Kochertal und über den Meissen zurück.« Die alte Dame lachte. »Sind bloß zwanzig Kilometer, normalerweise fallen unsere Wanderungen länger aus.«

Die Wirtin schaute zum Fenster hinaus, und der Herr rief:

»Sechser Bembel sauer, zweimal Schlachtplatte und Radies!«

Er wandte sich an Konstanze: »Wer viel läuft, muß auch ordentlich essen.«

Konstanze setzte ihr Gesellschaftslächeln auf: »Das sagt man so!«

Die Frau im Dirndl senkte vertraulich die Stimme: »Was ich überhaupt nicht vertragen kann, sind so Sätze wie: Im Alter was Leichtes. Ich muß immer an Hühnerragout im Reisrand denken. Hinterher ein wenig Obst.«

Sie hob das geriffelte Glas mit dem Apfelwein hoch: »Ferdinand und Lina!«

»Konstanze und Per!«

Widerwillig hob auch Konstanze das Glas. Die schnelle Verbrüderung mancher Zeitgenossen war ihr immer ein wenig suspekt. Sie ging ihr nicht so leicht über die Lippen.

Ferdinand hatte die beiden Hühner entdeckt und fütterte sie mit Brotbröckchen. »Ihr sollt auch merken, daß Sonntag ist. Ich habe«, erklärte er Per und Konstanze, »zu Hause selbst einen Hühnerhof, dem meine Schöne leider nichts abgewinnen kann. Aber sie hat es gern, wenn der Hahn kräht.«

Er beschenkte seine Frau mit einem verliebten Blick.

Lina bestätigte diese Aussage, zwinkerte zurück, und man spürte, wie zwischen den beiden die Luft flirrte.

»Ich mag's überhaupt, wenn der Hahn kräht!«

Und so, wie Lina dies sagte, mußte sogar Konstanze, die nichts mehr verabscheute als Zweideutigkeiten, widerwillig lachen.

»Bei uns kräht der Hahn noch oft«, fügte Lina ihren Erläuterungen hinzu, »kein Wunder, mein Mann ist zwölf Jahre jünger als ich. Mein erster Mann war zehn Jahr älter und ist schon lange tot. Zuletzt war es – war es ... falls Sie wissen, was ich meine ...«

»Ja, ja«, sagte Konstanze rasch.

»Der Mann sollte immer jünger sein«, erläuterte Lina. »Da hat man mehr voneinander, denn die Frau bleibt ja sehr viel länger vital, im Kopf und auch sonst ...«

Verlegen schaute sich Konstanze nach der Kellnerin um. Sie wollte zahlen und gehen. Diese Lina hatte eine Unverfrorenheit, der sie sich nicht gewachsen fühlte. Außerdem war das Alter zwischen ihr und Per kein Thema. Bisher hatten sie diesen Punkt peinlich gemieden, obwohl er das Zünglein an der Waage bildete: Würde es diesen verdammten Altersunterschied nicht geben, längst hätte sie ...

Sie wandte sich dem Küchenfenster zu und rief ein wenig panisch nach der Kellnerin. »Wir möchten zahlen!«

Es war nicht nötig, daß ausgerechnet diese Lina das Pflaster von der Wunde riß.

Da tat sie es schon!

Sie beugte sich vor und schaute Per mit ihren glitzernden blauen Augen an: »Sie sind doch auch um einiges jünger als Ihre Frau, richtig? Das ist gut so, da habt ihr noch viel Freude aneinander!«

Konstanze fühlte die heiße Welle den Rücken hinunterrieseln.

»Daß diese Bedienung nicht kommt«, sagte sie gereizt und wollte aufstehen, wurde aber von Per daran gehindert.

Er griff nach ihrer Hand: »Die kommt schon noch.«

Auch Ferdinand ergriff die Hand seiner Frau. »Egal, wie viele Jahre die Frau älter ist, letztendlich, also wenn's um die wirklich wichtigen Dinge geht, dann ist sie immer die Jüngere.«

Er wandte sich an Konstanze: »Das wissen Sie doch auch, ja? Bestimmt waren Sie schon einmal verheiratet!«

»Natürlich!«

»Geschieden?«

»Witwe!«

»Na sehen Sie!«

Lina nickte zustimmend. »Immer wenn's gerade nett werden könnte, stirbt einem der Mann weg. Dann steht man mit all seiner Sehnsucht allein am Grab. Haben Sie Kinder?«

»Zwei.«

»Richtig gemacht! Mit dem ersten Mann die Kinder, mit dem zweiten den reuelosen Spaß. Ich meine, ab fünfzig geht's doch erst richtig los, hab ich recht? Bloß dann nicht im Familienleben versacken.«

Jetzt fühlte sich Konstanze von Linas blauen Augen regelrecht in die Zange genommen: »Haben Sie Enkel?«

Konstanze hatte das plötzliche Bedürfnis, die oberen Blusenknöpfe zu öffnen. Die Taktlosigkeit dieser Person war kaum zu ertragen.

Zum Glück fegte ein kleiner Windstoß über den Tisch, und Konstanzes Serviette flatterte zu Boden. Es war unbedingt nötig, ihr nachzukriechen, um sie aufzuheben.

Mit rotem Gesicht tauchte sie wieder auf und wechselte abrupt das Thema: »Wie viele Hühner haben Sie denn?«

Überrascht schaute Ferdinand sie an: »Zehn!«

»Das ist schön, das ist genau die richtige Zahl. Haben Sie auch genügend Sand zum Baden?«

»Natürlich!«

»Legen sie gut?«

»Also...«

»Schlafen sie nachts auf Stangen? Sind sie geschützt, wenn der Fuchs kommt?«

»Ich...«

»Und ist das ewige Krähen nicht auch manchmal lästig?«

Sie hob das Glas: »Auf Ihr Wohl! Und daß es noch lange bleiben möge, wie es ist.«

Über den Tisch hinweg spürte sie Pers Blick.

Die Welt ist eine Bühne,
aber das Stück ist schlecht besetzt.

Oscar Wilde

So lächerlich Ferdinand und Lina mit ihrer Metapher vom krähenden Hähnchen auch gewesen waren, das unverblümte Verhalten und das positive Zueinanderstehen des ungleichen Paares hatte Wirkung gezeigt. Es war, als ob ein Ruck durch Konstanze gegangen sei, ein Fenster war aufgesprungen, und frischer Wind hatte vergilbte Vorbehalte durcheinandergewirbelt.

Als Konstanze nach dieser »Hüttennacht«, die so gut wie ein ausgiebiges Mahl nach einem Gewaltmarsch war, zurück nach Babelsburg fuhr, faßte sie den Entschluß, sich endlich zu outen. Es mußte ja nicht gleich die große Offenbarung sein. Vielleicht konnte man das Problem auch lässiger regeln, frei nach dem Motto:

Einfach kommen lassen.

Konstanze stellte sich die Situation konkret vor: Till und Mathilda, deren Augen sie am meisten fürchtete, sind zu Besuch.

Der Tisch ist gedeckt, sie erledigt in der Küche die letzten Vorbereitungen, und Mathilda kommt herein und schaut sie an:

»Mama, wer ist denn der Mann im Salon?«

»Wer?«

»Der junge Mann im Salon.«

»Der junge Mann?« Kurzes Lachen. »Ach, der junge Mann... Aber das ist doch Per!«

Mit Hilfe des kleinen Wörtchens »doch« hatte schon Gerald manch peinliches Problem gelöst, und Konstanze erinnerte sich an einen gewissen ehelichen Dialog, wenn er plötzlich, die Reisetasche in der Hand, vor ihr stand und sie sehr erschrocken gefragt hatte: »Ja, bist du denn am Wochenende nicht hier?«

»Schatz, ich habe dir doch gesagt, daß ich einen Geschäftsfreund besuchen muß. Sonntag abend bin ich wieder bei euch.«
Das Wörtchen »doch« setzte den anderen ins Unrecht, schaffte Spielraum und Vorsprung. Es würde auch das bisherige Verschweigen von Pers Existenz regeln: »Das ist doch…«
Dann die Dinge laufenlassen, auf Pers niemals versagenden Charme vertrauen und am Tisch ein paar lockere Informationen geben: »Per leitet die Literaturkurse an der VHS und ist eine unerschöpfliche Quelle für Aphorismen und Lebensweisheiten. Zum Beispiel ›Ich kann nicht jede heiraten, mit der ich scherze‹, ratet mal, wer das gesagt hat! – Nein, eben nicht Udo Lindenberg, sondern Johann Wolfgang von Goethe!«

Im Zuge der neuen Leichtigkeit hatte sie sich heute morgen ganz locker von Per verabschiedet: »Und das nächste Mal dann bei mir. Wie wär's am Wochenende? – Nein, besser Mittwoch auf Donnerstag!« Vielleicht war es doch geschickter, den ersten Babelsburger Besuch nicht gleich mit einem Familientreffen zu verbinden; langsam voran, kapitelweise…

»Und warum nicht am Wochenende?« Per hatte seiner Stimme jenen liebevoll-ironischen Ton verliehen, auf den er sich so gut verstand. »Da könntest du mich dann gleich deinen Kindern vorstellen.«

»Ach, so wahnsinnig interessant sind meine Kinder gar nicht.«

»Das möchte ich selbst herausfinden!«

Aber sofort hatte er sich mit einem Kuß entschuldigt. »Es war nicht so gemeint. Also Mittwoch, ich freu mich.«

Und einen kleinen Stich hinzugefügt: »Darf ich auch in

den Garten, oder versteckst du mich hinter zugezogenen Gardinen?«

»Noch ein Wort, und ich versteck dich im Keller…«

»Manchmal denk ich, du fürchtest, ich könnte mich in deine Tochter verlieben!«

Konstanzes Gesicht flammte auf, und Per biß sich auf die Zunge.

Er hätte sich ohrfeigen können. Er versuchte zu retten, was nicht zu retten war: »Das war blöd, entschuldige! Aber weißt du, ich muß die Möglichkeit – ich sage, die Möglichkeit –, daß du dich in meinen Vater verliebst, auch ertragen.«

»Das ist nicht dasselbe.«

Natürlich war es nicht dasselbe… Konstanze schluckte und hatte die Stimme wieder in der Gewalt.

»Also dann am Mittwoch, komm irgendwann zwischen sechs und Mitternacht…«

Das sollte lässig klingen und verfehlte die Wirkung nicht. Aber Konstanze wußte, daß sie diese Lässigkeit teuer bezahlen würde.

Zur absoluten Pünktlichkeit erzogen, würde sie ab halb sechs bereit sein und warten…

Am Mittwoch klatschte der Regen gegen die Fenster, und Konstanze konnte sich eines leisen Triumphgefühls nicht erwehren. Es war eindeutig zu kühl, um draußen zu sitzen, man würde es sich hinter zugezogenen Gardinen gemütlich machen. Schon morgens entwarf sie das Bild der abendlichen Zeremonie: kleines lässiges Abendessen, gedämpftes Licht, ein flackerndes Kaminfeuer und die Atmosphäre von Wärme und Geborgenheit. Nur wir beide…

Konstanze prüfte zum erstenmal in fünfundzwanzig Jahren, ob sich das Familiensofa als Liebeslager eignete. Es war wunderbar weich, aber vielleicht zu schmal! Also doch das eheliche Schlafzimmer?

Nein, ausgeschlossen! Gerald würde auf der Bettkante sitzen und sich nachhaltig räuspern.

Vielleicht aber das Eisbärfell, das ihr Vater Max einmal von einer Geschäftsreise mitgebracht hatte und das seitdem zusammengerollt im Keller lag? Eifrig schleppte es Konstanze die Treppe hinauf und breitete es dekorativ vor dem Kamin aus. Sie legte sich probehalber hin und mußte nun doch sehr lachen.

Die Erinnerung: Konstanze, einjährig, nackt auf dem Eisbärfell, das Foto schmückte Louises Familiengalerie, überfiel sie allzu deutlich. Fehlte noch, daß sie aufjauchzte und mit den Fingern nach den Zehen griff. Außerdem war das Fell hart und flusig und roch unangenehm streng nach... eben: nach Raubtier, nach Bär!

Weg mit dem Eisbärfell. Dafür stöberte sie im Keller ein vergessenes Lämpchen mit rotseidenem Schirm auf, schaltete die Lampe neben dem Sofa ein und lächelte zufrieden. Das ganze Lager war plötzlich in rosa Licht getaucht. Wenn schon eng, dann wenigstens »erotisch« beleuchtet.

Konstanze war es so sehr gewöhnt, nichts dem Zufall zu überlassen, daß sie den ganzen Tag mit der abendlichen Inszenierung beschäftigt war. Dreimal deckte sie den Tisch, ehe sie endlich zufrieden war. Zunächst wählte sie das alte Meißen mit der Rose, eine Erbschaft von Louise, verwarf die Idee als zu edel und versuchte es mit dem weiß-grünen Porzellan. Schließlich nahm sie doch das Geschirr aus der Küche: blaue Keramikteller und Holzbretter, ein grün glasierter Krug mit Wildrosen und Lupinen, rote Stoffservietten... Schon wirkte das Ganze wieder wie ein Foto aus »Dekoration«: Ländliches Fest...

Sie nahm die Stoffservietten weg und ersetzte sie durch einfache aus Papier.

Nachdem die Tischinszenierung gelungen war, zog sie sich dreimal um und schlüpfte schließlich in enge schwarze

Hosen und den roten Riesenpulli, in dem sie so entzückend zerbrechlich versank.

Haare lässig, kein Make-up.

Sie betrachtete sich im Spiegel und war zufrieden: Jung sah sie aus, sehr natürlich, und das »Herz zum Zerspringen« verbarg der weite Pullover.

Siebzehn Uhr fünfundvierzig…

Konstanze hatte ein einfaches Essen geplant: Schinken und Salami vom Brett, Käse am Stück. Verschiedene Brotsorten, eine große Schüssel Salat. Rotwein aus dem Supermarkt. Nicht der leiseste Hinweis auf noble Lebensart sollte Per beschämen. Nicht, daß er vor ihrem nächsten Besuch den Weinhändler aufsuchte und sein Wochenbudget für einen Chablis opferte – daß er sich, um Himmels willen, nicht genötigt fühlte, mit seinem wohlhabenden Vorgänger in Konkurrenz zu treten.

Es klingelte! Zehn Minuten zu früh…

Konstanze lachte leise in sich hinein: Nur wer die Sehnsucht kennt…

Sie warf einen letzten Blick in den Spiegel, lief zur Tür und riß sie auf.

»Hallo Mama!«

Till und Vito.

»Ach…« Herz und Magen rutschten ins Bodenlose, und ihr Entsetzen war echt: »Es ist doch nichts passiert?«

»Doch, dürfen wir reinkommen?«

Nur widerwillig trat Konstanze zur Seite.

»Bitte!«

Till war sehr blaß. Er trug eine große Tasche und hatte Vito unter den Arm geklemmt. Im Wohnzimmer ließ er sich auf das Sofa fallen und schaute zu Konstanze hinauf: »Verena und ich lassen uns scheiden.«

»Um Gottes willen.«

»Es geht nicht mehr!«

»Aber kleine Krisen gibt es überall…«

»Dies ist keine Krise, sondern es war ein Fehler von Anfang an.«

»Wie soll ich das verstehen?«

»Du hast es doch eher verstanden als ich. Verena und ich sind aus zu verschiedenen Nestern gefallen.«

Sie hob die Brauen wie zu ihren besten Zeiten. »Wie lyrisch du dich ausdrücken kannst.«

»Nimm es, wie du willst, aber eine Frau, mit der du kein vernünftiges Wort reden kannst, mit der kannst du auch kein Problem lösen.«

»Du hast mir doch erzählt, daß euch eine Menge verbindet: Die Liebe zum ländlichen Leben, die Möglichkeit, in Harmonie miteinander fernzusehen…«

»Das habe ich mir eingeredet!«

Konstanze rang sich ein Lachen ab. Sie saß auf heißen Kohlen, und die Situation verlieh ihrer Stimme eine gewisse Schärfe: »Oder das Programm ist noch schlechter geworden, wie?«

»Mutter…«

Ganz »unkonstanzig« äffte sie ihn nach: »Mutter!«

Dann zwang sie sich zur Ruhe: »Und was soll Mutter jetzt tun?« Unschlüssig musterte sie ihren Enkel, der auffallend artig in der Sofaecke saß. Ein wenig verschüchtert schaute er sie an.

Konstanze, gerade noch in der Rolle der Geliebten, rang sich einen großmütterlichen Satz ab: »Das arme Kind!«

»Ja, Vito ist natürlich ein Problem. Verena hat ein Magengeschwür. Sie ist bei ihrer Mutter und gibt sich einer Rollkur hin. Und ich weigere mich, meinen einzigen Sohn auch nur kurze Zeit in diesem chaotischen Haushalt zu lassen. Ganz abgesehen davon, daß Verenas Mutter mit zwei weiteren Enkeln bereits restlos überfordert ist. Schließlich ist sie nicht mehr die Jüngste.«

Auf Konstanzes fragenden Blick hin fügte er hinzu: »Na, fünfzig ist sie bestimmt! Also…«

»Also was?«

Konstanze atmete durch und hatte mit einer plötzlichen Erkenntnis zu kämpfen: »Du glaubst doch nicht etwa, du kannst Vito bei mir lassen?«

»Nur, bis alles geregelt ist!«

»Bis was geregelt ist?«

»Na, Scheidung und Hausverkauf. Verena wird sich natürlich eine Stelle suchen müssen.«

»Und die ganze Zeit über soll er bei mir bleiben?« Konstanzes Stimme kippte ins Schrille. »Das kann Monate dauern, Jahre…«

Vito grinste und entblößte den neuen Augenzahn, den er sich nach Pfingsten zugelegt hatte. Rosa wie Marzipan leuchtete er im Licht der »erotischen Lampe«.

Konstanze versuchte sich zu sammeln. Jetzt ruhig bleiben, das Notwendige tun… zum Beispiel nach oben gehen und versuchen Per zu erreichen, falls der liebe Gott ein Einsehen hatte und sie ihn noch zu Hause erwischte. Wahrscheinlicher war, daß er bereits vor der Tür stand.

Aber sie saß da wie gelähmt.

An ihrer Stelle hievte sich Till aus den Tiefen des Sofas.

Bedauernd zuckte er die Schultern: »Du lebst allein, hast niemanden zu versorgen, es besteht kein Grund…«

Doch es gab einen Grund…

Am liebsten hätte Konstanze losgeschrien: Deine Mutter ist nicht die, für die du sie hältst. Deine Mutter hält sich einen jungen Liebhaber und möchte mit diesem ungestört der Liebe frönen.

Der Liebhaber ist kaum älter als du, und Enkel einschließlich Entenfüttern im Park passen nicht ins Spiel. Verstehst du das nicht? Sie versuchte es mit einem Trick: »In einer Woche kannst du ihn bringen.«

»Wieso erst in einer Woche?«

»Ich habe dir doch gesagt, daß ich noch einmal für Kranz und Botte nach Worpswede muß. Die Jugendstilmöbel…«

Till zeigte sich unbeeindruckt. »Das höre ich gerade zum ersten Mal! Aber dann werde ich eben mit Frau Hollerbusch sprechen. Gegen gute Bezahlung wird sie sich sicher einige Tage kümmern.«

Er zuckte die Schultern: »Tut mir leid, es geht nicht anders.«

An der Tür wandte er sich noch einmal um: »Alles, was ich soeben gegen Verena vorgebracht habe, entspricht deinen eigenen Worten. Weißt du noch, der Nachmittag auf den Kurterrassen? Wie wichtig dir da eine gewisse Dialogfähigkeit erschien, die Verena nun einmal nicht besitzt? Und daß sogar Louise…«

»Louise…«

»…wird sich über meinen Entschluß sicher freuen!«

Er küßte sie zum Abschied und rang sich ein ironisches Lächeln ab:

»Eine Großmutter, die noch sehr gut in Form ist und allein in einem Achtzimmerhaus lebt – so was ist nicht ungefährlich!«

Die Tür fiel hinter ihm ins Schloß. Vito hatte sich vom Sofa plumpsen lassen, umklammerte nun ihre Knie, lachte mit allen zur Verfügung stehenden Zähnen und hob die Ärmchen. Konstanze nahm ihn hoch und stand unschlüssig im Flur.

Sie betrachtete sich im Spiegel: »Eine Großmutter, die noch in Form ist…«

Konstanze stellte fest, daß ihre Wandlungsfähigkeit begrenzt war. Sie war entweder eine hinreißende Geliebte oder eine Großmutter, hier und jetzt mußte sie sich entscheiden. Aber die Großmutter wurde sie heute nicht mehr los. Die Geliebte blieb auf der Strecke und mußte – vorübergehend – geopfert werden.

Sie griff zum Hörer und wählte die Nummer.

»Per Lennert?«

Pers lässiger Umgang mit der Zeit erwies sich zum ersten Mal als segensreich.

»Wie gut, daß du noch da bist!«

»Ich wollte gerade gehen!«

»Es klappt leider nicht, meine Mutter ist plötzlich erkrankt, ich muß sofort zu ihr.«

»Ich komme mit!«

»Per!!!«

»Dann warte ich vor deiner Tür, bis du wieder zurück bist.«

»Sei doch nicht so unvernünftig, es kann die ganze Nacht dauern.«

»Das macht nichts.«

Vito hatte den geschliffenen Bergkristall entdeckt, der als Briefbeschwerer auf dem Sekretär lag, drehte ihn in der Hand und ergötzte sich an seinem Funkeln. Er jauchzte laut auf ...

»Was war das?«

»Was denn?«

»Dieses Quietschen!«

Jetzt funkelten die Strahlen rosarot, Vito konnte sich vor Wonne kaum fassen. »Quiiiii ...«

»Da war es wieder ...«

»Ich höre nichts!«

»Du sagst, deine Mutter sei krank, ich habe eher das Gefühl, daß dir etwas fehlt.«

»Nimm es, wie du willst, ich muß jetzt fahren, Mutter wartet. Wir telefonieren morgen.«

Vito war der Kristall aus der Hand gefallen, die Anfangsarie des ohrenbetäubenden Geschreis drang als ein undefinierbares Geräusch bis nach Marbach. Es klang ein wenig wie das Durchstarten eines Mopeds ...

Die Mahlzeit von Großmutter und Enkel verlief nicht ohne Zwischenfälle. Erstens, weil beide, so ausschließlich auf sich gestellt, wenig Spaß aneinander hatten. Zweitens, weil der Abendbrottisch nicht nach Vitos Geschmack gedeckt war und Konstanze sich mit seinen Gewohnheiten auch nicht auskannte.

Sie spürte einen gigantischen Zorn auf Till. Wie konnte man ihr ein zweijähriges Kind ohne Gebrauchsanweisung einfach so aufzwingen. Angestrengt versuchte sie sich an die Zeit zu erinnern, zu der ihre eigenen Kinder in diesem Alter waren. Die Erinnerung enthielt aber nur ein vages Gefühl gereizter Überforderung ohne Details. Sie rief in der Hofreite an, aber Till war nicht dort. Zum ersten Mal kam ihr der Verdacht, daß er eine Geliebte hatte, mit der er seinerseits... an ihrer Stelle...

Übergangslos fühlte sich Konstanze als »Oma fürs Grobe«, diffamiert und aufs Abstellgleis geschoben: »Die Alte braucht eine Aufgabe.«

Unschlüssig schaute sie Vito an, ebenso unschlüssig schaute er zurück. Was sollte jetzt geschehen?

»Paß auf«, sagte sie. »Wir sind zwangsweise aneinandergeraten, wir müssen ein paar Tage überleben. Ich biete dir jetzt ein Brot mit Butter und Käse an. Ich werde es in kleine Rechtecke schneiden, die deine Urgroßmutter Louise »Hühnerchen« nannte. Als ich so klein war wie du, hab ich immer sechs dieser »Hühnerchen« gegessen, und schau, wie groß und stark ich geworden bin...

Bei dem Wort Hühnerchen war überraschend Linas Gesicht aufgetaucht, eine Vision aus einer anderen Welt. Konstanze hob die Stimme:

»Und du wirst jetzt auch brav essen, verstanden?«

Sie nahm eine Scheibe Brot, belegte sie mit Butterkäse, schnitt sie in kleine Rechtecke und bot Vito eines davon an.

Zögernd kaute er darauf herum. Doch schon beim zweiten

war ihm der Appetit vergangen, er stieß den Teller zurück, lief ins Wohnzimmer, kletterte auf das Sofa und kuschelte sich ins Licht der »erotischen« Lampe.

Konstanze fand in der Tasche, neben allerlei Kleidung, einen zernagten Hasen und drückte ihm diesen in den Arm. Unglücklich schaute sie auf ihn hinunter. »Und was machen wir jetzt?«

Das ist doch verrückt, dachte sie. Ich habe einen Enkel und weiß nichts mit ihm anzufangen. Ich benehme mich wie ein alter Junggeselle, den man plötzlich mit einem Baby allein läßt und der versucht, dem armen Kind Speck und Bier einzuflößen, einfach weil ihm nichts Besseres einfällt.

Gut, fuhr sie in ihrem inneren Dialog fort, ich habe vergessen, wie man es macht – aber wo, zum Teufel, bleibt der Instinkt, den wir Frauen für so was angeblich haben…

Der Instinkt schwieg. Vito war erschöpft eingenickt, und Konstanze bereitete ihm ein Lager auf Geralds verwaister Betthälfte.

Endlich mal wieder ein Mann im Bett! In all ihrem Unglück mußte sie nun doch lachen. Zwei Jahre lang hatten Vito und sie in höflicher Distanz gelebt, und ausgerechnet heute…

Sie wollte Vito hochheben, um ihn hinüberzutragen, aber der Versuch mißlang. Jedesmal, wenn sie ihn berührte, wachte er auf und begann hysterisch zu schreien. In der Fremde, in der er so plötzlich gelandet war, gab es einen einzigen, tröstlichen Platz: das weiche Sofa im rosa Lampenschimmer.

Nach drei Versuchen waren beide erschöpft. Konstanze gab auf, und Vito wimmerte leise vor sich hin. Ihn hatte der Mut verlassen, sich einem Erquickungsschläfchen hinzugeben. Die fremde Tante hatte Übles mit ihm vor, sie wollte ihn irgendwohin tragen, es war ratsam, die Augen offenzuhalten.

Fragen sind nie indiskret,
Antworten bisweilen.

Oscar Wilde

Per sah den Lichtschein, der durch die Ritzen der Rolläden schimmerte, schon von weitem. Er spürte den Stich in der Herzgegend sehr deutlich. Der Verdacht, daß die Krankheit der Mutter ein Vorwand war, bestätigte sich also. Konstanze hatte Besuch, einen Besuch, den sie ihm nicht vorführen konnte oder dem sie ihn nicht vorführen mochte – letztlich lief es auf dasselbe hinaus.

Wieder einmal überkam ihn das Gefühl, daß eine Liebe, die soviel Heimlichkeiten ausgesetzt war, keine Zukunft hatte. Wer aber war der Nebenbuhler? Wer hatte das Recht, ungebeten und unerwünscht in Konstanzes Privatleben einzudringen?

Erwartet hatte sie ihn ganz bestimmt nicht. Das Halten von zwei Liebhabern paßte nicht zu Konstanze; wäre sie diesbezüglich geschult, hätte sie die lästigen Skrupel nicht gehabt. Dann wäre sie lässig, leicht und cool im Umgang mit dem Doppelleben.

Energisch schlug Per die Autotür hinter sich zu und legte den Finger auf den Klingelknopf. Gleichzeitig schlug er mit der flachen Hand gegen die Tür: »Konstanze, mach auf!«

Konstanze hörte die Stimme und erstarrte.

Per war gekommen! Gottergeben ging sie in den Flur, und die Frau, die ihr im Spiegel entgegenkam, hatte wenig von

260

einer Geliebten. Eine sorgenvolle Großmutter, todmüde und erschöpft, öffnete die Tür. Im Gegenlicht der Straßenlaterne erschien ihr Per jünger als Till: Ein Sohn kehrte heim in der Nacht, und fast wäre sie in die mütterliche Rolle verfallen: Kannst du keinen Schlüssel mitnehmen? Weißt du, wie spät es ist? Ich möchte auch mal zur Ruhe kommen...

Statt dessen trat sie wortlos zur Seite und bedeutete Per, hineinzukommen. Er trat in die Diele, schaute sie an und sagte: »Ich denke, du bist bei deiner Mutter?«

Im gleichen Augenblick erfaßte Vito die Situation: In die Dunkelheit seines Unglücks war eine Lichtgestalt getreten, eine männliche Stimme erfüllte den Raum, der Mann war zwar nicht Papa, aber die tiefe Stimme weckte angenehme Gefühle.

Vito hatte in seinem kurzen Leben mit Papafiguren die besten Erfahrungen gemacht. Sie zwangen einen nicht dazu, Dinge zu essen, die man nicht mochte, zwängten keine Jäckchen an, stülpten keine Mützen über, machten weder Kille-Kille, noch schrillten sie einem schmerzhaft ins Ohr... Sie waren absolut vertrauenerweckend. Jauchzend rutschte er vom Sofa, fiel, rappelte sich wieder auf und rannte so schnell ihn seine dicken Beinchen trugen auf Per zu. Der fing ihn auf und wirbelte ihn in die Luft: »Na, mein Freund? Auf Damenbesuch? Darf ich denn stören?«

Per durfte stören. Auf seinem Schoß sitzend, aß Vito manierlich die restlichen »Hühnerchen«, trank einen Becher Milch und ließ sich später anstandslos in Geralds Bett legen. Dann hörte er sich die Geschichte von den zwei Mäusen an, die Vito und Per hießen, und warf Konstanze einen triumphierenden Blick zu. Es war alles in Ordnung. Oma Konstanze konnte gehen...

Später, als Vito selig erschöpft eingeschlafen war, saßen Per und Konstanze einander gegenüber. Konstanze hatte die rosa

Lampe rasch ausgeschaltet, das normale Leselicht bestrahlte die Szene. Rosa paßte nicht zum Geschehen und wirkte plötzlich seltsam peinlich.

Sie saßen da, schwiegen und rauchten. Schließlich sagte Per:

»Kann man fragen, wer der junge Mann ist, der so selbstverständlich in dein Schlafzimmer darf?«

In gespielter Überraschung lachte Konstanze auf:

»Das ist doch mein Enkel – Tills Sohn...«

Nachdenklich schaute Per sie an. »Ein aufgewecktes Kind, wie mir scheint.«

»Aber ja...«

Konstanze wollte aufspringen, aber Per deutete ihr an, sitzen zu bleiben. »Bitte keine Fotos!«

Anders als andere Großmütter hatte Konstanze gar nicht das Bedürfnis, den Stapel Fotos hervorzuziehen, um Vito in den Stadien seines kurzen Erdenlebens zu präsentieren. Sie hatte nur nach einer Ablenkung gesucht.

Zögernd nahm sie wieder Platz.

»Ist er öfter hier?«

Konstanze zündete sich eine neue Zigarette an der alten an und inhalierte tief den Rauch in die Lunge. »Es ist eine Krisensituation, seine Eltern lassen sich scheiden.«

»Und warum schiebst du deine Mutter vor? Du machst ja aus deinem Enkel ein größeres Geheimnis als andere aus ihrem Liebhaber.«

»Aber aus dem mache ich doch auch eines...« Konstanze rettete sich in ein Lachen, aber dann gab sie sich einen Ruck. Sie benahm sich idiotisch, und das war schlimmer als alles andere.

Mit ihren großen grauen Augen schaute sie Per ruhig an: »Ich bin der Kombination nicht gewachsen!«

»Das heißt...«

»...daß ich die Großmutter und die Geliebte nicht unter einen Hut kriege.«

»Das werden wir üben ... ich bin ein toller Liebhaber und ein wunderbarer Übergangspapa!«

Er strahlte sie an: »Wenn es dir lieber ist, auch ein Übergangsopa. Gibt's noch weitere Gründe?«

»Ja, einen, Eitelkeit!«

»Dachte ich's mir doch.«

Vor Pers innerem Auge erschien die Vogelsangsche Grabplatte: »Dr. Gerald Vogelsang«.

Per saß zurückgelehnt auf dem Sofa. Mit seinem weißen Hemd und den blauen Jeans, dem Lachen und den Haaren, die ihm in die Stirn fielen, wirkte er schmerzlich jung.

Und wie sehe ich aus? dachte Konstanze und wünschte sich plötzlich, daß ihr Gerald gegenübersäße: müde und ein bißchen zerknittert nach einem langen Tag.

Am nächsten Morgen war Vito restlos verzweifelt. Der tapfere Krieger, der Mama, Papa, die Damen von »Life and Woman«, die »andere Oma« und sogar Tante Mathilda lässig im Griff hatte, begann bei Konstanzes Anblick kläglich zu schreien. Er trat nach den »Hühnerchen« und wollte sich keinesfalls anziehen lassen.

Schließlich konnte Per es nicht länger ertragen.

»Laß mich mal mit ihm allein!«

Konstanze floh in die Küche, schloß die Tür hinter sich und lehnte sich erschöpft gegen das Abtropfbrett. Nebenan wurde es still, dann hörte sie Pers leise Stimme und schließlich Vitos vergnügtes Krähen. Dann muntere Schläge mit dem Löffel auf die Tischplatte: Patsch-patsch-patsch!

Mahagoni ade ...

Konstanze setzte sich an den Küchentisch, stützte das Kinn in die Hand und starrte in die Rhododendren. Es war ein frischer, windiger Tag. Die Schatten der Wolken flogen über den Garten, die Sonne blitzte hervor, und Konstanzes Laune schwand.

Auf wen war sie eigentlich so eifersüchtig? Auf Vito? Oder eher auf Per? Oder war ihr schmerzlich bewußt, daß sie drüben niemand vermißte?

Schließlich wurde es beunruhigend still, und sie öffnete leise die Tür zum Wohnzimmer.

Per und Vito lagen rücklings auf dem Teppich, Per hob die Beine senkrecht in die Luft und Vito, krebsrot vor Anstrengung, machte es ihm nach. Heben – senken – heben – senken!

Gymnastikstunde, dachte Konstanze, strafft die Bauchmuskeln. Gleichzeitig fiel ihr ein, daß sie ihre eigenen Gymnastikübungen seit Pers Eintritt in ihr Leben sträflich vernachlässigt hatte, wogegen Vitos Bauchdecke das Muskeltraining eigentlich nicht nötig hatte.

Sie schloß die Tür hinter sich und wuchtete wütend den Wäschekorb auf den Tisch. Ein bißchen bügeln konnte nicht verkehrt sein, passend zur Rolle, die sie hier spielte.

Zischend schob sich das Eisen in die Falten des Kissenbezugs.

Mittags hatte sich Vito in ein strahlendes Bürschchen verwandelt, das bester Laune war und den neuen Spielkameraden keine Minute aus den Augen ließ. Dafür war Konstanze die Laune restlos verhagelt.

Selbst als sich Vito anstandslos zum Mittagsschläfchen betten ließ und es plötzlich angenehm ruhig war, spürte sie den Trotz in allen Gliedern.

Per schaute Konstanze an – lächelte – ließ den Blick zum Sofa wandern – schaute Konstanze an. Aber zum ersten Mal schnellten ihre Augenbrauen in seiner Gegenwart in die gewohnten Höhen.

Per verstand sie ohne Worte.

»Alles klar!«

Nachmittags war Vitos Laune schon wieder gefährdet. Er schrie nicht, er quatschte monoton vor sich hin. Ein elektrischer Bohrer, dem Marterinstrument eines Zahnarztes ähnlich, schliff Konstanzes Nerven.

Per hatte inzwischen begriffen, daß Konstanze anders reagierte, als Großmütter dies gewöhnlich tun: Allzugroße Begeisterung über den Enkel zu zeigen war nicht angebracht. Dabei hätte er sich glatt an den Knirps gewöhnen können. Vorsichtig machte er ein Angebot:

»Gehen wir doch mit ihm spazieren!«

»Gern! Enten füttern im Park. Ein beliebtes Spiel für die Kleinen und die Alten.«

Per schaute sie erschrocken an und Konstanze biß sich auf die Lippen: Mein Gott, ich muß mich fangen, dachte sie. Mich reitet ja der Teufel!

Sie verbrachte eine gute halbe Stunde im Bad und versuchte, sich schön zu schminken. Aber das Resultat blieb unbefriedigend.

Diese Falte quer über der Stirn war neu.

Am Ende der Woche würden es zwei sein, dann drei, dann vier …

Das Spazierengehen beruhigte. Konstanze fand ihr Gleichgewicht wieder, und da Vito auf Pers Schultern ritt und dessen Gesicht mit seinen Händen halb verdeckte, glaubte Mausi Hochstätter, die ihnen entgegenkam, daß es sich um Konstanze mit Enkel und Sohn handelte. Reizend dieser Till, ganz der Herr Vater. Gerald Vogelsang hatte auch dieses schöne dichte Haar gehabt.

Auf jeden Fall eine höchst attraktive Familie.

Kurz darauf hatte der Badfotograf Fritz Heinzelmeier einen ähnlichen Eindruck: Dürfte ich vielleicht von Ihnen allen ein Foto machen? Der junge Vater nach links und die Oma dann rechts, das Kind vielleicht in die Mitte?

Er fing Konstanzes grauen Blick auf und versuchte charmant zu sein: Oder ist es die Mutti?

»Nur die Tante auf Besuch.«

Fritz Heinzelmeier schaute durch den Sucher, knipste und ließ die Kamera sinken. »Bad Babelsburg – das Familienbad. Ein gutes Bild für die Werbung. Sie haben doch nichts dagegen?«

»Nein«, sagte Per.

»Doch«, sagte Konstanze.

Sie sah den erstaunten Blick von Fritz Heinzelmeier und verbesserte sich. »Nein!«

»Gehen wir nach Hause«, sagte Per.

Sie verbrachten dann doch noch einen friedlichen Nachmittag. Vito hatte sich angenehm müde gelaufen und spielte mit seinen Stofftieren. Draußen fiel ein sanfter Regen, drinnen war es gemütlich und warm. Im Fernsehen lief die Sportschau.

»Nur das Endspiel, du hast doch nichts dagegen?«

»Ich wußte gar nicht, daß du ein Sportfan bist.«

»Nur die ganz großen Spiele, der Atmosphäre wegen…«

Der Atmosphäre wegen…

Das Lämpchen mit dem rosa Schirm stand neben dem Sofa auf dem Boden, weil Vito den Beistelltisch zur Autobahn erklärt hatte: Brr-brr-brr…

Plötzlich fühlte sich Konstanze angenehm an gewisse Nachmittage erinnert, wenn Gerald einmal zu Hause war und Zeit für die Familie hatte. Auch dann hatte diese entspannende Stimmung geherrscht, eine Art erholsame Langeweile. Man war zusammen, aber nicht permanent miteinander beschäftigt: innerer und äußerer Friede.

Konstanze bereitete das Abendessen zu. Durch die geöffnete Küchentür hörte sie den Sportmoderator: Brasilien greift an… Flanke… und Tor…

In den Siegestaumel hinein läutete das Telefon.

»Vogelsang?«

»Till, ich wollte fragen, wie es meinem Sohn geht.«

»Gut!«

»Hat er in der Nacht Theater gemacht?«

»Nein!«

»Ich kann ihn also noch ein paar Tage bei dir lassen?«

»Natürlich!«

»Ich wollte mich noch für den Überfall gestern entschuldigen. Es tut mir aufrichtig leid, aber ich steh bis zum Hals im Chaos. Es ist sehr nett, daß du mir geholfen hast.«

»Aber dafür bin ich doch da.«

Dieser Satz war so gar nicht »konstanzig«, Till konnte ihn nicht richtig einordnen und leitete, ein wenig verlegen, die Verabschiedung ein: »Ja, dann melde ich mich also morgen abend wieder…«

Im selben Augenblick stieß sich Vito an der Tischplatte und begann zu weinen, man hörte Pers tröstende Worte, das Gebrüll verstummte augenblicklich.

»Hast du Besuch? Da war gerade eine Stimme…«

»Nur Herr Heinrich wegen des Gartens. Ich möchte einen Seerosenteich anlegen lassen.«

»Und ich dachte, meine Mutter empfängt einen Liebhaber.«

»Wenn es nur so wäre!«

»Wie?«

»Ich sagte, wenn es nur so wäre!«

»Na dann bis morgen!«

Verunsichert legte Till den Hörer auf die Gabel zurück.

Unschlüssig starrte er den Apparat an. Seine Mutter schien ihm verändert. In letzter Zeit waren die Dinge aus dem Lot geraten. Alles schien möglich.

Konstanze ging ins Wohnzimmer zurück. Per hielt Vito im Arm und blätterte mit ihm in einem Bilderbuch. Gerald hatte sich nie auf diese Weise mit seinen Kindern beschäftigt. Sie bekamen Geschenke, flüchtige Küsse und die Mitteilung, daß der Papa im Moment gerade keine Zeit für sie habe, daß er arbeiten müsse und sie leise zu sein hätten.

Konstanze, könntest du bitte endlich für Ruhe sorgen?

Die Nervosität, die Konstanze den ganzen Tag über gespürt hatte, war verschwunden. Anstelle der Anspannung fühlte sie Ruhe und Wärme.

Dieser Per war anders als der Per, der sie in der Hütte empfing, aber er war nicht weniger wohltuend.

»Weißt du, daß ich dich wunderbar finde?«

Er hob den Blick und schaute sie an: »Ich dachte, ich heiße Heinrich!«

»Nicht mehr lange«, sagte Konstanze. »Direkt nach Sils-Maria, dann…«

Direkt nach Sils-Maria!

Man muß die Dinge lustiger nehmen,
als sie es verdienen.

Friedrich Nietzsche

Arthur und Julie waren bei Chur auf die B 3, Richtung St. Moritz, abgebogen und hatten nun das letzte Stück der Wegstrecke vor sich.

Seit Bregenz saß Julie hinter dem Steuer, brauchte aber eigentlich nur Gas zu geben und zu lenken. Das Eigentliche, nämlich alle wichtigen Entscheidungen, nahm Arthur ihr ab.

»Jetzt kannst du überholen, los, und den nächsten, jetzt rechts rüber… Vorsicht, Fahrbahnverengung.«

Julie hatte es längst aufgegeben, etwas zu erwidern. Tat sie es doch, wertete Arthur dies als Übermüdung, ließ anhalten und übernahm das Steuer selbst. Dann bewies er sich und allen anderen, was er und sein Schlitten noch hergaben. Im Moment jedoch war er von seiner Aufgabe als Fahrlehrer abgelenkt, denn er hatte ein Schild entdeckt.

»Schau, Lenzerheide, da sind wir beide einmal sehr glücklich gewesen.«

»Das habe ich vergessen!«

Arthur war empört. »Aber da hab ich dir doch diesen wertvollen Ring geschenkt. Apropos, wo ist der eigentlich geblieben?«

Den Ring hatte Julie längst verkauft, obwohl er das einzige Schmuckstück war, das Arthur je in sie investiert hatte, wenn man von jener goldenen Kette einmal absah, die sich als Imitation erwiesen hatte.

Aber auch sonst erinnerte sich Julie nicht gern an jenen

Kurzurlaub vor etlichen Jahren, den sie still für sich mit »meine Schicksalswoche« bezeichnete.

In Lenzerheide war sie endgültig Arthurs Lügen und Verführungskünsten erlegen und hatte dafür eine Karriere als Fotografin und ein selbstbestimmtes Leben aufgegeben. Dafür hatte sie heute einen mürrischen Gatten und eine arrogante Schwiegermutter am Hals.

Sie wischte sich mit der Hand über die Stirn. Vorbei und vergessen. Reines Ringen ums Überleben war angesagt.

Sie schenkte Arthur ein Lächeln und sagte: »Ja, das ist eine schöne Zeit gewesen, damals in Lenzerheide.«

Aber auch Arthur hatte inzwischen mit einer unschönen Erinnerung zu kämpfen.

Die Ferienwohnung, in der er Julie bewiesen hatte, daß er, und nur er, der Inhalt ihres Lebens sei, war das Eigentum von Doktor Müller gewesen, der sein überschüssiges Kapital in komfortablen Liebesnestern anzulegen pflegte. Inzwischen hatte Müller es auf fünf dieser Nester gebracht, während er, Arthur, mit zwei alten Weibern in einer verschandelten Villa saß. Um seine Ehre zu retten, würde es nötig sein, Müller wieder einmal um einen kleinen Freundschaftsdienst zu bitten.

Genüßlich stellte sich Arthur das diesbezügliche Telefonat vor: »Ich benötige einen lauschigen Ort für einen Urlaub mit – äh – einer jungen Dame. Sie verstehen… ha ha ha!«

Aber wo war die junge Dame?

Verärgert registrierte Arthur, daß er Julie bereits seit mehr als einem Jahr die Treue hielt – nicht aus Liebe, sondern aus einem unerklärlichen Gefühl der Mattigkeit heraus. Ärgerlich schaute er sie von der Seite an. Anstatt ihm Kraft zu geben, kostete sie ihn kostbare Energie.

Um das ungute Schweigen zu brechen, sagte Julie: »Ich habe die Berge immer geliebt.«

»Hmm!«

Arthur liebte die Berge nicht. Sie standen nutzlos im Weg,

kosteten Platz und behinderten Sicht und freie Fahrt. Wenn Hanna ihn nicht mit ihrem Geschenk, das ihn letztendlich eine Menge kostete, ausgetrickst hätte, wären sie gemütlich zu Hause geblieben.

Ärger auf Hanna kam auf. Der Urlaub war teurer als erwartet, und für Julie lohnte sich die Investition eigentlich nicht mehr. Wieder erhellte das Bild einer jugendlichen Geliebten seinen Sinn. Genüßlich schloß er die Augen, um sich der Vision hinzugeben. Aber Julie störte ihn in seinen Träumen.

»Ich finde es übrigens peinlich, daß wir Hannas Geschenk angenommen haben.«

Arthur schreckte auf. »Mein Gott, warum denn?«

»Ich möchte ihr nicht zu Dank verpflichtet sein.«

»Aber das bist du doch ohnehin.« Er lachte. »Lebenslänglich.«

»Wie soll ich das verstehen?«

Er grinste und kraulte mit der Linken ein wenig ihren Nacken.

»Na, weil du mich bekommen hast... geschenkt noch dazu.«

»Du warst teuer genug«, sagte Julie.

Das nahm Arthur als Kompliment. Zufrieden lachte er in sich hinein.

Sie fuhren eine Weile schweigend dahin, dann schloß Arthur das Thema ab. »Stickst Hanna eben zum Dank ein schönes Kissen. Hanna hat alle Geschenke stets selbst gemacht. Das hat dann auch was Persönliches.«

Dreißig Kilometer hinter Julie und Arthur bummelten Konstanze und Per gemütlich dahin.

Konstanze hielt das Steuer in der Hand.

Die Stimmung war gut, nachdem sie vor Beginn der Reise ein wenig durchhing. Konstanze hatte Per unmißverständlich klargemacht, daß sie nicht bereit sei, in seinem geliebten Kombi zu reisen, sondern ihren eigenen Wagen bevorzuge.

Per hatte das nicht verstanden.

»Warum nicht? Ich räume hinten alles leer, und wir können eine Menge Gepäck mitnehmen.«

»Ich benötige nur einen Koffer!«

»Die Karre ist nicht elegant, aber ideal geeignet für Ausflüge. Man kann sie richtig vollpacken, Tisch, Stühle, Decken, Picknick, Grill…«

»Ich kann mich auch so auf eine Wiese setzen.«

»Wenn unterwegs etwas passiert, können wir zu zweit darin pennen.«

»Es wird nichts passieren, und zum Schlafen gibt es Hotels.«

Bis Per endlich kapierte: Konstanze Vogelsang reiste nicht einfach im Kombi durch die Schweiz. Sie war sogar bereit, ihre Abneigung in Worte zu fassen: »Aus dem Alter bin ich heraus.«

Unausgesprochen blieb, daß Konstanze niemals in jenem Alter war, in dem ihr das Reisen auf die lässige Art und das »Pennen« in alten Kombis Spaß gemacht hatten.

Kurz vor Sils-Maria sollte Julie anhalten.

Fahrerwechsel!

Arthur wollte sich nicht wie ein Greis vor dem Hotel vorfahren lassen, sondern zackig einkurven. Julie klappte den Innenspiegel herunter und zog sich die Lippen nach, puderte die Nase und tupfte Blau auf die Lider.

Routiniert malte sie sich Frische über das ermüdete Gesicht.

Als sie ausstiegen, fühlte sie Arthurs zufriedenen Blick auf sich ruhen. Letztendlich, das mußte er zugeben, konnte man sich mit dieser Frau überall auf der Welt blicken lassen.

Er nahm den großen Koffer und die Mäntel, sie griff sich

Reisetasche und Beautybox. Ein gepflegtes Ehepaar in den besten Jahren betrat die Rezeption.

Souverän verhandelte Arthur kurz darauf mit dem Portier.

Dann winkte er einen jungen Mann heran und drückte ihm ein paar Münzen in die Hand: »Tragen Sie das Gepäck bitte ins Zimmer.«

Während die anderen Gäste ihre Koffer selbst schleppten, begab sich Ehepaar Vonstein frei und beschwingt zum Fahrstuhl.

Situationen wie diese, registrierte Julie voller Stolz, hatte Arthur lässig im Griff.

Leider kamen sie in ihrem ehelichen Leben nur noch allzu selten vor.

Etwa eine Stunde später trafen Per und Konstanze ein. Konstanze schenkte dem eleganten Hotel vor der Kulisse der Schweizer Berge einen zufriedenen Blick.

Es war lange her, daß sie einen wirklich schönen Urlaub gemacht hatte. Auch Pers Blicke glitten über die hellerleuchtete Fassade. Er hatte keine Probleme mit Hotels dieser Kategorie, aber wohler fühlte er sich jetzt in der Post, wo ihm die Wirtsleute herzlich entgegenkommen und ihn mit einem Schnaps aus der Hausbrennerei begrüßen würden. In der Stube gäbe es dann ein gutes Essen und einen Schwatz bis Mitternacht.

Aber Konstanze hatte flammende Plädoyers für ein »richtiges« Hotel gehalten. Sie hatte sich sogar soweit herabgelassen, zu schmeicheln: »Es ist unser erster gemeinsamer Urlaub, und ich möchte dich endlich einmal ganz für mich haben.«

Und in sein nachdenkliches Schweigen hinein: »Ich habe deine Gastfreundschaft nun so oft in Anspruch genommen. Ich möchte mich endlich einmal revanchieren…«

»Das heißt, du willst zahlen!«

»Nennen wir es Gegeneinladung.«

Unausgesprochen blieb, wie gräßlich ihr der Gedanke war,

mit den Schweizer Wirtsleuten am runden Tisch zu sitzen, dem Austausch der Erinnerungen zu lauschen und sich aus den Augenwinkeln heraus mustern zu lassen: Wen hat uns der Per denn da ins Haus geschleppt?

Per griff sich beide Koffer, lächelte Konstanze zu und ging voraus. Über dicke Teppiche näherten sie sich der Rezeption. Der Portier war Österreicher und verstand sich auf Komplimente.

»Bitt schön, Frau Vogelsang, hier sind die Schlüssel, ich wünsche Ihnen und dem Herrn Gemahl einen angenehmen Aufenthalt.«

Per lächelte ebenso bestrickend wie der Portier, und Konstanze konnte sich ein Lachen nicht verkneifen. Im Fahrstuhl wisperte sie Per den Grund ihres Lachens ins Ohr: »So wie er's gesagt hat, klang's wie ›Herr Gemählchen‹.«

Per lachte höflich mit, aber wirklich amüsiert war er nicht.

Unter einem richtigen Herrn Gemahl konnte sich Frau Konstanze Vogelsang offenbar nur einen einzigen Mann vorstellen: Herrn Dr. Gerald Vogelsang.

Im Zimmer ließ sich Konstanze aufs Bett fallen, lachte und meinte: »Das haben wir doch schon ganz anständig gemeistert. Das Zimmer erreicht, ohne zu stolpern!«

Per zog die Jacke aus, hängte sie in den Schrank, trat ans Fenster, blickte hinaus, drehte sich um und schaute sie schweigend an.

Dann sagte er: »Könntest du mir einen Gefallen tun?«

»Jeden!«

»Würdest du endlich aufhören, eine große Liebe als Boulevardkomödie zu begreifen? Ich hab sonst das Gefühl, daß gleich der Vorhang fällt und die Leute klatschen.«

Konstanze ging ins Bad und ließ Wasser über die Handgelenke laufen.

Pers Worte hatten sie verletzt. Sie fühlte sich als Gänschen und unterlegen. Das war sie nicht gewohnt.

Um die Fassung wiederzuerlangen, duschte sie lange, cremte sich ein, bürstete die Haare, schlüpfte in enge schwarze Hosen und zog den sportlich-eleganten, sündhaft teuren Pulli an, den sie sich extra und mit viel Überlegung für diese Reise gekauft hatte: todschick sollte er sein, aber nicht overdressed.

Schließlich wurde Per ungeduldig und rief durch die angelehnte Tür: »Wollen wir nicht endlich zum Essen gehen?«

»Die Würstchenbuden sind sicher schon geschlossen.«

»In Sils gibt's keine Würstchenbuden.«

»Ach, deshalb die Idee mit dem Kombi: Küche auf Rädern!«

Sie hatte den Hieb, den er ihr versetzt hatte, zurückgesetzt, aber wohler fühlte sie sich nicht. Im Gegenteil: Das Gefühl der Unterlegenheit hatte sich eher verstärkt.

Mit bebenden Händen nestelte sie das Haar hoch und schminkte das Gesicht.

Ich sehe wie meine eigene Mutter aus, dachte sie, schlimmer, wie meine Großmutter.

Per kam ins Bad. Er lehnte in der Tür, schaute sie im Spiegel an und sagte ernst: »Wir sind in einem zauberhaften Ort in einem tollen Hotel endlich einmal völlig ungestört. Warum machst du alles kaputt?«

»Entschuldige, ich bin müde von der Reise!«

Der Satz, dachte sie, geht auch daneben. Das klingt ja, als ob sich eine alte Dame erst von den Strapazen einer Reise erholen müßte, ehe sie imstande ist, einen Imbiß zu sich zu nehmen. Das klingt ja nach Riechfläschchen und Kamillentee.

Außerdem quälte sie ein weiteres Problem: Ihr lag der gemeinsame Auftritt im Speisesaal im Magen, und überdies hatte sie gerade eine schreckliche Entdeckung gemacht: Sie war lange nicht so selbstsicher, wie sie es geglaubt hatte. Außerhalb des gewohnten Terrains war ihre Sicherheit stets an Gerald gebunden gewesen, die ihre hatte sie nie auf die Probe gestellt.

Arthur lag auf dem Bett und zappte durch die Programme.

Julie war fest entschlossen, diesen Urlaub zu einem Erfolg werden zu lassen, und schminkte sich zehn Jahre jünger. Sie nahm sich viel Zeit für ihre Toilette.

Zwischen Schlafzimmer und Bad gab es ein Ankleidezimmer.

Julie verscheuchte den Gedanken an Hanna, die ihr aus jedem der zahlreichen Spiegel entgegenschaute, und nahm sich vor, diese herrliche Suite aus vollem Herzen zu genießen.

Auch Arthur rang innerlich mit seiner ersten Gattin.

Er hatte die Preisliste entdeckt, die diskret in der ledergebundenen Schreibtischmappe lag, und hatte einen doppelten Ärger zu verkraften: Erstens mußte er zur Kenntnis nehmen, daß er in einer der teuersten Suiten des Hotels gelandet war und sein Kostenanteil die Schmerzensgrenze erheblich überstieg, zweitens warf diese Tatsache ein weiteres, grelles Licht auf Hannas Vermögensstand. Die Frau schien ja im Geld zu schwimmen.

Voller Wut dachte er, daß er ihre Talente stets verkannt und selbige wunderbar in eigener Sache hätte vermarkten können.

Dann säße er jetzt nicht mit Frau Juliane Vonstein, geborene Fischbach, in einem verschandelten Haus, sondern bewohnte mit Hanna eine Villa am Luganer See.

Er spürte, daß an dieser Überlegung etwas nicht stimmte, denn an seiner Seite schien es den Frauen nicht zu gelingen, ihre Talente zu entfalten. Statt dessen verkümmerten sie und dachten über die Ursache roter Gesichtsflecken und zitternder Hände nach. Julie hatte das kleine Schwarze, das sie für ihren ersten Auftritt im Speisesaal ausgewählt hatte, wieder zurückgehängt, weil es sie, erschöpft wie sie war, zu blaß machte. Sie schlüpfte in das helle Kostüm, in dem sie sich wohler fühlte, und betrachtete sich im Spiegel. Schon besser! Das Kostüm war ein wenig aus der Mode, aber das würde Arthur nicht auffallen. Derartige Dinge fielen Arthur niemals auf.

Sie tupfte sich ein wenig Parfüm hinter die Ohren, setzte ein strahlendes Lächeln auf und inszenierte ihren Auftritt.

»Wie sehe ich aus?«

Arthur blickte auf und schob die Brille auf die Stirn.

»Wo willst du denn hin?«

»Ich denke, wir gehen essen.«

»Aber wir kennen doch Sils noch gar nicht. Morgen gehen wir durch den Ort, betrachten in aller Ruhe die Speisekarten und vergleichen die Preise. Dann suchen wir uns ein nettes bürgerliches Lokal, in dem wir hin und wieder auch einmal essen.«

»Und sonst?«

»Sonst essen wir hier.«

Arthur zauberte einen Tauchsieder und eine Frischhalte-box aus seinem Koffer. Ein paar Flaschen Bier und eine Flasche Schnaps hatte er bereits im Kühlschrank deponiert, nachdem er dessen Inhalt beherzt ausgeräumt hatte.

»Unverschämt, was die für ein Fläschchen Pils nehmen!«

Julie durfte trockenes Brot mit weich gewordenem Käse belegen.

Zur Feier des Tages wurde ein Glas mit Gürkchen geöffnet.

Während sie wenig später in dem Marmorwaschbecken die fettigen Teller abspülte und der bengalisch beleuchtete Spiegel ihr Bild zurückwarf, überfiel sie eine süße Vision: Arthur stellte ihr ihre Nachfolgerin vor: »Julchen, du mußt jetzt sehr tapfer sein, Fräulein Annemarie und ich werden heiraten. Fräulein Annemarie hat eine große Wohnung mitten in der City. Die bietet sie dir zum Tausch...«

Durch die angelehnte Tür hörte sie ihn schnarchen.

Doch alle Lust will Ewigkeit.
Friedrich Nietzsche

Die Gewitterwolke hatte sich verzogen.

Das Essen schmeckte vorzüglich und entschädigte Konstanze für ein ganzes Blech Bienenstich aus dem Marbacher Supermarkt.

Der Speisesaal war schönster Jugendstil, und der raumhohe Spiegel warf das Bild eines attraktiven Paares zurück, das gepflegt zu Abend aß.

Niemand hatte das Bedürfnis, sich tuschelnd nach ihnen umzuschauen.

Sie wurden aufmerksam bedient, und Konstanze spürte das angenehme Prickeln bis in die Fußspitzen hinein.

Es war ihr erster richtiger Urlaub seit Jahren, und das stattliche Sümmchen, das sich auf dem Urlaubskonto angesammelt hatte, konnte getrost verpulvert werden. Sie bestellte eine weitere Flasche Chablis, lehnte sich zurück und lächelte Per mit glänzenden Augen an. »Schön, mit dir hier zu sein.«

Auch Per hatte nach anfänglichen Skupeln nichts gegen die Einladung einzuwenden.

Ihn störte eher das Publikum, durchweg wohlhabende Leute zwischen fünfzig und siebzig, die mit der Gleichgültigkeit, die endlose Wiederholung erzeugt, die Platten leerten. Und obwohl er den Aufenthalt durchaus genoß, beunruhigte ihn der Gedanke, daß Konstanze offenbar ein Ambiente bevorzugte, das er ihr niemals würde bieten können.

Aber am nächsten Morgen, nach einer leidenschaftlichen

Nacht im Zweihundert-Franken-Bett, gelang es ihr, ihn diesbezüglich zu beruhigen:

»Nur dieses eine Mal. Nie im Leben würde ich immer so leben wollen. Du weißt doch: Ich bevorzuge Himmelbetten und Hütten, an denen der Holzwurm nagt. Aber sag, was wollen wir heute tun?«

Er war zufrieden und faltete eine Karte auseinander.

»Wir wandern durch die Schlucht hinauf ins Fextal. Immer auf den großen Gletscher zu!«

Er hob den Blick: »Zieh dir was Warmes an, es kann kühl werden.«

Er selbst zog wie üblich ein Shirt über die nackte Haut und warf den Pulli lose über die Schultern.

Und sie sollte an seiner Seite im Rheumahemd dahinwandern?

Nie!

»Ich bin nicht empfindlich.«

Seidenbluse auf nackter Haut sah gut aus, machte schlank und gab ein schönes Gefühl. Wie er, warf sie sich einen Pulli über die Schultern.

»Gehen wir!«

Lässig gekleidet durchquerten sie die Empfangshalle.

Wie schon am gestrigen Abend registrierte Konstanze zufrieden die bewundernden Blicke.

Welch interessantes Paar im eher konservativen Hotel Alveterin.

»Ehe wir zum Fextal hinaufsteigen, schauen wir rasch auf der Halbinsel vorbei«, sagte Per. »Das ist traditionell mein erster Gang, wenn ich in Sils bin.«

Sie blickten über den Silser See. Still ruhte er in der Kulisse der ihn umgebenden Gebirgszüge. Reiner Jugendstil. In der Ferne schimmerte Maloja und dahinter, steil abfallend, das Bergell.

Sie betraten die Chasté, die bewaldete Halbinsel mit ihren Buchten und Ruheplätzen. Es war ganz still; kein Vogelschrei, kein Plätschern, kein einziger Tourist…

Nur der Wind fächelte in den Bäumen, und plötzlich standen sie vor dem Nietzsche-Gedenkstein mit der eingelassenen Tafel.

Stumm lasen sie das Gedicht aus dem Zarathustra, und Per sprach die letzten Zeilen laut: »Lust – tiefer noch als Herzeleid.

Weh spricht: Vergeh! Doch alle Lust will Ewigkeit – Will tiefe, tiefe Ewigkeit!«

Er griff nach ihrer Hand und küßte die Innenfläche.

»Gut gesagt, oder? Obwohl…«

»Obwohl… na, wollen sollte sie doch dürfen, die Lust…«

Er lachte. »Die Kombination von Lust und Ewigkeit bereitet mir eher Unbehagen. Kommt mir so verzehrend vor.«

»Wie Höllenfeuer eben. Aber Lust – tiefer noch als Herzeleid?«

»Das könnte stimmen«, sagte er.

Konstanze zog die Schultern hoch. Es fröstelte sie ein wenig. Im Gebirge kann es sehr kalt sein…

Sie wanderten zum Fextal hinauf. Konstanze hatte den Zarathustra nie gelesen, aber sie spürte die ganz besondere Magie dieses Tals.

»Die Liste der Schriftsteller und Verleger, die in Sils-Maria waren, ist endlos«, sagte Per. »Auf irgendeine Weise haben sie alle ihre Spuren hinterlassen. Proust ist vor Entzücken fast durchgedreht. In einem Gästebuch findet sich seine Unterschrift neben der einer Unbekannten, obwohl es verbürgt ist, daß er ganz allein dort war.«

»Wer war denn die Dame?«

»Na, die innere Begleiterin eben. Im Grunde wandert man ja nie wirklich allein. Komm, wir gehen in die Kirche.«

Sie hatten die winzige romanische Kirche in Fex Crasta erreicht und betrachteten die halbrunde Apsis und die Wandmalereien aus dem fünfzehnten Jahrhundert. Der Altar war mit Blumen geschmückt.

»In so einer Kirche«, sagte Per, »würde sogar ich mich trauen zu heiraten.«

Konstanze dachte an die Bonifatiuskirche, in der Gerald und sie sich das Jawort gegeben hatten. Auch sie hätte lieber in einer kleinen, romantischen Waldkirche geheiratet, aber Gerald war dagegen gewesen. »Da passen ja kaum Leute rein.«

»Ja«, sagte sie. »Überhaupt ein bezeichnendes Wort: trauen, wie Mut haben.«

»Den braucht man ja auch«, erwiderte er. Und dachte seinerseits an Christian und Jeanette, und wie sorglos sie mit dem Geschenk eines gemeinsamen Lebens umgegangen waren.

Sie wanderten weiter, immer auf den großen Gletscher zu.

»Wie weit müßte man gehen, um ihn anfassen zu können?«

»Noch etwa drei Stunden, aber das ist heute zu weit.

Komm, wir nehmen den Höhenweg, das Haus links unten ist übrigens La Motta.«

»La Motta?«

»Auch eine Silser Geschichte, die ich sehr liebe. In La Motta wohnte Samuele Giovanoli, der Paradiesmaler vom Fextal. Er war ein einfacher Bauer, der plötzlich unwiderstehliche Lust bekam, zu malen, obwohl er nie eine Kunstschule von innen gesehen und kaum einmal eine Ausstellung besucht hatte. Im Alter wurde er zum Philosophen. Goethe, Schiller und Nietzsche gehörten zu seiner Lektüre.«

»Und alles selbst erarbeitet? Kein Lehrer?«

»Der Lehrer war das Fextal. Wenn man lange genug hier ist, verändert man sich. Auffallend viele Menschen sind ja auch verrückt geworden.«

Er blieb stehen. »Ich hab das Gefühl, du frierst. Komm, wir gehen zurück.«

Konstanze spürte die Seide eisig auf der Haut, aber es störte sie nicht. Sie fühlte sich seltsam verändert. Hier oben verloren die Dinge an Bedeutung, zum Beispiel so lächerliche Probleme wie ein Altersunterschied von zwanzig Jahren.

Wie konnte sie sich jemals Sorgen darüber gemacht haben, was irgendwelche Leute von ihr dachten? Im Grunde, stellte sie fest, bestand ein großer Teil ihrer vornehmen Zurückhaltung aus Angst.

»Du denkst doch auch nicht von jedem das Beste«, hatte Gerald ihr einmal zu verstehen gegeben, »und doch leben sie alle munter weiter nach ihrem ureigenen Gusto.«

Wie wahr!

Verena trug weiterhin die Pluderhosen, Hanna Vonstein verschickte mehrdeutige Karten, Mathilda hütete den Schatz ihrer Geheimnisse, Till ließ sich scheiden, Irene kultivierte die Boshaftigkeit, und niemand scherte sich darum, was sie, Konstanze, von ihnen dachte.

Fröstelnd zog sie die Schultern hoch.

»Dir ist kalt!«

»Nein!«

»Nimm meinen Pulli...«

»Ich friere nicht.«

Er lächelte. »Dann legen wir einen Schritt zu, komm.«

Im Eilschritt erreichten sie Sils-Maria.

»Wollen wir rasch mal in die Post schauen? Es gibt dort die besten Käsespätzle von ganz Sils. Nebenbei könnte ich dich meinen Freunden vorstellen.«

Aber sie befanden sich jetzt ein paar hundert Meter tiefer als im Fextal, und Konstanzes Höhenflug war zu Ende.

»Lieber ein anderes Mal. Heute möchte ich dich ganz und gar für mich. Es ist doch so wunderbar, einmal nicht Gefahr zu laufen, irgendwelchen Bekannten zu begegnen.«

Sie wies auf ein kleines uriges Lokal. »Zur Rose. Wie hübsch. Laß es uns hier versuchen.«

»Okay!«

Ein wenig verdrossen folgte er ihr. Konstanzes Neigung, immer und überall die Zweisamkeit jeglicher Geselligkeit vorzuziehen, fiel ihm in dieser Minute zum erstenmal unangenehm auf. Das war kein Zufall mehr, das war ein Problem.

Per hatte als das einzige Kind seiner Eltern immer Gruppen gesucht, sie war das Einzelkind geblieben, das allein spielt. Ab und zu durfte ein Auserwählter für einige Stunden ihre Nähe genießen, dann wollte sie wieder allein sein.

Das Lokal mit der Holztäfelung und den behäbigen Tischen war um diese Stunde nur mäßig besucht. Ein einzelner Gast hockte über seinem Bier, ein Ehepaar teilte sich den Tisch in der Ecke.

Arthur hatte gerade festgestellt, daß die Preise in der Rose recht akzeptabel waren, und Julie fragte sich, ob sie den festlichen Speisesaal im Alveterin jemals betreten würde.

Aber fest entschlossen, den Aufenthalt in Sils-Maria zu einem Erfolg zu machen, heuchelte sie gute Laune.

»Ein hübsches Lokal! Laß uns einmal in die Speisekarte schauen.«

»Ich denke, wir nehmen beide ein Rösti.«

Rösti machte satt und belastete die Kasse nicht allzusehr. Obwohl der Ort in den Schweizer Bergen seine Sympathie ohnehin bereits verloren hatte. Einmal Atmen kostete hier zehn Franken, und die Kassen fremder Leute klingelten – ein Geräusch, das Arthur Vonstein mehr als alles andere haßte.

Zudem würgte er heftig an dem Problem, das ihn beschäftigte, seitdem er die Suite im Alveterin zum erstenmal betreten hatte: Wie hatte Hanna es in so kurzer Zeit fertiggebracht, sich Hotels dieser Kategorie nicht nur leisten zu können, sondern überhaupt in diese Klasse aufzusteigen? Sie mußte nicht nur Geld wie Heu haben, sondern darüber hinaus in exquisiten Kreisen verkehren.

Und sein Freundeskreis? Fita und ihre Freundinnen, Sophia und diese verdammten Rotzbengel, neuerdings auch noch Alois Bärmeier.

Unzufrieden musterte er seine Frau. Ein Verlustgeschäft auf der ganzen Linie. Wie sie schon dasaß. Das Licht fiel ungüstig auf Julies Gesicht, und das Bild erinnerte Arthur an ein in Vergessenheit geratenes Wort: schroh, die Steigerung von hager, zum Ältlichen hin…

Würde er sich scheiden lassen, erhielte sie auch noch die Hälfte seines Vermögens. Er beschloß, sich gleich nach dem Urlaub für das Unrecht schadlos zu halten, das sie ihm angetan hatte. Skrupellos und tückisch, wie nur Frauen es sein konnten, hatte sie sich vor etlichen Jahren in seine Ehe mit Hanna gedrängt. In eine sehr gute Ehe, die ewig gehalten hätte, wenn nicht…

Ach ja! Er seufzte. Aber im Moment mußte er das Spiel mitmachen.

Scheinheilig lächelte er Julie an: »Einen Obstler, Liebes? Für die innere Erwärmung?«

Das dünne Lächeln erglühte zum Feuerwerk, als er plötzlich Konstanze entdeckte.

Eine Fata Morgana? Nein, sie war es wirklich, und zwar an der Seite eines attraktiven jungen Mannes, der, das sah ein erfahrener Schürzenjäger auf den ersten Blick, sichtlich verliebt in sie war.

Kein Wunder! Konstanzes Ausstrahlung erhellte die dämmrige Wirtsstube bis in den letzten Winkel.

Arthur sprang auf.

»Konstanze! Welch eine Überraschung, setzen Sie sich doch zu uns.«

Konstanze fühlte die Schlinge, die sich um ihren Hals gelegt hatte, aber was blieb ihr übrig? Sie war gezwungen, vorzustellen:

»Per Lennert, ein – Bekannter von mir.«

Welch ein dummes Wort. Eine Konstanze Vogelsang hatte vielleicht Bekannte, aber keinen Bekannten. Aber welches Wort wäre das passendere?

Die deutsche Sprache, tauglich für Weltliteratur, hatte für die wirklich wichtigen Dinge des Lebens nur selten das richtige Wort.

Frau Konstanze schläft mit ihrem Bekannten – zum Brüllen komisch, wenn es nicht so peinlich wäre.

Widerwillig ließ sie sich an Pers Seite nieder.

Julie lächelte maliziös. »Haben Sie sich zufällig hier getroffen?«

»Nein, wir kennen uns schon länger!«

»Das schließt doch ein zufälliges Treffen nicht aus!«

Sie schwiegen. Schließlich sagte Arthur: »Wo sind Sie denn abgestiegen? Wir sind…«

Aber Julie unterbrach: »Mein Mann und ich steigen immer im Alveterin ab. Ein hervorragendes Hotel.«

»Ach ja?« Konstanze schluckte.

Hanna Vonstein ließ grüßen: In Gedanken dabei.

Erinnerungen an ein gewisses Gespräch im Vonsteinschen Park anläßlich Sophias Hochzeit tauchten auf.

Wie, um alles in der Welt, hatte sie dieser Verrückten ihre Urlaubsadresse verraten können?

Gute Frage. Konstanze, die Standhafte, stieg aus der Versenkung, reckte die Glieder und hob die Brauen: Dummheit und Stolz, meine Liebe. Und jetzt reiß dich zusammen! Vielleicht harren deiner ja noch weitere Überraschungen.

Mit ihrem schönsten Gesellschaftslächeln wandte sich Konstanze an Arthur. »Ist Ihre ehemalige Frau auch hier?«

Verblüfft schaute er sie an. »Hanna? Wieso!«

Und mit vertraulich gesenkter Stimme: »Sie könnte sich ein so teueres Hotel gar nicht leisten und würde sich wohl auch nicht – wohl fühlen.«

»Und wie sind Sie aufs Alveterin gekommen?«

»Aus Tradition. Schon meine Eltern sind stets in diesem Hotel abgestiegen.«

»Das wundert mich!«

Julie hatte Konstanzes Einwurf mit einem leichten Beben der Lider geschluckt und wandte sich an Per.

»Und Sie, verbindet Sie auch etwas mit diesem Ort? Vielleicht eine Schwiegermutter?«

»Bloß Nietzsche.«

Per fühlte sich unbehaglich. Das Babelsburger Gesellschaftsgeschwätz, vordergründig witzig, hintergründig voll dummer Boshaftigkeit, machte die Magie des Ortes kaputt. Leute wie diese gehörten nach St. Moritz, einen Ort, den er von Herzen verabscheute.

»Also, das finde ich so lästig hier«, mischte sich der Gast vom Nebentisch ein. Er erhob sich leicht und deutete eine Verbeugung an. »Otto, Obst und Gemüse en gros. Ich meine, diese ewigen Hinweise auf irgendeinen Schreiberling gehören nicht in einen Ferienort. Anstelle von Veranstaltungsterminen findet sich hier an jedem zweiten Baum ein Gedicht, das keiner versteht.«

Er grinste Arthur beifallheischend an. »Finden Sie nicht auch?«

Aber Arthur hatte das dringende Bedürfnis, zwischen sich und Otto Obst en gros eine Schranke zu errichten.

»Wir sind eigentlich gerade wegen der kulturellen Atmosphäre hier. Ich finde es angenehm, Landschaft und Kultur auf so perfekte Weise miteinander verbunden zu sehen. Wenn ich hier bin, lese ich gern die alten Klassiker noch einmal, zu Hause kommt man ja nicht dazu!«

Otto Obst en gros hatte es nicht so gemeint und wollte die

Stimmung keinesfalls stören. Er wechselte das Thema: »Frau Wirtin, eine Runde Obstler.«

Sie hoben die Gläser, Otto Obst en gros suchte nach einem unverfänglichen Gesprächsstoff.

»Kalt geworden! Heute morgen dachte ich, es würde ein heißer Tag, aber dann begann ich doch zu frösteln.«

»Ja, das Klima in den Bergen ist unberechenbar.«

Wieder fühlte Konstanze die eisige Seide auf der nackten Haut.

Auch Arthur beschäftigte das Thema der unberechenbaren klimatischen Verhältnisse.

»Julie, hast du eigentlich meine langen Unterhosen eingepackt? Du weißt doch, ich verkühle mir leicht den Steiß.«

Julie warf ihm einen eisigen Blick zu.

»Ich glaube nicht.«

»Na, dann besorg mir gleich heute ein paar Doppelgerippte. In dem Sportladen hinter der Kirche müßte es welche geben, obwohl«, er musterte sie unmutig, »die hier bestimmt wieder das Dreifache kosten!«

»Hier kostet alles das Dreifache«, pflichtete Otto Obst en gros bei. »Nicht, daß man es sich nicht leisten könnte, aber ich fühl mich immer ein wenig geneppt.«

»Mein Mann und ich«, mischte Julie sich ins Gespräch, »denken im Urlaub gar nicht ans Geld. Wenn es schön ist, darf es auch etwas kosten.«

Sie wandte sich an Per: »Hab ich nicht recht, Herr…«

Aber überraschend für alle, hatte Per sich erhoben. Er beugte sich zu Konstanze hinab. »Ich geh auf einen Sprung in die Post.«

Und ehe sie etwas erwidern konnte, war er bereits hinausgelaufen.

Konstanze begann plötzlich zu zittern. Die Kälte, die sie den ganzen Tag tapfer ertragen hatte, ließ sich nicht länger verleugnen. Sie sehnte sich heftig nach einem Rheumabad, warmer Unterwäsche und heißem Tee.

Auch sie erhob sich.

»Ich habe noch etwas zu besorgen.«

Arthur wandte sich an Julie: »Da gehst du am besten gleich mit, ehe die Läden schließen. Zwei Doppelgerippte« – er grinste. »Meine Größe kennst du ja.«

Er hob die Stimme: »Frau Wirtin, zwei Obstler – Konstanze, wir sehen uns noch.«

Er schaute ihr nach, wie sie davonging. Ein Teufelsweib.

Daß sie außerhalb von Bad Babelsburg ein Liebesverhältnis zu einem jungen Mann unterhielt, hatte ihren Kurswert noch gesteigert.

Die Tage in Sils-Maria vergingen in sanfter Melancholie.

Konstanzes Wunsch entsprechend, blieben sie ganz für sich.

Arthur und Julie waren vorzeitig abgefahren, und auch Otto Obst en gros schien nicht länger in Sils geblieben zu sein.

Aber Konstanze hatte auch nie den Wunsch geäußert, Pers Schweizer Freunde kennenzulernen, und er hatte sie kein weiteres Mal gefragt.

Ein paarmal waren sie noch hinauf ins Fextal gewandert, aber der Zauber des ersten Tages ließ sich nicht wiederholen.

»Man liebt entweder das Alveterin«, sagte Per, »oder die Kapelle von Crasta.«

Am letzten Abend gingen sie noch einmal auf die Halbinsel. Sie standen dicht nebeneinander und schauten über den See.

Ihre Blicke glitten an den bewaldeten Ufern entlang, und Per sagte: »Nun haben wir unser Chalet doch nicht gesucht.«

»Das können wir ja nachholen«, erwiderte sie. »Im nächsten Frühjahr wenn...«

»Kurz bevor wir uns kennengelernt haben«, unterbrach

Per, »haben mich Freunde von Jeanette nach San Francisco eingeladen.«

Er schaute sie an und fügte hinzu: »Ich würde die Gelegenheit jetzt gerne wahrnehmen.«

Konstanze hatte das Gefühl, daß ihr Herzschlag aussetzte. Aber sie ließ sich nichts anmerken.

»Das solltest du unbedingt«, rief sie gespielt euphorisch und deshalb eine Spur zu schrill. »Auslandsaufenthalte sind immer gut.«

Sie spricht wie mit einem Studenten im ersten Semester, dachte er und legte den Arm um ihre Schultern. »Und die Trennung? Es sind mehrere Wochen, vielleicht Monate.«

»Die gehen doch vorüber. Würde uns vielleicht sogar guttun.«

Sie lachte. »Zeit zum Nachdenken.«

Sie machte eine Pause und fügte hinzu: »Hinterher ist es dann um so schöner.«

»Kommt auf das Resultat des Nachdenkens an, oder?«

Sie gingen schweigend unter einem grauen Himmel dahin.

Konstanze dachte an die Begegnung mit den Vonsteins in der Rose und an Pers fast schon panische Flucht. Sie überlegte zum ersten Mal ernsthaft, ob sich das Opfer, ihn der Familie vorzustellen, dieser Sprung über einen gigantischen Schatten, überhaupt lohnte. Das hieße ja, ihn offiziell in ihre Kreise einzuführen.

Und dann?

Per hatte allzu deutlich gezeigt, daß ihm an Begegnungen mit jener Gesellschaftsschicht nichts lag, die ihr Leben geprägt hatte.

Würde er mit Mathilda über TV-Filme und mit Till über die Suggestivkraft von Werbespots diskutieren? Mit Fita über Meißner Porzellan plaudern und mit Irene lästern?

Ach, Irene! Sie würde sich erst ein wenig amüsiert zeigen und dann hemmungslos mit ihm flirten.

Mit Kranz und Botte würde es vielleicht eine Weile gehen, aber selbst der Reiz der Möpse währte nicht ewig.

Blieb Vito.

Doch Vito würde wachsen und in einigen Jahren eher über Computerprogramme und das Internet plaudern als über Stendhal und Nietzsche.

Obwohl...

War Konstanzes Tag in Sils-Maria auch von einer leisen Melancholie erfüllt – die Nacht sprach eine andere Sprache. Sie zeugte von »Lust will Ewigkeit«.

Fünfzig? Klar kann noch einiges kommen.
Zum Beispiel Wiederholungen.

Leona Siebenschön

Zu den Dingen, die Konstanze immer geschätzt hatte, gehörten das Vorhersehbare und der feste Boden unter den Füßen. Ein Höhenflug war eine erregende Sache und ermöglichte den Blick zu fernen Horizonten, aber wer nicht schwindelfrei war, sollte lieber auf vertrautem Terrain verharren.

Die ersten Tage nach der Rückkehr aus Sils-Maria waren von wohltuender Geschäftigkeit erfüllt. Konstanze mähte den Rasen, entrümpelte Speicher und Keller und – so ganz nebenbei – ihr Herz.

Sie telefonierte gemütlich in der vertrauten Runde herum und besuchte Gerald auf dem Friedhof.

Er schien sich zu freuen.

»Alles klar? Ohne Schäden an Herz und Seele zurückgekehrt?«

»Zurückgekehrt auf jeden Fall. Etwaige Schäden werden sich noch herausstellen.«

Sie hörte Gerald leise lachen und legte Rosen auf das Grab.

Einen dicken Strauß wilder Freilandrosen, die sie beide am liebsten mochten.

»Hast du mich vermißt?«

Hatte sie ihn vermißt? Konstanze, deren Entschluß, am Grabe immer ehrlich zu sein, nur selten ins Wanken geriet, überlegte.

»Ja«, sagte sie schließlich und dachte an das Hotel Alveterin. »Wir beide haben leider ein paar Dinge verpaßt.

Zum Beispiel einen gemeinsamen Urlaub in Sils« – das Bild der Kapelle von Crasta schwebte vorüber, begleitet von einer Melodie von Lust und Ewigkeit – »einen gemeinsamen Urlaub in einem richtig tollen Hotel«, gab sie dem Satz eine andere Wendung.

Wieder hörte sie das amüsierte Lachen.

»Da hat sich der Junge wohl nicht so bewährt, wie?«

»Er ist nicht glücklich gewesen«, sagte sie.

Eine Woche später war Konstanze zu sich selbst zurückgekehrt.

Sie hatte Frau Hollerbusch abtelefoniert und das Haus selbst in Ordnung gebracht, die Teppiche gesaugt und die Vasen mit frischen Blumen gefüllt.

Es war ihr wichtig, all die vertrauten Dinge in die Hand zu nehmen, sie zu putzen und an ihren Platz zurückzustellen, um das Gefühl zu haben, wirklich »wieder dazusein«. Auf diese Weise wich das Gefühl einer diffusen Fremdheit im eigenen Haus.

Der Gedanke an Per begleitete sie bei alledem wie eine kleine, wärmende Flamme, gemütlich – aber ungefährlich.

Nach ihrer Rückkehr hatten sie nur ein einziges Mal miteinander telefoniert. Es war ein Abschiedstelefonat gewesen.

»Wann fliegst du?«

»Morgen. Ich schreib dir.«

»Das wäre schön.«

Keine Frage nach dem Datum der Rückkehr.

Kein: »Ich komme zum Flughafen.«

Kein: »Grüße deine Freunde!«

Der Schutzwall, in dessen Errichtung Konstanze soviel Mühe investiert hatte, hielt stand. Was gingen sie die fremden Leute in San Francisco an? »Freunde von Jeanette…«

Mit einem warmen Gefühl der Verbundenheit spürte Konstanze statt dessen ein großes Verlangen, ihre eigenen Freunde wiederzusehen.

Sie wählte die Nummer ihrer Mutter.

Louise zeigte sich hocherfreut. »Ich wollte dich auch gerade anrufen. Kommst du am Sonntag zum Tee? Es ist eine Menge passiert.«

»Was denn?«

»Erstens ein Riesenkrach mit meinem Friseur. Möller hat mir die Haare total verdorben, viel zu blau. Ich bin ja von einem Häher nicht mehr zu unterscheiden!«

Konstanze lachte.

»Ja, und den zweiten Skandal, den erzähl ich dir, wenn wir uns sehen.«

»Ich freu mich darauf.«

»Freuen? Ich sprach von einem Skandal! Kind, ich kann mich nirgendwo mehr blicken lassen.«

Sie atmete schwer. »Hätte ich ihn doch bloß nicht in die Babelsburger Gesellschaft eingeführt!«

»Du sprichst also von deinem Schachpartner, diesem Herrn…«

»Der Name wird in meiner Gegenwart nicht mehr genannt!«

»Ich hab ihn sowieso nicht behalten.«

»Guter Instinkt!«

Louise wechselte das Thema. »Ja, und dann hab ich Arthur Vonstein getroffen.«

Sekundenlang stockte Konstanze der Atem, aber Louise fuhr unbefangen fort: »Er läßt dich schön grüßen.«

»Sonst hat er nichts gesagt?«

»Er lamentierte, daß alles immer teurer wird. Ich traf ihn mit Plastiktüten bepackt vor dem Supermarkt.«

»Geht Baron von Stein neuerdings selbst einkaufen?«

»Julie hat es an der Galle. Psychosomatisch natürlich! Erzähl ich dir alles am Sonntag.«

Lächelnd legte Konstanze den Hörer auf. Die vertrauten Gespräche mit der stets künstlich aufgebauschten Dramatik – es passierte so wenig in Babelsburg – wärmten wie ein vertrautes Umschlagtuch. Es war beruhigend, wenn selbst die Dramen sich stets wiederholten.

Sie wählte die Nummer von Mathilda, aber wie üblich meldete sich der Anrufbeantworter: »Sie sind verbunden mit dem Anschluß Mathilda Vogelsang. Ich bin zur Zeit…«

Konstanze sprach einen Gruß aufs Band und küßte in die Leitung.

»Alles Gute, Mutti!«

Sie suchte die Karte, die Till geschickt hatte:

»Umgezogen! Neue Adresse… Fax… Fon…«

Er war tatsächlich zu Hause.

»Wie schön, daß du da bist. Ich wollte mich nur zurückmelden.«

»Warst du denn verreist?«

Konstanze schwieg verblüfft, und Till entschuldigte sich etwas zu hastig: »Ich weiß, du warst in den Bergen. Oberösterreich, oder? Wie war's denn?«

»Schön! Und bei dir? Was macht Vito?«

»Wir haben eine neue Bekannte.«

»Was habt ihr?«

»Eine gemeinsame Bekannte. Eine Frau von »Life and Woman«, du erinnerst dich doch, daß Verena öfter von diesem Nachbarschaftscenter gesprochen hat.«

»Ich erinnere mich vor allem, daß du diese Damen nicht leiden konntest.«

»Ach, eine ist ganz nett. Sie hat damals spontan ihre Hilfe angeboten als du… als du…«

»Ich weiß!«

»Hat sich auch prima eingespielt. Mascha hat selbst zwei Kinder in Vitos Alter, er ist ganz happy.«

»So!«

Was stach ihr denn da plötzlich ins Herz? Eifersucht?

Man lebte wahrlich in Raubritterzeiten. Fünf Minuten den Rücken gekehrt, kurzfristig abgelenkt, und schon schwammen die Felle in fremde Häfen.

»Ja, und ich«, fuhr Till unbekümmert fort, »wohne jetzt in einem Apartment. Der Hof steht zum Verkauf. Wir haben auch einen Interessenten. Drück die Daumen, daß es klappt.«

»Und Verena?«

»Rollt noch immer ihren Magen von einer Seite zur anderen. Es wird sich alles regeln«, fügte er beruhigend hinzu.

»Das hoffe ich. Wollt ihr am Samstag nicht mal vorbeikommen?«

»Mascha hat ein Kinderfest arrangiert, ihr Jüngster wird zwei.«

»Und da gibt er schon Partys?«

»Heute fliegt man mit sechs Monaten in die Karibik.« Er lachte. »Die Kommunikation hat an Tempo gewonnen, in jeder Beziehung. Mascha und ich…«

»Bring sie irgendwann einmal mit«, sagte Konstanze. »Und küß den Kleinen.«

»Du solltest dir auch wieder einen Partner zulegen«, empfahl er ihr mit vertraulich gesenkter Stimme. »Macht doch keinen Spaß, so allein…«

»Ich werd's mir überlegen«, sagte Konstanze.

Sie legte den Hörer auf und stellte verwundert fest, daß ihr Verena leid tat. Oder war es Selbstmitleid? Anstelle der Schwiegertochter, die sie mitsamt ihren Pluderhosen fast schon liebgewonnen hatte, würde also künftig Mascha ihren Teetisch zieren.

Mascha und zwei fremde Kinder.

Kranz und Botte begrüßten sie wie jemanden, der zu einer langen Reise zu fremden Gefilden aufgebrochen und unbeschadet zurückgekehrt war.

Kranz warf ihr einen prüfenden Blick zu: »Na, wieder alles im Lot?«

»Alles klar!«

Big und Dolly sprangen aus dem Schaufenster, wo sie zwischen den Antiquitäten zu ruhen pflegten und sich dabei von Passanten bewundern ließen, machten urkomische Hopser um sie herum und wälzten sich dann auf den Rücken, um ihre runden Bäuche zu präsentieren. Dazu wackelten sie wie verrückt mit den Stummelschwänzen und schielten zu Konstanze hinauf, um zu sehen, ob diese die Veranstaltung auch zu würdigen wisse.

»Die meisten glauben ja, daß alle Möpse faul und asthmatisch auf Sofakissen herumliegen«, sagte Botte, »eingebettet in die Masse ihres eigenen Fettes. Dabei leitet man von Mops auf fidel, und ich finde, mit Recht. Möpse sind die einzigen Hunde, die Sinn für Humor haben.« Er unterbrach sich. »Konstanze, dürfen wir Sie zur Feier der Wiederkehr zum Essen einladen?«

Sie gingen hinüber in die Rathausstuben. Kranz und Botte erzählten von ihrer letzten Englandreise, auf der sie Jagd auf Spiegel aus den Gründerjahren gemacht hatten. Sie aßen Wildgulasch mit Pilzen, tranken Burgunder und erörterten die Möglichkeit einer Ausstellung in der Stadthalle.

Konstanze spürte, wie das verlorengegangene Interesse zurückkehrte. Angeregt erkundigte sie sich nach den Möglichkeiten einer alljährlichen Antiquitätenausstellung unter verschiedenen Aspekten.

Zur Feier des Tages leerten sie eine zweite Flasche Burgunder, und Konstanze lehnte sich zufrieden zurück. Sie warf einen Blick zu dem Lüster hinauf. Aber ihre Gedanken schlugen keine Purzelbäume mehr, indem sie sich der Vorstellung hingab, zu zweit in der Lampe zu schaukeln.

Statt dessen fragte sie sich, wie lange es wohl dauern würde, Hunderte von großen und kleinen Prismen zu putzen.

Der Herbst meldete sich in diesem Jahr mit schwarzen Regenwolken und einem kräftigen Ostwind. Konstanze registrierte seinen Einzug mit denselben Glücksgefühlen, von denen andere beim ersten Frühlingsahnen überfallen werden. Sie liebte die dunklen Jahreszeiten, die ihr Bedürfnis nach Geborgenheit und Häuslichkeit befriedigten. Kaminfeuer und mildes Licht vermittelten ihr mehr innere Zufriedenheit als die strahlende Helligkeit des Sommers.

Sie warf einen Blick in den Garten hinaus. Dichte Wolken verdunkelten den Himmel, und der Wind rüttelte in den Zweigen der Bäume. Es war genau das richtige Wetter für einen gemütlichen Tratsch bei Louise.

Als Konstanze eintraf, waren die anderen Damen schon da.

Sie befanden sich bereits mitten im Thema: dem gerade aktuellen Skandal.

Louise war vor zwei Wochen von ihrem Schachpartner, der Name durfte nach wie vor nicht genannt werden, verlassen worden, eine Tatsache, die Mausi und Evi in helle Empörung versetzte.

Fita enthielt sich der Stimme. Sie war der Meinung, daß man fremde Männer, von denen niemand wußte, woher sie kamen, nicht in die Wohnung ließ, hielt sich mit ihrer Meinung jedoch zurück.

Geübt stieg Konstanze gleich tief ins Thema ein.

»Und er ist einfach nicht wiedergekommen? Aber warum denn nicht?«

»Weil er eine andere hat!«

Louise warf ihr einen vielsagenden Blick zu und schenkte mit zitternder Hand den Tee ein. »Eine Jüngere natürlich, ein Gänschen von siebzig Jahren.«

»Woher weißt du das?«

Louises Augen blitzten ebenso blau wie ihr Haar.

»Ich hab sie in flagranti erwischt!«

»Du hast sie was?«

»In flagranti erwischt!!! Sie gingen am hellichten Tag im Park spazieren. Sie im kniefreien Rock, er mit Strohhut.«

Louise machte eine vielsagende Pause und fügte hinzu: »Sie versuchte, mit aller Gewalt wie fünfzig auszusehen, und ihm war anzumerken, daß ihm das alberne Gehabe gefiel. Ich war ihm wahrscheinlich ganz einfach zu alt«, fügte sie verbittert hinzu.

»Ach, daran kann es nicht gelegen haben«, mischte sich Mausi ein, »der Altersunterschied macht doch heute kaum noch etwas aus. Schließlich wird auch von den sogenannten Idealehen jede dritte geschieden.«

»Stimmt«, pflichtete Evi eifrig bei. »Meine Freundin Hulda ist zwölf Jahre älter als ihr Mann, und die Ehe hält seit dreißig Jahren.«

»Und er betrügt sie nicht?«

»Natürlich betrügt er sie, aber nicht deswegen.«

»Wahrscheinlich war er nur hinter meinem Geld her«, zog Louise das Resümee ihrer späten Liebe und starrte mit schmalen Lippen zu dem flügelschlagenden Auerhahn empor, der Miene machte, sich im nächsten Moment auf sie zu stürzen. »Wahrscheinlich wollte er mich beerben.«

»Du sollst nicht falsch Zeugnis sprechen wider deinen Nächsten«, mischte sich Fita ins Gepräch.

»Und Ihnen« – sie wandte sich an Louise – »rate ich das eine: Schauen Sie sich die Menschen ganz genau an, ehe Sie sie ins Haus lassen. Denn wie der Volksmund sagt: Jugend träumt, Alter rechnet. Und was diesen Punkt angeht« – sie lächelte süffisant, »so waren die Frauen schon immer jugendlicher als die Männer, ihre Neigung, Luftschlösser zu bauen, nimmt im Alter eher zu. Stimmt's nicht, Konstanze?«

Konstanze zuckte zusammen und warf Fita einen prüfenden Blick zu, den diese sanft erwiderte. »Es gibt natürlich

Ausnahmen«, fügte sie hinzu. »Konstanze, zum Beispiel, und mich selbst.«

»Ach, ich hab's auch nicht so mit den Männern«, mischte Mausi sich ein. »Viel lieber spiele ich mit meinen Enkeln. Wenn man ein gewisses Alter erreicht hat…«

Louise wechselte das Thema. Betont liebenswürdig wandte sie sich an Fita: »Wie geht es Ihrer Schwiegertochter? Ich bedauere, daß Sie sie nicht mal mitbringen.«

»Ich sorge mich sehr um sie«, sagte Fita mit jener belegten Stimme, die sie für Fälle dieser Art parat hatte, »Julie wird immer blasser und hinfälliger. Körbe mit nasser Wäsche kann sie schon gar nicht mehr tragen.«

Sie machte eine Pause und fügte hinzu: »Aber sprechen wir doch von erfreulicheren Dingen. Konstanze, wie war's in Sils-Maria?«

Konstanze zuckte leicht zusammen. Hatte Arthur von dem gemeinsamen Aufenthalt im Alveterin erzählt? Wenn ja, konnte sie sich die Art und Weise, in der er die Geschichte zum besten gegeben hatte, gut vorstellen. Anekdotisch aufgepeppt und brüllend vor Lachen. »Konstanze und so ein blutjunger Hirsch. Respekt, die Frau hat noch Pfeffer im Arsch…«

Aber Fita erwiderte ihren Blick ohne Arg.

»Mein Sohn und meine Schwiegertochter haben eine große Rundreise durch die Schweiz gemacht«, wandte sie sich erklärend an die Damen, »und während einer Kaffeepause in Sils-Maria haben sie ganz unvermutet Konstanze getroffen.«

Sie warf Konstanze einen Blick zu: »Sie haben dort wohl länger Urlaub gemacht?«

»Ja, ich mußte einmal richtig ausspannen.«

»Da haben Sie recht daran getan. Ich wollte meinen Sohn gern begleiten, aber meine Schwiegertochter hat auf dieser Rundreise bestanden. Jede Nacht in einem anderen Hotel, das kann ich meinem armen Rücken nicht zumuten.«

Deshalb also hatte Arthur sich den Genuß einer detaillierten Schilderung von Konstanzes Liebesleben versagt: Offiziell hatte er eine Rundreise gemacht...

»Wir haben uns kurz gesehen«, bestätigte Konstanze und lächelte.

»Ich habe Ihrem Sohn dringend empfohlen, einmal länger in Sils zu bleiben. Es ist ein so schöner Ort. Gerade auch für ältere Menschen«, fügte sie hinzu. »Man muß sich nur rechtzeitig anmelden. Ich empfehle das Hotel Alveterin.«

Sie lächelte. »Lassen Sie sich von Ihrem Sohn einmal dorthin einladen.«

»Das werde ich gleich heute abend zur Sprache bringen«, sagte Fita. »Kränklich wie sie ist, sollte Julie im nächsten Jahr unbedingt an einem Ort bleiben. Rundreisen sind viel zu anstrengend.«

»Meine Kinder würden gar nicht ohne mich fahren wollen«, mischte sich Mausi ins Gespräch. »Ein Urlaub ohne die Omi? Undenkbar.«

Die Damen lachten und hoben die Tassen. Mausi fuhr seit Jahren zu ihrer Schwester nach Baden-Baden. Und ebensolange hoffte sie, daß das niemandem auffallen möge.

Beschwingt ging Konstanze durch den Kurpark nach Hause.

Sanft tropfte der Regen auf ihren Schirm. Die Luft duftete nach Herbst und Erde.

Sie lachte leise in sich hinein. Ein Kaffeeklatsch mit den alten Damen war immer erquickend. Ihre niemals erlahmende Lust, ein wenig anzugeben, der Eifer, mit dem sie ihre Meinungen vorbrachten, das Interesse aneinander...

Selbst die Porzellanfiguren waren ihr heute liebenswert erschienen. Im milden Schein der kleinen Tischlampen hatten sie ihren Schrecken verloren.

»Hoppla!«

Beinahe wäre sie in einen anderen Schirm hineingelaufen, der sich ihr entgegenstemmte.

Arthur Vonstein!

»Wohin des Weges – so allein?« fragte er mit zweideutigem Unterton.

»Ich komme gerade vom Kaffeeklatsch bei meiner Mutter«, erwiderte Konstanze und lächelte liebenswürdig. »Wie ich hörte, haben Sie mit Ihrer Frau in diesem Sommer eine Rundreise durch die Schweiz gemacht, wie hat es Ihnen denn gefallen?«

Mit derselben gespielten Liebenswürdigkeit gab Arthur das Lächeln zurück.

»Hat die alte Dame das erzählt?«

Er lächelte unschuldig. »Manchmal muß man der Erholung zuliebe zu einer Notlüge greifen. Das kennen Sie doch, meine liebe Konstanze, nicht wahr?«

Er beugte sich zu ihr hinunter und kam nah an ihr Gesicht heran.

»Dann verbindet uns also ab jetzt ein – süßes Geheimnis.«

Unmutig setzte Konstanze ihren Weg fort.

Sie legte keinen Wert darauf, mit Arthur Vonstein ein süßes Geheimnis zu teilen.

Selbst als Schattenfigur machte Per Schwierigkeiten.

Durch ihn verkomplizierten sich die einfachsten Dinge.

Sich glücklich fühlen ohne Glück,
das ist Glück.

Marie Ebner-Eschenbach

Christian erwachte am Morgen des ersten November mit dem vagen Gefühl eines Verlustes.

Vor einigen Tagen hatte Tini ihn endgültig verlassen, nachdem das Verhältnis schon seit einigen Wochen sichtlich dahingesiecht war. Die Begeisterung war der Langeweile gewichen, und das Planschen im Pool hatte sich ebenso abgenutzt wie das Spiel mit dem Federball. Zum Schluß hatten sie versucht, dem Kick mit Strömen von Champagner auf die Sprünge zu helfen, und ein- oder zweimal hatte es auch funktioniert. Aber dann war auch das langweilig geworden.

Wenn sich Tinis Plappersucht zuweilen auch als schwer erträglich erwiesen hatte, so war das Schweigen, das zuletzt zwischen ihnen geherrscht hatte, noch schlimmer gewesen. Immer öfter hatte sie am Fenster gestanden, in den Garten hinausgestarrt und tiefe Seufzer ausgestoßen, und Christian hatte sich eingestehen müssen, daß ihre Zeit vorbei war.

Zum Abschied hatte er ihr eine Kette aus schwerem Gold anfertigen lassen, in deren Mitte ein kleines C eingelassen war.

»Zur Erinnerung an einen schönen Sommer.«

Aber Tini hatte ihre Enttäuschung kaum verbergen können.

Nach einer Affäre mit einem Millionär erschien ihr dieses Geschenk doch allzu bescheiden. Sie hatte sich mit Christians Hilfe den Sprung in eine andere Welt erhofft und sollte sich nun mit einem Schmuckstück zufriedengeben. Außerdem waren Ketten dieser Art etwas für alte Tanten, die ihre dicken Hälse mit Gold zu dekorieren pflegten. In Tinis Kreisen machte man sich mit so etwas nur lächerlich.

So hatte sie ihn nicht, wie er es erwartet hatte, jubelnd umarmt, sondern sich kühl bedankt und die Kette zurück in die Schachtel gelegt.

Nach Tinis Abschied erschien Christian die Wohnhalle mit dem Granitboden und den Kübelpflanzen so öde wie nie zuvor.

Im Gegensatz zu Konstanze haßte er die dunkle Jahreszeit mit den kurzen Tagen und den endlosen Abenden. Wenn sich gegen fünf Uhr nachmittags die Dunkelheit über das Haus senkte und die zeitprogrammierten Rollos hinunterglitten, hatte er das Gefühl, als schöben sie sich zwischen ihn und das pulsierende Leben.

Der Entschluß, die Praxis zum Jahresende endgültig zu schließen, stand fest, aber wohin sollte er gehen? Die Welt stand zur Verfügung, doch einen »Ruf« vernahm er von nirgendwoher…

Christian fühlte sich in diesem Herbst so deprimiert, daß ihn sogar das Licht hinter der Hecke getröstet hätte, aber seitdem Per in San Francisco war, gab es dieses Licht nicht mehr.

Nach dem Frühstück schlenderte er durch den regenfeuchten Garten hinüber zur Hütte.

Er öffnete die Tür und trat zögernd ein.

Fröstelnd zog er die Schultern hoch. Schon zu Jeanettes Zeiten war er nur selten hier gewesen, aber seitdem Per vom Haupthaus hinübergewechselt war und ihm somit eine klare Absage erteilt hatte, hatte er das Haus am Ende des Gartens so gut wie nie mehr betreten.

Er sah sich um.

Die Vorhänge vor dem Kastenbett waren zugezogen, die Kochecke ordentlich aufgeräumt. Auch in der Werkstatt herrschte Ordnung. Ein aufpolierter Tisch war wohl nicht rechtzeitig abgeholt worden und stand, mit der Adresse der Besitzerin versehen, in der Ecke; daneben lehnten zwei Bilderrahmen. Sonst war die Werkstatt leer, so als ob Per diese Arbeit aufgegeben hätte.

Christian ging zurück in die Stube und ließ die Blicke über das Küchenregal schweifen: Teller, Tassen, eine Schüssel, zwei Flaschen Vin de table, ein paar Konserven: Linsen mit Speck und Ravioli.

Er lächelte. Allzu anspruchsvoll schien die Dame nicht gewesen zu sein, mit der Per den Sommer verbracht hatte.

Ein leises Bedauern, der Affäre seines Sohnes sowenig Aufmerksamkeit geschenkt zu haben, kam auf. Immerhin hatte die Liebe einen ganzen Sommer gehalten – oder war sie noch gar nicht zu Ende?

Vielleicht war die Dame mit nach San Franciso geflogen?

Was wußte er schon von seinem Sohn?

Er setzte sich an den Tisch, stützte das Kinn in die Hand und starrte zum Fenster hinaus. Aus diesem Blickwinkel und von den Büschen eingerahmt, sah das »Hauptquartier« kleiner und beinahe gemütlich aus. Ob Per manchmal an diesem Tisch gesessen und hinübergeschaut hatte? Wahrscheinlich nicht …

Christian erhob sich, und der Schal, der über der Lehne gehangen hatte, glitt zu Boden. Er bückte sich und hob ihn auf. Es war ein elegantes Tuch aus reiner Seide, das einen zarten Duft verströmte.

Sein Anblick erinnerte ihn an Konstanze. Ob sie bereit wäre, eine Rolle in seinem Leben zu spielen? Es mußte ja nicht die Rolle der Ehefrau sein …

Plötzlich erinnerte er sich an das Treffen vor dem Supermarkt und an seine Frage, womit sie denn gerne ihre Zeit verbrächte.

Er hatte sogar ihre lachende Stimme im Ohr: »Zu Hause hocken und lesen, Bildbände betrachten…«

Warum eigentlich nicht? Angesichts der Lage, in der er sich befand, empfand Christian das gemeinsame Betrachten von Bildbänden als akzeptable Alternative.

Nachdenklich schloß er die Hütte ab. Er kannte Konstanze nun seit mehr als dreißig Jahren und hatte ihr Geheimnis immer noch nicht entschlüsselt. Die Einladung im Frühling war ein Anfang gewesen, aber Tini war dazwischengekommen und hatte alles verdorben. Diese verdammten Nixen! Wie oft hatten sie ihm die Tour vermasselt.

Christian ging zum Haus zurück und stieg die Treppe zum Schwimmbad hinunter. Er hatte die Heizung abgestellt, und das Wasser im Becken war kalt. Auf der Bar stand eine halb geleerte Flasche Champagner.

Die Gummipalmen waren nicht mehr da. Er hatte sie Tini geschenkt, nachdem sie ihre Enttäuschung über sein Abschiedsgeschenk allzu deutlich gezeigt hatte.

»Ich würde sie in mein Zimmer neben das Bett stellen. So was hat keiner.«

Am Tag darauf waren zwei junge Männer mit einem Lieferwagen erschienen, waren wortlos in den Keller hinabgestiegen und hatten die Palmen abgeholt.

Konstanze blätterte in ihrem Telefonverzeichnis und überlegte, wen sie anrufen könnte.

Sie hatte sich schon am gestrigen Samstag ein wenig gelangweilt und wußte mit dem heutigen Sonntag nichts anzufangen.

Es würde nötig sein, die Wochenenden künftig wieder sorgfältig zu planen, man durfte sie nicht einfach auf sich zukommen lassen.

Sie dachte an Till und Vito, die beiden »Männer«, die ihr geblieben waren, aber sie hatten sich inzwischen anders orientiert. Vito pendelte zwischen seiner Mutter und Mascha hin und her, und auch Till schien mit seiner neuen Liebschaft sehr beschäftigt zu sein.

»Wir werden dich alle fünf irgendwann einmal heimsuchen«, hatte er kürzlich am Telefon gesagt. »Am besten im Sommer, dann stören die Kinder nicht so…«

Am liebsten hätte sich Konstanze nach langer Zeit wieder einmal mit Till und Mathilda allein getroffen, aber sie wagte es nicht, die Bitte auszusprechen.

Sie wählte Irenes Nummer.

Es tutete zweimal, und schon hörte sie Irenes atemlose Stimme: »Hallo?«

»Konstanze!«

»Ach, du bist's…!«

Die gedehnte Art, in der sie dies sagte, erinnerte Konstanze an eine Phase dieses Sommers, in der sie, in sehnsüchtiger Hoffnung auf Pers Anruf gefangen, andere mit demselben enttäuschten Ausruf begrüßt hatte: »Ach, du bist's…«

»Ja, nur ich«, sagte sie ironisch. »Hast du jemand anderen erwartet?«

Anders als Konstanze gab Irene ihre Enttäuschung offen zu:

»Ehrlich gesagt, ja, und ich möchte die Leitung auch nicht allzulange blockieren.«

»Du bist also verliebt?«

»Wenn man es so unzulänglich ausdrücken will – ja!«

»Und in wen?«

»Schatz, ich kann's dir jetzt nicht lange erklären. Nur soviel, daß ich mich meiner jahrelangen Zurückhaltung wegen selbst prügeln könnte. Gesellschaftsleben und Gräberpflege sind ja löbliche Dinge, aber doch nicht weitere dreißig Jahre lang…

Übrigens habe ich die glückliche Wendung der Dinge dir zu verdanken.«

»Mir?«

»Dein Mut, dich zu einem soviel jüngeren Mann zu bekennen, hat mir die Augen für die eigene Feigheit geöffnet. Rücksicht auf Bad Babelsburg... ist Babelsburg das wert?«

Sie unterbrach sich. »Aber wie geht's denn euch? Schaukelt ihr noch immer auf Kronleuchtern?«

»Wir sind schon weiter!«

»Huiii! Wohin geht denn die Reise?«

»Zurück auf den Boden.«

»Also mit Karacho hinuntergeknallt«, stellte Irene etwas zögernd fest.

»Nicht einmal das. Vorsichtig und auf Zehenspitzen proben wir den Abstieg...«

Irene lachte. »Konstanze, du enttäuschst mich. Das erzählst du mir später mal in Ruhe, ich möchte...«

»Du möchtest die Leitung freihalten, ich weiß. Ja, dann macht es gut.«

»Bei Regen besonders...«, lachte Irene.

Konstanze legte den Hörer auf und starrte auf das Gesteck aus Hortensien, Disteln und Beeren, mit dem sie zum Herbstbeginn das Nähtischchen vor dem Fenster dekoriert hatte.

Es schmückte sehr, würde trocknen und niemals vergehen...

Der Sonntag lahmte dahin. Nachmittags zwang sie sich zu einem Spaziergang durch den Park, ging am Friedhof vorbei und legte ein Gesteck auf das Grab.

Das Zwiegespräch blieb diesmal aus. Nichts Neues in Bad Babelsburg.

Dann schlenderte sie ein wenig durch den Ort, ging wie zufällig an Louises Haus vorbei und spähte in die Höhe. Aber die Fenster waren dunkel.

Auch die Villa Vonstein thronte in völliger Finsternis am Hang.

Ganz Babelsburg schien an diesem Sonntag unterwegs zu sein, nur sie irrte verloren durch die Straßen.

In der vagen Hoffnung, irgendein bekanntes Gesicht zu treffen, kehrte Konstanze in der Rathausstube ein, aber bis auf ein paar Kurgäste war das Lokal leer.

Sie setzte sich an den Ecktisch und bestellte ein Glas Wein.

»Mein Gott, ist das ein langweiliges Kaff hier«, sagte der Gast am Nebentisch zu seiner Frau. »Ich bin froh, wenn unsere Zeit vorbei ist.«

»Sind ja nur noch ein paar Tage«, erwiderte sie und griff nach den Ansichtskarten. »Hier, unterschreib mal.«

»An wen ist die Karte denn?« fragte er.

»Ist doch egal«, sagte sie.

Lustlos griff er nach dem Stift.

Zu Hause öffnete Konstanze gewohnheitsmäßig den Briefkasten. Die Post kam in letzter Zeit so unpünktlich, daß man außerhalb der gewohnten Zeiten verspätet eingeworfene Briefe fand. Auch heute wurde Konstanze fündig.

Hanna Vonstein schrieb:

> Liebe Konstanze,
> hiermit möchte ich mich noch einmal ganz herzlich für den Tip bedanken, in einem so herrlichen Ort wie Sils-Maria Urlaub zu machen. Leider war es mir aus geschäftlichen Gründen nicht möglich, die Reise selbst anzutreten, aber mein ehemaliger Mann und seine zweite Frau haben den Aufenthalt sehr genossen. Sie zeigten sich erfreut, Sie in Sils-Maria unverhofft getroffen zu haben. Julie war überdies sehr angeregt von Ihrem jungen Bekannten.
> Vielleicht gibt es ja auch für Sie ein Happy-End. Ich würde es Ihnen so sehr wünschen.
> Mit herzlichen Grüßen Ihre Hanna Vonstein

Konstanze spürte, wie ihr das Herz gegen die Rippen schlug.

»…angeregt von Ihrem jungen Bekannten.«

Wie seltsam sie sich immer auszudrücken pflegte. Wäre da nicht stets dieser gewisse Unterton, könnte man schallend darüber lachen.

»Vielleicht gibt es ja auch für Sie ein Happy-End…«

Wieso »auch«? Hatte Hanna ein Happy-End gefunden, oder war diese Bemerkung wieder eine Finte wie der hintergründige Hinweis »in Gedanken dabei?«

Konstanze knüllte die Karte in den Müllsack, der morgen früh entsorgt werden würde, und gab sich den Befehl, die Karte sofort zu vergessen. Es war notwendig, jeglichen – auch den gedanklichen – Kontakt zu Hanna Vonstein zu vermeiden.

Rasch sah sie die weitere Post durch: Telefonrechnung, Finanzamt, ein paar Reklamezettel und ein weiterer Brief.

Er war von Per.

Im Umschlag steckte eine Karte mit der Ansicht der Golden Gate Bridge, auf der Rückseite fanden sich wenige Worte:

Liebe Konstanze,
San Francisco ist eine aufregende Stadt, fast noch aufregender als Babelsburg. Dennoch komme ich zu Weihnachten zurück.

Es grüßt Dich herzlich, Per

P.S. Wir sind bei unserem gemeinsamen Studium leider bei Punkt sechs: »Über den Zweifel« steckengeblieben. Beachte doch bitte auch das Ende des Kapitels. Nachzulesen bei Stendhal: Über die Liebe, Punkt sieben.

Konstanze suchte das blaugebundene Buch mit dem roten Rücken und schlug die entsprechende Seite auf.

… der Liebende irrt ohne Unterlaß zwischen folgenden Vorstellungen hin und her: Sie hat alle Vollkommenheiten – Sie liebt mich. – Wie soll ich es anstellen, von ihr den denkbar größten Liebesbeweis zu erlangen? –

Der schrecklichste Augenblick der jungen Liebe ist immer noch der, wo sie inne wird, daß sie falsche Schlüsse gemacht hat …

Konstanze ließ das Buch sinken, griff nach der Karte und las die Worte noch einmal.

»… komme ich zu Weihnachten zurück.«

Sehnsucht ist eine Sucht wie jede Sucht.

Heilung: Totaler Entzug!

Greift der Trinker nach dem Entzug nur ein einziges Mal zu einem alkoholischen Getränk, hat er alle guten Vorsätze vergessen.

Konstanze fühlte die Wärme durch die Adern pulsieren. Womit hatte sie sich eigentlich in den letzten Wochen die Zeit vertrieben? Was interessierten sie das Witwenkränzchen, Mausis Enkel und das Blau in Louises Haaren?

Und überdies: Irene war frisch verliebt, Mathilda hielt sich wie stets im Abseits, Till hatte sich rasch getröstet, und selbst Vito ging fremd …

Alle frönten sie ungehemmt ihren Lüsten.

Konstanze setzte sich an ihren Sekretär, nahm eine Karte mit der Ansicht der Bonifatiuskirche und schrieb:

Lieber Per,
der Liebende irrt ohne Unterlaß!
Ich freue mich auf Dich.

Deine Konstanze

Den Ankünften nicht trauen,
wahr sind die Abschiede.

Ilse Aichinger

Per meldete sich plötzlich und ohne weitere Ankündigung.

»Ich bin wieder da!«

Es war der Samstag vor dem dritten Advent. Bad Babelsburg rüstete zum Weihnachtsfest. Den Marktplatz zierte die übliche, rachitische Fichte, über dem Eingang zum Park baumelten die Pappgirlanden.

Vor dem Supermarkt stand der Nikolaus und verteilte Werbegeschenke.

»Wie schön«, sagte Konstanze, wobei der Hörer in ihrer Hand ein wenig bebte.

Sie versuchte, ihre Stimme so normal wie möglich klingen zu lassen: »Welche Überraschung!«

Die Frage, welchen Platz Per in ihrem Leben einnehmen sollte und was sie selbst eigentlich wollte, hatte sie sich immer noch nicht beantworten können. Im Grunde wünschte sie sich nach wie vor das Unmögliche: Pers ewige Liebe ohne Preis.

»Freust du dich?« fragte er.

»Aber ja.«

»Wann sehen wir uns?«

Und leiser: »Kommst du heute zu mir?«

»Laß uns morgen eine Wanderung machen. Wir könnten unseren Sommerspaziergang wiederholen, über die Felder runter ins Dorf.

Du weißt ja…«

311

Aber er erinnerte sich nicht mehr. Allzuviel hatte sich inzwischen ereignet. Konstanze dagegen hatte die Erinnerung konserviert.

»Über die Felder«, wiederholte sie eindringlich. »Runter zum Dorf…«

Er lachte. »Du kannst mir ja zeigen, wo's langgeht!«

Genau das wollte sie eigentlich nicht.

Erst als sie auf die Streuobstwiese kamen, erinnerte er sich.

»Da ist unser Baum!«

Sie nickte. »Von da aus kann man das Dorf sehen. Komm, wir gehen mal hin.«

Per lehnte sich gegen den Stamm und schaute in die schneeverhangene Höhe über sich.

»Jetzt weiß ich's wieder«, sagte er. »Es war ein sehr warmer Tag…«

Konstanze lachte.

»…und über uns im schönen Sommerhimmel war eine Wolke, die ich lange sah. Sie war sehr weiß und ungeheuer oben, und als ich aufsah, war sie nimmer da…«

Er sah sie lächelnd an. »Sie kann ja wiederkommen!«

»Ganz dieselbe nie! Laß uns hinuntergehen.«

Wie im Sommer schlenderten sie die Dorfstraße entlang.

Die Fenster waren adventlich geschmückt. Die großen Tore schlossen Haus und Hof hermetisch von der Straße ab. Ein wenig wehmütig dachte Konstanze an Tills Hofreite. Das Haus hatte keine neue Chance bekommen, nachdem es hundert Jahre lang ein und derselben Familie als Zuhause gedient hatte. In ihm war geboren, gestorben, gelacht und gelitten worden. Die neuen Besitzer hatten ein wenig herumgebastelt und waren weitergezogen.

Am Ende des Dorfes landeten sie bei der kleinen Gastwirtschaft, in der Lina ihren Spaß am krähenden Hähnchen gestanden hatte.

»Laß uns einkehren und Rippchen essen.«

Aber das Lokal war geschlossen. Unschlüssig standen sie vor der Tür und gingen schließlich in den verwaisten Garten hinein.

Die Tür zum Hühnerstall stand auf.

»Wo mögen die beiden Hühner sein?«

»Geschlachtet und eingefroren.«

»Du bist auch schon poetischer gewesen«, bemerkte sie.

»Die Poesie hat sich in San Francisco verflüchtigt!«

Er lachte. »Aber ich hab sie nicht vermißt, es geht tatsächlich auch ohne – wenigstens eine Zeitlang«, fügte er hinzu.

Sie wanderten zurück. Konstanzes Laune schwankte. Irgend etwas hatte ihr den Spaß verdorben. Sie zog sich die Jacke enger um den Hals.

»Möchtest du meinen Schal?«

»Nein«, sagte sie gereizt, »ich bin keine Rheumaoma.«

Er lachte verunsichert: »Rheuma hat man doch nicht im Hals!«

»Nein?«

»Bist du müde?« fragte er. »Wollen wir uns ein bißchen ausruhen?«

Sie blitzte ihn an: »Behandle mich nicht dauernd wie eine Hundertjährige.«

»Ich spüre meine Beine jedenfalls ganz schön«, sagte er friedlich. »In Amerika sind wir so gut wie überhaupt nicht gelaufen. Auf Dauer würde ich das nicht aushalten.«

Sie griff nach seiner Hand und hielt sie fest.

»Entschuldige, ich bin dumm.«

Er blieb stehen und nahm ihr Gesicht in seine Hände.

»Vor allem bist du schön«, sagte er.

Konstanze hatte das Auto am Waldrand geparkt. Sie stiegen ein.

»Und jetzt?«

»Essen gehen!«

»Wo?«

»Am besten in der City.«

»Einverstanden!«

In Marbach hatte sich Konstanze immer gern mit Per gezeigt.

Sie mochte die Stadt, in der ihr niemand über den Weg laufen, stehenbleiben und dumme Fragen stellen konnte.

»Wie wär's denn dort?« Per wies auf ein Szenelokal. »Die machen tolle Pasta, und die Atmosphäre ist angenehm locker.«

Gerade drängten ein paar junge Leute, die Rucksäcke lässig über eine Schulter gehängt, auf die Straße. Musikfetzen drangen nach draußen.

Konstanze verzog das Gesicht. Sie wies auf ein kleines Lokal, das sich wie schutzsuchend zwischen die anderen Häuser duckte.

»Lieber da drüben, ich möchte in Ruhe essen.«

Jetzt verhalte ich mich genau so, wie ich nicht will, daß er mich sieht, dachte sie. Absolut tantenhaft.

Sie betraten das »HannaS«.

Zufrieden sah Konstanze sich um. »Hier ist es genau richtig!«

Das Restaurant war gemütlich und individuell eingerichtet, einem privaten Wohnzimmer ähnlicher als einem Lokal: gedämpftes Licht, ein altes Büfett, Bilder an den Wänden. Jede Sitzgruppe unterschied sich von der anderen. Über einem Großmuttersofa hing Hannas Portrait im Goldrahmen. Milde lächelte sie auf die Speisenden hinunter. Ohne weiter auf das Bild zu achten, nahmen sie den Tisch in der Ecke. Per rutschte auf die Bank, Konstanze wählte automatisch den Armsessel mit dem Rücken zum Lokal.

Hanna hatte die beiden von der Küche aus eintreten sehen und grinste.

Da waren ja der »Ritter der Stäbe« und seine »Kaiserin«.

Besonders glücklich schienen sie nicht zu sein. Die Lovestory lahmte wohl dem Ende entgegen. Obwohl, das mußte Hanna zugeben, Konstanze blendend aussah. Die Liebe hatte ihr gutgetan, und auch Per war noch attraktiver, als sie ihn in Erinnerung hatte.

Daß sie sich jedoch immer noch versteckt hielten, war bezeichnend. Wahrscheinlich handelte es sich hier um ein letztes Treffen vor dem Abschied.

Die Kellnerin kam und reichte ihnen die Karte. Sie war ungewöhnlich hübsch und sehr jung. Gemäß der Geschäftsprinzipien des HannaS war sie überdies ausnehmend freundlich. Beim Lächeln zeigte sie eine Reihe schneeweißer Zähne.

Per strahlte zurück. »Zunächst mal zwei Pils!«

Konstanze schluckte. »Für mich ein Glas Rotwein. Trocken.«

Ihre Stimme klang spröde.

Er sah sie überrascht an. »Entschuldige, natürlich.«

Wieder traf sein Blick den der Kellnerin. »Also ein Pils, ein Glas Rotwein.«

»Ein Viertel«, verbesserte Konstanze gereizt. »Karaffe.«

Das Mädchen blieb freundlich. »Ein Pils und eine Karaffe Rotwein trocken. Sehr gerne.«

Wohlgefällig sah Per ihr nach. »Selten nette Bedienung. Das fällt einem als erstes auf, wenn man längere Zeit in Amerika war. Die Muffigkeit der hiesigen Kellner und aller Dienstleistenden.«

»Die Hauptsache ist doch, daß das Essen schmeckt!«

»Das sehe ich nicht so. Ein nettes Lächeln hat noch nie geschadet.«

Konstanze biß sich auf die Zunge. Sie mußte sich zusammennehmen. Ihre Gereiztheit war schwer erträglich. Verzweiflung kam von Zweifel, und was Per anging, so hatte der ewige Zweifel die Liebe letztendlich zur Strecke gebracht.

Er reichte ihr die Karte. »Ich nehme das Zürcher Geschnetzelte mit Rösti.«

»Ich schließe mich an.«

Sie hoben die Gläser. »Auf Sils-Maria.«

Sie rang sich ein Lächeln ab. »Auf das Fextal.«

»Die Kapelle von Crasta…«

»Den Paradiesmaler…«

»Und das Paradies schlechthin.«

Sie zuckte die Schultern und blickte zur Küchentür hinüber.

Irgend etwas stimmte nicht. Das Lokal war in jeder Hinsicht ungewöhnlich angenehm, und doch gelang es ihr nicht, sich zu entspannen.

Sie wandte sich wieder zu Per. »Und sonst? Wie war's in San Francisco?«

Aber sie bereute die Frage sofort. Fragen dieser Art hatten meist eine längere Fotobesichtigung zur Folge.

Und richtig! Der Packen landete zwischen ihnen auf dem Tisch.

»Das ist die Golden Gate Bridge, hier, das war irgendwo in China Town. Hier sind wir alle am Strand… Das ist übrigens Jeanettes Freundin Vivian.«

»Und das?«

Konstanze wies auf eine Frau, die, meist neben Per stehend, auffallend oft in die Kamera strahlte.

»Vivians Freundin Mary! Sie war auch gerade in den Staaten.«

»Hat sie auch einen Mann?«

»Zwei«, er lachte. »Nette Burschen, achtzehn und fünfundzwanzig.«

»Und der Kleine hier?«

»Vivians Enkel Benni. Ein frecher Knirps, erinnerte mich ein bißchen an Vito. Apropos, was macht er eigentlich?«

»Er geht fremd.«

Per lachte herzlich. »Früh übt sich.«

Das Essen wurde gebracht. Die Kellnerin warf einen Blick auf das Foto der Golden Gate Bridge.

»Oh, San Francisco, da bin ich vor zwei Jahren gewesen. Schöne Aufnahme.«

»Ich schenke sie Ihnen.«

»Aber nein!«

»Aber ja.«

Er zauberte das entwaffnende Lächeln des Kursleiters auf sein Gesicht. Konstanze sah es mit Unmut.

»Können wir jetzt essen?«

Per warf ihr einen flüchtigen Blick zu. »Fang doch einfach an.«

Er wandte sich erneut der Kellnerin zu: »Vielleicht trifft man sich mal in San Francisco.«

»Vielleicht«, erwiderte sie und lächelte ebenso gekonnt wie er.

Hanna registrierte zufrieden den Blick, den Per dem Mädchen nachsandte.

Konstanzes Blick war weniger freundlich. »Ist es jetzt genug?«

Das klang gar nicht »konstanzig«, sondern spitz und unbeherrscht.

Per war überrascht. »Konstanze, ich…«

»Schon gut!«

Sie aßen. Ein unbehagliches Schweigen lag zwischen ihnen, von dem keiner hätte sagen können, wie es eigentlich entstanden war.

Am Nebentisch hatte inzwischen eine Familie mit drei Kindern Platz genommen.

Sie quengelten und schrien laut durcheinander. Das Kleinste hatte sich selbständig gemacht, rannte im Lokal herum und ging auf Entdeckungsfahrt.

Konstanze sah es mit Unmut. Wenn sie eines haßte, so waren es Eltern, die öffentliche Lokale zum Spielplatz für ihre unerzogenen Kinder erklärten. Meist tafelten sie selbst in aller Ruhe, während ihre gelangweilten Nachkommen andere Gäste beim Essen störten.

»Du entschuldigst mich!«

Sie erhob sich und warf den Leuten am Nebentisch im Vorbeigehen einen bohrenden Blick zu, den diese ruhig erwiderten.

Im Waschraum ließ sie Wasser über die Handgelenke laufen.

»Konstanze Vogelsang«, sagte sie zu sich. »Wenn du der Situation nicht gewachsen bist, dann mußt du sie ändern. Vorübergehend aber nimm dich zusammen und bleibe charmant.«

Sie betrachtete sich im Spiegel. Der Anblick besänftigte sie ein wenig, denn sie sah überraschend gut aus!

Das Prinzip, daß die Gäste sich unter allen Umständen wohlfühlen sollten, funktionierte im »HannaS« bis in die Waschräume hinein.

Die Spiegel waren so beleuchtet, daß jeder von seinem Anblick positiv überrascht war.

Ein wenig besänftigt kehrte Konstanze in die Gaststube zurück.

Dort hatte sich die Situation inzwischen geändert. Die beiden Rotznasen vom Nebentisch hatten den Platz gewechselt. Der eine saß neben Per und ließ sich die Fotos zeigen, der andere lümmelte sich in ihrem Armsessel.

Konstanze stupste ihn an. »Dürfte ich mich vielleicht setzen?«

Er reagierte nicht.

»Du, ich möchte mich setzen.«

Verständnislos starrte er sie an.

Konstanze wandte sich an die Eltern. »Könnten Sie die

Freundlichkeit haben, Ihre Kinder an Ihren Tisch zu holen?«

Die junge Frau verzog keine Miene. Sie sah zu Per hinüber, der den fremden Knirps inzwischen auf den Schoß genommen hatte.

»Ihren Sohn scheint es doch nicht zu stören.«

Contenance, Konstanze! Charmant bleiben…

Konstanze rang sich ein Lächeln ab.

»Das ist natürlich die Hauptsache. Entschuldigen Sie.«

Sie rutschte zu Per auf die Bank, griff sich ein Foto und hielt es dem Kleinen aggressiv unter die Nase: »Das hier ist die Golden Gate Bridge, da werden wir uns alle mal treffen.«

Die Kellnerin kam und brachte zwei Eis für die Kinder.

»Kommst du auch mit?« fragte sie der Junge.

Sie lachte. »Aber klar!«

Per wandte sich an Konstanze. »Möchtest du einen Nachtisch?«

»Nein danke!«

Sie versuchte das Bild zu verarbeiten, das sich ihr bot:

Per und die junge Kellnerin, beide um das Wohl dieser Rotznasen bemüht. Wie es sich fügte: eine junge fröhliche Familie.

Per sah sie an. »Gut, wollen wir dann gehen?«

»Gerne!!!«

Per zahlte und half ihr in den Mantel. Konstanze schenkte den Eltern am Nebentisch ein süffisantes Lächeln.

»Reizende Kinder.«

»Sie haben doch sicher auch Enkel.«

»Aber ja! Mein Mann macht mit ihnen gerade eine Weltreise.«

»So einen Großvater wünscht man sich.«

Per lächelte verhalten. »Man muß es sich eben leisten können!«

Und zu Konstanze: »Kommst du?«

Schnellen Schrittes strebte er dem Ausgang zu.

Nachdenklich sah Hanna ihnen nach.

Sie lieben einander wirklich, dachte sie. Aber sie stolpern ständig über Mißverständnisse. Das geht heute noch zu Ende; spätestens morgen!

Auf der Straße blieb Per unschlüssig stehen.

»Gehen wir zu mir? Christian ist nicht zu Hause«, fügte er ironisch hinzu. »Keine Gefahr...«

»Eigentlich«, gab Konstanze ebenso ironisch zurück, »habe ich es nicht nötig, Gefahren dieser Art zu fürchten.«

»Aber du hast es doch so gewollt!«

Er fühlte sich unbehaglich. Konstanze war schwierig geworden.

Schlimm, wenn man jedes Wort auf die Goldwaage legen mußte.

»Ich habe dauernd das Gefühl, irgendeinen Fehler zu machen«, sagte er leise.

»Aber ich mache doch die Fehler«, antwortete sie. »Einen nach dem anderen.«

Er legte die Hand in ihren Nacken. Die Berührung war wohltuend.

»Danke«, sagte er.

Die Hütte roch ein wenig muffig. Per öffnete das Fenster und legte Holz in den Ofen. Bald war es mollig warm. Er deckte den Tisch mit den gesprungenen Tellern, von denen keiner zum anderen paßte, und grinste: »Käsekuchen! Für jeden zwei Stück.«

Der heiße Tee tat gut. Konstanze sah sich um. Es war ihr erster Wintertag, den sie hier verbrachte. Der Verkehrslärm war jetzt deutlicher zu hören, und das »Hauptquartier« war wegen der entlaubten Büsche näher herangerückt. Gerade flammten drüben die Lampen auf, und die Rollos glitten in die Tiefe.

Per entkorkte eine Flasche Wein, einen Spätburgunder mit eindrucksvollem Etikett.

»Zur Feier des Tages«, sagte er.

Sie tranken ihn aus großen bauchigen Gläsern und schwiegen.

»Die Gläser sind von drüben!« Per wies mit dem Kinn zum Haupthaus. »Seitdem der Bau leer steht, mache ich hin und wieder kleine Raubzüge.«

»Was treibt Christian denn?«

Per zuckte die Schultern. Dann lachte er und imitierte ihre einstige Telefonansage: »Bin auf Reisen, tschüß, bis bald! Wahrscheinlich befindet er sich auf der Flucht vor Weihnachten«, fügte er hinzu. »Heilig Abend allein dort drüben«, er wies mit dem Kinn zum Haupthaus, »ist sicher kein Spaß!«

Konstanze fragte sich, auf welche Weise Per die Weihnachtstage verbringen würde, aber sie wagte es nicht, die Frage zu stellen.

»Hauptsache, daß man von jeder Reise zurückkehrt«, sagte sie statt dessen.

»So wie du?«

»So wie ich!«

Die Liebe, später im Kastenbett, war spielerisch, zärtlich und ein wenig traurig.

Liebe zum Schluß der Saison.

Am nächsten Morgen war Konstanze früh auf den Beinen. Sie deckte den Frühstückstisch. Per holte die Brötchen.

Konstanze goß den Tee in die Tassen. Dann sagte sie unvermutet:

»Ein Mann wie du sollte heiraten und Kinder haben. Du ziehst die Kleinen ja magisch an.«

»Weil ich mich nie länger als ein paar Stunden mit ihnen abgebe!«

»Bei eigenen wäre es etwas anderes.«

»Ich will keine Kinder, ich will dich!«

»Es gibt da«, sagte Konstanze und biß in das bleiche Supermarktbrötchen, »ein kleines Problem, über das wir noch nie gesprochen haben. Mein Sohn ist nur wenig älter als du.«

Er sah sie überrascht an. »Und das ist das Problem?«

»Nein, das Problem ist, daß wir nicht stehenbleiben, sondern dummerweise ständig älter werden. Wenn du vierzig bist, bin ich sechzig. Wenn du fünfzig bist, bin ich siebzig, wenn du…«

»Mein Gott, Konstanze«, unterbrach er sie. »Wenn du hundert bist, bin ich doch auch schon achtzig.«

Sie stand auf und begann ihre Sachen zu packen. Dann stellte sie sich vor den Spiegel und drehte sich die Haare zu einem festen Knoten. Mit langen Nadeln steckte sie ihn fest.

»Irgendwann«, sagte sie in den Spiegel hinein, »wirst du mir für meine heutige Entscheidung dankbar sei. Dein weltentrücktes Leben in der Hütte ist zu Ende, aber es wird etwas Neues beginnen.«

Er verzog ironisch den Mund. »Heirat und Kinder?«

»Warum nicht?«

Konstanze, die Standhafte, kam endgültig aus der Versenkung, schüttelte energisch den Staub aus den Kleidern und reckte die Glieder.

Das Spiel war aus!

Schlußpfiff!

Konstanze spürte bewußt den festen Boden unter den Füßen und genoß das Gefühl, eine schwierige Situation mit der nötigen Überlegenheit gemeistert zu haben.

Jetzt nur keinen zärtlichen Abschied, dachte sie. Sonst war alles umsonst.

Wenn aber der schmerzliche Schritt erst vollzogen war, würde Per sie ewig verehren, anderenfalls vielleicht auf immer für ein verlorenes Glück verantwortlich machen.

Gutes Argument, Mädchen! Konstanze, die Standhafte, klopfte sich innerlich anerkennend auf die Schulter. Prima!!!

Sie richtete ihre ruhigen grauen Augen auf sein Gesicht.

»Glaub mir, irgendwann wirst du mich verstehen!«

»Ich versteh dich schon heute«, sagte er. »Hauptsache, das Gesicht wahren. Das Gesicht sieht man nämlich, der Schmerz ist geheim.«

Sie zuckte ein wenig die Schultern, was ebensogut »ja« wie »nein« bedeuten konnte, und wandte sich zur Tür.

»Schick mir eine Anzeige, wenn es soweit ist«, sagte sie. »Und danke für den Sommer.«

Sie schenkte ihm ein letztes Lächeln.

Konstanze, die Standhafte, applaudierte sich selbst.

Gutes Schlußwort. Hervorragender Abgang. Vorhang!

Genießen Sie Ihr Leben,
ehe es ein anderer tut.

Peter Spielbauer

Am Heiligen Abend war Konstanze zum ersten Mal in ihrem Leben ganz allein. Sie nippte an ihrem Rotwein und blätterte gelangweilt in einem Bildband. Christian Lennert hatte ihr das Buch mit herzlichen Grüßen zum Weihnachtsfest geschickt.

»Ich selbst«, schrieb er, »befinde mich zur Zeit in Sils-Maria. Mein Sohn liebt diesen Ort so sehr, daß ich ihn endlich einmal in Augenschein nehmen wollte, auch wenn ich der Verführung bisher nicht erlegen bin. Eine gewisse Magie entdeckte ich allenfalls in den Preisen, und den Zauber spüren wohl eher die Einheimischen, wenn sie am Abend in ihre Kassen schauen.

Ich werde im Januar nach Marbach zurückkehren«, schrieb er weiter, »und würde mich freuen, Sie, liebe Konstanze, einmal wiederzusehen. Vielleicht ergibt es sich ja, daß wir ein Glas Wein miteinander trinken und zusammen ein paar Bildbände anschauen.«

Konstanze war in diesem Jahr von Weihnachten überrascht worden.

Abgelenkt durch Pers Besuch, hatte sie erstmalig nichts vorbereitet. Weihnachten war plötzlich da, und es war kein Geschenk gekauft, kein Karpfen bestellt, kein Christbaum ausgesucht.

Zwei Tage vor dem Fest rief sie Till an. Erst jetzt fiel ihr ein, daß er und Vito sich ja neu orientiert hatten. So formulierte sie ihre Einladung sehr vorsichtig: »Ich wollte fragen, was ihr zu Weihnachten vorhabt!«

»Heilig Abend feiert Vito mit Mascha und mir, am ersten und zweiten ist er bei Verena, während Mascha und ich Maschas Familie besuchen.« Ein wenig hastig fügte er hinzu: »Du bist natürlich herzlich eingeladen.«

»Vielleicht ist es besser, sich erst einmal im kleinen Kreis kennenzulernen«, sagte Konstanze. »Ihr könnt ja im neuen Jahr mal vorbeikommen.«

Auch Mathilda hatte es eilig. Sie war von Weihnachten ebenso überrascht worden wie Konstanze: »Wir haben unser letztes Projekt nicht fertiggekriegt. Jetzt muß das Team los und ein paar Szenen nachdrehen.«

Louise dagegen gab sich heiter und zufrieden: »Ich feiere diesmal mit Herrn Müller-Friedmannshausen.«

»Mutter«, rief Konstanze aus. »Schon wieder ein Mann? Bei unserem letzten Treffen…«

»Herr Müller-Friedmannshausen ist mein Schachpartner«, erwiderte Louise mit Würde. »Schade, daß du dir seinen Namen nicht merken kannst.«

»Ich dachte, er dürfte nicht mehr genannt werden.«

»Wir haben ihm Unrecht getan. Die Dame im kurzen Rock ist seine Schwester. Ich habe sie für Heilig Abend eingeladen. Möchtest du auch kommen?«

»Wir treffen uns ja zu Silvester bei den Vonsteins. Einstweilen einen schönen Gruß an…«

»Herrn Müller-Friedmannshausen, es wird nötig sein, sich den Namen gut einzuprägen.«

Konstanze legte den Hörer auf die Gabel und sah sich in ihrem wenig weihnachtlichen Zimmer um. In der Vase nadelte ein einzelner Tannenzweig, auf dem Nähtischchen lagen ein paar Christbaumkugeln.

Die Enttäuschung, den Heiligen Abend allein feiern zu

müssen, war jedoch nicht allzu groß. Fast fühlte Konstanze Erleichterung, jetzt nicht losstürzen und den gewohnten Weihnachtszauber vorbereiten zu müssen.

Es war sehr wohltuend, zur Ruhe zu kommen, das vergangene Jahr Revue passieren zu lassen und ein Resümee zu ziehen: Was hatte es gebracht? Hatte sie Fehler begangen? Und wann? War die Entscheidung, sich von Per zu trennen, richtig gewesen?

Doch was diesen Punkt anging, so brauchte sie nicht lange nachzudenken: Natürlich war die Entscheidung richtig gewesen!

Schon fühlte sie, wie die bekannte Litanei zu kreisen begann:

Wenn er vierzig ist, bin ich ... wenn ich sechzig bin, ist er ... wenn ich siebzig bin, wäre er ... längst über alle Berge, fügte sie selbstironisch hinzu.

Es war Jahrzehnte her, daß die Vonsteins zu einer Silvesterparty geladen hatten, aber in diesem Jahr hatte Alois Bärmeier »auf den Familienbesitz« gebeten.

Mit Freude kleidete sich Konstanze für die Party an. Sie wählte das lange schlichte Kleid aus grauer Seide, das sie seit Jahren besaß und das dennoch nichts von seinem Schick eingebüßt hatte.

»Zeitlos elegant«, hatte Gerald die Robe stets genannt und in liebevoller Ironie hinzugefügt: »Ebenso wie meine liebe Frau...«

Alois Bärmeier, der die Gäste an der Tür empfing, begrüßte sie wie eine alte Bekannte.

»Die Frau Konstanze, habe die Ehre, na, das freut mich aber...«

Dann verwickelte er sie in ein längeres Gespräch darüber, ob sie die Neugestaltung der Räume übernehmen könnte, wenn diese in den ursprünglichen Zustand zurückversetzt worden seien.

»Das nehm ich im neuen Jahr in Angriff, denn zum nächsten Silvester, da möcht ich schon auch meine Familie einladen, daß man sich einmal kennenlernt, aber in diese Kämmerchen hier, da passen ja höchstens zwei Bärmeiers rein!« Er lachte dröhnend.

»Und diese Spielzeugmöbelchen da«, er wies auf die Louis-Quartorze-Imitation, »die kommen samt und sonders raus.«

»Ich werde mit Kranz und Botte sprechen«, erwiderte Konstanze. »Da können Sie sicher sein, daß Sie etwas Echtes bekommen.«

Arthur näherte sich mit einem zufriedenen Grinsen. Dieser Bärmeier gefiel ihm von Mal zu Mal besser. Wie er die Dinge in die Hand nahm, wie fest er zupacken konnte – und wie großzügig er zahlte!

»Da wäre noch das Problem mit der Küchenterrasse«, sagte er und legte Alois vertraulich die Hand auf den Arm. »Meine Frau wünscht sich schon lange eine für die kleineren Küchenarbeiten. Ihre Vorgängerin hat sie leider abreißen lassen.«

Das Glas in der Hand, wanderte Konstanze weiter. Durch die Enge der Zimmer konnten sich nur kleinste Grüppchen bilden, und es fiel nicht weiter auf, wenn jemand frühzeitig das Weite gesucht hatte.

»Wo ist denn Fita?« wandte sie sich an Sophia, die mit bohnengroßen Brillanten in den Ohren im Fernsehzimmer Hof hielt.

»Sie hat sich abgeseilt. Ihr paßt der Umbau nicht.«

»Aber gerade ihr müßte es doch gefallen, wenn hier alles wieder im alten Glanz erstrahlt.«

»Es gefiele ihr ja auch, aber sie befürchtet, daß sich Alois zuviel Rechte erwirbt. Daß hier im nächsten Jahr nur noch Bärmeiers herumsitzen, die das Haus als ihren Besitz betrachten, was sie natürlich tun werden. Schließlich kostet der Umbau mehr als eine halbe Million.«

Sie lachte aus vollem Halse, und die Brillanten in ihren Ohren funkelten.

»Julie ist auch dagegen«, fügte sie hinzu, »aber Papa ist dafür. Vor allem, nachdem Alois zugesagt hat, daß er die Heizkosten übernimmt. Papa ist zum Küssen, er würde seine Seele verscherbeln, wenn er nur einen findet, der gut dafür zahlt.«

»Das ist ja auch sehr angenehm«, mischte sich Arthur in das Gespräch. Er fühlte sich durch Sophias Worte nicht im mindesten verletzt. Im Gegenteil: Der gewiefte Bursche war nicht Alois, sondern er selbst. Die Lust am Besitz dieses Hauses hatte schon manchen ins Verderben getrieben. Da brauchte er nur an seine beiden Gattinnen zu denken! Wie trunkene Motten waren sie vom Glanz des alten Gemäuers angezogen worden und hatten sich gehörig die Flügel verbrannt. Hanna hatte sich noch einmal erholt, aber Julie taumelte wie ein verendeter Schmetterling dahin.

Im Gegensatz zu ihr ging es ihm selbst blendend.

Heute hatte er sich zur Feier des Tages in Schale geworfen. Der dunkle Anzug war perfekt geschnitten, im Knopfloch steckte eine rote Rose. Für das neue Jahr hatte er sich einiges vorgenommen.

In letzter Zeit war er ein wenig abgeschlafft, vermutlich eine direkte Folge seines Lebens mit zwei alten Weibern, aber er spürte neue Vitalität, und die mußte umgesetzt werden, und zwar bald.

Er wurde von Louise in seinen Gedanken unterbrochen.

»Darf ich vorstellen, Herr Müller-Friedmannshausen, mein… Partner.«

Amüsiert stellte Konstanze fest, daß Herr Müller-Friedmannshausen ohne den Zusatz »Schach« zum Lebenspartner avanciert war.

»Wie schön, daß Sie sich noch gefunden haben«, sagte Arthur höflich. »Da läßt sich das Alter doch besser ertragen, stimmt's, Herr Müller-Friedmannshausen?«

Aber Herr Müller-Friedmannshausen schien das schweigsame Grübeln über dem Brett zum Lebensprinzip erhoben zu haben. Er starrte Arthur schweigend an. Auch auf Sophias Hochzeit hatte ihn niemand sprechen hören.

Arthur warf Louise einen vielsagenden Blick zu und fügte hinzu:

»Leider hat wohl alles seinen Preis!«

»Und manche sind ganz schön hoch«, mischte sich Alois ein.

»Meine Schwester, die Maria, deren Mann ist achtzehn Jahre jünger als sie und fesch, das muß man schon sagen, und jetzt sans bald zwanzig Jahr miteinander verheiratet.«

Konstanze lächelte ihn an. »Und wo sitzt dann der Haken?«

»Der Haken is halt der, daß er beinah überhaupt kein Geld nicht hat und dauernd fremdgeht.«

Er wechselte das Thema: »Aber jetzt sagen's doch, Frau Konstanze, weshalb eine Frau wie Sie keinen Mann hat, das verwundert mich schon sehr.«

»Ganz einfach«, erwiderte Konstanze. »Alte Männer mag ich nicht, und die Preise für die Jungen sind zu hoch.«

Julie sah in der Tat nicht gut aus. Die Flecken in ihrem Gesicht hatte sie ungeschickt überschminkt, das sichtlich aus der Mode gekommene Kleid schlotterte um sie herum. Von den Nasenflügeln zu den Mundwinkeln zogen sich tiefe Kummerfalten.

Arthur war in der letzten Zeit immer einsilbiger und ungerechter geworden. Gestern hatte er ihr vorgeworfen, daß sie zuviel Geld für sich ausgebe. Andere Frauen seien »von selbst schön«, sozusagen »von innen heraus«, so wie Konstanze... oder wie Hanna.

In der Folge dieses Auftritts hatte sie heute nachmittag alles über den Kopf gezerrt, was der Kleiderschrank nur hergab, und das war eine ganze Menge: aber Kleider aus prähistorischer Zeit, alle aus der Mode und alle zu weit.

Mit einem Lächeln auf den Lippen betrat Hanna die Küche.

Sie hatte gerade einen aufmunternden Dialog mit Konstanze gehabt, die hochaufgerichtet, die Brauen auf Halbmast, in dem größten der verschandelten Räume plauderte.

Süffisant lächelnd hatte sie sich Hanna zugewandt: »Im neuen Jahr, liebe Hanna, sollten wir uns aber unbedingt einmal treffen.«

Hanna hatte das Lächeln ebenso süffisant erwidert: »Wie wäre es mit nächster Woche? Begleiten Sie mich doch zu einem Vortrag über das Verhalten der Stelzvögel.«

»Mit spitzem Schnabel im Sumpf zu stochern fällt doch eher in Ihr Ressort, liebe Hanna«, hatte Konstanze gekontert und in ihrer schillernden Seidenrobe einem Graureiher verblüffend ähnlich gesehen.

Gegen ihren Willen hatte Hanna laut lachen müssen. Konstanzes Hochmut war angeboren – und er war unwiderstehlich.

Schmunzelnd hatte sie sich dann auf die Suche nach Julie begeben und sie, wie vorausgesehen, in dem alten Korbsessel neben dem Kühlschrank vorgefunden, in dem auch sie einst ihre »stillen« Stunden abzuhalten pflegte. Hier hatte sie geweint, nachgedacht und schließlich den Tausch geplant: Mann und Villa gegen Eigentumswohnung…

Hannas Augen glitten über die abgenutzten Arbeitsplatten, die Fliegenschißkacheln und die fettigen Gardinen und blieben an dem unverhüllten Fenster hängen.

Sie warf Julie einen Blick zu.

»Wo ist denn der Baum?«

»Eingegangen! Aber das war auch der einzige Glücksfall

im letzten Jahr. Jetzt hat man Sonne in der Küche und eine herrliche Aussicht über Babelsburg.«

»Man muß dem Glück eben auf die Sprünge helfen«, sagte Hanna.

»Wenn man bloß drauf wartet, passiert nichts.«

»Der Baum ist von selbst eingegangen«, sagte Julie trotzig.

»Aber sicher«, antwortete Hanna friedlich.

Sie sah auf Julie hinunter und spürte, daß auch das letzte Restchen von Rachsucht verschwunden war. Hier saß eine Frau am Ende ihrer Kraft.

Sie zog sich einen Hocker heran und setzte sich neben sie.

»Sie sehen erschreckend blaß aus, Julie«, stellte sie fest.

»Mir geht's auch nicht besonders gut!«

»Waren Sie schon beim Arzt?«

»Natürlich, es ist eine nervöse Eßstörung.«

»Haben Sie mal an eine Kur gedacht?«

»Die ist schon bewilligt, aber wer soll Arthur versorgen? Sobald ich das Thema auch nur streife, sieht er rot. Er steht auf dem Standpunkt, daß jemand, der nicht arbeitet, auch nicht kuren sollte, ja, daß es gerade die fehlende Arbeit ist, die mich krank gemacht hat.«

Sie warf Hanna einen trostlosen Blick zu. »Manchmal wünsche ich mir eine Nachfolgerin.«

»Das bedeutete den Wiedereinstieg ins Berufsleben, dafür sind Sie nicht jung, nicht geschickt und nicht fleißig genug. Für Sie muß es eine andere Lösung geben.«

»Das ist wahr«, gab Julie unumwunden zu. »Ich bin nicht mal eine gute Hausfrau, wenn ich ehrlich bin, pfusch ich nur so herum.«

Hannas Blick wanderte über das Regal voller Konservendosen.

»Ich könnte für Arthur eine Hilfe besorgen«, sagte sie, »jemanden, der ihn versorgt, wenn Sie zur Kur sind. Eine Frau«, sie lächelte zweideutig, »die zupacken kann.«

Alois' Stimme unterbrach das Gespräch.

»Noch zehn Minuten bis zwölf! Bitt schön, alle auf die Freitreppe, Sophia, wenn du deine Frau Großmutter holen würdest…«

Über Bad Babelsburg zischte eine verfrühte Rakete in die Höhe.

Sekundenlang färbte sich der Himmel purpurrot.

Die Gäste erwarteten das neue Jahr auf der Freitreppe stehend und in den Himmel starrend.

Hoffentlich bin ich nicht schwanger, dachte Sophia. Alois wünschte sich zwar einen Nachfolger, aber sie war bestrebt, die Erfüllung dieses Wunsches zu verhindern.

Hanna kämpfte mit einem schlechten Gewissen und einer plötzlichen Erkenntnis. Für alles, das Julie und Arthur ihr einst angetan hatten, hatte nur Julie die Zeche bezahlt. Arthur-Schatz war ungeschoren davongekommen.

Ihr Blick fiel auf Konstanze, die stolz aufgerichtet und allein auf der Treppe stand. Wie hübsch war sie im Sommer gewesen. Jetzt trug sie wieder diese dummen damenhaften Kleider und hatte Ringe unter den Augen. Außer Fita, die sich an Arthurs rechten Arm klammerte, war sie die einzige Frau ohne Mann. Und so selbstverständlich wie einst würde sie künftig mit diesem Zustand nicht mehr umgehen. Ein Leben lang würde sie den kleinen Stachel der Ungewißheit spüren, ob ihr Stolz die Trennung von ihrem jungen Geliebten wert gewesen war.

Ich werde mich ein für allemal zurückziehen, nahm Hanna sich vor. Den geplanten Deal mit Arthur würde sie sich als krönenden Abschluß noch gönnen, aber dann sollte endgültig Schluß sein.

Vielleicht, überlegte sie, könnte ich die Gabe, das Schicksal zu beeinflussen, einmal positiv einsetzen? Aber diesen Gedanken verwarf sie sofort: So etwas war anstrengend und würde keinen Spaß machen.

Auch Julie plagten Gewissensbisse: Ich werde im neuen Jahr versuchen, eine halbwegs gute Hausfrau zu sein und Arthur nicht um Geld zu betrügen! Für jede Konservendose hatte sie den doppelten Preis berechnet und ihm Rechnungen für Scheuermittel vorgelegt, die sie niemals gekauft hatte.

Sie hatte sogar schon mit der Idee gespielt, Arthur auf dieselbe feindosierte Art zur Strecke zu bringen, mit der sie die Blutbuche vor dem Küchenfenster besiegt hatte. Der Gedanke war ihr gekommen, als sie den starken Baum, aller Blätter beraubt, auf dem Rasen liegen sah, hingemäht von einer heimlichen Kraft. Der Baum war verladen und abtransportiert worden, und sie hatte plötzlich einen freien Blick und Luft zum Atmen gehabt.

Aber heute schämte sie sich dieses Gedankens. Künftig wollte sie ehrlich, fleißig und liebevoll sein. Sie würde sich Rouge auf die Wangen reiben, und vielleicht würde sie es sogar fertigbringen, Arthur hin und wieder einmal anzulächeln...

Ich werde den Kampf gegen diese Sippschaft aufnehmen, nahm sich Fita vor. Emporkömmlinge, Eindringlinge. Sie würde den Umbau würdevoll gestatten und Bärmeier dann Hausverbot erteilen. Eine Gelegenheit würde sich sicher ergeben.

Arthur nahm sich nichts vor. Mit glänzenden Augen schaute er in den goldsprühenden Himmel über Babelsburg. Ihm würde das neue Jahr Glück bescheren, da war er ganz sicher. Er war einfach mal wieder an der Reihe...

Ich kann allem widerstehen,
außer der Versuchung.

Oscar Wilde

Die Hilfe, die Hanna besorgt hatte, war zwanzig Jahre alt, hatte lange blonde Locken und zarte Hände mit rotlackierten Nägeln. Ihr blauer Blick war von gekonnter Unschuld.

Sie war bisher Büfettkraft im »HannaS« gewesen, aber wegen ihrer manischen Flirtlust, die in plumpe Anmache übergehen konnte und auch vor Zweideutigkeiten nicht zurückschreckte, hatte Hanna ihr kündigen müssen.

Gittas unschuldiger Blick entdeckte Chancen, erweckte Hoffnungen und gab Versprechungen. Sie witterte sogar die Anzahl der Scheine, die ein Gast in seiner Brieftasche trug, und hatte eine fast unheimliche Begabung, an diese Scheine heranzukommen.

Zwei Tage nach Julies Abreise fuhr Gitta in der Heinrich-Heine-Allee vor, entlohnte den Fahrer und sog den Anblick des Vonsteinschen Anwesens tief in sich hinein.

Vor allem die beiden Ecktürmchen und die Freitreppe, die zu einem imposanten Portal führte, betrachtete sie aufmerksam.

Dann stieg sie die Stufen hinauf und klingelte.

Es dauerte eine geraume Weile, bis Fita öffnete. Seit Julies Abreise lebten Fita und Arthur in einem stummen Kampf, wer von ihnen die Portierdienste übernehmen sollte, einen Kampf, den Fita bisher jedesmal verloren hatte.

Gitta lächelte.

»Ich bin Gitta Geige, Hanna Vonstein hat mich empfohlen!«

Fita neigte würdevoll den Kopf.

»Vonstein. Ich habe Sie bereits erwartet. Kommen Sie herein und bereiten Sie gleich einmal eine Kanne Tee, nicht zu stark und ohne Zucker. Bringen Sie mir das Tablett in den ersten Stock.«

»Für Dienste dieser Art bin ich nicht eingestellt worden«, sagte Gitta freundlich und betrat die enge Vonsteinsche Diele.

Verblüfft sah sie sich um. Ein seltsames Haus – außen Schloß und innen Sozialbau.

»Ich werde mich ausschließlich um Herrn von Stein kümmern«, fügte sie hinzu.

Arthur vernahm die jugendliche Stimme, die sich in dem düsteren Haus ausnahm wie Vogelgezwitscher im Mai und die sich von den leidenden Tönen seiner Frau wohltuend unterschied, und hob hoffnungsfreudig den Kopf. Er verließ seinen Schreibtisch und öffnete die Tür.

Er war so überrascht, daß er schlucken mußte.

»Fräulein Geige, wie schön, daß Sie da sind«, brachte er mit Mühe hervor. »Ich hoffe, daß wir eine gute Zeit miteinander haben werden.«

Er warf Fita eine stumme Botschaft zu: Und du wirst mir die Tour nicht vermasseln, verstanden?

Laut sagte er: »Mutter, du wirst deinen Tee heute einmal selbst zubereiten. Ich geleite Fräulein Gitta zu ihrem Zimmer und dann …«

Der blaue Blick war gekonnt und zielsicher eingesetzt.

»Dann setzen wir uns zusammen und besprechen alles Weitere.«

Arthur war überwältigt.

Wie dieses Mädchen ihn ansah und wie sie das gesagt hatte: »alles Weitere«.

Der ganze Himmel lag in diesen beiden Worten verborgen. »Ja«, stimmte er zu.

Gitta war keine drei Tage im Haus, da war es ihr bereits gelungen, Fita aus demselbigen zu vertreiben.

Sie hatte ungewollt mitanhören müssen, wie ihr Sohn Arthur seine Betreuerin mit zärtlich-gesenkter Stimme »meine kleine Geige« nannte, und das war endgültig zuviel gewesen.

Angetan mit Hut und Mantel, ein Köfferchen in der Hand, erschien Fita nach dem Frühstück in Arthurs Arbeitszimmer. Er warf ihr einen erstaunten Blick zu: »Möchtest du verreisen, Mutter?«

»Ich werde nicht zusehen, wie du dich hier zum Affen machen läßt!«

Arthur war nicht beleidigt. Im Gegenteil, er lachte herzlich.

»Und ich lasse es so gerne zu«, sagte er schmunzelnd. »Fräulein Geige hat mich voll im Griff!«

»Dann weiterhin viel Vergnügen!«

»Danke, danke, wohin geht denn die Reise, wenn ich fragen darf?«

Er sah sie treuherzig an. »Ich frage nur höflichkeitshalber.«

Fita warf ihm einen scharfen Blick zu. Er schien den Verstand verloren zu haben, das war ganz eindeutig. Welch ein trauriges Ende.

»Ich habe bei meiner Schwiegertochter Unterschlupf gefunden und werde dort bleiben, bis deine Frau Gemahlin aus der Kur zurückkehrt und die kleine Hure verschwunden ist.«

An der Tür wandte sie sich noch einmal um: »Seitdem Hanna dieses Haus verlassen hat, ist das Chaos ausgebrochen.«

»Das kann man wohl sagen«, bestätigte Arthur vergnügt.

Ohne ihn eines weiteren Blickes zu würdigen, drehte sich Fita um und verließ den Raum. Aber dann kam sie noch einmal zurück. »Der Johannistrieb hat schon manchen zur Strecke gebracht, nimm dich in acht.«

»Das hatte ich vor, Mutter. Aber jetzt, wo du der Kuppelei sozusagen Vorschub leistest…«

»Du bist krank!«

Leise verließ Fita das Haus, sanft fiel die Tür hinter ihr ins Schloß. Sie war zu spät gekommen, die Krankheit war schon zu weit fortgeschritten.

Kaum war Fitas Taxi um die Ecke gebogen, kam Gitta Geige ihrer Pflicht, den alten Herrn zu betreuen, emsig nach.

Sie erfüllte ihre Pflicht zu Arthurs vollster Zufriedenheit.

»Wollen wir hier frühstücken?« fragte sie ihn. »Oder im kleinen Salon?«

»Am besten oben«, erwiderte Arthur vergnügt. »Jetzt, wo das Drachennest geräumt ist, können wir es uns richtig gemütlich machen.«

Sie saßen einander an Fitas ovalem Mahagonitisch gegenüber und genossen das Frühstück und die Aussicht über Babelsburg.

Gitta sah sich um.

»Das ist aber elegant hier«, stellte sie fest. »Unten ist alles so billig!«

»Der Geschmack meiner Frau«, sagte Arthur, »aber jetzt habe ich es satt. Das wird noch in diesem Jahr wieder so, wie es einmal war. Warten Sie…«

Er erhob sich etwas zu hastig, die Gelenke knackten.

In der untersten Schublade des Sekretärs fahndete er nach der Schachtel mit den alten Fotos. Kurzatmig tauchte er wieder auf.

»Hier«, eifrig legte er Gitta Bild um Bild vor, »sind wir alle im Erker, hier steht die Familie auf der Freitreppe. Das war ein Familientreff zu Weihnachten.«

Gitta zeigte sich beeindruckt. »Warum haben Sie die Räume denn so verschandelt?«

»Meine Frau wollte Heizkosten sparen. Leider wußte sie die Eleganz dieses Hauses nie so recht zu würdigen. Am liebsten«, er lachte, »wohnte sie wohl in der Küche.« Er schenkte Gitta einen tiefen Blick: »Könnten Sie sich denn vorstellen, in diesem Haus zu leben?«

Das konnte Gitta Geige nicht, aber Barschecks einzustecken, und zwar in beliebiger Höhe, das konnte sie sich um so besser vorstellen. Dreitausend Mark sollte sie für die vier Wochen Betreuung bekommen, aber mit einigen Zusatzleistungen ließe sich die Summe natürlich erhöhen. War der Johannistrieb erst voll erblüht, konnte man sogar eine Null dranhängen. Das hatte sie schon einmal praktiziert, obwohl es letztendlich negativ ausgegangen war.

Keine Minute hatte der alte Specht sie mehr in Ruhe gelassen und auf der Befriedigung des entfachten Appetits bestanden.

Nachts war er so penetrant an ihrem Bett aufgetaucht, daß sie das Weite suchen mußte. Das sollte ihr diesmal nicht passieren.

Kühl musterte sie ihren neuen Fall.

Arthur war ein recht appetitlicher Typ, es mußte also zu schaffen sein! Und wie immer es ausging, hinterher würde er zahlen.

Entweder aus Angst, aus Scham oder aus Gier nach mehr.

Den Nachmittag verbrachte Arthur in einer sich steigernden Nervosität. Unruhig tigerte er in seinem Arbeitszimmer auf und ab.

Er hatte nicht ernsthaft geglaubt, daß Gitta Geige auf seine Annäherungsversuche so rasch eingehen würde. Eigentlich schade, wo sie jetzt das Haus für sich und vier Wochen Zeit hatten.

Er hätte das Spiel gerne verlängert, die Gelegenheit genossen und den Appetit langsam gesteigert. Aber bei Gitta Geige war er wie eine Bombe eingeschlagen. Er hatte ein Feuer entfacht, das lichterloh brannte. Ihre blauen Augen verfolgten jede seiner Bewegungen, auch legte sie im Laufe des Nachmittags ein Kleidungsstück nach dem anderen ab und saß ihm schließlich in einer schillernden Korsage gegenüber. Dann holte sie eine Flasche Champagner aus dem Keller und öffnete sie mit dem Geschick einer Bardame.

In Arthur mischte sich Gier mit Unbehagen.

Einerseits war es unglaublich, was ihm hier widerfuhr, andererseits hatte er seine Abenteuer immer im Haus der jeweiligen Bettgenossin erlebt, wo er abhauen konnte, wenn es brenzlig wurde. Hier aber saß er im eigenen Haus gefangen. Sollte er einfach einen Spaziergang vorschlagen und das Ganze abbiegen?

»Auch ich finde Sie sehr begehrenswert, Fräulein Geige, aber der Anstand dieses Hauses gebietet ...«

»Arthur?«

Gitta Geige hatte den obersten Knopf ihrer Korsage geöffnet und spitzte zärtlich die Lippen.

»Gitta?«

»Junge Männer wollen treu sein und können es nicht. Alte Männer wollen untreu sein und können es nicht.« Wer hatte das gesagt? Aber Arthur kam nicht mehr dazu, darüber nachzudenken.

»Gehen wir doch hinauf«, schlug er heiser vor.

Fitas Bett war breit und weich, und in der Gruft des ehelichen Schlafzimmers war er noch nie sehr erfolgreich gewesen.

»Also für immer kannst du nicht bleiben«, sagte Hanna, um etwaigen Gelüsten ihrer ehemaligen Schwiegermutter zuvorzukommen. Fita hatte ihr gestanden, wie unwohl sie sich nach dem Auswechseln ihrer Schwiegertöchter gefühlt habe, daß sie natürlich gewillt sei, ihr Schicksal tapfer zu ertragen, jedoch hin und wieder auch eine Erholungspause benötige.

»Arthur ist durch die Ereignisse der letzten Jahre so mitgenommen, daß er vollständig den Kopf verloren hat. Nicht nur, daß Julie wochenlang zur Kur fährt, es kommt auch noch eine Hure ins Haus, die sich in schamloser Manier anbietet. Weißt du, wie er sie bereits am zweiten Tag genannt hat? ›Meine kleine Geige‹!«

»Gitta scheint die Atmosphäre des Hauses nicht bekommen zu sein«, sagte Hanna ernst. »Sie war längere Zeit Büfettkraft im »HannaS« und hat sich bestens bewährt. Eigentlich sollte sie ja nur kochen und ihm ein wenig zu Diensten sein.«

»Letzteres ist sie mit Eifer«, stellte Fita verbittert fest.

»Ich habe wirklich Angst um meinen Sohn.«

Hanna dachte daran, wie oft Arthur bereits den Kopf aus der Schlinge gezogen und sich mit Geschick herausgewunden hatte.

»Er wird auch Fräulein Geige überstehen«, faßte sie ihre Gedanken zusammen.

Fita sah sie nachdenklich an. »Manchmal habe ich das Gefühl, nur von Leuten umgeben zu sein, die ein Doppelleben führen. Hier, schau dir das an!«

Sie nestelte einen Prospekt aus der Tasche.

Babelsburg, das Familienbad.

Auf dem Titel waren fröhliche Leute zu sehen, die, zum Zeichen, wie schön es in Bad Babelsburg war, strahlend in die Kamera lachten.

Hanna griff nach der Brille.

»Es handelt sich eindeutig um Konstanze und ihren Enkel.«

»Und wer ist der junge Mann?« fragte Fita lauernd.

Hanna lächelte hintergründig: »Den hat ihr wohl jemand über den Weg geschickt!«

Sie wechselte das Thema: »Gehen wir heute abend ins Restaurant, oder soll ich uns hier etwas kochen?« Aber Fita zog das »HannaS« vor. Es war das gemütlichste Restaurant, das sie kannte.

Sie waren gerade beim dritten Gang, als Hanna durch einen Anruf gestört wurde.

Es meldete sich Gitta Geige.

»Herr Vonstein hatte heute einen Schlaganfall. Er liegt im Bethanienkrankenhaus.«

»Aber…«

»Er hat sich leider überanstrengt.«

Hanna fuhr ein eisiger Schreck in die Glieder.

»Er ist doch nicht tot?«

»Tot nicht, aber allzuviel ist nicht mehr mit ihm los. Überweisen Sie das restliche Honorar bitte auf mein Konto.«

Ein paar Wochen später traf man sich auf Louises Wunsch bei Konstanze.

»Ich muß endlich mal raus. Herr Müller-Friedmannshausen ist täglich hier, und ich möchte mich mal wieder ganz in Ruhe, und ohne daß ein Mann dabeisitzt, unterhalten.«

Auch Hanna hatte zugesagt, nachdem sie sich nach der Zusammensetzung der Runde erkundigt hatte.

»Es kommen Mausi und Evi, Louise, Fita, Julie und meine Freundin Irene«, zählte Konstanze auf.

»Insgesamt sind wir also acht Personen, das könnte man einen größeren Kreis nennen, so daß ich durchaus kommen könnte«, hatte Hanna mit einem gewissen Unterton gesagt, »auch wenn die Anwesenden recht unterschiedliche Interessen vertreten. Hoffentlich findet sich ein guter Gesprächsstoff!«

Konstanze war gewillt, die Spitze zu überhören.

»Wir haben ein gemeinsames Thema«, hatte sie freundlich geantwortet. »Den Mann schlechthin und Arthur Vonstein im besonderen. Wie ich hörte, geht es ihm nicht besonders gut.«

»Arthur ist schon immer ein Thema gewesen«, gab Hanna zu.

»Er ist scheinbar durch nichts zu ersetzen.«

Auch Irene hatte sich nach längerer Zeit wieder einmal gemeldet.

»Kann ich dich besuchen? Die Zeit der Ekstase ist vorbei, im Moment durchleiden wir die Problemstufe eins.«

»Der Zweifel beginnt!«

»Wie?«

»Nur laut gedacht.«

»Dabei erwische ich mich in letzter Zeit immer häufiger«, bestätigte Irene. »Gestern bin ich laut brabbelnd über den Markt gerannt.«

»In einem Kurbad fällt das nicht weiter auf«, stellte Konstanze fest.

»Wollen wir doch zunächst einmal das Durcheinander von Duzen und Siezen abschaffen«, sagte Konstanze und hob das Glas: »Ich biete ganz allgemein das Du an. Ich heiße Konstanze! Schließlich« – sie lächelte – »verbindet uns alle ja etwas ganz Entscheidendes: die Witwenschaft.«

Sie warf Julie einen Blick zu und fügte hinzu: »Na ja, fast alle.«

Die Damen tranken einander zu.

»Die Männer fallen ja wirklich um wie die Fliegen«, stellte Mausi fest. »Ich hab das nie verstanden. Als ob ihnen ein Dämon im Nacken säße, der ihnen die Luft abwürgt.«

»Es ist leider wahr«, sagte Fita und zog das Resümee:

»Mein lieber Johann, Konstanzes Gerald, Louises Max, die Männer von Mausi, Evi und Irene ... gehen morgens aus dem Haus und bums, sind sie tot!«

»Mein Mann hatte einen Unfall«, stellte Irene richtig. Sie unterschied sich gerne von anderen Frauen, auch was die Todesart ihres Gatten anging.

»Tot ist tot«, erklärte Fita. »Und jetzt sogar mein Sohn Arthur. Schlaganfall, mitten im Leben…«

»Arthur wird sich wieder erholen«, sagte Hanna. »Den schafft nichts und keiner.«

Sie bemühte sich, Julies kummervolles Nicken zu übersehen, mit dem sie einen unerklärlichen, aber leider wahren Tatbestand bestätigte.

»Vielleicht«, sagte Julie, und in ihrer schwachen Stimme glomm ein Gran Hoffnung, »werden wir alle noch einmal auf der Vonsteinschen Terrasse sitzen und Arthur zuwinken, wenn er im Pflegeheim nebenan Quartier genommen hat.«

Mausi und Evi prusteten los, Konstanze hob die Brauen, und Fita enthielt sich einer Reaktion.

Hanna wählte mit Bedacht eine Likörpraline und schob sie sich in den Mund.

»Keine Chance«, sagte sie kauend. »Arthur ist resistent!«

*Ach Gott, wie einem die Tage langweilig
hier vergehen, erst wenn sie einen begraben,
bekommen wir was zu sehen.*

Heinrich Heine

Ende September war Arthur so weit wiederhergestellt, daß er
in das Pflegeheim in der Heinrich-Heine-Allee übersiedeln
konnte.

Er konstatierte diesen Umstand mit äußerster Zufriedenheit.

»Jahrelang habe ich mich gegen den häßlichen Bau neben
meinem Haus gewehrt, nun bekommt er doch endlich einen
Sinn.«

Das Abenteuer mit Gitta Geige hatte leider zu einem Kollaps geführt, war aber letztendlich trotzdem positiv zu be-
werten.

Gitta hatte ihm den Beweis dafür geliefert, daß ein Mann
wie er mit zunehmendem Alter an Attraktivität gewinnt und
eine schöne, junge Frau innerhalb weniger Stunden in Flammen setzen kann. Lüstern ließ er die Blicke auf dem Hinter-
teil der jungen Pflegerin verweilen, die ihm zur Bedienung
zugeteilt worden war.

Marina aus Italien hatte weiches, braunes Haar und kirsch-
große Augen, in denen es, wie Arthur deutlich zu vernehmen
glaubte, begehrlich aufleuchtete, sobald sich ihre Blicke trafen.

Bereits am dritten Tag seines Heimaufenthaltes nestelte er
ein Foto aus der Brieftasche.

»Wie sich die Villa von hier aus präsentiert, macht sie nicht
viel her, aber innen fühlen Sie sich wie in einem Palazzo in
Rom«, teilte er Marina mit.

Er griff nach ihrer Hand: »Könnten Sie sich vorstellen, in einem solchen Haus zu wohnen?«

»Na, erst müssen Sie ja mal wiederhergestellt sein, Dottore«, sagte Marina und gab ihm das Foto zurück. »Dann sehen wir weiter.«

Arthur nickte bestätigend. »Das wird bei Ihrer Pflege ja nicht allzulange dauern. Bringen Sie mich rasch wieder hoch, dann folgt die Belohnung.«

Und augenzwinkernd fügte er hinzu: »Ich bin immer ein toller Hecht gewesen, aber in letzter Zeit... Junge, Junge!«

Fita, Julie und Hanna genossen die letzten Sommertage auf der Vonsteinschen Terrasse und sahen Arthurs munterem Treiben mit gemischten Gefühlen zu.

Kein Wunder, daß Schwester Marina von ihrem Patienten begeistert war. Er hing nicht, wie die anderen Insassen, deprimiert in seinem Rollstuhl, sondern schaute voll freudiger Zuversicht in die Zukunft. Mit Inbrunst schüttelte Marina die Kissen auf und gewährte ihm Gesellschaft, wenn er seine Mahlzeiten einnahm. Die beiden lachten viel miteinander und schienen sich prächtig zu amüsieren. Hin und wieder hob Arthur die Hand und winkte zu den Damen auf der Terrasse hinüber.

Sie mochten es sich auf ihre alten Tage ruhig noch einmal gemütlich machen, denn nach dem Umbau, den Alois Bärmeier nun energisch in Angriff nehmen würde, sollten andere Sitten einkehren. Arthur Vonstein war nicht gewillt, sein ganzes Leben mit zwei grämlichen Tanten zu verbringen, von denen die eine das Sterben vergaß und die andere im Zeitraffer alterte.

Wenn man es genau nahm, hatten sie ihm gemeinsam den Fluß des Lebens abgegraben und ihn zuletzt sogar in den Kollaps getrieben. Es war nur gerecht, wenn er sich nach einem entsagungsvollen Leben im Dienste der Familie noch ein paar gute Jahre gönnte.

So spann sich Arthur seine eigene Wahrheit zurecht, wenn er nach dem Essen ein wenig ruhte und Marinas Duft ihn zart umwehte.

Der Herbst kehrte ein, und der Wind trieb bunte Blätter über die Wege des Kurparks.

Kranz und Botte hatten den Auftrag, die Villa mit kostbaren Antiquitäten auszustatten, gerne übernommen und sich anschließend einen langjährigen Wunsch erfüllt: Sie starteten zu einer mehrmonatigen Weltreise. So sah man Konstanze jetzt öfter in Begleitung von Big und Dolly durch den Kurpark schlendern.

Die Möpse paßten nicht ganz zum Ambiente ihres Hauses, in dem man sich reinrassige Windspiele oder Siamkatzen eher hätte vorstellen können, aber dem unwiderstehlichen Humor Big und Dollys war Konstanze ebenso erlegen wie jeder andere.

Ein Mops, stellte sie fest, war das beste Antidepressivum, das es gab.

Big und Dolly hatten auch dazu beigetragen, daß das angeschlagene Familienleben wieder in Gang kam. Vito war von den Hausgenossen begeistert. Keine Großmutter weit und breit hatte etwas so Attraktives wie zwei Möpse zu bieten, die sich vor Wonne auf dem Rücken wälzten, sobald man sie nur ansah.

Konstanze wanderte viel in diesem Herbst. Sie hatte einen kleinen Stachel in der Seele, und es tat gut, sich körperlich zu erschöpfen, damit man ihn nicht so spürte.

Christian, der damit beschäftigt war, das Anwesen zu verkaufen, und sich hin und wieder meldete, hatte ihr, ohne es zu ahnen, einen Stoß versetzt.

»Wollen wir nicht zusammen nach San Francisco fliegen?« hatte er eines Abends gefragt und wie nebenbei hinzugefügt: »Mein Sohn heiratet!«

Wie ein Beben hatte die Nachricht die Beschaulichkeit der milden Herbsttage erschüttert.

Mein Sohn heiratet!

Auf langen Wanderungen durch die umliegenden Wälder versuchte Konstanze der Nachricht mit kühler Logik beizukommen. Sie hatte es doch genau so gewollt, anderenfalls wäre ihr Opfer ja unsinnig gewesen.

Rasch ausschreitend, Big und Dolly an der Leine, suggerierte sie sich selbst die Bilder, die sie zur Trennung veranlaßt hatten:

Per mit seinem Filius auf den Schultern, an der Seite eine junge Frau, das Baby im Arm. Alle lachen!

Sie dagegen sah einen weiteren Geburtstag auf sich zukommen, an dessen Morgen sie aufwachen würde und zweiundfünfzig Jahre alt wäre.

Wenn aber Per zweiundfünfzig würde, wäre sie…

Nein, es war alles richtig gewesen. Vielleicht würde sie sogar eines Tages die Größe haben, die junge Familie zu besuchen und Per ein vielsagendes »Siehst-du-wohl-Lächeln« zu schenken.

Und dann würde sie sich an einer Familienidylle erfreuen, deren heimliche Patin sie war.

Durch Selbstsuggestion dieser Art gelang es Konstanze, den Zweifel zu bannen und endgültig zu ihrer Entscheidung zu stehen, aber zum vierten Advent, ein Jahr nach ihrem letzten Treffen mit Per, erhielt sie die Anzeige.

Durch Christian bereits vorbereitet, traf sie der Schock nicht ganz so arg.

Just married! Per und Mary Lennert, geb. Harrison.

Das Foto zeigte die lachende Frau, die Konstanze bereits

auf den Urlaubsfotos aufgefallen war. Per und sie, flankiert von Marys erwachsenen Söhnen, strahlten in die Kamera. Mary war mindestens Ende Vierzig.

Konstanze starrte das Foto an wie eine Sinnestäuschung, und wie von weit her hörte sie Pers Stimme: »Ich mag keine Girlies, sie unterfordern einen.«

Und: »Kleinkinder mag ich vorübergehend. Eine Stunde Kille-Kille, dann wieder Stendhal.«

Konstanze drehte die Karte um.

Es ist schön in Kalifornien, hatte Per der Anzeige hinzugefügt. Man fühlt sich sehr frei. Wann kommst du?

Und Mary hatte geschrieben: »Wir freuen uns auf einen Besuch, Mary.«

»Bis bald in Kalifornien! Ben und Harry.«

Das waren wohl die Söhne.

Dreißig Jahre Konstanze-Verehrung, kein Grund für ein Treffen? schrieb Christian zu Weihnachten. Vielleicht nach meiner Parisreise? Ich bringe Dir einen Bildband mit.

»Ich hab schon einen Bildband von Paris«, dachte Konstanze.

Sie griff nach einer Briefkarte und schrieb: Anstelle des versprochenen Geschenkes vielleicht ein Flugticket? Ich würde dich am 24. Dezember gern in Paris zum Frühstück einladen, schließlich gibt es etwas zu feiern.

Und kennst du die genialen Holzschnitte des Japaners Haoki?

Er hat sein Leben der Darstellung der Stelzvögel gewidmet.

Wir könnten zusammen in die Galerie Laroche gehen und sie uns anschauen.

Konstanze steckte die Karte in ein Couvert und schrieb die Adresse darauf. Dann sah in den Garten hinaus und lächelte.

Der spontane Sprung vom Sockel war nicht allzu schmerzhaft gewesen.

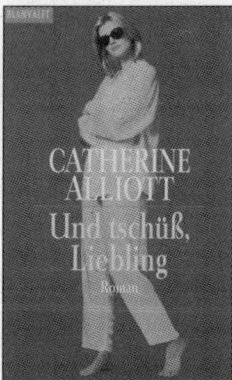

NORA ROBERTS

Ewige Freundschaft haben sie sich einst geschworen – die drei
jungen Mädchen Margo, Laura und Kate aus Kalifornien, deren
Herkunft grundverschieden ist. Margo startet eine glänzende
Karriere in Europa. Jahre später kehrt sie betrogen und verarmt
zurück – werden ihr die Gefährtinnen ihrer Kindheit helfen, die
tiefste Krise ihres Lebens zu überwinden?

*Der erste Band einer bewegenden Trilogie über drei
ungewöhnliche Frauenschicksale.*

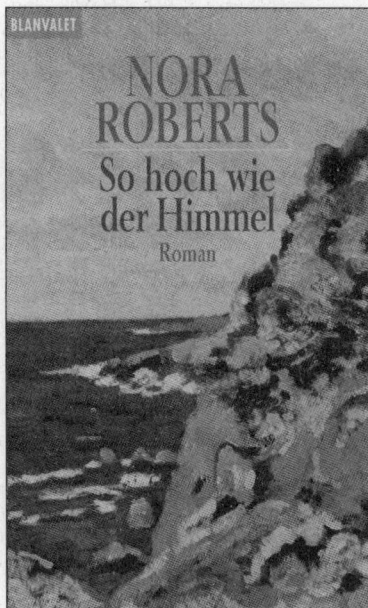

Nora Roberts. So hoch wie der Himmel 35091

VICTORIA ROUTLEDGE

Ein ganzes Wochenende wollen Laura und Michael mit Freunden
ihre Verlobung in einem einsamen Landhaus feiern. Zwei Tage so
engen Kontakts mit der Clique müssen jedoch zwangsläufig in
einem Desaster enden: Denn Mike ist nicht gerade der treueste
Verlobte, Rachel hat noch eine alte Rechnung offen – und die
schöne Caroline ist seit jeher die Ursache allen Ärgers...

Der spritzige Debütroman einer jungen englischen Autorin.

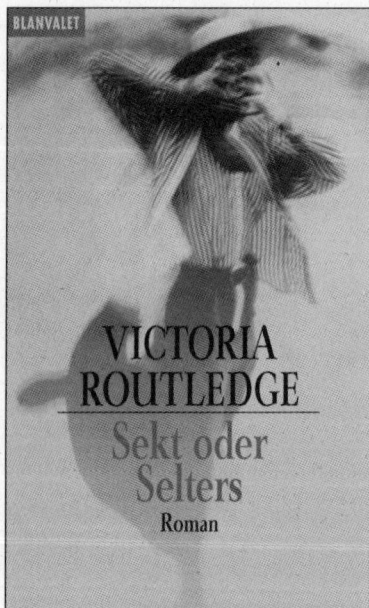

Victoria Routledge. Sekt oder Selters   35099